君心向晚 2

目次

壹之章　路見不平識公主

次日下晌，趙嬤嬤拿了二門遞進來的帖子道：「小姐，俞管家求見，說鋪子裡有要事。」

俞筱晚忙應了下來，讓俞管家到二門花廳稟報。

俞文飆這回來告訴她一個大好消息：「宮裡的總管想從咱們店裡採買些醃果。太后很喜歡吃，價格給得公道，量要得也大，若真是能拿下來，就是咱們打響名頭的大好時機。」

俞筱晚聽得十分動心，只是疑惑，「太后難道吃過咱們店裡的醃果？」

「那位公公說嘗過，楚太妃愛吃，便帶了些進宮。」俞文飆看了小姐一眼，斟酌道：「君二公子來買過幾次。」

聽了這話，俞筱晚有些不自在地垂眼躲開文伯探究的目光。

趙嬤嬤倒是聽得眼睛一亮，隨即又若有所思起來。北京的果脯偏甜，而自家店裡的醃果卻是酸酸甜甜，十分爽口。君逸之知道那家店是小姐的，買些醃果給祖母吃倒也不算什麼，但若說是楚太妃喜歡吃，就要推薦給太后的話，就有可能是特意提攜她了。畢竟太后乃是國母，飲食都有專人負責，若是隨意推薦個吃食去，太后吃得鬧肚子，就算是親姊姊也得吃掛落兒。

楚太妃這般熱心，只怕真是打著結親的主意，就是不知道她將小姐擺在什麼位置？若只是個側妃就沒意思了。以小姐的才貌和身家，嫁給官宦之家的嫡子為正妻是綽綽有餘的。

俞文飆稟完了話就等著小姐拿主意。這單生意接是不接？不接，就說年前賣得好，已經沒貨了；接的話，就得要幾個廚娘多醃製一些。

「倒是個打響名頭的大好時機……」現在正是採辦年貨的時候，京中的貴夫人們最愛跟風，知道是太后喜歡的小零食肯定也會來買，還可以趁機提價，利潤十分豐厚，但這其中肯定也有風險。

俞筱晚沉吟道：「量這麼大，肯定會擠占以往其他店的份額，難免惹人嫉恨。」

能做宮中生意的都不是一般的生意人，就算以前曾經是純粹的生意人，到了這一步，都會或多或少與宮中的管事太監、光祿寺及朝中的諸多官員有親密的關係，若是想陷害他們可是輕而易舉。別的不用說，只要太后有些頭疼腦熱，御醫硬說是吃了他們的醃果造成的，他們就吃不完兜著走。

俞筱晚一時拿不定主意，想了想道：「等敏表哥下了衙，我先跟他商量一下。店裡的存貨也不多了，還是多醃些，醃貨也禁得起放，沒關係。」

俞文飆點了點頭，又說起歐陽辰的事：「……沒見他再與那府上的人聯繫，但最近手頭十分寬鬆，天天吃香喝辣，聽說還在夜來居包了個粉頭。」

俞筱晚點了點頭，「繼續盯著，總得有人送錢給他。」語畢便沒再留文伯，端茶送客。

俞筱晚讓趙嬤嬤幫忙遞個話給敏表哥的丫頭。回屋後沒等多久，曹中敏就下了衙回來，一臉喜氣，顯然已經知道了這回事，「陳公公親自來跟我說了。」翰林院就在皇宮外，陳公公回宮時順道就能拐到翰林院去。

俞筱晚聽了這話，熱切的心就涼了一半，「聽起來倒是不大對勁的樣子。宮裡要什麼都是得讓人捧著求著才拿眼看你一下的，就算太后真的很喜歡吃店裡的醃果，陳公公只要隨便傳道口諭，咱們還不上趕著巴結？」

曹中敏眼神一頓，心中也生起了警覺，「的確是太熱情了一點，開始我還以為是想要跟我賣個人情……」

俞筱晚立即明白了，笑問：「表哥給了多少？都算店裡的。」

原本如果真成了這麼大一單買賣，暗中給了陳公公多少，曹中敏都會要報帳的，只是現在卻有些不好意思了，「給了二百兩，妳也知道宮裡的人見過大場面的。」

銀子少了肯定不行。俞筱晚點了點頭，讓趙嬤嬤去內室取了一千兩銀子的銀票出來，遞給曹中敏，「表哥以前在詹事府任職，應該與宮裡的總管們都熟吧？這麼大的事，除了陳公公，應當還有別的公公聽到了風。這些銀子，表哥看著用，若是少了只管跟我說。」

宮中也有派系，若真有什麼陰謀，只要不是太后的意思，別的公公說不定會拆陳公公的台，曹中敏眼睛一亮，「放心，我一定會打聽清楚，店裡那邊先以缺貨拖著。」

跟聰明人說話就是省事。俞筱晚便笑道：「那就麻煩表哥了。」

這件事情若真是一次機會，她就要好好把握，將生意拓展到宮中和上層社會去。若是一場陰謀，躲是有辦法躲過去，但她現在不想遇事只躲著，加諸在她身上的，她都想要加倍地回報回去。只是她現在人小力薄，還需要人來幫襯一下才行。

趙嬤嬤服侍小姐換上外裳，還沒到請安的時候，不過俞筱晚有事要找外祖母就提早去了。

今日天色有些陰沉，天黑得格外早，已經是朦朧一片了。俞筱晚不讓打燈籠，扶著初雲的手慢慢走，尋思著怎麼跟外祖母開口？她想借助金大娘的關係到宮裡打聽一下，但金大娘難得出宮，得請外祖母的一位老姊妹幫忙。

墨玉居在內宅，到延年堂一般得從後門走。冬日的後門是鎖著的，得沿著圍牆繞到前門。才走了沒幾步，就聽得一旁的花牆處有人輕聲抽泣，曲嬤嬤的聲音傳來：「老太太不疼妳，夫人有什麼辦法？畢竟妳是老太太的人，這事是老太太說了算的。」聲音顯得很不耐煩。

然後又聽芍藥哽咽道：「求嬤嬤跟夫人說一聲，就說想要了我去，我就是做牛做馬也要報答夫人的。」

曲嬤嬤便道：「夫人忙得腳不沾地，有什麼事我不敢隨便回她，要麼等過完年再說吧！」

芍藥就哭了起來，「等過完年什麼都完了。」

俞筱晚跟初雲對望了一眼，快步走了。

延年堂的東次間裡正熱鬧著，俞筱晚悄悄地問來打簾子的杜鵑：「誰來了？」

杜鵑笑道：「是印嬤嬤。」同時通稟，「表小姐來請安了。」
俞筱晚讓初雲解了斗篷，悄聲道：「若看見芍藥，跟她說說話。」
然後走了進去，在門口散了散寒氣，才走到外祖母跟前請安。印嬤嬤含笑上下打量了她一番，待她給曹老夫人見完禮，也上前來福了一禮，「表小姐安好。」
俞筱晚不敢受，側身避過了，含笑回了禮，「印嬤嬤有些日子沒來了。」
曹老夫人顯得心情極好，「印嬤嬤是來做媒的。她一位街坊的兒子中了秀才，日後也有可能入仕的，怕小門小戶的女孩撐不起場面，想娶個大戶人家的大丫頭為妻。」
俞筱晚頓時明白了，看中的肯定是芍藥。芍藥暗中投靠了舅母，外祖母這是要打發她呢！
俞筱晚倒是能理解芍藥為什麼不願意。印嬤嬤所住的黃桃巷裡的街坊，就是一般的小康之家，一家人共用一兩個下人的那種，所以許多家務都得要親手操持。
小康之家的人過的日子，吃穿用度頂多相當於曹府中的三等丫頭，芍藥卻是外祖母屋裡的一等丫頭，極有體面，就是舅父都不能隨意喝斥她，出入有兩名小丫頭跟著。除了給曹老夫人斟杯茶、捶個腿，平日十指不沾陽春水，比許多小官員家的千金還嬌貴。再說那位秀才兄，天底下考中進士當不了官的不知道有多少，等他入仕，不知道是哪一年，芍藥怎麼會願意？
俞筱晚前世的時候便知道，芍藥這丫頭十分機靈，跟在外祖母身邊歷練出來的，人情通達，從容不迫。有些攀高枝的心思，但也不算太過分，沒想過攀舅父，只想著年紀相當的敏表哥，留在曹家安享富貴而已。
原本外祖母院子裡的事，俞筱晚是不好插手的，不過一來前世的時候芍藥對她十分照拂，二來經過剛才那一場對話，芍藥肯定對舅母不滿了，她正好可用，不如就順手幫上一把。
她輕靠在外祖母懷裡，拉著外祖母的衣袖，嬌嬌地道：「外祖母，芍藥姊姊年紀還不大嘛。」

丫頭一般二十歲配人，芍藥才只十七而已，「外祖母若真捨得芍藥姊姊，還不如先賞給晚兒使喚幾年哪！」

曹老夫人凝神去看她，俞筱晚仰著小臉，一派天真爛漫又渴求的樣子。曹老夫人尋思了一番，初雲和初雪兩個不過十二三歲，精幹不到哪裡去。趙嬤嬤雖然還算壯年，但卻又隔了代，跟晚兒說不上話，的確都不合用，只是……

俞筱晚知道外祖母顧慮芍藥跟張氏走得近，怕自己吃虧，便含笑道：「晚兒相信外祖母調教出來的人必定是最得用的，所以才厚著臉皮來求外祖母。若是讓芍藥姊姊去了府外，就會將咱們曹府的規矩全數教給旁人，但旁人沒這個家底呀！」

曹老夫人眼神一沉，的確，冷了芍藥一陣子，她就老實多了，反正在曹府之中就是有什麼事也能隨時處置她，可若是逼她出府，她將府裡頭的事說給旁人聽，對曹府的名譽可就不好了。曹老夫人便看向印嬤嬤，印嬤嬤忙笑道：「老太太您拿主意便是，那邊也只是求我來問個意思，給不給是您一句話的事。」

曹老夫人就笑道：「晚兒若真要人服侍，就給妳了，妳好好管束著她，若是有什麼差池，只管來回了我。」又讓包了五十兩銀子給印嬤嬤做跑腿費，「辛苦妳上門說項，只是沒法子應允了。」

印嬤嬤推了幾推，才勉為其難地收下，坐了坐便告辭走了。

俞筱晚一疊聲地向外祖母道謝，又圍著外祖母說笑了許久，享盡天倫之樂，就到了小姐們來請安的時候。

曹氏三姊妹進了次間給曹老夫人行禮，曹老夫人讓坐下。杜鵑帶著兩個二等丫頭奉了茶，總不見芍藥，曹老夫人就有些不高興，芍藥居然拿起了架子。

俞筱晚原想勸上幾句，只一想，芍藥若是恃寵生嬌，自己以後也難管，不如讓外祖母先幫著約束一下，就沒吱聲。

曹中雅看不得俞筱晚倚在祖母懷裡的樣子，那原本應當是她的位置，當下就笑道：「表姊昨晚可風光了呢！被晉王妃叫到身旁坐下，跟君二公子和晉王府的君公子一塊陪晉王妃聽戲，那麼多千金裡只有表姊有這個體面！」

這話粗聽沒什麼問題，卻禁不起細究。比如兩位公子坐在晉王妃身邊，妳為什麼不迴避？比如陪著聽戲，是不是興高采烈忘了自己是在孝期？俞母到底是曹老夫人最疼愛的女兒，對晚兒只是愛屋及烏，若是晚兒顯出對母親不孝的樣子，很可能會引得曹老夫人的不喜。

俞筱晚做出羞澀的小女兒狀，「難得晉王妃不棄，我當然要為曹家出點力，跟晉王妃拉攏關係，其實只是因為我記得幾齣戲文罷了。」

曹家的子孫若想發達上進，自身努力不可或缺，但權貴的幫襯也是極為重要的。聽得晚兒是為了幫曹家出力，曹老夫人便眸光柔和了，「聽說晉王妃脾氣最是古怪的，難得妳能入她老人家的眼，也是福分。」

曹老夫人再沒說別的，曹中雅感覺萬分失望。

杜鵑進來，稟報說又開始下雪了，曹老夫人便道：「走來走去容易摔，晚上就在這裡用飯。」

俞筱晚抽了個空讓初雪回屋拿樣東西，待舅父過來請安，一家人用過晚飯，又回東次間喝茶閒聊。

曹清儒對曹老夫人說：「陳大人一家過了新年就動身，古洪興已經答應賣給兒子了，只是要等離京的時候再放人。」然後又陪笑接著道：「睿兒已經入國子監一年了，是時候開始為仕途鋪路了，您看……正好又是年節，是不是先讓古洪興幫忙睿兒打理一下年節禮？」

各府之間會互送年節禮，但有特殊關係或者有求於人的，會再以個人的名義私下送一份。曹中睿若想仕途走得順，此時的確就得開始建立交際網了。古洪興原本是陳大人手中的愛將，跟朝中許多官員相熟，讓他幫忙送禮，一是可以幫曹中睿與朝中大員建立交情，二是免去曹中睿親自登門顯得太過急切的尷尬。

只是古洪興原是打算給俞筱晚當陪房的，因為事情大致定下來了，曹老夫人這陣子在她的面前也露出了些口風。舅父明明是知道的，這會子卻又提出借人，恐怕是舅母提出來的主意，就怕一借就沒得還。俞筱晚就好奇地問道：「不是說年後才交人嗎？還是陳大人願意這幾天先借給咱們？」

過了時節還送禮，就太露痕跡。

曹老夫人聽出晚兒的不願意，沉吟了一下，淡淡地道：「既然是年後才交人，只怕也沒法子送年禮了，先讓他去晚兒店裡幫手，待明年過年之前，再讓他來幫忙吧。」

在晚兒那兒打了一年下手，也算是定下了身分，那個時候說借就是借了。

曹清儒覺得有些微難堪，張氏心中又惱又急，不停地扯爵爺的衣角，曹清儒只作不知。

張氏動作幅度雖然不大，但曹老夫人也沒老眼昏花到那個地步，心裡微嘆，便說起曹中睿的事：「可以多去何家走動一下，何大人不可能不拉拔準女婿，若還有合適的人，我也會留心。」

何侍郎也是高官，而且是戶部的，年節的時候往來的官員必定多。何侍郎跟曹清儒不同，前妻故世，娶了續弦。兩任妻子都賢慧，家中妾室不少，嫡子庶子滿屋跑，女兒卻只有何語芳一個，不然也不會如珠如寶地捧著，高不成低不就，所以對曹中睿這個女婿肯定是看重的，只要曹中睿肯待何語芳好。當然，這話還有另外一層意思，曹中睿還有許多路子，不必非跟晚兒搶一個下人。

但張氏一心撲在兒子身上，只要想到日後要帶個縮脖子的媳婦出門赴宴，就心裡頭堵得慌，不鹹不淡地道：「還沒正式下聘就上趕著登門，也太掉身分了。婆婆心疼晚兒，留給她當陪房的人，不借就不借吧！睿兒年紀小，仕途可以慢慢鋪。我這當舅母的心疼也是白白心疼，也不知妳喜歡什麼樣的人，若是我屋裡哪個丫頭妳看得上眼就只管挑吧！」

張氏說得像俞筱晚強搶了曹中睿的下人似的，而且也明指著曹老夫人偏心。

俞筱晚惶惶然地不知所措，「不用不用，我屋裡頭不缺人。」

還想再說，曹老夫人就按了按她的手。

曹中睿到底是嫡親的孫子，忘了給他添個得力助手，曹老夫人不是不慚愧，但聽了張氏的話卻仍是十分不滿，她為什麼要給晚兒添個有官場路子的陪房？還不是因為張氏害得晚兒差點吃上官司。若不是張氏歪主意打得太狠，欺負孤女欺負到令人心寒，她也不至於這麼偏心。試想想，這還是她健健康康的，晚兒有她護著的時候，若是哪天她兩腿一蹬上了天，張氏會怎麼對待晚兒？

曹老夫人便哼了一聲，「妳這個當舅母的，口口聲聲說心疼晚兒，快一整年了，居然連晚兒喜歡什麼樣的丫頭、屋裡缺什麼人手都不知道，還好意思在這說話？旨意都下了，何家的親事還不去談？我提醒妳兩句妳就回了一大串，不知道的還以為妳是婆婆！」

這話說得重，張氏再嗆聲就是不孝了，只好兩眼汪了兩泡淚水。曹清儒也覺得難堪，便忙打圓場，「母親別動怒，都是苑兒不會說話，大節下的還是要開開心心才好。不過一個下人，哪值當一家人失了和氣？」說著看向俞筱晚，暗示她若能主動讓出古洪興，兩廂都能賣了好。

這種能獨當一面的僕人求都求不來，哪還會往外推？俞筱晚只當看不懂舅父的眼色，轉而幫外祖母順著背，柔柔地勸道：「外祖母別生氣了，舅母讓晚兒隨便挑人，是心疼晚兒呢！睿表哥的聘禮聽說都已經備下了，舅母哪會抗旨不遵拖累曹家呢？」

張氏的臉一白，狠狠盯了俞筱晚一眼。她故意拖沓，何家那邊不是沒有微詞，不過尚且能忍。這臭丫頭卻說出抗旨的話來，這不是生生逼她馬上去提親嗎？

俞筱晚卻回望著張氏柔柔地一笑，她目光平和，可看在張氏的眼裡，總覺得帶了幾分挑釁的意味，唇角的笑也是譏誚的，彷彿在說：妳真的敢抗旨嗎？

張氏就忽然短了氣勢，閃躲了目光，不與她對視。

曹老夫人聽到抗旨二字，果然要立即跟兒子媳婦商量到何家下聘的事，打發了小輩們先回去。

走到東次間門口，大家披斗篷的當兒，曹中睿神情痛苦地凝視著俞筱晚，曹中雅則恨恨地瞪了俞筱晚一眼。俞筱晚卻朝曹中雅笑了笑，從初雪手中接過一個匣子，打開來遞到曹中雅的眼前，「我送妹妹一只花瓶，不要嫌棄。」

曹中雅看了一眼是隨處都有賣的藍釉聳肩瓶，心裡就十分鄙棄，「不用，我自己有花瓶。」

俞筱晚解釋道：「這顏色配白色的花最好看。」

曹中雅就冷笑道：「我自己有瓶子盛白梅！君二公子摘的梅花，妳的瓶子不配盛！」說罷揚長而去。

曹中敏悄悄朝俞筱晚豎起大拇指，施一禮，跟弟弟一同走了。

這番話被屋裡的人聽到了，曹老夫人便問：「什麼白梅？」聽到君二公子幾個字，曹老夫人驚異。

張氏的眼皮就是一跳，想岔開話題，武氏卻快嘴說了：「聽說是昨日君二公子為雅兒摘的白梅，晉王府的白梅林很有名氣。」

幫雅兒摘和為雅兒摘，一字之差，謬以千里。

曹中燕的生母難產而亡，一直寄養在武氏的名下，昨日回到府中，武氏少不得要問一問她赴宴的情形，就知道了這麼回事。也怪張氏小氣，若是讓兩個庶女一同出去了，君逸之大抵也會幫她二人各摘一枝梅花，武氏自然就不會拿這個來說嘴。

摘支梅花贈佳人，對男人而言是件風流韻事，但女子得有自己的矜持，收下已然不對，還拿回家中珍藏，簡直就等同於私相授受！曹老夫人的臉色就有些不好看，張氏便發作道：「武氏，妳仔細說話！君二公子也為張家的小姐摘了梅花，可不是獨獨為雅兒摘的！」

還不知悔改，要縱得女兒追在男人身後跑才甘心嗎？曹老夫人對張氏的言辭十分不滿，「君二公子風流的名聲滿京城誰不知道？以後讓雅兒遠著點！」

進了曹府三進的花園，就是幾位小姐的閨樓，曹中雅的翡翠居在最中央，兩位庶女的左右相陪，俞筱晚的墨玉居在曹中貞的明瓃樓後頭，伴著小花園。

回到暖閣裡，打發了閒雜人等，初雲便說起了芍藥的事，「心底有怨言，不過不肯說到底所為何事。」這事俞筱晚已經知道了，就大略說了一遍，又說她明日可能就會到墨玉居來，初雲便又問起：「小姐送三小姐花瓶做什麼？就是損她幾句，她臉皮厚，也沒什麼要緊。」

俞筱晚只笑了笑，偏頭看另一側的初雪，「妳可知我何意？」

初雪仔細思量了一番才道：「咱們在門口說話，老太太必定能聽到的。舅夫人和三小姐不當回事，但老太太肯定是不喜歡的，便會覺得舅夫人不會教養女兒。」說完也不知對不對，就看向小姐。

俞筱晚含笑點了點頭，「沒錯，我就是這個意思。不是要雅兒受罰，只是讓外祖母厭煩舅母而已。」跟自己親信的人，說話也沒那麼顧忌，「舅母總是打我俞家家產的主意，其實如果她手頭短了銀子，好生跟我說，就是白給她一半又如何，我又不是這麼小家子氣的人，她偏要使計來誆訛，甚至陷我於官司之中，毀我俞家的百年聲譽，面上還要裝出和善長輩的樣子……」

俞筱晚說到這兒鼻頭一酸，想起前世的時候，舅母好幾次藉口要為睿表哥跑官路，流露出銀錢為難的樣子，她都極爽快地拿出了體己銀子，可是卻換不回舅母的感激和尊重，只怕還在內心裡笑話她單純好騙，真是令人寒心又不齒。

「所以我一兩銀子也不會給她，她越想得到的，我越要攔著，讓她看得見，摸不著！」她的聲音清冽得就像冰河水，帶著冷冷的寒意。初雲和初雪都不禁心中一悚，詫異地看向小姐，只見她秀眉微蹙，小巧的鵝蛋臉上，神情似笑非笑，似怒非怒，眼底的倔強堅定和濃濃的恨意卻是極為清晰。

那麼濃那麼堅定的恨！

兩個丫頭對視一眼，想起張氏幾次三番地陷害小姐的閨譽，若是小姐的名聲毀了，她們當丫頭的也沒活路，就同仇敵愾了起來，不約而同地輕聲道：「婢子明白了，婢子一定按照小姐的吩咐去做。」

俞筱晚卻柔柔地一笑，「眼下要過年了，沒別的事，明日到店裡去一趟，今晚把紅包準備好吧。」

過年的封賞一般用紅紙或者紅色的荷包，雖然鋪子才開張幾個月，勉強收回成本，不過包封裡的分量給得還是很足，該大方的地方，俞筱晚絕不會小氣。

次日給曹老夫人請過安，俞筱晚就乘車出了府。才拐過內城區的正街，就聽得車外傳來吵鬧聲，俞筱晚好奇地打發了初雪下去看看。

不一會兒，初雪就來回話：「是一輛馬車撞了一名乞丐，馬車逃了。有位小公子好心打抱不平，那名乞丐倒是賴上小公子了。」

俞筱晚就「哦」了一聲，「上車吧。」

「可是……」初雪有些遲疑，「那位小公子看著眼熟，像是攝政王爺身邊的太監，被那名乞丐纏得煩不勝煩。」

攝政王身邊的太監？那不是惟芳長公主嗎？俞筱晚不由得挑了挑眉，讓初雪扶著下了馬車，初雲也跟著下來了。

主僕三人披著斗篷戴著兜帽，踮腳站在周邊看戲。人圈內的小公子唇紅齒白，眉清目秀，果然是女扮男裝的惟芳長公主，身邊還只跟著一名比她更眉清目秀的小廝，兩人的臉都氣得發紫了，那名乞丐正滿地打滾。

初雪小聲解釋現場情況，「撞人的馬車是五城兵馬司尚將軍家的，早就走了。小公子還跳出來打抱不平來著，這乞丐卻說是小公子放跑的，小公子給了他五十兩銀票，還說少了，要二百兩。」看樣子惟芳長公主沒帶這麼多銀子出來，若是帶了，恐怕早就給了。

俞筱晚直搖頭，養尊處優的公主哪知世間的險惡？回頭看見身後正是一家豆腐店，幾名豆腐西施隔著灶台一邊嗑瓜子，一邊指指點點，俞筱晚心中一動，讓初雪去店裡套套話。

此時，街對面的茶館二樓，一名小廝正焦急地催促著主子，「您再不去幫忙，可就麻煩了！」

他的主子「癱」在八仙椅上，腳擱在八仙桌上，嘴裡哼著曲兒，腿還隨著節奏一抖一抖地打拍子，流裡流氣的動作給他做出來，就格外有種風流不羈的灑脫感。少年聽了他的話，半點不急，「沒關係，她愛當俠女就讓她當個夠！就得讓她吃點虧，不然老以為話本裡的事是真的，什麼路見不平拔刀相助，什麼俠男俠女一見鍾情！」

「若讓她知道您早在這兒了，不得揪掉您一層皮！」小廝說著又伸頭看了一眼街道上的鬧劇，張嘴驚道：「呀！那不是俞家小姐嗎？」

少年刷的收回腳，手撐著八仙椅的扶手就半站了起來，忽然又覺得這樣顯得太急切，又一屁股坐下去，彈了彈衣襬，才慢慢站起來踱到窗邊，嘴裡不忘警告：「要敢胡說八道，看我怎麼踹你！」

小廝笑得跟賊得了手一樣，「保證您心花怒放！」待少年站在窗邊確認了，他伸手要賞，「沒看錯吧？幸虧奴才看到了，不然就錯過了！」

少年啪的給了他一巴掌，「什麼錯過了？走，去幫幫小姑姑！」說罷，轉身出了雅間。

小廝在心裡啐道：「幫小姑姑？騙誰？」

不一會兒，初雪從豆腐店出來，小臉紅紅的，顯然是生氣了，「這乞丐專門在這裡撞馬車，然後勒索錢財。不過權貴們倒是不敢惹的，勒索的一般都是商戶和小康之家，他們有一幫子人，沒人敢管。」

俞筱晚便笑了笑，讓曹家的小廝分開人群，扶著初雲的手走到中央，朝急得幾乎要發狂的惟芳長公主道：「這位公子，小女子略識醫術，不知可否讓小女子為這位小哥診治一下？」

「啊？」惟芳長公主就愣住了，拽了拽頭髮，「妳……方便嗎？」

俞筱晚笑道：「醫者父母心，況且有絹帕隔著，不用肌膚相觸。據小女子所知，你們在此糾葛已經有幾炷香的功夫了，這位小哥被馬車撞了，得盡快醫治才好。」

那名乞丐頓時想到，若這個小姑娘真有點本事可就會露餡，於是大叫道：「誰知道妳們是不是一夥的？」

「是一夥的又如何呢？」一道徐緩悅耳的男聲傳了進來，人們都不由得回頭去看。

只見一名風華絕代的少年，背負雙手，眸光湛湛，淺笑盈盈，人群自覺地讓出了一條道。少年緩步走到近前，舉手投足間帶著一股自然的風流韻味，睇了俞筱晚一眼道：「在下也略識醫術，就由在下來為小哥診脈吧！」

俞筱晚忙往一旁讓了一步，惟芳長公主卻是十分高興，「逸之，你怎麼來了？」

來人正是君逸之，他挑了挑眉道：「隔幾條街就聽到了聲兒，特意過來看熱鬧的，沒料全是熟人。」說著睃了俞筱晚一眼。俞筱晚用力眨了眨眼，怎麼他好像是在生我的氣？

他衣著華貴，又是男子，一看就知道不好惹，那乞丐就憋了氣道：「還是請這位姑娘來診脈吧！」女人的能力應該差些。

君逸之卻含笑蹲下，飛速地將手指搭在乞丐的手腕上，催動內力，那乞丐「嗷」一嗓子叫了出來。他立即大皺眉頭，搖頭嘆息，擔憂的模樣讓所有人都跟著他一同嘆了一聲，「傷得重，太重了，必須好好醫治！從安，去請南城兵馬司的黃大人來！」

從安立即喏了一聲，撒腿就跑。那乞丐聽著這話不對勁，受傷了也當是上醫館，叫兵馬司的大人來幹什麼？便趁著小公子拉著少年問病情的當兒，扭頭就跑。不曾想，俞筱晚早堵住了這邊的路，也沒攔他，只伸腳一絆，直摔了他一個狗吃屎，哎呦哎呦地叫個不停，而俞筱晚早被君逸之拉出老遠，他想賴在俞筱晚頭上都不行。

那乞丐還沒想出更好的勒索辦法，人群又散了開來，一位少年軍官帶著幾名士兵走到近前，蹙眉問道：「就是這裡？」

從安忙點頭，「是啊是啊。」

君逸之一巴掌拍在從安的後腦勺上，斥道：「叫你去請南城指揮使，你叫這個唱戲的來幹什麼？」

俞筱晚暗嘆，這位君之勉公子怎麼來了？看樣子兩人又要吵了！

君之勉肅容道：「我就是南城指揮使，昨日剛上任的，有事跟我到衙門裡說吧！」話不多說，直接一揮手，幾名士兵就強拖著乞丐走了。

惟芳長公主上前捶了君之勉一拳，「我才不去你們衙門呢！」

君之勉抽了抽嘴角，只得道：「好吧。」又暗暗作了個手勢，算是給皇姑姑見禮。

俞筱晚也跟著惟芳長公主福了福，柔聲道：「小女子是來看熱鬧的，便先告辭了。」

君逸之忙道：「妳快走吧！」

君之勉寒星般的眸子一瞇，「是你是南城指揮使，還是我是南城指揮使？」

君逸之也學著他眼睛一瞇，手指著惟芳長公主道：「為什麼她可以走，她卻不能走？你徇私枉法！」

兩人就在大街上開始大眼瞪大眼，瞪了半晌，君之勉冷哼了一聲，「誰也不許走。」

惟芳長公主一聽就嘸起小嘴，「討厭！」

隨從忙道：「沒事的，衙門裡也好玩。」

她隨即又高興了，轉頭問俞筱晚：「妳有馬車沒？」

俞筱晚含笑搖頭，「沒有。」有也不能給她坐，她現在還穿著男裝，傳出去成什麼樣子！

君之勉便指著剛才君逸之坐的茶樓道：「就到這裡談吧，問一問就成了。」

仍舊包下之前那間雅間，一行人上了樓，士兵們將樓梯口看管了起來，不讓閒雜人等上去。君逸之故意落後兩步，跟在俞筱晚的身後，極低聲地道：「膽子真大啊，居然敢在大街上給男人診脈！就是隔著絹帕又如何，傳出去不會被人說嘴嗎？妳有沒有腦子？」

俞筱晚辯解道：「一則我戴了兜帽，沒幾個人看清我的樣子；二則看見她有難，我自然要幫一幫。」

君逸之冷哼道：「妳幫她，誰來幫妳？本來就是孤女，鐘鼎之家的親事已經不好說了，還這般沒頭沒腦……」

話沒說完，俞筱晚戲謔地轉過身面對他，站在兩階樓梯之上，居高臨下地俯視，俏臉繃得像鼓面，「我的親事不勞君二公子操心！」說罷，甩袖走了。

君逸之被她突如其來的怒火弄得一怔，惟芳長公主立即八卦地湊過來，「你怎麼知道她不好說親事？誰家要跟她說親事？」

君逸之摸了摸鼻子，支吾道：「我只是告訴她這樣的後果……只是打個比方。」

惟芳長公主白了他一眼，「關你什麼事啊？人家的長輩自然會說，哪用得著你來說！」說完也蹬蹬蹬上樓了。

俞筱晚已進了雅間，君之勉候在門口等惟芳長公主，與君逸之對上目光，就譏誚地挑了挑眉，待惟芳長公主進了雅間，便跟著進去。

君逸之哼了一聲，「狗咬呂洞賓，不識好人心！」轉頭見從安一臉便秘的表情，心中更是惱火，「你是不是也想說我？嗯？」

聽他尾音這麼往上一提，從安一哆嗦，忙表態道：「沒有沒有，奴才是為公子您不值！王妃為了俞小姐跟太妃鬥氣，您也是為了她能早日嫁入……」

「你給我閉嘴！」君逸之惱火地一巴掌搧過去，打斷了從安喋喋不休的廢話。

「就等你了。」君之勉的聲音從上方傳來，眼中的譏誚更加明顯，也不知剛才聽到了多少。

所謂的問話不過是走個過場，幾句話就給乞丐定了罪，君之勉表示要整飭南城的治安，不再讓這些地痞流氓欺行霸市。

話說到了這裡，事情告一段落，應該放人走了，可是君之勉沒說讓走，俞筱晚一時不好告辭。君逸之一開始沒話說，這會兒倒是問起來了：「喂，帶了妳店裡的醃梅沒？」

俞筱晚心中一動，讓初雲從馬車裡取了一小盒梅子，請在座的各位品嘗，然後問惟芳長公主道：「不知公主覺得如何？」

惟芳長公主笑道：「好吃，我還求了母后多買些來嘗嘗呢。」

君逸之掂起一顆梅子往空中一拋，待它落下之時張嘴接住，動作如行雲流水一氣呵成，他懶洋洋地道：「小姑姑妳別想了，宮中的醃梅都是御廚做的，怎麼會到市面上買？」

惟芳長公主立起眉毛道：「我想吃，自然就得給我買回來。」她今年才只十三歲，還住在宮內，一應飲食都得經由內務府經手，並不是自己想吃什麼就能吃到什麼的，忽然又覺得不對，扭頭盯著俞筱晚的眼睛問：「妳怎麼知道我是長公主？」

之前問話的時候，君之勉問的是她的隨從，逸之也沒叫過她，這位俞姑娘是怎麼知道她是長公主的？原本因為俞筱晚在她不知所措時挺身而出而產生的好感，這會兒全數變成了猜疑。

俞筱晚淡然地含笑回視，任惟芳長公主猜疑打量。她不否認她挺身而出有一個很重要的原因，就是想與惟芳長公主交好，但也不是全部，看到一個熱心的小姑娘被人欺騙，她也不會棄之不顧。

惟芳長公主的眼中很快就湧上了一絲不耐。真是個性急的丫頭！俞筱晚心中暗笑，小臉上卻慢慢浮現了一絲受傷和些微尷尬，「我們見過面，在新建伯府，那時公主是打扮成小太監，今日還好認出來了……」

在她的提示下，惟芳長公主很快想起了那天的事，她臉上立時就顯現出幾分扭捏，「啊啊，原來真是見過的，妳還幫我拉住了曹家的丫頭，不然我說不定會挨上一巴掌。對了，妳姓什麼來著？妳是曹三小姐的表姊嘛，其實我記得，就是猛地一下卡住了。」

看著惟芳長公主急於證明自己而漲紅的清秀小臉，俞筱晚忽然覺得她有幾分可愛，便笑著介紹了自己，「小女子姓俞。」有外男在，名字就不方便介紹了。

「哦，俞姑娘。」惟芳還是想弄清楚心裡的疑問，「妳剛才幫我，是不是因為我是公主？」

「因為我聽說那個乞丐專門行騙，才出面幫妳。若是妳仗勢欺人，我是絕對不屑於跟妳交好。」

惟芳聽了這話就放心了，歪頭打量了俞筱晚幾眼，真誠地笑道：「妳很講義氣，也很直率，我喜歡妳。」然後又捏起一顆醃梅放入嘴中，含糊地道：「這梅子很好吃，我會讓內務府來買些。」

俞筱晚聽得這話心中一動，就含蓄地笑道：「公主若是喜歡吃這醃梅，不如一會兒隨我去店裡取一些，昨日陳公公還說要定一批呢，只是我沒有那麼多的存貨，恐怕就不能往宮中供了。」

君逸之和君之勉都不由得瞟了俞筱晚一眼，心道：膽子還真大，居然支使起長公主來了！

惟芳長公主卻半點也不介意，笑咪咪地道：「好啊，不過我要晚上再回宮，妳陪我玩一天吧。謝謝妳剛才替我解圍。」

俞筱晚抿唇而笑，「舉手之勞。」不可否認，惟芳長公主被個乞丐纏得煩不勝煩了，仍沒動手打人，與她前世聽到的傳聞實在是不相符，她對惟芳本人也就生出了一點興趣，問了些女孩兒家常的問題。

惟芳長公主立即露出不耐煩的神色，「繡花這些我都不喜歡，難道妳喜歡？」

俞筱晚也學著她歪頭想了想，「還好，不算很喜歡，但絕不討厭。」繡花的針法，是母親一手一手教給她的。坐在繡架前，就像是在與母親交流一樣，所以她雖不愛刺繡，卻時不時地會親手繡些小玩意。

惟芳不知她的心思，還以為她與別的千金一樣，行止拘束，不由得有些失望。只是一個人玩耍也沒意思，便邀請她一同玩一天。

俞筱晚指了指她的衣裳道：「卻是男女不便。」

惟芳長公主就笑了，「沒關係，讓彩虹去買一身女裝就是。妳想去天橋看看嗎？」

俞筱晚眼睛一亮，天橋是藝人們聚集之處，現下又是年節，肯定很熱鬧，便興致勃勃地道：

「好。」

惟芳立即扭頭朝二君道：「你們忙你們的去吧。」

二人暗想，若妳出了個好歹，我們怎麼跟太后交代？便堅持要跟著。

待惟芳長公主換上一身女裝，四人便一起去了天橋。惟芳與俞筱晚同車，俞筱晚想著她只怕比自己還不諳世事，便好心地勸她幫人也要看一看，對方是不是騙子。當然不會直說，而是拿了話本裡的故事來講。惟芳長公主最愛看話本，立即就對俞筱晚生出了相見恨晚之感，兩人聊著時下流行的話本。一個是重鎖深宮對外界無比嚮往的公主，一個是對禮教異常痛恨的重生少女，談到對話本中一些情節的看法，竟非常一致，越聊越投機。

一行人很快到了天橋。

君之勉讓士兵們圍在四人身邊，惟芳長公主和俞筱晚都將兜帽戴得嚴嚴實實的，挑了此處最高最中央的茶樓，坐在三樓的雅間內，居高臨下地將天橋的雜耍一覽而盡。雖然這樣看雜耍跟惟芳長公主預想的並不一樣，她想像的是，一個一個雜耍攤子看下來，隨手買些零嘴吃著，一天的時間就這麼晃過去，但也知道身穿女裝有難處，也就同意了。

君之勉不愛說話，君逸之也莫名地沉默著，只有惟芳長公主和俞筱晚邊看邊嘰嘰喳喳說個不停，時而哈哈大笑，時而緊張地捏緊手帕。

未時末，君之勉便催促道：「該回了，不是還要去俞姑娘的店裡拿梅子嗎？」

惟芳長公主看了君之勉一眼，忽然露出一個古怪的笑容，「好啊。」

四人又一同往回走，到了俞筱晚的店內，俞筱晚讓管事郭慶每種醃梅包了一大包，送給惟芳長公主。惟芳長公主笑著讓隨從接過，便對君逸之道：「逸之，你送我回宮。」又和俞筱晚道：「過幾日我來找妳玩。」

俞筱晚笑著應下了。

惟芳長公主又朝君之勉道：「你要負責送俞小姐回府。」

君逸之隨即挑眉，「君指揮使說不定還有公幹，不如我們一道，先送俞姑娘回府，再送妳回宮。」

惟芳長公主回頭背著俞筱晚，狠狠地瞪了君逸之一眼，「保護百姓也是他的職責。」又瞪向君之勉，「聽到了沒有？」

君之勉斜眼看到君逸之繃得緊緊的背，笑道：「好。」

惟芳長公主這才滿意地一笑，不待君逸之再說什麼，強拉著他出了店子。

君逸之不好強行留下，只對惟芳長公主道：「讓堂兄送俞姑娘回府，不成樣子。」

惟芳長公主神祕地笑道：「這你就不知道了，母后正和姨母商量著，將她指給之勉呢。」

君逸之神情一震，又做出不相信的樣子，用不在意的語調問：「我不信，他二人身分差得這麼遠，太后怎麼會指婚？」

惟芳最恨人不相信自己的話，就一古腦兒地說道：「我偷聽到的。聽說是攝政王妃很喜歡她，又說肥水不流外人田什麼的，想把她指給曹家的長子，然後母后就說，肯定是有原因的，還是讓咱們這邊的人收攏著才好。正好姨母入宮來請安，就說起指給之勉，還因為世子妃的娘家吧！」

她撓了撓頭，她不感興趣的東西，聽聽就算了，沒怎麼放在心上。也是因為覺得俞筱晚這個名字好像聽過，後來才想起來的。

君逸之卻聽明白了，不知俞筱晚有些什麼，攝政王妃要將她指給曹中敏，攏在自己的這邊陣營。太后得知了，卻想要橫插一槓子，另外給俞筱晚指門親事。而晉王府這邊，世子妃出自平國公府，同太后、晉王妃、楚太妃的娘家定國公府是幾代的姻親。定國公府作為外戚，並沒有遠離朝堂，而是個個身居高位，勢力本來就已經很大了，再加上定國公這門姻親，實力不可小覷。太后怕引起忠正的大臣們的不滿，有意讓君之勉娶個沒有娘家背景的妻子，而俞筱晚的父親是封疆大吏，門第不低，可是已經辭世，等於是沒背景，正好合適。

只是……君逸之凝神思索，攝政王辦事從來滴水不漏，順水推舟應下他給何語芳和曹中睿指婚，其中的目的他也是後來才琢磨出來。俞筱晚還得守孝兩年，若真個要指婚，絕不會現在就露出端倪來。

他睨了一眼努力嚼著醃梅的惟芳公主，笑問道：「妳怎麼知道俞姑娘店裡的梅子好吃？」

惟芳公主想了想，「嗯……好像是……啊，對了，前幾日皇嫂帶著張側妃入宮請安，張側妃有些害喜，攝政王妃就說去取梅子來，然後我就試了點。母后也嘗了，也說好吃，我就央母后去買一點。」

太后不可能因為一種梅子好吃，就一定要內務府到宮外去買，多半還是攝政王妃從中說了些什麼話。可惜他不在當場，惟芳又是個只記吃不記事的，問了也白問。君逸之蹙了蹙眉，攝政王妃這般在太后面前間接提起俞姑娘，也不知道是什麼意思？

那一廂，店裡剩俞筱晚和君之勉尷尬相對，她忙表示：「府中有小廝跟著，不必麻煩指揮使。」

君之勉點了點頭，帶著士兵們走了。

俞筱晚怕出門又撞上，乾脆再讓人備了三盒醃果，帶回去給外祖母和表姊們嘗嘗。

郭慶親自將紅漆食盒提進來，諂媚地笑道：「小姐，這裡各色的醃果都有。」

俞筱晚示意交給隨行的婆子，便要動身回府。郭慶又媚笑著往前湊了湊，一臉八卦地問：「方才那幾位似乎是……」

他其實不認識那三人，不過是在外面聽到惟芳長公主和君逸之說什麼回宮，便想來打聽打聽。俞筱晚也正想通過他的嘴說給張氏聽，便認真說道：「一位是晉王世子的嫡長子，一位是楚王府的二公子，另外那位貴人，就不是你能打聽的了。」

雖然沒說出惟芳長公主的身分，但有什麼女人能出入宮闈，且高貴到他不能打聽？郭慶很快就猜出了惟芳長公主的身分。先帝只有兩位女兒，一位惟瑄長公主，比攝政王還年長一歲，是位寡婦；方才的少女不過十二三歲，應當是惟芳長公主無疑。

聽說惟芳長公主十分刁蠻霸道，俞姑娘竟然跟長公主的關係這麼好，郭慶對俞筱晚的態度頓時就有了變化，打從心底裡開始恭敬了起來。

俞筱晚絲毫沒在意他是否真的尊敬自己，此人有才能，不過也不多。若她的店鋪真要拓展生意，這人還當不得大用，不過就是看在他是張氏的人，才特意留下，也許某天能用上罷了。

回到府中，俞筱晚先回墨玉居更衣，再去給曹老夫人請安，將食盒送上，「這是店子裡的醃果，新製的口味給外祖母嘗嘗鮮。」

曹老夫人嘗了幾枚，連讚清脆爽口，又讓杜鵑拿些出去分給小丫頭們吃，然後才問道：「今天怎麼去了這麼久？」

外祖母關心她，肯定會問跟去的下人們她的行蹤，俞筱晚便也沒隱瞞，實言相告。

曹老夫人沉吟了片刻，微嘆一聲道：「天家的人，還是少接觸為好，尤其那個惟芳長公主，聽說發起脾氣來是翻臉不認人的。」

俞筱晚替惟芳長公主分辯幾句：「或許是旁人以訛傳訛。」

曹老夫人還想勸她幾句，想想算了，難得晚兒在京中能有個手帕交，就是難服侍點，只要日後能幫襯著晚兒就行。因此便沒再提，而是說起了幾日後的年宴：「多幫幫妳小舅母，她一人可能忙不過來。」

俞筱晚就點了點頭，她也聽到了一點風，好像昨晚談何家的親事之時，張氏不知怎麼又衝撞了外祖母，這幾日又被禁足了。

回到墨玉居，趙嬤嬤就過來附耳道：「也不知是不是？今日看著曲嬤嬤出府，聽說是去張府。這時候，府裡正忙年宴的事，忙得腳不沾地的，還去張府做什麼？這還不算什麼，我正巧去西側門時遇上她，打了個招呼，她好像很緊張似的。」

俞筱晚就想，會不會是跟張夫人傳什麼訊息？難道是跟歐陽辰有關的？文伯不是說，歐陽辰最近手頭很鬆泛嗎？

俞筱晚叮囑趙嬤嬤多去注意一下曲嬤嬤的行蹤，從腰間解下鑰匙，「嬤嬤多拿些銀子在手上使，該用的地方不用省著。」在曹府辦事多有不便，這些下人都是曹家的，只有用銀子來撬開她們的嘴。

曹清儒下朝回到府中，便到武氏的居處順年堂，問武氏年宴的安排情況。如今府裡的家務分給張氏和武氏分管，曹老夫人讓武氏管著廚房和服裝、首飾的採買這幾個大頭，張氏則管著灑掃、修葺這些瑣事。年宴自然是兩位夫人一同操持，但張氏又被禁足，曹清儒不想去她那裡聽牢騷。

武氏將細務一一稟明，「老太太說要隆重些、奢華些，畢竟爵爺您升了職，吳庶妃也是咱家親戚，睿哥兒又說了親，幾樁喜事，沒有簡單的道理。老太太還說，若是能請來攝政王爺便是最好的。」

曹清儒對宴會的安排沒有異議，對邀請攝政王一事，也是興致勃勃，「王爺身分高貴，往常哪裡是我想請就能請的？如今有吳庶妃在，倒是個現成的由頭。」說著輕摟過武氏的肩，欣慰地道：

「當初妳收留姨妹和吳侄女，實是幫了曹家的大忙。」

雖然邀請上司是禮儀，但到底跟攝政王的身分相差大了，以往曹府從不敢邀請攝政王。

武氏笑得溫婉有禮，嘴唇上揚的弧度好像是精確測量過一般，「爵爺這麼說真是羞煞妾身了，為爵爺分憂解愁是妾身的本分。」

曹清儒滿意地點點頭，這才是個稱職的曹家主母，寬宏大度、不嫉不妒，懂得在夫君面前放下身段，低眉順眼，替他管好後院，和妾室好好相處。

武氏又溫婉地問道：「老太太免了請安，爵爺可要在此用飯？」

這幾日寒流來襲，曹老夫人的身子不爽利，就想多清靜清靜。母親不讓家人去探望，曹清儒也只敢遣人去延年堂問安。

「不用，我要去查看睿兒的功課，晚飯就隨便找個地兒吃了。」曹清儒說完站了起來。

武氏現在的一舉一動雖然都符合他心目中完美的當家主母形象，不過太乏味了，感覺還是以前當姨娘時好，時常會撒個嬌、矯點小情……不過已經是二房夫人了，本來出身就低了，再那般柔媚也不像話。

武氏恭順地送爵爺到院門口，看著他越走越遠的背影，攥緊手中的帕子，眼中憤憤不平。什麼隨便找個地兒吃晚飯？明明就是想去石姨娘那兒，再順便在那邊休息！爵爺這個月已經在石姨娘房內歇了十幾日了，張氏和玉姨娘處各歇了五六日，她這邊只歇了三四日，想想就氣死人。

曹中敏正好下衙回府，在路上遇到父親請了安。來給母親請安時，正見到武氏滿眼的嫉恨和悲憤，忙快快上前幾步，扶著母親的手一同回屋，「這是大門口，人來人往的，若是被下人瞧見母親剛才的臉色，學給父親看，如何是好？」

武氏聽著就泫然垂淚，「還以為抬了平妻就出頭了，原來不是，反倒比以前還受冷落些。」

曹中敏當然知道父親的作息，只不過身為男人他也能理解父親，哪可能放著嫩得掐得出水來的石姨娘不寵，寵愛幾個半老徐娘的？他於是沉吟了一下，安慰道：「聽同僚說，父親已經呈了請誥命的摺子，有了誥命就不同了。」

聽了這話，武氏也只有些微高興，「給大夫人請的是正二品誥命，我只是三品。」

曹中敏就尋思道：「要麼……母親，妳看是不是在院子裡抬個通房？」

武氏臉色微微一變，思量了好一番，才搖了搖頭，「你父親並不好色，若不是他自己看上眼的，抬了也沒什麼用處。」

曹中敏也不知說什麼好了，平妻到底不如嫡妻，出身又不如，在行為舉止上，母親就更要端莊。可一端莊就乏味了，比不上年輕貌美的姨娘，這也是沒辦法的事。

再說曹清儒二十七日那天壯著膽子邀請了攝政王，攝政王雖然以公務繁忙為由拒了，但卻在當天就下達了敕封兩位曹氏的誥書，算是領了曹清儒的人情。兩位夫人都封了誥命，能出席宮中的年夜宴，對曹家來說的確是無上的光榮。

曹家跟何家的親事也談得差不多了，何家雖然沒有主動上門來催促，不過曹家的納采禮和媒婆才上門，當日就配了八字，急切之情溢於言表，還暗示希望曹家能早日請期——畢竟何語芳過年就算二十歲的人了，而曹中睿才不過十四，隔兩年再成親的話，怕夜長夢多，生出變故。但是只要過了門就是曹家婦，這名分是不會變的了。

何家這個要求讓曹家十分為難，一方面覺得曹中睿身邊有個知冷知熱的人照顧是件好事；一方面又怕曹中睿少年熱血把持不住，早早地洩了精元，無心讀書。張氏簡直是要哭斷腸，幾次欲拉著爵爺哀求，都被曹清儒給躲了開去，不得已，請自家大哥大嫂來勸說，還借用張側妃的嘴，暗指這樣的弟妹真是丟臉，先拖著日後由她來想辦法退婚。

哪知適得其反，曹老夫人發了脾氣，我家孫子的婚事，妳張家人插什麼手？當即拍板，反正要娶的，晚娶不如早娶。拖來拖去，王爺還以為咱們曹家要陽奉陰違呢！

這些林林總總的小道消息，都由美景打聽到了，興致勃勃地學給俞筱晚聽。許多事俞筱晚就當是笑話聽了，尤其是聽到曹中睿的婚期就定在二月十五，距今不過一個半月，直笑得前仰後合，難怪睿表哥最近跟霜打的茄子似的，腦袋就沒抬起來過，只可惜舅母不出院子，不然也想看看她的臉色有多綠。

轉眼到了年宴那天，俞筱晚早早地去給外祖母請了安，見外祖母精神極好，就陪她多聊了幾句才回屋換衣裳。今日是曹府擺宴，她必定是要見客的。

趙嬤嬤和初雲、初雪花了一番心思，將小姐打扮得漂漂亮亮的，雖然還是素色衣裙和銀質首飾，但是搭配得秀麗雅致，配上她沉靜大方的氣質，如純白的蓮花一般高貴清華，令人賞心悅目，卻又不敢褻瀆。

趙嬤嬤不無驕傲地道：「再過幾年，京城裡就沒人能比得上小姐了！」

初雲和初雪也是一臉驕傲。跟著這樣出色的主子，她們與有榮焉。

此時客人們已經來齊了，張氏使出渾身解術，笑盈盈地與客人們一下聊起時興的髮型、首飾，一邊又聊起育兒育女心經，長袖善舞、左右逢源，一副當家女主人的派頭。相比之下，武氏就顯得黯淡得多，許多貴夫人並不大想同她說話，兼之張氏認真陪客，管事們就只能來找她商量事情，忙得腳不沾地，跟個總管事差不多。

待杜鵑過來請人，俞筱晚便來到延年堂的中廳見客。因著上回晉王妃對她青眼有加，這些精明的夫人們就格外留意俞筱晚，一個一個地拉著她的手親切問候。俞筱晚耐著性子一一回答了，眾夫人見她神情安詳、氣質恬靜，又乖巧甜美，一時都想，難怪連最挑剔古板的晉王妃都看得上眼，這通身的氣派放眼京城之中，還真沒幾個能與其相當的。

曹中雅之前也被夫人們捧著，俞筱晚一來就被冷落了，終是耐不住，便笑著向張氏道：「這麼多人擠在廳裡也悶得慌，不如由女兒請小姐們去花廳裡坐坐吧！」

張氏立即贊同，「正是，妳們小姑娘只怕已經無聊壞了。」

眾夫人也笑，「那就麻煩俞小姐和幾位曹小姐了。」

小輩們行了禮，跟著曹家姊妹和俞筱晚去花廳聊天。

這不過是曹中雅的第一步，才在花廳坐下，上了茶，她便邀請小姐們到自己的翡翠居去玩耍，說準備了馬吊、雙陸、象棋等許多好玩的事物。俞筱晚還在孝期，若是明說了去玩耍的就不好參與，便婉拒了幾位小姐的邀請。

曹中雅狀似遺憾地道：「那……表姊就先回屋休息一下吧，以後還是有機會的。」眼裡的得意怎麼也掩飾不住。

這種小手段也好得意？其實曹中雅不支開她，她也不便在中廳久留的，她只需要時常露下臉，讓外人知道有自己這麼號人物就成了，在孝期還是不便大出風頭，免得落人口實。俞筱晚對曹中雅實在感到無力。送了小姐們出花廳，便返回自己的墨玉居休息，待臨近晌午才去席面上應酬。

雖然沒有什麼皇親國戚，但赴宴的客人很多，朝中絕大多數的官員都攜了家眷前來，曹府的年宴終於獲得了圓滿的成功，待送走了最後幾位客人，一家子都累得雙肩耷拉下來，曹老夫人就打發眾人回各自屋內休息。

趙嬤嬤一邊為小姐更衣一邊輕嘆：「武夫人還是差在身分上了！」不是武夫人不會應酬，而是別人根本不要她應酬，原還想著武夫人若是能獨當一面了，日後小姐的婚事就著落在武夫人頭上，現在看來還是不行。

俞筱晚笑了笑，「這樣也好，誰知道她將舅母擠下去後，會是什麼光景？」武氏根基不穩，她們才有合作的可能。

趙嬤嬤想一想也明白了，心裡卻更替小姐難過。旁人家的小姐這般大的年紀時，只須承歡父母膝下，無憂無慮，何須這樣步步謀算？

她按著小姐瘦弱的雙肩，鄭重其事地道：「小姐，若您受了什麼委屈，一定要告訴嬤嬤，嬤嬤就是去衙門裡滾釘板，也要幫小姐討個公道！」

俞筱晚的眼眶一紅，反手握住趙嬤嬤的手，哽咽著道：「我不需要嬤嬤滾釘板，只要嬤嬤能永遠陪在晚兒身邊就好了。我如今只想好好經營田莊和店鋪，自己有了家底，什麼事都不用怕了。」

還是老話說得好，誰有都不如自己有，就是出嫁的媳婦，若是嫁妝豐厚，在婆家的腰桿都硬得多。

趙嬤嬤用力點了點頭，又想到這回宮中採買的事，「到底是成不成？」

俞筱晚淡然地道：「敏表哥去問了，金大娘也託人回了我話，的確是太后和惟芳長公主喜歡吃，內務府才採買的，可是我總覺得有人在算計著什麼，就沒有應下。若真個有什麼緣故，日後還是會來店裡採買，咱們店的醃果賣得很好，不愁銷路。我不做宮中的生意，急的是設局之人。」

轉眼就過了年，大年初五那天，家家迎財神。俞文飆也早早地帶了幾個管事，邀請曹中敏和俞筱晚到店裡去迎財神。

迎財神的儀式不算複雜，俞筱晚坐在一旁仔細觀看，待眾人都給財神敬了香，她也添了三炷香，儀式就結束了。

此時沒有哪家店鋪開門，街上的行人都少，曹中敏便問俞筱晚：「晚兒妹妹可有什麼地方想去？」

俞筱晚搖了搖頭，「沒什麼地方去，還是回府吧！」

話音才落，就聽得店外一陣馬蹄聲，一列精兵護著一輛豪華寬大的馬車停在店鋪門口，曹中敏在詹事府任職也有兩年多，一眼就瞧出馬車上的皇家暗標，忙低聲提示表妹，帶著她一同出來迎接貴客。

「晚兒，是我啦！」車簾挑起，一個嬌俏的聲音就傳了出來。惟芳長公主清秀的小臉也露出半邊，朝她笑咪咪地道。

俞筱晚不敢託大，仍是深深一福才笑著道：「進來坐嗎？」

惟芳長公主直朝她招手，「上車，快上車，我們到潭柘寺玩去！」

俞筱晚眼尖地發現惟芳長公主身後半隱半現的一張風華絕世的俊臉，是君逸之也在馬車上。她就笑了笑道：「好啊，我坐自己的馬車！」

「妳那馬車不行。」惟芳長公主一臉嫌棄的樣子，「我這車暖和、平穩，還跑得快！別囉嗦了，快上來吧！」

曹中敏也發現了君逸之，雖然不知惟芳長公主怎麼這麼沒忌諱，但是俞筱晚是寄養在曹家的，若是傳出什麼不好聽的流言，對曹家的名聲也不好，便在一旁深深一揖，朝惟芳長公主稟道：「還請長公主見諒，男女七歲不同席，實在是多有不便，還是讓舍妹坐我家的馬車吧。另外，微臣也必須跟隨在側，以盡兄長照應之職。」

惟芳長公主氣惱地瞪他一眼，「你是誰啊？假道學！逸之是我的晚輩，有什麼關係？」

君逸之不由得抽了抽嘴角，這話是什麼意思？難道想讓姓俞的丫頭當我的長輩？

曹中敏恭敬地說道：「回長公主的話，微臣是晚兒表妹的表兄，有照顧表妹的責任。車上的公子雖是長公主的晚輩，但並非是舍妹的晚輩，還請長公主體諒。」

惟芳長公主把眼一瞪，「本宮想跟晚兒說幾句，一定要跟她同車。」

君逸之暗拉了小姑姑一下，坐起身子將臉探出車窗，含笑道：「反正車中寬敞，不如曹兄也一同上來吧！」

這樣就好像是兩位兄長帶自己的妹妹出遊，不會落人口實。

曹中敏倒是不介意，但也得惟芳長公主同意不是？他就沒出聲等長公主表態。

惟芳長公主等了一會子，見這男人還是站著不動就急了，「真沒見過這麼龜毛的男人，你到底是上不上來？」

曹中敏給說得十分尷尬，卻也只能跟晚兒一起登車，又使人回府回話，說二人陪長公主進香，中午不會回府用飯了。

惟芳長公主和君逸之是去找智能大師下棋的，惟芳長公主想著自己一人在一旁觀棋太沒意思，這才想到拉上俞筱晚一起。

智能大師見到諸人，先不與惟芳長公主和君逸之打招呼，而是向著俞筱晚深深一鞠躬，口宣佛號：「多謝女施主賜藥方。」

俞筱晚忙側身避了禮，謙虛道：「大師言重了。」

君逸之鬱悶得要死，嘟囔了一句：「藥方明明是我給你的。」

智能大師不理他，請了幾人上座，又叫小沙彌將棋盤擺好。

惟芳長公主也喜歡下棋，就拉了俞筱晚一起下。原本那邊是君逸之對智能，曹中敏在一旁觀看的，後來不知怎麼的就變成了曹中敏對智能，君逸之踱到了她們這一桌。

俞筱晚是個臭棋簍子，惟芳長公主卻是個高手，她已經有些招架不住。君逸之看了一眼，就一屁股坐到俞筱晚的身邊，指點道：「放在星目上。」

俞筱晚隨手就將子放在星目上，仔細一看，果然局面挽回了半分。君逸之用兩人才能聽到的聲音輕聲道：「看妳平時挺機靈的，怎麼下棋就這水準？」

俞筱晚臉一紅，啐他道：「觀棋不語真君子。」

君逸之就真的不出聲了，任由俞筱晚連走兩步壞棋。俞筱晚發現惟芳長公主只要有棋下就行，對手是誰都無所謂，就扭頭看了君逸之一眼。

君逸之心裡得意，面上卻不顯，漂亮的鳳目只盯著棋盤，好似沒發覺她求助的目光。俞筱晚又不好意思開口求他，手捏著白子，一下子虛點這邊，一下子虛點那邊，就是落不了地，看得惟芳長公主這個急性子滿頭大汗，「晚兒，妳到底要下在哪裡？」

俞筱晚臉紅，沒什麼底氣地道：「我再想想。」以她這種水準，也看出來再不挽救，這盤棋死定了。

又等了一盞茶的功夫，惟芳長公主徹底絕望了，「妳慢慢想，我去摘幾枝梅花。」說罷，真的帶著侍女出了禪房。

君逸之卻動也不動，仔細「欣賞」棋局。一旁下棋的曹中敏抽神瞟了一眼，意味不明地勾了勾唇角，俞筱晚不大自在地往旁邊挪了挪，君逸之挑眉道：「不用讓地方，我不會幫妳下的。」

俞筱晚摸著棋子不說話，君逸之拿眼角閃了她幾眼，忽然冒出一句：「對不起。」

君逸之忽然冒出一句對不起，俞筱晚倒是愣住了，「什麼事對不起？」

君逸之飛速地瞟了她一眼，見她滿臉的懵懂，不是矯情虛應，心下不知怎的一鬆，神情就飛揚了起來，也沒再拿喬，手指點著棋盤道：「應當放在這裡。」

俞筱晚試著將白子放在他指點的地方，再細看盤面，大皺眉頭。君逸之拿扇柄敲了她一記，「妳已經把這盤棋下成這樣，神仙也不可能一枚子救活過來，須得徐徐圖之。」

君逸之指著棋盤，一一細解其中玄妙，他講解得深入淺出，俞筱晚聽得津津有味，而且極易理解。

講解了一陣子，盤面上的局勢已經講解完了，之後的應對卻要看惟芳長公主落的子而定，俞筱晚就忽然又接上剛才的話頭，「你有什麼事要道歉？」

君逸之忽地板起俊臉，仔細看棋，不再搭理她。他才不要告訴她，剛才她不同他說話，他以為她還為了那天他說的話生氣，才特意道個歉，早知道她壓根兒不記得這回事了，他才懶得道歉。

俞筱晚對他突然的冷淡感到莫名其妙，嘀咕了一句：「喜怒無常。」

君逸之只當沒聽見，繼續研究棋局。不一會兒，惟芳長公主採了幾枝梅花，小臉凍得紅撲撲地回來了，一屁股坐到對面，大咧咧地問：「怎麼樣，下了沒？」看了一下棋局，發現俞筱晚已經下了，仔細思索了一下，才又落了子。

俞筱晚發覺身邊坐了一位高手，索性不思考了，完全丟給君逸之，他讓她下哪就下哪。之後的棋局變成了君逸之與惟芳長公主對弈，只不過是經過俞筱晚的手下子而已。君逸之邊下邊解釋這步棋的用處，俞筱晚受益良多。不過君逸之這個先生也不是白當的，索性拿她當小丫頭，一會兒讓她遞茶杯，一會兒讓她端素點，而且見俞筱晚沒抗拒的意思，就更加得瑟，使喚得不亦樂乎。若不是因為男女有別，他都恨不得將腿撂到桌上，讓俞筱晚替他捶捶。

最後惟芳長公主輸了一目，噘著小嘴，指著君逸之道：「原來你平時都是讓我的！」然後來回看了兩人一眼，突然意味不明地一笑，「你們兩個對付我一個！」

俞筱晚這才發現自己跟君逸之坐得過於近了些，實在是於禮不合，忙藉著拿一旁矮几上的茶杯的勢，挪了挪身子，隔開了些距離。君逸之倒是臉皮厚得很，嬉笑道：「小姑姑不是自認為是高手嗎？真正的高手是不懼任何人的。」

惟芳長公主朝他扮了個鬼臉，又轉而邀請俞筱晚道：「咱們去林子裡轉轉吧！讓逸之幫我們摘幾枝梅花，高處的我摘不到！」

俞筱晚正覺得彆扭，忙搖頭表示自己怕冷，「你們去就好。」

君逸之看了她粉紅的小臉一眼，忽然勾唇一笑，一言不發地站起身，拉著還想再勸的惟芳長公主出去了。

俞筱晚這才吁出一口氣，真是……以前自己從來不喜歡旁人靠近，只讓初雲、初雪和趙嬤嬤近身的，就算是睿表哥，以前對她也是以禮相待。偶爾拉一下小手，都會四顧許久，要確認無人再無人，還要羞上半天。剛才怎麼就不知不覺與君二公子坐得這般近了？

俞筱晚的小臉漸漸燒了起來，忙低頭喝茶掩飾。

「女施主，還想請問一下妳服藥後的感覺。」智能和曹中敏的棋局也完了，曹中敏在看智能收藏的白玉棋子，智能就走過來坐在俞筱晚的身邊問道。

俞筱晚便告訴他，腹中火燒，蔣大娘服藥後也是這種感覺。

正聊著，門口忽然響起曹中雅細小卻鄙夷的聲音：「我說表姊怎麼大過年的跑到寺廟裡來，原來是來會俊和尚的。」語氣彷彿是在跟誰耳語，可是聲音卻又能讓旁人聽見。

俞筱晚還不及反應，曹中睿的聲音跟著出現：「三妹別胡說，智能大師是有道高僧，何況房門大開……」

「房門大開又怎麼樣？還不是孤男寡女！」曹中雅低哼了一聲，快步走入房中環顧四周，隨即居高臨下地怒視俞筱晚道：「不是說妳和惟芳長公主、君二公子在一起嗎？他們人呢？妳又騙人是不是？其實就是來找這個和尚的！」

智能大師聽到這樣粗鄙的話語，俊逸的臉龐閃過一絲別樣的情緒，雙手合十，宣了聲佛號：「阿彌陀佛，小施主應當修修口業。」

俞筱晚神色一冷，逼視著曹中雅道：「道歉！」

曹中雅哼了一聲，想說「休想」，可對上俞筱晚漆黑如夜的眸子，就沒來由地心怯，求救般地看向哥哥。

曹中睿蹙起了眉頭，他真沒想到妹妹這般口無遮攔，說話不經大腦，也斥道：「雅兒，快道歉！」

被這兄妹倆忽略掉的曹中敏從棋盤邊踱了過來，也指責曹中雅道：「三妹，妳說話太過分了！我也在這屋內，何況剛才還有惟芳長公主和君二公子，我們在一起下棋，妳怎麼能不問青紅皂白就隨意汙衊妳表姊和智能大師的清名？」

若在家中，曹中雅肯定還會要強辯幾句，可一聽到真有惟芳長公主和君二公子，立即換上一副慚愧的表情，向智能大師福了福，「請大師原宥則個，小女子也是擔心表姊行差踏錯，才會一時情急。」

智能大師神色淡然，「貧僧乃出家之人，不會將這些俗名放在心上，小姐應當向妳的表姊賠罪才是。」

俞筱晚笑了，「無妨。下回尋個機會，我也擔心表妹行差踏錯，一時情急胡亂說話就算是扯平了。」

曹中雅磨了磨牙，不得已向俞筱晚福了一福，「還請表姊不要跟小妹計較。」這會兒就知道強調自己小了。

曹中敏和曹中睿礙於面子，都幫著說好話，請俞筱晚不要放在心上，俞筱晚大度地表示：「我開玩笑的，我怎麼會跟小孩子一般見識呢？」

居然把她說成不懂事的小孩子，曹中雅又要發作，忽地想到來之前母親的叮囑就強忍下來，努力擠出個難看的笑容，「原來方才你們在下棋呀，我也喜歡下棋，不知道……長公主和君二公子去了哪裡？」

「還怕大師寂寥，韓某才特意趕來，原來這裡這般熱鬧。」韓世昭的聲音忽然傳了進來，就見他披著一件紫貂大氅，鑲白玉紫飄帶束髮，蠶眉朗目，在禪房門口含笑而立，如同蘭芝玉樹。

智能大師忙起身迎客，韓世昭將手從大氅裡伸出來，遞上一只扁平的錦盒。智能大師打開一看，竟是醫書孤本《草莖勘誤》，俊臉上頓時露出驚喜之色，忙熱情地招呼道：「多謝施主！來來，請坐！淨凡，上茶！」

韓世昭隨智能大師坐下，小沙彌奉上了熱茶。曹中敏和俞筱晚早就有座位和茶杯的，小沙彌幫他們續上新茶，卻無人理會曹中睿和曹中雅，兩人站在禪房內，面露尷尬。俞筱晚不由得暗笑，這位智能大師也挺小心眼的，嘴裡說不計較，其實計較得很。

韓世昭喝了幾口熱茶，暖了身子，這才向幾人打招呼：「原來曹兄、曹賢弟都在。」少女就不好主動招呼了，只點了點頭示意。

曹中睿就順著這話坐到他身邊，寒暄了幾句。曹中雅說話的聲音立即小了好幾分，也柔了好幾分，「是啊，我隨哥哥過來的。」盈盈地福了福，小臉上說不出的嬌羞。

俞筱晚吹了口茶水，讓熱氣騰上來擋住眼中的譏諷。就是見個禮，用得著這般羞澀嗎？

韓世昭有禮地微笑，「原來曹世兄、曹賢弟與智能大師也私交甚篤。」

曹家兄弟忙謙虛幾句，「不敢不敢。大師乃世外高人，小可只是慕名而來。」

智能大師的名聲並不特別響亮，他才不過二十出頭，生得俊逸非凡。

俞筱晚猜想，必定是敏表哥傳訊回府，讓張氏知道自己和敏表哥與長公主、君二公子在一起，忙忙地讓曹中睿和曹中雅過來攀交情。可是曹中雅一來就得罪了智能大師，智能大師看起來與長公主、君逸之等人的交情甚好，還是個有怨報怨的主，張氏這步棋可就真是走錯了。

智能大師有了醫書孤本，就專心研究了。幾個少年少女則坐在一起聊天，只是曹中睿和曹中雅的茶水始終沒上，曹中睿倒是面不改色，曹中雅的臉色卻有些難看，只是礙於韓世昭在此，不好發作罷了。

沒聊多久，君逸之和惟芳長公主就回來了。惟芳長公主捧著幾枝梅花立在房門口，冷淡地打量了一下房內的眾人，眉頭不由自主地蹙了起來，跟君逸之咬耳朵：「姓韓的討厭鬼怎麼來了？」君逸之的目光掃了俞筱晚一眼，見她與韓世昭是面對面地坐著，也皺了皺眉，「別理他。」說著話就進了屋，眾人都站起來恭候，小沙彌忙請兩位貴客入座。惟芳長公主選擇坐在俞筱晚的身邊，曹中雅卻是有心同長公主交好，忙搶了長公主的另一側坐下，君逸之就坐了曹中雅原來的位置，挨著俞筱晚而坐。

曹中雅當時就後悔了，她的位置本來與韓二公子面對面，現在成了斜對面，就不好再搭話，君二公子又隔了兩個人，更不可能說話了。可位置坐了下了，又不是她想換就能換的，只好強打精神與惟芳長公主寒暄，盡力稱讚她的頭飾精美絕倫。她聽母親跟夫人們聊天，多數是聊這些，所以有樣學樣，可惜惟芳長公主最恨自己不是男兒身，不能肆意江湖，平生最不愛談什麼頭飾服裝，因而聽得直皺眉頭。

韓世昭打算今年參加春闈，與曹家兄弟聊科舉和時政文章聊得十分熱烈，曹中睿極力發揮，口若懸河，希望能給惟芳長公主留下一個深刻的印象。

就剩下俞筱晚和君逸之沒人理會。君逸之便小聲問俞筱晚：「妳沒供醃果入宮？」

「沒有，年底貨不足了。」

君逸之搖了搖頭道：「可惜了，若是太后覺得爽口，說不定還會宣妳入宮獎賞一番。」

俞筱晚聽得心中一動，就抬了眼看他，「為什麼要獎賞我？」

她可不是沒見識的小丫頭，因為貨品好而被宣入宮中獎賞的人並非沒有，但那都是長年供宮中物品的大商人，只是幾顆醃梅就要獎賞，也未免太誇張了。君逸之長年在宮中走動的人，不可能不知道，卻故意說出這樣的話來，難道有什麼特殊原因？

君逸有些失神地看著她清澈明亮的眼睛，下意識就想告訴她，太后可能想給妳和君之勉指婚，妳可千萬別往太后眼前湊！只是話到嘴邊就恍過神來，說不得啊說不得，便端出臉戲謔的笑，「妳叫我幾聲好哥哥，我就告訴妳為什麼。」

俞筱晚的眸光瞬間黯淡了，原來他不願說。

君逸之拿眼斜她，「愁眉苦臉的幹什麼？是不是親戚太多，生意不好做啊？也難怪，聽說張側妃害喜害得厲害，總要吃妳的梅子，她是妳表姊，妳不好意思收銀子。」

俞筱晚感覺莫名其妙，「怎麼扯上了張側妃？」

那廂惟芳長公主已經被曹中雅給纏煩了，就將小腦袋湊了過來，正聽得這幾句，便接話道：「那回入宮請安的時候，張側妃就難受得不行，姜姊姊就拿了醃梅給她吃，要不然我還不知道妳店裡的梅子這麼好吃呢！」

俞筱晚眼睛一亮，「姜姊姊是？」

「攝政王妃啊！她是越國公姜家的嫡長女！」

她管攝政王妃叫姜姊姊，管張君瑤叫張側妃，親疏立現。俞筱晚就不由得揚起一抹笑，「原來是這樣啊，我還聽說是……」

惟芳長公主好奇地問：「聽說什麼啊？」

聽說醃梅是楚太妃帶入宮的，居然連攝政王妃都插了一手！一個醃梅而已，還傳出這麼多種傳言來了，是要拿我做筏子，大做文章嗎？俞筱晚想了一歇想不通，天家的人還真是心機深沉，什麼事都讓人費思量！她索性不理，船到橋頭自然直。

俞筱晚轉了眸，不經意間發現君逸之瞥向自己的眼神裡有一抹關切，不由得小臉一紅，他也是關心才特意透露一點的吧，只是為何不直說呢？

閃了閃神，俞筱晚便明白了，天威難測，站在最高處的人，最忌諱被人看穿心思，他就算是知曉了，也不方便明說。不過，既然他願意透露，是不是能問出更多來？

俞筱晚就不停地拿眼睛睃他，君逸之卻側頭聽韓世昭和曹家兄弟聊時政。俞筱晚只好找惟芳長公主說話，聊不了兩句，惟芳長公主就興致勃勃地問：「在這聊天多無聊，不如我們去跑馬吧！妳會騎馬嗎？」

俞筱晚立即笑道：「會啊，正好我幾年沒騎過馬了。」

惟芳長公主是個說風就是雨的急性子，當即拉了她出門，找侍衛要馬匹。君逸之也只好跟上。韓世昭見人走了一半，便笑道：「我也去。」

曹中敏一想，晚兒身旁不能無人陪著，便也跟上。曹中雅看著暗恨，她不會騎馬，只能在禪房裡坐著，曹中睿則不得不留下來陪妹妹。

外面的幾人各騎了一匹好馬，在潭柘山上縱情奔馳了一回，個個喜笑顏開。惟芳長公主有些驚奇地看著俞筱晚道：「真沒想到妳騎術這麼精湛。」

俞筱晚興奮的笑臉頓時凝滯住，韓世昭就轉了話題，「開春後有騎射比賽，俞姑娘若有興趣，可以隨曹兄去看看。」

俞筱晚真有興趣，便問曹中敏：「我真的可以去嗎？」

曹中敏為難地笑了笑，「騎射比賽是……」

韓世昭介紹道：「騎射比賽是內廷舉辦的，曹兄如今在翰林院當職，今年肯定能得到一張請柬。」

曹中敏心中一蕩，能參加這個比賽的都是朝中權貴的子弟，並非在何處任職就能參加，就是父親，也從來沒去過，難道是韓二公子打算贈自己一張？他抬頭看向韓世昭，韓世昭朝他友善地一笑，曹中敏心中不由得激動，這可是個結交權貴的大好時機！晚兒妹妹真是我的命中福星，總能在關鍵時刻提攜我一把！

君逸之則將惟芳長公主拉到一邊，小聲地道：「俞小姐的父親是一方守將，這騎術肯定也是她父親教給她的。」

惟芳長公主一臉懊悔，忙走到俞筱晚的身邊道：「對不住，我……不該提妳的傷心事。」

看著惟芳長公主慚愧的樣子，俞筱晚真心覺得她可愛，難得她千金之軀還願低聲賠不是，便大方地道：「沒關係，騎術是父親教我的，妳讚我，我很高興，父親……也會高興。」

惟芳長公主見她沒生自己的氣，就高興地笑了。惟芳長公主為了哄她高興，烘托她的騎術，就指著曹中敏道：「他看起來應當是練過幾年的，可是騎得中規中矩，不如妳有靈性。」

曹中敏躲在一邊也中槍，只能搖頭苦笑。韓世昭含笑反問：「敢問長公主，何為騎得有靈性？」

惟芳長公主臉上就露出一絲不屑的笑，「你也騎得沒靈性，跟你說也是白搭。」又轉頭朝俞筱晚道：「等開春了，我請妳來看騎射比賽。」

俞筱晚便笑道：「韓公子方才已經邀請我了，我會跟敏表哥一道去。」

君逸之就挑眉看了韓世昭一眼，眼神裡暗含威脅。韓世昭挑釁地回他燦爛一笑，朝他做了幾個口型，「活該，誰讓你拿腔拿調，機會是稍縱即逝的。」

回程的時候，惟芳長公主與俞筱晚同乘一輛馬車，曹中雅乘了曹府的車，男子們都騎馬陪伴。惟芳長公主禁不住俞筱晚纏問，就告訴她太后有意給她指婚之事，俞筱晚大驚失色。君之勉此人高傲冷漠，而且還夜探曹府，也不知他暗地裡是幫誰做事的，她可真不想跟他有任何交集。

「當然，也得等妳守孝期滿。」惟芳長公主一直仔細觀察著她的表情，見她似乎不願，便壞壞地笑道：「妳是不是心中有其他人呀？」

俞筱晚搖頭否認，「我哪認識什麼人？」

惟芳長公主並不大守禮教，問這話並沒有什麼惡意，就不相信地追問了幾遍，俞筱晚都很堅定地道：「我不是怕傳出去名聲如何，是真的沒有！」

見她真是沒什麼意中人的樣子，惟芳長公主難免嘀咕幾句：「君家的男子妳都看不上眼嗎？難道妳喜歡韓世昭那個假人？還是妳敏表哥那個木頭？」

對這兩人的評價倒還挺貼切的，俞筱晚就忍不住笑了起來。

兩人說話的聲音雖不大，可是馬車外的人卻聽得清清楚楚，被點到名的韓世昭和曹中敏無奈地相視一笑，有了同病相憐的意思。

只有君逸之一直保持著如往常一樣玩世不恭的笑，只不過俊臉上的肌肉卻繃得很緊，怎麼看都有些強撐的感覺。

貳之章　賽馬驚魂惹君怒

回到曹府，張氏就將兒女叫到雅年堂來，問他們與長公主和君二公子攀交得如何？得知太后有意給俞筱晚指一門貴親，頓時倒抽了一口涼氣，急得站了起來，「這怎麼行！」

有了皇親做靠山，俞家的家產她肯定是分文別想沾了，就連吃下去的說不定都得吐出來。她來來回回在屋子裡走了幾圈，忽然拿定了主意，「此事得找妳舅舅、舅母商議一下。」

曹中雅也贊成，「那君之勉公子日後可是會繼承親王爵位的，君二公子也不過是個郡王而已。娘，我不要俞筱晚的品級比我高。」

張氏立即使人去給張夫人通了信，澄清利害，張夫人便去找女兒張君瑤，「那個俞丫頭跟吳庶妃穿連襠褲的，絕不能讓她攀上好親事。」

張君瑤想了想，漫不經心地笑道：「元宵之夜讓表妹們來王府陪我解解悶吧，我介紹幾個人給她們認識！」

張夫人聽了女兒的計謀之後，也忍不住笑了起來。

轉眼便到了元宵節，皇上賜宴清華宮，官員們都攜夫人入宮參加宴會，而曹家姊妹和俞筱晚卻被請入攝政王府陪張側妃解悶。因為小武氏也在被邀之列，想著還能見到吳麗絹，俞筱晚便也沒推辭。

攝政王妃不在府中，王府裡就是張側妃為大，王爺的幾位妾室聽說張側妃的表妹們來了，都過來見了一面，俞筱晚只虛應了一下，就告罪去看吳庶妃。

吳麗絹的院落離張君瑤的院落有些遠，中間隔著王妃住的正院，必須繞道後花園避開。府中的宮女引著小武氏和俞筱晚從花園經過時，俞筱晚見花園的廊亭中有絲竹聲傳出，略微露出了些好奇的表情，府中還有客人嗎？

宮女笑著解釋道：「那是憐香縣主借了廊亭宴客。」

憐香縣主姜媛是攝政王妃的親妹妹，俞筱晚只知道她鍾情於曹中睿，卻不知道她的性子如何。

廊亭那邊也正有婢女送了各色醃果過去，笑稱：「這是我們張側妃的表妹親自漬的醃果，請縣主和各位小姐品嘗。」

憐香縣主嘗了一顆，笑讚道：「的確不錯，替我道聲多謝。」

婢女恭敬地屈膝退下，便有一位小姐笑道：「當然不錯，太后都喜歡吃她漬的醃果呢！」

幾位貴族小姐便好奇地問：「妳是怎麼知道的？」

那位小姐壓低了聲音：「說起來妳們應當也見過她，就是上回被晉王妃叫去一直陪著看戲的那位小姐。聽說，晉王妃有意將她配給之勉公子呢！」

「胡說！身分根本就不配！」憐香縣主斥了她一句，轉頭看向自己的好友靜雯郡主，寬慰似的道：「以訛傳訛的事，別放在心上。」

那位小姐卻是不滿憐香縣主不相信自己，信誓旦旦地道：「我可沒騙妳們，太后也有意指婚呢。」說完又是一臉害怕的樣子，捂著小嘴道：「可別說是我說的。」

「妳——」憐香縣主還要說她是胡說，可一想到此女父親的身分，當下就信了大半，再回頭看好友靜雯郡主，她已經踱到窗邊去了。

她忙跟過去，站在靜雯郡主的身邊，小聲道：「妳別放在心上，妳與之勉哥哥從小到大的情誼，太后也是知道的。就算真的要指婚，頂多是側室罷了。」

靜雯郡主的目光一直追隨著一道窈窕的身影，直到那身影轉過垂花門再看不見，才回頭朝憐香縣主笑了笑，「妳不知道我嗎？我怎麼會放在心上？再說，之勉哥哥對我一直很好，那樣的女孩兒，對我也構不成威脅。」

憐香縣主笑著點了點頭，忽地道：「我們去吳庶妃那裡玩嗎？說起來，那天都沒仔細看那位小姐長得什麼樣子。」

眾人一聽也來了興致，相攜著去了吳庶妃的水風景。

俞筱晚正跟吳麗絹母女說話，喜兒便進來通稟道：「靜雯郡主、憐香縣主與幾位小姐要來給庶妃問好。」

吳麗絹忙道：「快請！」

一行進來六名少女，與一般的千金不同，都是幹練清爽的短襖六幅裙。頭上梳的抓髻、首飾也不多見，只簪了一兩支花簪，還不帶流蘇的。

吳麗絹幫著兩廂介紹：「這位是我遠房表妹俞筱晚，這幾位是靜雯郡主、憐香縣主、艾可心、蔣婕、肖昱、秦好。」

眾人相互見了禮，分主次坐下。

憐香縣主跟吳麗絹最熟，笑嘻嘻地道：「聽說吳姊姊這兒來了貴客，咱們便不請自來了。一會兒正要去玩飛鏢，不知俞妹妹有沒有興趣？」

靜雯郡主便道：「妳別胡鬧，沒得嚇壞了客人，人家可是規規矩矩的小姐。」

「靜雯，我這叫爽快！俞妹妹，射飛鏢可比擊鼓傳花好玩多了，妳不如來試一試，不喜歡不玩就是了！」憐香縣主邀請道。

俞筱晚見她們個個都不是那扭扭捏捏的人，想到趙國公是武將，只怕憐香縣主交往的這些千金也是武將之後。武將的女兒果然同文官的女兒不同，看起來就爽快得多。二則吳麗絹母女可能有私房話要說，她又不想回張君瑤那邊去。三則她也有興趣玩飛鏢，於是便笑道：「好啊。」

憐香縣主立即拉著她的手站起來，朝吳麗絹道：「那我們先去玩著，到飯點再送俞妹妹回來。」

吳麗絹就笑道：「讓喜兒跟著服侍吧！不勞煩縣主親自送人回來了。」

吳麗絹這話也是有讓喜兒照料一下的意思，俞筱晚便感激地朝吳麗絹笑了笑。

眾女到了王府的練武場，早有王府的親兵將飛靶布好，一色兒的鈍頭飛鏢也早備齊，看來憐香縣主是經常在這裡玩耍的。

俞筱晚就放了心，認真跟幾位千金比拚起來。對上飛靶，俞筱晚一鏢就正中紅心，靜雯郡主和憐香縣主兩人都給嚇呆了，愣愣地問：「妳說妳沒玩過？」

俞筱晚含笑點了點頭，「是啊。」這的確是她第一次玩，不過習武也快一年了，這點準頭還是有的，但為了不讓旁人起疑，後面的幾鏢她就故意放水，射在外圈，讓頭一鏢顯得好像是無意間命中的。

秦妤眼睛骨碌一轉，又要玩騎馬射箭。俞筱晚也沒怯場，認真同她們玩了一圈，箭箭命中，雖然不是每箭都在紅心，但比之她們六個還是強得多了。

憐香縣主便不由得問道：「妳是不是自小就習過武？」

俞筱晚淡笑道：「學過一點皮毛，家父是河南都指揮使。」

眾人恍然，便笑道：「原來跟我們一樣是武將之後，那以後我們就一起玩吧！」

蔣婕笑道：「就是，物以類聚嘛！前個兒杜家宴會發了帖子來，我都沒去。跟那些千金小姐們在一起，無非是比誰的頭飾漂亮，誰的衣裳款式新穎，一個個打扮得花枝招展的，假借賞梅之名，行的還不是勾引男人之實？」

靜雯郡主啐她道：「妳說得太粗鄙了，不過，聽著挺爽快的……」

眾女都哈哈笑了起來，俞筱晚難得地開懷，覺得跟這些豪爽的千金們來往，的確是樁樂事。

到了飯點，喜兒請俞筱晚赴宴，憐香縣主的宴會也要開始了，眾人就與俞筱晚別過，說日後多多交往。

待宮中散了宴，王府的聚會早就散了，攝政王下榻在攝政王妃的正院，先淨了身，到內室的暖炕上歪著，就著明亮的玻璃宮燈翻看公文。就聽得王妃在梢間問宮女的話，有宮女回道：「今日憐香縣主與俞小姐一同玩了一上午，宴時才分別的。」

王妃不由得好奇地挑了挑眉，「媛兒怎麼知道她來了？」

那宮女回道：「張側妃使了婢女送醃果給縣主品嘗，縣主聽說是俞小姐帶來的便去道謝，就這麼認識了。」

王妃又問縣主她們玩了些什麼？說了些什麼？隨後笑了笑，打發宮女退下了。進得內室，王妃伴著攝政王坐下，攝政王眉都不抬地道：「想說什麼就說吧。」

王妃笑啐了一聲，「才不說，你的心肝寶貝張側妃雖然平時不跟媛兒來往，可今日好心送醃果給媛兒嘗，我若還懷疑她事出反常必有妖，只怕會落個滿身埋怨。待日後有了分曉，王爺自然會知道。再者說，一個小孤女，哪裡有王爺您的子嗣重要？」

攝政王無奈地抬眼看她，「我一個字都沒說，妳就給我定了罪名。」

王妃咯咯嬌笑，偎進王爺的懷裡，「好啦，我會幫您看好後院的，會讓她安安分分在府中待產，您只管忙您的大事便是。」

攝政王勾起她光潔的下巴，俯頭印上一個吻。

王妃享受地閉上眼睛，心中卻是甜蜜又得意。可笑張君瑤還以為生個兒子就能取代她，卻不知王爺與她情深意重，更看重她的智謀和氣魄，能幫他管理後宅，讓他安心政務。否則，她早就坐不穩這王妃之位，何須等到今朝？

轉眼就進了三月，鶯飛草長，春暖花開，桃花、杏花、李花，還有各種無名氏野花，開得蓬勃，花間蜜蜂蝴蝶忙碌穿梭，百鳥歡唱，一片生機盎然。

二月底的時候，曹中睿迎娶了何語芳，不過聽下人們說，兩人各有房舍，一來是曹中睿還年幼，曹老夫人和爵爺都不希望他們太早圓房，二來曹中睿自己也不願意。

何語芳的陪嫁極多，這給她撐足了臉面，曹老夫人又時常讚她懂事守禮，曹府的下人們也不敢小瞧了這位二少奶奶。俞筱晚本是不想與何語芳有過多交集的，卻不曾想在花園裡幾次無意撞見後，竟越聊越親近。何語芳的確是有內才的女子，樣子生得也不錯，可惜了一點小缺陷。俞筱晚前世聽說她最後出家為尼，其實在曹府若是不能生下一兒半女，跟出家為尼也沒有什麼區別，她暗下了決心，無論如何都要幫何語芳一次，怎麼也得給她個兒女傍身。

這兩個月間，憐香縣主和惟芳長公主來曹府尋俞筱晚玩過好幾次，俞筱晚漸漸與憐香縣主那幫人玩得熟了，跟惟芳長公主的交情也是一日好過一日，情濃得像是相交幾十年的閨密。只是俞筱晚不大明白，惟芳長公主為何時常用一種奇怪的眼神看著她？

這天正是騎馬比賽的日子，惟芳長公主要從宮中出發，就由憐香縣主來接她。俞筱晚早就打扮好了，一身素色騎馬裝，因為憐香縣主告訴她，女子也有專門的賽馬比賽，而且憐香縣主答應借馬匹給她。

雅年堂。

「睿兒，你妹妹穿這身衣裳漂亮嗎？」張氏看著自己的寶貝女兒，尋求兒子的肯定。

曹中雅攤開雙手，將衣裳全面展示出來，在哥哥面前轉了一個圈。銀紅色的遍地牡丹紋琵琶衿上裳，配淡粉色流彩暗花百褶如意月裙，腰間繫一條粉色柔絹絲絛，左側飾一塊上品羊脂玉的雲紋葫蘆玉佩，右側則是女孩兒家常繫的荷包、帶金環的香帕等物，琳瑯一身。

曹中雅一身衣裳上色深而下色淺，遠看如同一朵出水芙蓉。

張氏秀眉彎彎，面帶笑意，對女兒的美貌和自己親手挑選的這一套衣裳，滿意得不能再滿意了，「必定能引得少年公子競折腰。」

曹中睿看著妹妹換了不下十套衣裳，早就神思飄到天外去了，想像著這樣的衣裳若是穿在晚兒妹妹的身上，那該有多明豔動人，可惜……

曹中雅得意地理著衣袖，「表姊真的都安排好了嗎？」然後陰狠地道：「最好是摔死她！」

張氏作了個噤聲的動作，小聲道：「可不是妳表姊安排的，這是借刀殺人，妳少把罪名往妳表姊頭上扣！」

曹清儒今年也得了請柬，可以帶兒女一塊參加。一家人乘車的乘車，騎馬的騎馬，在俞筱晚和憐香縣主之後一腳到達會場。

會場裡早就人山人海，參加的都是權貴子弟，主子不多，奴才卻多。攝政王攜王妃坐在高臺上觀看，君逸之與家人坐在一起，忽見攝政王妃朝他笑了笑，忙過去請安。

王妃拉著他坐到自己身邊，小聲地問：「今年你參加嗎？」

君逸之搖了搖頭，「沒意思，沒一匹馬比得上我的逐風。」

王妃便笑道：「那可就便宜之勉了，聽說他前月才得了一匹烏雲踏雪。」

激將法沒用，君逸之還是搖了搖頭。

「若這回他出了風頭，太后大約就會幫他指婚了。」王妃狀似無意地道：「不知是靜雯還是誰？啊，靜雯在那邊，看起來跟俞家丫頭的關係不錯嘛！」

君逸之順著手指瞧過去，果然見俞筱晚一身短打騎馬裝，在跟靜雯郡主和憐香縣主說話。他眸光微微一閃，便下了看臺，走了過去。

俞筱晚正在挑馬，靜雯郡主、憐香縣主和蔣婕等人都多牽了一匹馬來，隨她挑選。俞筱晚騎術不錯，可挑馬並不在行，看這幾匹馬都高大俊美，一時拿不定主意。君逸之溜達過來，漫聲道：「這種母馬騎了也想贏嗎？」

憐香縣主回頭一看是他，頓時惱了，「母馬怎麼就不能贏？我們女子比賽都是騎母馬！」

君逸之一匹一匹拍過去，眸光閃了幾閃，朝俞筱晚笑道：「我有馬可以借給妳，妳隨我去拿吧。」

憐香縣主等人面面相覷，都露出幾分惶急之色。

憐香縣主氣惱地道：「君逸之，你什麼意思？誰不知道你的逐風是千里駒，你這是成心讓我們輸嗎？」

蔣婕也氣憤地道：「你想比試幹麼不去男子那邊比？」

艾可心卻朝俞筱晚道：「俞妹妹妳快挑吧，賽前我們還得給馬匹餵些草呢！」

君逸之嗤笑，「說我借馬給俞姑娘是讓妳們輸，妳們可會把自己最好的馬出借？不會吧？自己挑剩下的馬借給俞姑娘，這不擺明了讓她輸嗎？」

眾女一時面面相覷，啞口無言。

靜雯郡主哼了一聲，笑看著俞筱晚問：「俞妹妹，妳跟君二公子很熟嗎？」

俞筱晚茫然，這兩個月陪外祖母和張氏、武氏等人到廟裡上香，回回都能遇到君二公子，可是想與他打個招呼見個禮，他卻恍若沒發覺她，高傲地抬著頭揚長而去。次數多了，俞筱晚便猜測著，是不是自己哪裡不小心得罪了這位大爺？今天卻不知君逸之怎麼會突然跑到這來，毫無芥蒂地說要借馬給她，彷彿之前的冷淡只是她的錯覺。

不過，靜雯郡主當著眾人的面這樣問，就是要她拒絕的意思，被人強迫著拒絕心裡當然不會舒坦，可她一個閉門守孝的少女，說與男子相熟，傳出去也的確不好聽，俞筱晚便支吾道：「認識的。」

君逸之將眉一挑，鳳目裡就多了層看不懂的幽光，輕哼了一聲道：「就只是認識的嗎？上回還幫妳解了難，算是妳的恩人吧？」

俞筱晚被他盯得耳根有些發熱，竟不知怎麼的有些不敢面對他，不禁微微側過小臉避開。從君逸之的角度，就能只望見她潔白纖長的面部曲線，長而卷翹的睫毛輕輕顫著，似有無法訴說的惶惑及難以言喻的心事。

君逸之心底裡的那股怨氣，不知怎的就消散了，暗暗地嘆息了一聲。他是男子，就是不守禮儀也沒什麼要緊，反正他也不用自己名聲有多好聽。可晚兒卻是女子，這世間對女子的束縛太多了……他便狀似無聊地撇了撇嘴，「知恩不報，沒意思！」

憐香縣主等人相互望了一眼，不想讓君逸之在這糾纏，便故作生氣地對他道：「人家俞妹妹都不領你的情，你的花花心思留著哄旁人吧，別來打俞妹妹的主意！」

俞筱晚給說得不好意思，又怕君逸之會真生氣，忙打圓場道：「妳們別這樣說，君二公子也是一片好意，不過……聽說你的馬是極好的，烈馬都有烈性，我怕駕馭不了倒是真的。」最後這句是朝君逸之說的。

君逸之清亮的鳳目裡湧上些笑意，勾起唇角道：「還算妳有幾分良心，若不敢騎就罷了。」

眾女都以為他終於要知難而退的時候，卻忽然來了兩個程咬金。君之勉和韓世昭並肩而來，韓世昭含笑問：「真熱鬧啊！君二公子在這女人堆裡幹什麼？」

君逸之俊臉一板，「關你屁事！」

去。」

君之勉蹙起了眉頭，掃了一眼眾人，在俞筱晚的臉上略停了停，沉聲對君逸之道：「回看臺

君逸之嗤了一聲，「拿起堂兄的架子來了，也要看我消受不消受！」

韓世昭笑得溫和儒雅，說出口的話卻帶了刀刃一般，「君二公子不會是想在這裡敗壞小姐們的興致吧？」

君逸之忽然慢慢地笑開來，越笑越有些陰險的味道，「說說話就是敗壞小姐們的興致嗎？我以為這樣才叫敗壞興致呢！」說著猛然拔出匕首，朝著身邊的馬屁股上用力一插，匕首瞬間沒入馬臀。

那馬匹本由一名馬僮牽著，忽然受傷吃痛，頓時驚得前蹄立起，嘶鳴了一聲，掙脫了馬僮的牽制，狂暴地原地轉了幾個圈，然後瘋了一般地朝廣場飛奔而去。牠轉這幾個圈的同時，也驚了其他的馬，馬匹都暴躁了起來，不住用前蹄刨地，有幾匹甚至掙脫了馬僮，也隨著飛奔而去。

這一變故來得太快，讓人措手不及。

憐香縣主等人都嚇得大叫，不顧儀態地抱頭鼠竄。君之勉和韓世昭忙挺身而出，將眾千金護好。君逸之卻哈哈大笑，囂張地道：「看妳們還拿什麼來比賽！」說罷，也不理眾人，甩著廣袖得意洋洋地走了。揮一揮衣袖，不帶走一根馬毛。

君之勉和韓世昭不得不留下來幫忙善後。這片小馬場都是沙地，被馬蹄捲得塵土飛揚，好不容易馬僮安頓好沒跑脫的幾匹馬，丫頭們忙拿了浸溼些水的汗巾子幫主子們拂去滿頭滿臉的灰塵，又將慌亂跑竄時歪倒的簪釵扶正，眾女直氣得臉色發青。這些武將家的千金的確沒那麼斯文，站在場邊就破口大罵，只不敢直呼君逸之的名字，可誰不知道是在罵他？罵了一歇還不解氣，吆喝著要去攝政王和小皇帝面前告他一狀。

俞筱晚一直安靜地站在一旁，蹙眉思索著什麼。君之勉慢慢走到她身邊，清冷地打量了她幾眼，眸光中意味不明，「怎麼惹上他的？」

他的語氣讓俞筱晚覺得很委屈，怎麼好像他能理直氣壯地管她似的？她也就用同樣清冷的語調回話：「不是我惹他，是你們惹的。」

君之勉的眼睛瞇了瞇，陰沉的氣息立即翻滾而至，「倒是挺會狡辯的。」

俞筱晚抬頭看了看他，眼中滑過一絲譏誚，「干卿底事？」

君之勉一怔，眸中卻浮起幾絲興味，正要說話，兩人中間忽然多出個妙人兒來。靜雯郡主含笑抬頭看向君之勉，「之勉哥哥你別生氣，其實是我們不對。君二公子好意借馬匹給俞妹妹，只是我們都知道君二公子的逐風是千里良駒，就堵著俞妹妹不讓她借，這才惹火了君二公子。」

俞筱晚訝異地看了靜雯郡主一眼，靜雯郡主只仰頭看向君之勉，沒注意到她眼中的驚訝和隨之而至的了然。之前一直以為靜雯郡主她們都是爽朗直率的女孩，卻沒想到也能說出這樣拐彎抹角的話來。明著是承認錯誤，實則哪一句不是在暗指她與君逸之交情匪淺？再看看靜雯郡主眼中的依戀和柔情，還有什麼不明白的？

俞筱晚低下頭，只當沒聽懂靜雯郡主話裡的意思，反正對她來說，君之勉越是誤會越是好。

君之勉只是「嗯」了一聲，「妳們好好準備吧，先是妳們女子賽，接著才是男子賽。」又深深地看了俞筱晚一眼，「韓二公子去替妳挑馬了。」說罷就回身走了。

韓世昭倒沒跟他一起離去，而是指揮著馬僮和兵士們將現場都安頓好了，又牽了一匹軍馬過來給俞筱晚比賽用，才含笑告辭。

靜雯郡主看了看馬，心無城府般地朝俞筱晚笑道：「這匹馬很不錯，以前是之勉哥哥的座騎，後來讓給了遊擊校衛李昂。之勉哥哥對妳挺不錯的，他這人對人素來冷淡，以前只同我說話，別的女孩都不理的。」

俞筱晚只是笑了笑，並不接話，靜雯郡主就有些尷尬，好在憐香縣主氣哼哼地跑過來問：「賽完後去告狀嗎？」

靜雯郡主看著仔細紮馬帶的俞筱晚，神情陰鬱，「當然要告！」

其實壓根不必告，太后、皇上和攝政王都已經知道了。

那幾匹馬驚得在場中亂奔亂竄，揚起塵土漫天，自然有兵士前來驅趕。可是馬匹卻似驚得不輕，不但奔跑速度極快，還力氣極大，讓這些經驗豐富的兵士們費了好大的力氣才套住，卻還是不肯安靜下來，最後只得用了些藥，讓馬匹睡了過去才搬弄開。

這一場鬧劇前前後後花了半個來時辰，坐在看臺上的小皇帝和太后等人都蹙起了眉頭，責令內侍下去查明原委。得知是君逸之幹的好事，一個個的都面露古怪的表情。

楚王爺雖有五個兒子，可是楚太妃最疼愛就是這個君逸之。小皇帝還年幼，朝中必須有人支持，才能與攝政王抗衡。楚太妃和晉王妃是太后的親姊姊，這關係上自然就親近了，可三姊妹到底嫁了人，心思都放在夫家，各有各的算盤，也禁不得幾番交惡，所以楚太妃的寶貝疙瘩，太后是不會輕易動的。

對攝政王來說也是一樣，楚王和晉王都是他要拉攏的對象。

而皇帝年幼，正是愛玩鬧的年紀，剛才看兵士們圍堵那幾匹烈馬，看得興高采烈，壓根兒不覺得這是什麼過錯，要真讓他來評價，只怕還會封賞君逸之。

所以內侍稟明了原委之後，太后沉吟了一下，便優雅地揮手道：「知道了，退下吧！」

廣場重新整飭好後，騎射比賽開始了。

女子們就是比騎馬，參加的也不過二十來人，都是武將之後，馬匹也是以溫馴的母馬為主，唯有俞筱晚騎了匹軍馬，顯得格外扎眼。

太后坐在高臺之上，就不由得問了一句：「那是誰？」

攝政王妃坐在太后身邊，便笑著介紹：「已故的河南都指揮使的千金俞筱晚。」

楚太妃和晉王妃都坐在左近，楚王妃坐在楚太妃身後，這會子忽然插上一句：「那她應當還在孝期啊！」

攝政王妃挑了挑眉，太后的眼光一閃，兩人都不說話。惟芳長公主也想參加的，可是太后怎麼也不允，這會子只好坐在臺上羨慕地望著眾女，聽到楚王妃的話，就皺了眉頭道：「皇嫂，是我邀請她來的。」

楚太妃回頭看了媳婦一眼，「怎麼？妳是想說俞丫頭不知禮，還是想說長公主不知禮？」

楚王妃的臉一白，以她現在的地位，倒不是怕長公主對她有意見，而是覺得婆婆當著這麼多人的面諷刺她，讓她下不了臺，便忍不住厭惡地看了台下一眼。

賽馬比賽已然開始，少女們揚鞭揮刺，駕馭著馬兒快跑。惟芳長公主哪裡還坐得住？跑到欄杆邊為俞筱晚吶喊助威。太后忍不住扶額，「快回來！哪有點女孩兒家的樣子？」

場地建在半山腰，跑馬比賽的路程是衝下山腳，再繞回到廣場。看臺的地勢很高，雖然有些地段會被樹林掩映，但基本上還是可以看到全程。

眾人都翹首張望著。女子們的騎術相對要差得多，比賽沒有男子的精彩，多數男子只是當看戲一般。

忽然，一匹賽馬立起前蹄長嘶了一聲，跟著就疾風一般地衝了出去。看臺上的人都是一驚，太后忙道：「快讓御林軍去截住，可千萬別出什麼事！」

比賽的隊伍被衝亂了，好些人被那匹驚馬撞了一下，不得不退出了比賽。俞筱晚憑著精湛的騎術躲過一劫，最先衝過終點回到了廣場。

太后立即讓她上看臺來問話。

俞筱晚理了理衣裳和髮髻，跟著內侍上了看臺，跪下回話：「驚了馬的似乎是靜雯郡主，御林軍已經去攔截了，將軍們讓臣女們不要跟過去，所以臣女不知現在的情形如何了。」

惟芳長公主立即道：「是啊是啊，晚兒怎麼會知道呢？」

太后仔細打量了俞筱晚幾眼，心中暗暗讚賞，這丫頭生得真是俊，氣度也沉穩，見著了哀家恭敬有禮，卻又不卑不亢，很是難得，於是微微一嘆，「起來吧！」又商量似的和攝政王道：「本來拔得頭籌應當要賞賜的，可是俞姑娘還在孝期，這賞賜就先存下來，日後再賞，王爺覺得這樣如何？」

攝政王恭敬地道：「母后所言極是，就按您的意思。」

太后便打發俞筱晚下去。惟芳長公主也悄悄地跟了下來，拉著她到看臺下。看臺是用木頭抬出來的高臺，台下是空的，用木板和圍幔隔出了好些小屋子，分了男女，供選手們休息。惟芳和俞筱晚挑了一個小隔間坐著，惟芳抱歉地道：「妳放心，這賞賜我給妳記著，總要賞給妳的！」

俞筱晚倒不在意什麼賞賜，她在意的是太后的態度，蹙眉問：「太后怎麼知道我在孝期的？」

惟芳長公主告訴了她原委，不屑地哼道：「有些人就是這麼假模假樣的，好像只有她是個高貴識禮的人似的。」

原來是楚王妃，他的母妃……俞筱晚的眸光一黯，惟芳長公主忙小聲地問她：「妳怎麼了？」

君逸之不知何時跟了進來，不屑地看著惟芳長公主道：「又不是她的馬驚了，她會怎麼樣？」

惟芳長公主見是他，就鬼鬼地一笑，「我是怕晚兒害怕嘛！呃……好像是母后在叫我，我先回去一下，晚兒妳在這等我。逸之，幫我陪陪晚兒。」說完就一溜煙跑了，留下俞筱晚和君逸之孤男寡女地共處一室。

俞筱晚立即覺得不合適，忙往外面走，嘴裡還說著：「我得先去跟舅父問候一聲，一會兒自會過來等長公主。」

君逸之縱使有許多話要說，這一下子也說不成了，只是嘀咕道：「我又不會吃了妳，跑這麼快做什麼？」

俞筱晚逃也似的跑回看臺，尋到女賓那邊，在張氏身後坐了一會兒，比賽的少女們都回了場地，決出了前三甲，後面兩名都得了賞賜。

御林軍那邊也傳來了消息，靜雯郡主的馬被攔下了。在攔馬的過程中，靜雯郡主從馬背上摔了下來，雖然有人接應，卻還是受了傷，尤其是受了驚嚇，精神狀態不佳，因此把她安排在看臺下的隔間裡休息。

太后忙道：「快傳御醫。」

有侍從稟道：「回太后的話，已經傳了陳御醫過去扶脈了。」

太后細細叮囑，表達關心。俞筱晚就跟張氏打了個招呼，說去看看靜雯郡主。

到了臺下，惟芳長公主和君逸之也下來了，正聽得惟芳長公主說：「母后說了一定要徹查。」

君逸之笑了笑，「徹查唄！」

俞筱晚走過去福了一禮，好奇地問：「徹查什麼？」

惟芳長公主一臉的八卦，「妳就不想知道靜雯郡主為何會驚了馬？他們家的馬僮，這回可要吃罪了！」然後又是一臉古怪的便秘表情看著俞筱晚。

俞筱晚莫名其妙之餘，深感不安，一抬頭看見君逸之的唇角似笑非笑地上揚著，心中就是一動。待惟芳長公主先進了屋，她故意落後一步，小聲地問道：「不是你幹的吧？」

君逸之故意大聲地問：「妳說什麼？」

屋內的人都看向了門邊，把俞筱晚窘得小臉通紅，恨恨地攥起小拳頭，真想不顧禮儀就這麼給他一拳。

君逸之覺得她快要抓狂的樣子特別可愛，欣賞夠了，這才恍然般的「哦哦」，拿出扇子掩住嘴道：「妳只管放心。」說完就丟下她，進了屋。

放心？這麼說跟他沒關係了？俞筱晚不知是鬆了一口氣，還是略有些失望，眨了眨眼，壓下紛亂的思緒進到屋內。

惟芳長公主是受太后和攝政王之命來探望靜雯郡主的。其父平南侯是朝中棟梁，她受了傷，太后和攝政王都要表示慰問。

禮節性的寒暄結束後，有一陣小沉默，靜雯郡主的目光停駐在俞筱晚的臉上，笑著問道：「俞妹妹，剛才妳和君二公子在門口聊些什麼？」

俞筱晚迎視著靜雯郡主的目光，含笑回道：「沒說什麼，就是打個招呼，君二公子的耳朵不好使。」

真是六月債，還得快！君逸之挑了挑眉，這個臭丫頭，居然這樣寒磣我！

原本是想作出兇惡的表情嚇唬俞筱晚一下的，可當她流光溢彩的雙眸飄到他臉上的時候，他的唇角就不由自主地上揚，怎麼克制都放不下來，只好打個哈哈，瀟脫地一笑，坐到靠門邊的榻上。

小隔間不是給人休息的，所以三面安放了軟榻，雖然在馬場沒那麼多顧忌，但君逸之也不好站得離床太近，就隔著這麼些距離行使探病的職責，「陳御醫，請問靜雯郡主的傷情如何？」

此時軟簾收了起來，想必是看過傷了。陳御醫就跟君逸之說明：「腿骨斷了一根，還好救護得妥當。老夫已經幫郡主接上了，只要好好休養，必定能痊癒。」

說話間君之勉也走了進來，詢問般地看了看屋內眾人，在俞筱晚的臉上停了停，最後目光落在陳御醫的身上。君逸之又繼續問道：「聽說受了極大的驚嚇，可有開安神的方子？」

陳御醫表示已經開了，靜雯郡主急忙表示：「無妨的，這點小事還驚不到我！」

惟芳長公主也表示：「受驚可不是小事，得小心養神，不然會落下病根。」

靜雯郡主急得再次重申：「真沒事！」心中暗恨，怎麼早不問晚不問，偏偏之勉哥哥來了才問？明知他最不喜歡柔弱的女孩。

君之勉只是安慰了她一句：「好生休息。」然後向俞筱晚點頭示意，就轉身走了。

君逸之問完了情況，也站起身，笑咪咪地道：「靜雯妳好生休息，不用多想，若是有人害妳，皇叔一定會查出來的。」

靜雯郡主的表情頓時變得有些僵硬，強撐著笑道：「我知道，還請代我多謝王爺。」

惟芳長公主也不欲多留，便拉了俞筱晚的手，一同告辭了出來。

待眾人走後，靜雯郡主佯裝頭暈，旁人都不便久留，紛紛先辭，唯有跟她有親戚關係的蔣婕留了下來。待屋內無人了，蔣婕到門邊將門閂好，才又側坐到她的床邊，小聲地問：「怎麼回事？好好的馬怎麼驚了？」那疑慮在舌尖打了幾個轉，終是問了出來：「馬僮不會把馬給弄錯了吧？」

靜雯郡主的臉色陰沉得怕人，蔣婕忙安慰她道：「還好那種藥過得一刻鐘就看不出來了，放心吧，攝政王查不出來的！」

靜雯郡主恨恨地道：「我哪裡是怕他們查出來，我就是怕他們查不出來！」

蔣婕驚愕地瞪大眼睛，靜雯郡主緩了緩情緒，沉聲道：「妳剛才聽到俞筱晚跟君逸之說的話沒？」

蔣婕搖了搖頭，「屋裡那麼多人說話，我怎麼聽得清。」

靜雯郡主的眸光閃了閃，「我也沒聽清，但我肯定他們是在說這件事。我家的馬僮再不濟，也不至於餵錯了馬。多半是他倆搞的鬼，還好我命大。」

蔣婕心中一驚，「不可能吧！他們怎麼會知道？難道俞筱晚知道我們是故意接近她的？」

靜雯郡主白了她一眼，「妳用點腦子好不好，君逸之人雖然風流了些，可從來都是閨秀們黏著他，他何時主動來黏過人？今天卻巴巴地跑來場子裡，還弄得烏煙瘴氣的。他和俞筱晚怎麼知道的我不管，若他倆真的有情，早些讓我知道，我還能幫上他們一把，可他們現在害我摔斷了腿，這口氣我怎麼也嚥不下去，何況……」

想到之勉哥哥看俞筱晚的眼神，恨意就蒙上了靜雯郡主的眼，「何況我也要讓之勉哥哥斷了這層念想，讓他看清楚俞筱晚是個什麼樣的女人！勾三搭四！陰險狡詐！明知我是故意接近她，她還能裝得那麼心無城府！」

靜雯郡主越想越氣，豆大的淚珠就在大大的眼睛裡打圈圈。往常她有點小病小痛，之勉哥哥都會差人送藥或者好玩的事物給她，若是得便，還會親自過府來探望她，可是今天他卻只說了一句話，臨走前看的也不是她，叫她怎麼忍得下這口氣？原本為著今日之事，她心裡對俞筱晚還有些歉意，想著俞筱晚若是摔瘸了，她定會想法子讓大哥納了她。大哥日後也是要繼承平南侯爵位的人，就算是當側室，也不會辱沒了俞筱晚，可是現在她只想毀了俞筱晚，讓其生生世世抬不起頭來！

蔣婕緊緊咬著下唇不出聲，靜雯郡主沉了沉心思，附在蔣婕的耳朵嘀咕了幾句。蔣婕睜大眼睛，面現猶豫之色。

靜雯郡主引誘似的道：「妳的心思我知道，妳喜歡君二公子也不是一天兩天了，可他那個人……唉……沒有定性！妳瞧見今天他跟俞筱晚兩個人的樣子了？俞筱晚沒了父母，只能靠自己，必定會使些下作手段迷住君二公子！她生得本來就比妳美，日後君二公子的心中哪裡還會有妳的位置？就算妳憑著家世嫁給了君逸之，總也得使出手段來對付他後院裡的那些女人！我不怕打擊妳，他後院的女人絕不會比皇宮裡的女人少，妳若是現在不學些手腕，心狠一些，日後只有妳哭的份！」

蔣婕似是被她說動了，心一橫，點頭應道：「好，我去辦！妳好生休息，等我的消息便是！」蔣婕幫靜雯郡主掖好被角，就起身出了屋，直往林子裡去，俞筱晚便悄悄地跟上。

俞筱晚出了隔間後，並沒回看臺，而是藏身在對面的一間隔間裡，從門縫裡偷偷往外看。她總覺得今日的事透著古怪，或許靜雯郡主心裡清楚是怎麼回事。過得片刻，果然見眾人都出來了，唯有蔣婕留下。蔣婕與靜雯郡主是姨表親，除了憐香縣主之外，就是蔣婕與靜雯郡主的關係最好。又等了片刻，就見蔣婕出了隔間，東張西望了一會兒，掩著行蹤往林子裡去了。

蔣婕走得很謹慎，時不時會回頭看一下。俞筱晚東躲西藏得很不耐煩，秀眉一蹙，便打算上樹跟蹤。正施展了身形，卻忽地被人從後攔腰抱住，小嘴也被捂上，這一下可把她給駭得不輕。來人是什麼時候到她身後的？又是怎麼先發制人的？她習武一年了，蔣大娘還說她有天賦，比得上旁人習武三四年的，可是在此人的眼裡卻不夠看。

鼻端傳來一陣溫暖濃郁的龍涎香，之間還夾雜著一點青松的清爽氣息。好熟悉，似乎是君逸之衣上的熏香！俞筱晚不由得用手指點了點身後的人，示意他放開。

那人就真的放開了她，俞筱晚回頭一看，果然是君逸之。他笑得跟隻偷到腥的貓一樣，用傳音入密問：「妳怎麼知道是我？原來妳這麼在意我呀，只憑一隻手就能推斷出來！」

俞筱晚白了他一眼，用嘴型說：「因為你身上有股公狐狸的臊味！」

君逸之蹙眉一蹙，伸手來抓她，俞筱晚便要閃身躲開，可惜跟他的功夫相比，差了不知多少個級別，便輕易地被他捉住，這回君逸之就不放開了，在她滑嫩嫩的小臉上摸了一把，低聲道：「叫聲好聽的，哥哥才放開妳！」

俞筱晚的臉頓時一白。君逸之心裡一驚，懊惱得要死，真是扮紈褲扮習慣了，對著她也這般輕浮！他連忙放開了俞筱晚，掩飾性地轉移話題，「這馬場左近不知多少御林軍、大內侍衛、暗衛，一點行蹤都會被人窺探了去。」

他說的是俞筱晚跟蹤蔣婕一事，可俞筱晚卻想到剛才他抱著她，被侍衛們瞧了去，還要稟報給太后和攝政王的，那自己成了什麼？孝期之內就這般輕佻，不是給父母臉上抹黑嗎？她什麼都不怕，卻怕讓父母丟臉，於是臉色更加蒼白，明亮的杏眸泛起水霧，幾乎就要哭了出來。

「喂，妳……」君逸之急得不行，學著惟芳長公主的樣子直撓頭，「沒什麼大不了的吧？」就算被蔣婕知道了她在跟蹤她，也沒什麼大不了的吧？

還沒什麼大不了？俞筱晚抬眼怒瞪他。一滴淚水管控不住，滑下了白潤的臉龐。

那滴淚好似是滾開的水，燙得君逸之胸口一痛，就軟下了聲音，哄著她道：「好啦，別哭了，我來之前看了四周的，沒人。不過如果妳躍上枝頭去的話，就會把暗衛給引來了。」

俞筱晚半信半疑地盯著他，他只好舉起一隻手保證：「如果我騙妳，就罰我以後不能看美人兒，尤其是姓俞的美人兒！」

這麼流裡流氣的話，本來應當更生氣的，可是俞筱晚卻聽出他真的想哄自己開心，而且也真的不知要怎麼哄自己開心了，笑意就忍不住爬上唇角，卻又及時控制住，瞪著他道：「你明明可以直接跟我說，不用這般……這般的！」

俞筱晚還願跟他說話就好。

君逸之心情一鬆，拿手當扇子拚命搧風，還誇張地喘著氣，「妳不是已經躍起來了嗎？我不拉著妳，就會驚動暗衛，我又怕妳叫喚，只好捂住妳的嘴。妳們女孩子的臉真像三月天似的，說變就變。」眼角斜著俞筱晚，見她沒什麼特別抗拒的表情，就笑嘻嘻地道：「咱們跟上去吧，妳跟著我，一定不會被她發覺的。」

俞筱晚瞟了他一眼，輕哼了一聲，「你肯定知道什麼，幹什麼不告訴我？」

當然不能告訴妳！

君逸之生在富貴之家，自然知道靜雯郡主對君之勉的情義，所以靜雯郡主忽然跟俞筱晚親近起來了，他就心生疑竇，一直派人悄悄跟著她們，怕俞筱晚會吃虧。可是靜雯郡主卻一直沒什麼行動，這讓他更加懷疑，就加派了人手盯著平南侯府。直到前幾天，他的人發現侯府的馬僮到市面上買了一種會讓牲畜顛狂的藥，又知道俞筱晚會參加這次的賽馬比賽，就料定靜雯郡主一定會有所行動。

其實今日他早安排了人手跟著她們，本是不想親自出面的，只不過後來攝政王妃提醒了他，他就索性過去鬧一陣子。也的確是有幾分邀功的心思，以俞筱晚的聰慧，定能看出其中有玄機，或許會對他更加親近也說不定。只不過，他的人手只是將藥粉調包而已，因為他不確定哪匹馬是靜雯郡主的，原來還有些小遺憾，覺得沒有回饋給她幾分顏色。後來靜雯郡主的馬卻驚了，說明還有人參與了其中，而且這個人與靜雯郡主很熟，知道她會騎哪匹馬，這樣人選就非常清楚了，必定是君之勉無疑。

所以他才不願告訴俞筱晚，他寧可俞筱晚不記得自己的好，也不願讓她知道那個傢伙曾幫過她。

君逸之笑而不答，當前引路，俞筱晚只好跟在他身後一路套話，卻沒得到半點口風。

走了一盞茶的功夫，君逸之就停了下來，示意她掩好行蹤，兩人躲在一棵大樹後，悄悄往前看去，只見蔣婕正在跟一名小馬僮說著話，還遞給他一個小紙包，又遞過去一張銀票。

小馬僮兩眼放光，毫不猶豫地接下了紙包，一溜煙地跑了。

君逸之拿扇柄指了指馬僮的方向，兩人丟下蔣婕不理，悄悄跟著馬僮去了。看著馬僮將紙包裡的東西倒了一半出來，將紙包塞入一個小包袱內。俞筱晚瞪大了眼睛，氣得吐血，「那是我的包袱！」

小馬僮被這一聲嚇得渾身一抖，撒腿就想跑，但哪裡跑得過君逸之？才邁開腿，就被拎了起來。君逸之「嘖嘖」有聲，「跑到這間屋子裡，就夠你掉腦袋的了。」

每個參賽的人比賽完後，多半會汗流浹背，所以都會帶個小包袱，裡面裝的是要更換的衣服。因為賽馬有太后、皇上和攝政王等人參加，一般人的隨從只讓站在圈子外面觀看，場內由內侍和宮女們服侍著。女孩子們的包袱都放在這間小房子裡，貼了名字，只有宮女才能進來取。

小馬僮進到這間屋子，就僅當是竊賊，也足以讓他重杖五十，這條命也就交代了。他自是明白這個道理的，當下抖得更加厲害。

君逸之漂亮至極的鳳目蘊滿笑意，拍了拍哆嗦成一團的小馬僮道：「別怕，我可以饒了你，只要你一會兒這麼說……」

不一會兒，俞筱晚和君逸之沒事人兒一樣，一前一後地回了看臺，男子們的騎射比賽已經賽了三場，眼瞧著要分出勝負了。

曹中雅擰眉看著剛剛落座的俞筱晚，譏諷道：「巴上長公主就不得了了？拍馬屁拍了這麼久！」

俞筱晚也不搭理她，只管看賽事。不多時決出了勝負，君之勉獲得了第一，某位將軍之子得了第二，韓世昭的兄長韓大公子拿了第三。小皇帝用稚嫩的聲音勉勵了一番，太后出面賜了錦緞和銀子，一場熱鬧的騎射比賽就圓滿結束了。

眾官員起身彎腰，恭送太后、皇帝回宮，恭送攝政王和王妃回府，待他們的儀仗走遠之後，御林軍和侍衛們撤離了馬場，各府的下人們便蜂擁了進來，服侍自家主子。

張氏帶著兒女和俞筱晚迎上曹清儒，正要相攜回府，卻見太后身邊的魏總管走了過來，微微躬了躬身，笑咪咪地道：「太后宣俞小姐覲見。」

俞筱晚知是為何，胸有成竹地向魏總管福了一禮，向舅父、舅母告辭，跟在魏公公的身後，坐上了去皇宮的馬車。

到了宮中，在偏殿等了小半個時辰，魏公公就出來傳旨：「太后宣俞小姐覲見。」

俞筱晚忙理了理衣裳，含笑道：「勞煩公公帶路。」

許是之前俞筱晚塞了一條三兩重的赤金小魚，魏公公對她的態度十分的好，笑咪咪地道：「俞小姐莫怕，太后非常仁慈。」

俞筱晚含笑道：「我不怕。平生不做虧心事，何懼之有？」

魏公公看著眼前氣質高華的少女，心中驚訝不已，這真是十二歲的小姑娘嗎？看起來竟比惟瑄長公主還要沉穩大氣，滿京城的名門閨秀恐怕都不及她。他眼中就浮現起了一絲擔憂，不做虧心事，也要不得罪了貴人才好。

進到大殿之內，俞筱晚三叩九拜，大禮畢後，久久才傳來太后的聲音：「起來回話吧！」

「謝太后。」俞筱晚站起身來，眸光悄悄掃了一圈，當然只敢打量眾人的腿，判斷出君逸之也在，不知怎的就覺得安了心。

太后直接問罪：「妳謀害郡主，可知罪？」

俞筱晚猛地抬起頭，又急忙慌張地垂下，惶恐地道：「恕臣女不知太后所言何事？請太后明示。」

太后沉了沉聲，「有馬僮指認妳，讓妳將藥粉餵給靜雯郡主的馬吃，害得郡主受傷，妳認是不認？」

俞筱晚驚訝得滿臉淚水，小身軀顫抖著，語氣卻十分堅定，「臣女沒有做過。」

「在妳的包袱裡已經搜出了藥粉和紙包，妳還不認？」

「臣女沒有做過。至於為何會從臣女包袱之中搜出來，臣女實在無法解釋。包袱到了馬場之後就交給宮女保管，此番賽馬衣裳並未汗濕，臣女連衣裳都沒有換，到現在還沒看到包袱一眼。」說完就垂頭等著太后判罰。

沉寂良久之後，終是有人輕笑了出來，是攝政王妃的聲音：「母后，臣妾就說不會是這個丫頭，瞧她這樣子就是個實心眼的，連『臣女真要謀害郡主，為何不將此證物銷毀』這類的辯白之辭都不說，哪還會有那麼縝密的心思？」

君逸之也哼道：「一點小事嚇成這樣，真沒出息！」

太后輕輕笑道：「好了，既然不是妳做的，妳就回府吧！」

「是。」俞筱晚又行了大禮，靜靜退出了大殿，在內侍的引路下，到宮外乘宮裡配的馬車回曹府。

一定是查出藥粉在蔣婕的包袱裡，靜雯郡主卻死咬著是她。還好君逸之先告訴她太后的喜好，太后並不喜歡強勢的女子，也不喜歡遇事鎮定的女子，因為那表示這個女人太后難以掌控，所以她才傾力流下淚來，故作嚇得口不擇言的樣子。其實該說的話她都說了，不該說的沒必要說，太后掌管六宮幾十年，什麼彎彎繞繞沒見過，何須她過多解釋？

剛走到宮門口，內裡就駛出了一輛豪華馬車，俞筱晚認得上面的徽標，是平南侯府的。

馬車在她身邊停住，車簾一掀，靜雯郡主秀麗的小臉露了出來，臉上猶有淚痕，似是剛被訓斥過。

已經是這樣了，靜雯郡主也沒心思裝腔作勢，冷笑了一聲道：「看不出妳真是好手段，居然讓妳來了個移花接木，想嫁禍給蔣婕。」

俞筱晚回眸看著她，冷漠地道：「不是嫁禍，本來就是她……還有妳。」

聽了這話，靜雯郡主得意地笑了，「是，是我想害妳摔斷一條腿又怎麼樣？現在太后已經知道了，也不過就是說了我一頓，讓我在家禁足一個月。我本來就要好好休養，左不過是不能出府罷了。俞筱晚，我父親是當朝肱骨大臣，我是御封的郡主，身分高貴，就是真把妳給弄瘸了，太后頂多也就是罰我思過，再給妳點補償。怎麼？不甘心是不是？這是妳永遠無法超越我的，不甘心也得受著！」

俞筱晚神色一斂，冷笑道：「那要不要比一比？比比誰會笑到最後？妳別忘了，妳當不了一輩子郡主，妳總要嫁人的。」

啪啪啪幾聲鼓掌，君逸之噙著風流瀟灑的笑慢慢踱過來，看著俞筱晚道：「妳這股氣度真是令人折服。」又湊到她身邊小聲地問：「妳想嫁給誰？」

俞筱晚小臉一熱，往旁邊挪了一步，努力保持氣勢。

靜雯郡主聽了只是冷笑，正要摔簾子走人，君逸之卻攔著她，含笑道：「妳剛剛說妳身分高貴？妳以為妳有多高貴？我只想告訴妳，就像俞小姐說的那樣，女人的身分都是男人給的，妳現在高貴，若是日後嫁人嫁得不好，一樣也得低聲下氣。還是先養好腿傷吧，堂兄可不會要一個瘸子當正妃。」

靜雯郡主被那句瘸子氣得半死，指著君逸之張嘴罵回：「君逸之，你少張狂，你不就是個遊手好閒的二世祖嗎？有什麼可得意的！之勉哥哥才不會像你說的這樣薄情寡幸，他……」

君逸之挑了挑眉，譏誚地反問：「他可有說過喜歡妳？」靜雯郡主立時尷尬了起來，惱羞成怒地瞪著他，君逸之的神情就更加譏誚，「沒說過吧？妳一廂情願的四處亂傳閒話，想逼他娶妳是吧？還是名門閨秀，也好意思！」

「你——」靜雯郡主氣得嬌軀亂顫，磨著牙道：「你以為之勉哥哥是你這種輕佻無行之人，這種……這種話也會隨意說出口？你以為我是俞筱晚那個……」

話未說話，靜雯郡主只覺得一口濁氣嗆上咽喉，捂著嘴重重咳了好幾聲，胸口仍是悶痛，小臉憋得通紅。

君逸之又走近幾分，額頭幾乎快貼著車窗，低喃般地道：「別怪我沒事先警告妳，若妳罵她、惹她，我會讓妳生不如死！」

靜雯郡主也不是個受氣的，恨恨地就要反諷回去，可是一抬眼，撞見君逸之閃著幽光的鳳目，心中就是一懼。那是怎樣一雙眼睛啊，如鷹似狼，隱含著陰鬱和暴戾，令眼神看起來分外的果決、堅韌，令她覺得，若她膽敢反駁，必定會被這雙明亮又幽深的黑眸燒成灰燼，心底裡就無端端地升起一股寒意。她下意識地往後縮了一縮。

儘管心裡非常懼怕，但是骨子裡與生俱來的驕傲又隱隱地不服這口氣，她前思後想一番，總算是替自己找到了一個藉口：她一介女流，跟男人吵架自然是占不到什麼上風的，尤其是君逸之這種沒皮沒臉的男人，還指不定會說出什麼下作話來，那她不得噁心死？所以她大人有大量，不跟他一般見識。

靜雯郡主重重地哼了一聲，「懶得跟你計較！」

君逸之瞇了瞇眼，退開半步，漫不經心地道：「我的話妳最好記到骨子裡。」

靜雯郡主的手又顫抖了一回，恨恨地甩下車簾，厲聲道：「回府！」

車輪轔轔，一路塵煙遠去。

俞筱晚的目光無意識地追著馬車的塵土，心裡想著一會兒回到曹府，怎麼跟外祖母和舅父交代此事？出來玩了一天，又格外被太后宣入宮中，肯定是要問的。

君逸之小心地打量俞筱晚的神色，見她秀眉微蹙，滿懷憂心和煩惱，以為她是為了之前靜雯郡主說的話不開心，便彎下腰，憐惜地看著她道：「別理她，太后已經知道她幹的事啦！她強詞奪理，想將汙水潑到妳身上，太后其實是不信的，只不過是礙於平南侯的臉面，總得盤問盤問妳，不然不會宣妳入宮的。」

這番勸解其實沒起到什麼效用，反倒更讓俞筱晚鬱悶了。靜雯郡主為何敢這麼囂張？做下這等事，已被太后斥責了，還敢在宮門口就罵她，還不就是有一個好爹嗎？就算是父親尚在人世，也是不及平南侯的。自己之前說要跟她比誰能笑到最後，看來也是虛的，除非是練好了武功，暗地裡報復回去，明面上，卻的確是輸了她太多。

君逸之努力勸了半晌，卻見俞筱晚的臉色越來越晦暗，半垂著眼，長長的睫毛遮擋了黃昏的暈黃光線，在潤白如玉的小臉上投下扇形的陰影，顯得格外茫然無助。他的心，慢慢地酸酸地疼痛了起來，也不顧是在皇宮側門，也不顧十幾步之外就有侍衛把守，就強拉著她面對自己，抬起她潔白光滑的小下巴，強迫她與自己對上視線。

他的心房滿滿脹脹的，彷彿有千言萬語要訴說，可是張了張嘴，卻又吐不出一個字來，對上她茫然而又好奇的明眸，他只得輕輕咳了一聲，誓言般地低聲說道：「我幫妳討回公道。」

俞筱晚驚訝地睜大眼睛，清而亮的眼眸裡就倒映出了他清晰的俊臉，一瞬間讓君逸之的決心更為堅定，他又重複了一遍，「我幫妳討回公道，讓靜雯嫁個低微的男人，給妳出氣好不好？」

「這是不可能的。」俞筱晚怔了怔，失笑起來，一笑，才發覺他修長的手指還扣著自己的下頷，頓時將頭一偏，甩開了他的手，退後半步，半是羞半是惱地道：「你……離我遠點。」

君逸之卻逼近一步，直直地盯著她的眼睛，半瞇了鳳目，帶著一絲惱意道：「妳不相信我？」

這個傢伙忽然全身散發出陰寒的氣息，看起來氣惱已極，可俞筱晚卻不害怕，只覺得無奈又好笑，「不是相信不相信的問題，是不可能。平南侯是什麼身分，怎麼可能要一個低微的男人做女婿？她的婚事你又作不了主……」

說到這倒是一愣，想起了曹中睿和何語芳來，難道這傢伙又要求攝政王指婚？不，不可能的，平南侯不是舅父，舅父才能有限，不過是仗著忠心穩妥和早早地跟隨了攝政王，才有如今的體面。平南侯卻掌管了天下一半以上的兵馬，手握重權，就是攝政王也要對他禮讓三分，怎麼可能拿他的女兒開玩笑？俞筱晚下意識地搖了搖頭。

「妳只說妳相不相信我。」君逸之固執地追問。

說話間內侍趕了馬車過來，俞筱晚見勢忙屈膝福了福，小聲告退，扶著內侍的手便上了馬車。可君逸之這個人固執而霸道，他沒得到答案，就攔著馬車不讓走，敲著車門問：「妳還沒回答。」

俞筱晚嘆了口氣，「信。」

先哄著他讓開好了。

君逸之勾起唇角，「妳只是將信將疑，此事我會證明給妳看。不過，得算妳欠我一個人情。」說完，也不管俞筱晚答應不答應欠這個人情，就退開幾步，放馬車離去。

俞筱晚怔怔發了一會兒呆，她能聽出他輕飄飄的語氣中的堅持和認真，仔細思慮了一番，卻不知道他會用什麼法子。

待馬車走遠了，從安才敢小聲地問仍在踮腳張望的主子：「少爺，咱們回嗎？」

君逸之恍過神來，扇柄在從安的頭上重重一敲，「這不廢話嗎？不回，難道要小爺睡在門洞裡？」

從安滿眼委屈的淚水，用力揉了揉額頭，「少爺，您那扇柄是精鋼的，下回能換扇面來敲不？」

君逸之心情極好地展開摺扇搧了搧，「不能！」

待這主僕倆騎馬離了宮門，皇宮內禁門處攝政王府的豪華馬車才緩緩地駛了出來。攝政王妃端莊地盤坐在軟榻上，含笑看著聽完了暗衛稟報的話後，凝視著俊臉的攝政王。

攝政王思慮了一歇，挑眉問她：「妳真覺得逸之只是因為那丫頭漂亮才上心的？」

王妃笑了笑道：「窈窕淑女，君子好逑，這老話是不會錯的。話說回來，俞丫頭的確生得俊，萬中選一的人物，年紀這般小，身量都沒長開，就跟枝新荷一樣亭亭玉立了。再過幾年，滿京城的閨秀，怕是沒人能比得過她去。還有一樣，這俞丫頭是不大搭理逸之的，男人麼……摸不著的才是最好的！」

攝政王有些無奈地斜睨了王妃一眼，隨即滿懷期待地笑了笑，閉上眼，「且看看吧，看逸之又會折騰些什麼事出來。」

王妃也輕輕地笑了，「那小混蛋，沒什麼不敢幹的！」要靜雯郡主嫁個低微的男人，這主意似乎不錯呢，至少可以讓平南侯府的勢力少擴張一點！

回到曹府，俞筱晚連外裳都沒來得及換，就被請到了延年堂，一家子都緊張地等著她。俞筱晚給外祖母、舅父和舅母見了禮，輕笑著回話：「還是為了靜雯郡主受傷一事，當時我和郡主是跑在最前面的，太后只是宣我再仔細問一問。」

曹老夫人吁了一口氣，摟了摟俞筱晚，心有餘悸地道：「幸虧不是妳的馬驚了！以後妳還是閉門在家吧，若是悶了，就下帖子請憐香縣主她們過府來玩便是。」

俞筱晚乖巧地應道：「晚兒都聽外祖母的。」

這日之後，俞筱晚真的都閉門在家。每日除了晨昏定省，一般都不出墨玉居的大門，若是覺得悶了，也就是在後院的小花園裡散散步。平時在屋裡繡繡花、練練字，無人的時候就看醫書，琢磨各種草藥的屬性、功能。沈天河還是時常到天橋下去，買些古怪藥丸或藥粉來，通過趙嬤嬤遞給她做試驗。習武的時間，則安排在夜深人靜之時。

忽忽悠悠地七八天便這麼過去了，惟芳長公主打發了內侍過來問候俞筱晚：「長公主一心惦記著俞小姐，只是最近敏太妃身子不大自在，實在是不得閒。待長公主有空閒，必定會來曹府見俞小姐的。」

俞筱晚忙向著皇宮的方向屈膝謝了恩，請內侍代為傳達她的口頭謝意，又拿了一個大荷包給內侍吃茶。那內侍用手暗暗捏了捏荷包內的兩張銀票，臉上的笑意更加真誠，眼睛往兩邊的丫頭身上掃了掃，俞筱晚會意，立即將丫頭們都打發出去，房內就只餘她二人。

那內侍壓低了聲音問：「長公主讓咱家來問一問俞小姐，您最近可出過府？見過什麼人？聊了些什麼？」

俞筱晚忙謹慎地回答：「自賽會之後就沒有出過府，除了給長輩請安，就在自己屋裡繡花習字，可是有什麼事？」

那內侍誇張地長吁一口氣，「俞小姐沒出過門便好。」一說罷，壓低了聲音作神祕狀，「上回靜雯郡主摔下馬之時……咳！您也知道，那嬌滴滴的小姐從狂奔的馬背上摔下來，小命都得去掉了，一旁的侍衛自然是要出手相救的，就……那個……嘿嘿……」

他伸手做了個摟抱的姿勢，朝俞筱晚擠擠眼，表情十分曖昧，「事急從權嘛！本來不是大事，一般都不會有人再提，可是這回不知怎的就傳了出去，現在滿城的風言風語。平南侯夫人求到了太后跟前，要徹查此事，還郡主一個公道。」

俞筱晚蹙起了眉頭，不解地問：「這怎麼會傳得滿城風雨？」不過是被救的時候讓人抱了一下，又不是夏天跳入水中救人，兩人濕漉漉地抱成一團，還隔著厚厚的棉襖和盔甲，能有多大的事？而且這種事一般應當是在發生之時就會被平南侯的人給壓下，重賞救郡主的兵士，讓他閉嘴。真傳出去的話，聽者多半也不會上心。

除非是刻意去抹黑。

俞筱晚心中忽地一動，想起那天君逸之說的話，難道是他？

那名內侍倒是滿臉尷尬起來想要告辭，可是話都已經挑了頭，又只得補充一句，「當時靜雯郡主嚇壞了，抱著那人不鬆手，一個勁兒地叫……叫『之勉哥哥』。」

俞筱晚失笑地搖了搖頭，問那內侍：「可是事實？」

「自然是事實，這樣傳得滿城風雨，太后自然是要過問的，當時不少兵士都在場，都能證明，唉……」

俞筱晚做恍然大悟狀，這情形就的確不妥了。男婚女嫁，講究的是父母之命，媒妁之言，靜雯郡主遇事叫「之勉哥哥」，縱然她是郡主，也犯了私相授受的嫌疑，何況還抱著另一個男人不鬆手，那就不是「事急從權」幾個字可以開脫的了。她的之勉哥哥肯定會覺得頭頂綠雲一片，那一下，靜雯郡主估計也是嚇慌了神。

俞筱晚便笑道：「那靜雯郡主想要什麼公道？」

「自然是希望嚴懲造謠生事者，還希望太后指婚，可是勉世孫不願，晉王爺便拒了。」

內侍走後沒兩天，惟芳長公主就親自跑到曹府來尋俞筱晚。惟芳長公主在延年堂中廳接受了曹府內眷的跪拜後，俞筱晚便請她到墨玉居小坐。兩人遣開了丫頭婆子，靠在炕上閒聊天。

俞筱晚自然就問到了這個問題：「太后可有查到是誰傳出去的？」

惟芳長公主看著俞筱晚，「上回不是特意差人來告訴妳了，難道妳真的不知道是誰幹的？」

俞筱晚暗暗紅了耳根，努力鎮定地搖了搖頭，「妳快告訴我前因後果嘛！」

惟芳長公主又是一臉古怪的便秘表情，小嘴張翕了幾下，最後輕輕一嘆，嘀咕了一句：「還是讓他自己說吧！」就將事情經過告訴她：「是名御林軍中的普通兵士，已經調至皇陵了，可是當時在場的人多，壓不下去，之勉哥哥又不同意，說只拿她當妹妹看，母后也沒法子，只能等過個一年半載，流言慢慢平息吧！」

俞筱晚眨了眨眼睛，沒錯啊，上面有人刻意打壓著，這流言慢慢就會絕跡，平南侯手握重權，就是為著他手中的權力，靜雯郡主都不難嫁人，不知君逸之看清這一點沒有，接下來還會不會有別的辦法？

雖然知道讓靜雯郡主下嫁非常難，可她心裡卻隱隱有些期盼起來。

惟芳長公主在一旁取笑了靜雯幾句「自作自受」，便很鄭重地道：「過幾天，我備桌酒，讓妳跟靜雯、憐香她們和解一下，不過這幾天可千萬別出府。」

俞筱晚失笑，「我哪會這麼笨！」

惟芳長公主認真地看了她幾眼，這才放下心來，笑嘻嘻地道：「估計這會兒靜雯正躲在家裡哭呢。」

惟芳長公主猜得一點都不錯，靜雯郡主此時正在家中哭得上氣不接下氣，交好的憐香縣主、艾可心、蔣婕等人都在一旁陪著她，不住安慰，「沒什麼的，過段時間自然就不會再有風聲了。」

靜雯郡主哭了一歇，情緒終是穩定了，可聽到這安慰的話，又氣不打一處來，「什麼叫沒什麼？這都是君逸之那個傢伙故意害我，太后卻說跟他沒關係，怎麼可能沒關係？他害我……害我身敗名裂，我也要讓他嘗嘗身敗名裂的滋味！」

眾女都不接話，君逸之那個傢伙特混帳的，生得一副勾人的模樣，風流好色，處處留情，還吃乾抹淨從不認帳，不知多少閨秀為他哭斷了腸呢！彈劾楚王爺教子無方的摺子堆得都比山高了，可偏偏楚太妃和攝政王妃都寵著，太后和攝政王也不敢拿他怎麼樣。

這樣一個無賴，他還有身分可以敗嗎？有名聲可以裂嗎？

憐香縣主就勸道：「算了，女人跟男人是鬥不贏的。」

靜雯郡主忽地笑了笑，神色陰狠，「妳說得沒錯，女人跟男人是鬥不贏的，不過，女人跟女人鬥卻要容易得多！我要讓俞筱晚身敗名裂，讓他哭死去！」她說著一把拉住了憐香縣主，「憐香，妳要幫我。」

憐香縣主不由地縮了縮，「我……不行啊，姊姊上回才斥責了我！」

靜雯郡主不滿地道：「這要斥責妳做什麼，妳就說是我的主意好了，反正太后也知道了！妳姊姊生氣，也不過是因為成王敗寇，咱們讓她丟了臉罷了！」轉而又哀求，「可是這一回不同，我被人欺負了，妳是我最好的朋友，妳怎麼能不幫我呢？只要妳幫了我，我們就能洗去前恥！」

憐香縣主實在是怕得不行，可是被靜雯郡主和蔣婕一塊兒勸說了幾句，基於義氣而遲疑地點了點頭。

俞筱晚送走了惟芳長公主，歇了午剛起，二門處就使人遞了張拜帖給她，竟是憐香縣主求見，而且人已經等在二門花廳了。

俞筱晚的眸光閃了閃，含笑應道：「好，我換了衣裳就去，麻煩嬤嬤先去服侍著。」又讓初雲打賞了婆子十個大錢，那婆子歡喜地去了。

俞筱晚更了衣，嫋嫋婷婷地走到二門花廳，憐香縣主早就等得不耐煩了，不時伸長了脖子往外張望，終於見到俞筱晚的身影，忙端起笑臉迎上去，「俞妹妹，可把妳給盼來了。」

俞筱晚抿了抿唇，不好意思地道：「對不住，我正在歇午，怠慢了姊姊。」然後垂下頭，生疏地引了憐香縣主坐下。

憐香縣主見她待自己遠不如以往親熱，心中反倒安穩了些，陪著笑臉道：「我來……是希望妹妹能大人大量，原諒我們之前的……小玩笑。其實，冤家宜解不宜結，我們之前的確是做得過了些，妳好歹看著靜雯已經摔斷了腿，又……這樣了，原宥則個。」說完指著身邊的一大堆禮盒，「這些都是我們備給妹妹賠罪的。」

俞筱晚的頭垂得更低，淡淡地道：「怎麼好意思！」

憐香縣主直覺她是心結未解，說了好一通軟話兒，又暗示她得罪了自己幾人沒有好處，總之是恩威並施，俞筱晚的態度總算是有所轉軟，她忙打鐵趁熱，「我們在歸杏樓擺了酒，向妹妹陪個不是，妹妹一定要來啊！」

俞筱晚問道：「不知是哪天？最近兩天我都沒空，要陪我外祖母抄心經。」

憐香縣主想了想道：「那三日後成不成？」

俞筱晚遲疑著道：「五日後最好。」

「好，就五日後。」憐香縣主爽快地道，然後又顯出幾分不好意思，「只是……還請俞妹妹保守祕密，畢竟……不大光彩。」

俞筱晚立即顯露出釋懷的笑容，「這是自然，我不會說出去的。本來麼……人非聖賢，誰能無過？有過能改，善莫大焉。」

憐香縣主勉強笑了笑，得了她的保證，便立即告辭走人。

俞筱晚的眸光瞬間暗沉了下來，吩咐趙嬤嬤道：「嬤嬤一會兒出府去店子裡拿些醃果兒回來，屋裡存的不多了。」一邊說邊手寫了一封信，交給趙嬤嬤。

趙嬤嬤應了一聲，彎下腰細聽小姐的吩咐，「交給文伯，銀錢上不要小氣，有消息立即回覆我。」想了一下，又接著道：「憐香縣主請我去歸杏樓之事，先不要傳出去。」

趙嬤嬤拿著她的信立即出了府，交給俞文飆，俞文飆看了信後，便放在火上燒毀，轉而又去了小院子，找徒弟沈天河，又從孤兒中挑了八個機靈的，交代他們去將歸杏樓的布局，以及蔣婕、艾可心、憐香縣主等人府上的情形打聽清楚，「記住，不能靠得太近，這些府上可都是有兵士的。」

眾人齊齊應了一聲，就分頭行動。

不過一盞茶的功夫，君逸之就收到了訊兒，韓世昭正同他商量事情，納悶地問：「她打聽歸杏樓幹什麼？」

君逸之蹙了蹙眉，吩咐平安道：「去曹府打探一下今天有誰造訪，俞小姐都幹了些什麼，越細越好。」

平安去了沒多久，就折返回來，回話道：「今日憐香縣主去見了俞小姐，之前是從平南侯府出來的，之後又去了平南侯府才回府。」

韓世昭呵呵地笑了起來，「看來有人要打你的弱點呢！」

君逸之白了他一眼，韓世昭不怕死地問：「難道俞姑娘不是你的弱點嗎？」

君逸之囂張地道：「是又如何？也要她能打得到！我若是連晚兒的周全都護不得，也不用談別的了！」

韓世昭立即一臉興奮的八卦狀，撲到他身上，「你們談了什麼別的？」

君逸之煩躁地一腳踢開他，「滾遠點，死兔子！」理了理衣裳才道：「人家還在孝期，能談什麼別的？你少敗壞她名聲！」然後吩咐平安：「去打聽一下靜雯和憐香幾個這幾天都幹了些什麼。」

不過一天的功夫，平安就查了出來。靜雯郡主和憐香縣主悄悄聯繫了一些交情好的千金，到歸杏樓小聚。

君逸之面色陰鬱，手中的摺扇有一下沒一下地搧著。

韓世昭一聽，就噗哧笑了，「這個靜雯郡主還挺喜歡倒打一耙的！」看著渾身散發著陰冷之氣的君逸之，他十分好奇地問：「你打算怎麼辦？」

「怎麼辦？涼拌！」君逸之冷笑道：「我警告過靜雯的，她記不住，我只好用點特別的法子讓她長點記性！」

韓世昭撇了撇嘴，「她算不算是自討苦吃？」

君逸之搖了搖頭，「也不算，我本來就要幫她訂門親的，只不過是從比較沒臉面變成最沒臉面而已。」

韓世昭等了半天下文，君逸之卻悠閒地吃起了醃果，吩咐平安將這些消息遞到俞文飆那去。這表示他肯定不會說了，韓世昭只好撇了撇嘴，暗想那天一定要去看熱鬧。

參之章　打蛇七寸下狠手

轉眼就到了約好的當天，靜雯郡主很謹慎地在曹府附近找人打聽了，俞筱晚果然沒將賠罪酒宴一事說出去，心中便暗暗得意了起來。

俞筱晚乘著曹府的馬車到達歸杏樓時，憐香縣主等人都已經在二樓雅間等著她了，一見到她就熱情地拉到主位上坐好，「今天妳最大，我們五個給妳賠罪。靜雯腿傷還沒好，要我代她多敬妳三杯。」

酒滿滿地盛上，俞筱晚被她們左一勸右一勸的，喝得就有些高了。五位小姐便輪流套話，一定要套出她那天在宮門口時君逸之威脅的話，可是怎麼問，俞筱晚說的都是：「靜雯郡主說她與勉世孫兩情相悅，我祝他們白頭偕老。」

兩邊的隔壁廂房裡，一間坐著靜雯郡主，一間坐滿了十位名門閨秀，是靜雯郡主特意請來聽俞筱晚的「醉話」的，但她想要俞筱晚說的「醉話」可不是這樣的，再說下去，沒皮沒臉的人就是她了！

靜雯郡主恨憐香縣主等人不會辦事，乾脆拄了拐杖出去，要親自去激俞筱晚說出君逸之威脅她的話來。

靜雯郡主的計畫其實很簡單，就是讓俞筱晚自己說出君逸之為了她跟自己爭吵，還惡言威脅。只要那邊雅間的千金們聽到這些話，她再向太后告狀，說君逸之是為了給俞筱晚出氣，才故意四處傳播謠言，敗壞自己的名聲，這些千金們就能幫著作證了。

再者，還可以抖出另外一件醜事來——君逸之為何要這麼幫俞筱晚呢？自然是因為他二人早就私相授受，暗通款曲！

對女子而言，孝期之內就勾搭男人，是無婦德，是大不孝，任她俞筱晚巧舌如簧，也休想狡辯過去。對男子而言，明知對方在孝期，還眉來眼去，為了維護宗教禮法，怎麼也得懲處一下，挨上幾板子，讓她出出胸中這口惡氣。

何況她也沒有說謊話，那天君逸之那種維護的態度，她用腳趾頭都看得出那兩人之間有不可告人的情誼！

如此完美的計畫，眼瞧著就要被那幾個不中用的閨中密友給弄砸了！

靜雯郡主恨恨地握緊拐杖，讓兩個貼身大丫頭雨燕和雨鶯扶著自己，一瘸一拐地出了雅間，到隔壁雅間敲門。

「砰砰砰！」

「給郡主請安！」

敲門聲與陌生男子的請安聲同時響起，靜雯郡主莫名其妙地回過頭，身後不知何時站了一名身材挺拔、相貌英俊的年輕男子，她駭得忙用手擋了臉。大丫頭雨燕忙挺身擋在郡主身前，昂頭斥道：「你這廝太沒禮數，明知我家郡主的身分，竟敢上前來請安，還不退下！」

雨燕一邊罵，一邊細細打量男子。皮膚黝黑，但兩眼有神，身上穿著普通官綢製成的天青色薄棉長褂子，瞧上去倒還乾淨清爽得順眼，但全身上的行頭這麼普通，身分肯定不會高就是了。

男子略帶歉意地笑了笑，抱拳拱手道：「這位姊姊請寬恕一二，是郡主約我來歸杏樓會面的！小可請了假後立時趕過來，實在是路途遠，錯過了時辰，還望郡主原宥則個！」

靜雯郡主聽到此話，也顧不得什麼千金之軀應深藏閨閣，不得隨意拋頭露面的禮儀了，一手推開雨燕，擋著玉面的玉手刷的一揮，直指到男子的鼻尖上，咬牙切齒地道：「你這種有娘生沒娘養的下三爛貨，再敢亂說，看我不撕爛你的嘴！」

男子並沒被她的狠辣勁給唬住，卻對她言辭十分不滿，濃眉緊緊地蹙成一團，聲音不大卻鏗鏘有力地道：「家母雖不識字，但一向謹守禮儀，也時常教導肖某識禮守制。肖某時刻謹遵家母教誨，不敢自稱從無失禮之處，但至少也知曉男女大防，若不是郡主遣人前來要求肖某來此處，商議如何平息墜馬一事之流言，以還郡主之清譽，否則肖某怎會臨時告假來到此處？一切皆因郡主而起，還請郡主回收方才所言！」

「你你你──」靜雯郡主氣得小胸脯一起一伏地直喘粗氣，手指抖得跟抽風一般，眼角的餘光卻忙忙地四顧打量。

雖然二樓雅間已經被她們給包下來了，可是並不是完全無人經過，至少樓道裡就有店家留下服侍酒席的六名夥計，還有傳菜的幫廚來往上菜溫酒。三樓不知在開什麼宴會，也有幾人上上下下。歸杏樓是高檔酒樓，夥計們都經過嚴格的訓練，此時一個個跟木頭樁子似的低頭看地，可是你真能把他們當木頭樁子嗎？墜馬摟抱的流言還未消除，這樣的話又被人聽了去，她還怎麼見人？

靜雯郡主恨得磨了牙齒幾下，抖著聲音道：「你少血口噴人！你是人是狗我都不知道，我會……我會……滾！給我滾！」「遣人去約你」這樣的話到底是說不出口。

自稱姓肖的男子眉頭皺得更緊，雙拳握了又鬆，鬆了又握，實在無法忍受靜雯郡主的臭脾氣，重重哼了一聲，「這樣的名門閨秀，肖某也算是長見識了！」說罷轉身便欲離開。

歸杏樓的樓層是回字形，四面都是各式雅間，中間是樓道天井，站在三樓任何一間雅間的湘妃竹垂簾前，就能看到二樓樓梯走廊上。此時，三樓對面的某個雅間內，韓世昭正將臉貼在簾縫上，看得樂不可支，悄聲問道：「你怎麼知道這個肖大勇能說會道？」

君逸之得意地挑眉一笑，「平頭百姓出身的兵士，若不是能說會道，能混進御林軍中去嗎？就是混進了御林軍，能當貼身護衛皇上的差事嗎？你仔細瞧著吧！他絕對是個有心計的，不會放過這一次的機會！」

兩人都湊在湘妃竹的窗簾前，細細往下看，果然見到靜雯郡主禁不起幾下撩撥，肝火大動，指揮丫頭給肖大勇掌嘴，被肖大勇閃身躲開了。肖大勇想離開，可是去路卻被雨燕給擋住。

靜雯郡主最恨旁人敢反抗她的權威，張牙舞爪地朝肖大勇揮動手中的拐杖，但是她忘記了，她現在還是個瘸子，沒了拐杖，金雞獨立，還用那麼大的力氣，是絕對站不穩的。

肖大勇身子一矮，躲過這一拐，拐杖在空中畫了一個圈，重重擊在雨鶯的手臂上。雨鶯原是扶著靜雯的，這一下實在痛得太厲害，就下意識地縮回手，撫摸自己的傷處。靜雯郡主本就因用力過度，身子轉了半個圈兒，又失了扶持，哪裡還站得住腳？天旋地轉地往後一倒——直接倒在肖大勇的懷裡。

二樓雅間裡頭那五位小姐正急得滿頭大汗，使盡了渾身解術也不能讓俞筱晚順著她們的話說，忽地又聽到房門口吵鬧起來，原本沒理會。因為按原計劃，靜雯郡主是不會出面的，可是後來聽到聲音不對，的的確確是靜雯郡主的聲音，忙讓人開了房門，瞧瞧是個什麼情形。

不看不知道，一看才嚇一跳，靜雯郡主竟往一個陌生男人的身上倒去，而那個男子也正張開了兩臂打算接住她。

五人頓時都驚住了，她們之中武功最好的是蔣婕，反應最快的也是她，又坐得離門邊近些，忙跑出去拉住靜雯郡主，可這時節隔壁雅間正在換菜，一名夥計端了盛著一份八仙湯的托盤走了過來，蔣婕這一撲正好與夥計撞在一起，兩人一同滑倒。

滑倒還不要緊，要緊的是走廊只有這麼寬，兩人正撞在靜雯郡主的身上，活生生將靜雯郡主撞入肖大勇的懷中。肖大勇吃不住這股撞擊力，也跟著往後一倒，竟帶著靜雯郡主一起撞破了欄杆，跌到樓梯上，骨碌碌地滾到了一樓大廳。

蔣婕和夥計雖只是摔在二樓走廊上，可是身子卻壓在靜雯郡主的裙襬上，「嘶啦」一聲將大幅的裙襬留在二樓隨風飄盪，一小片被腰帶繫得緊的就跟著靜雯郡主滾下了一樓，只是這幅裙襬實在太小，遮不住靜雯郡主蔥綠色的夾棉中褲。

肖大勇還算有良心，最後一下用力一翻，自己墊在下面，讓靜雯郡主壓在自己的身上。只是翻滾的時候，兩隻大手為了護住靜雯郡主，抱得死緊，一下子忘了鬆開，仍是放在她高聳的胸脯上。

靜雯郡主亦是滾得一時醒不過神來，根本沒意識到自己和肖大勇的姿勢有多曖昧。

蔣婕抬頭看到樓下的情形，頓時面如死灰，靜雯郡主她……又被人抱了，還摸到了……那個地方……中褲都露出來了……還被……一樓那麼多的食客看到……完了……這回真的完了……

一樓大堂裡的食客雖然都是有錢人，但並不表示是有修養的人，見靜雯郡主生得水靈，便開始鬧哄哄地笑話起來。

「呦，被男人摸得骨頭軟了，都不想起來了！」

「這中褲的顏色漂亮，回頭給我那愛妾也做幾條去，讓她穿給我看！」

「這是在幹什麼……靜雯，是妳？」一道清冷而威嚴的聲音，將所有的哄笑聲壓了下去。

這聲音終於令靜雯恍過神來，抬頭一瞧，正看見君之勉用一種複雜難懂的眼神看著自己，一動身子，手臂卻是被束縛住的，她慌忙低頭一看，頓時尖聲長叫。一邊拚命扭動，拍開肖大勇的手，一邊掙扎著自己站起來，拒絕肖大勇伸手相助。可憐她只能用一隻腳，沒有支柱，又不想碰到肖大勇的身體，怎麼可能站起來？

君之勉的眼中劃過一絲憐惜，卻沒有伸出救援的雙手，現在靜雯郡主的情形實在只能用衣冠不整來形容了，碰一下都有可能為自己惹來甩不掉的麻煩，他立即仰頭看向二樓樓梯口已經傻掉的雨燕和雨鶯，厲聲喝道：「還不拿斗篷下來！」

兩個丫頭這才回過神來，忙衝回雅間拿斗篷。

靜雯郡主這廂來回兩三次，才爬離了肖大勇的懷抱，卻是怎麼也站不起來了。心虛、心慌，讓她手足發軟，只能坐在地上嗚嗚地捂住臉哭。

食客們忽地哄堂大笑起來，君之勉眉頭一蹙，順著眾人的目光一看，頓時怒火萬丈。肖大勇的兩腿之間，竟然扯起了旗杆，原本要一躍而起的，這會子卻只能尷尬地坐在地上用手遮擋。

有人笑得直拍桌子，「這小娘子剛才在小哥兒身上那樣扭，換成我也忍不住……」聽了這話，食客們笑得更歡，還用筷子敲起了碗碟助興。

憐香縣主等人此時已經衝出了房間，看清一樓的情形，都驚得尖叫起來，一疊聲地叫丫頭帶斗篷下去給靜雯擋著。

君之勉等得心頭煩躁，大喝一聲：「住口！」又仰頭道：「丟下來！」

眾人這才丟了一件斗篷下來，君之勉忙幫靜雯郡主披上，擋住了她的裙下風光。靜雯郡主順勢哭著往他身上一倒，卻被君之勉靈活地避開，一下子撲到地面上。

食客們再次哄堂大笑起來，又有市井之中的汙言穢語響起，不過剛開了個頭，就在君之勉冷酷的目光之下滅於寂靜。

丫頭們終於手軟腳軟地跑了下來，扶起了靜雯郡主，半抱半架地扶她上了二樓雅間。靜雯郡主現在連要死的心都有了，她衣裳不整的樣子被這麼多人看了去，之勉哥哥不肯扶她，一副很嫌棄的樣子……怎麼辦？怎麼辦？之勉哥哥嫌棄她了，怎麼辦？

她被扶到雅間內坐下，急促地喘息著，腦中劃過無數個想法，忽地用力掐住雨燕的胳膊，「去！去兵部尋大哥，要他帶兵來血洗歸杏樓，把所有人都殺了！都殺了……就不會有人傳流言了，之勉哥哥就不會嫌棄我了！」

雨燕駭得臉色鐵青，「郡……郡主！」

靜雯郡主忽然跟瘋子一樣大叫：「快去！否則我杖斃了妳！」

雨燕嚇得一哆嗦，忙慌慌張張地跑了出去。

靜雯郡主又將目光轉向雨鶯，雨鶯駭得直想縮到角落裡去，可是她不能，她還在幫郡主梳理頭髮，今天出了這樣的事，她和雨燕兩個，只怕都別想活了！她的眼淚忍不住滾了下來。

靜雯郡主看到她的眼淚，心情頓時舒暢了一點，「妳也覺得我是無辜的，是清白的對不對？」

雨鶯拚命點頭，靜雯歡喜地繼續道：「我是無辜的，是清白的，只要殺了這酒樓裡的所有人，就不會有人知道了，大哥會有辦法的。」

靜雯郡主用力點了點頭，「大哥一定有辦法。」

雨鶯只能拚命點頭應和。

靜雯郡主又問：「之勉哥哥怎麼還沒進來？」

就是平時孤男寡女的也不好同處一室，何況您還衣裳不整，勉世孫怎麼會進來？雨鶯不敢直說，只能含糊地道：「可能在樓下幫您封那些人的嘴呢。」

靜雯郡主頓時歡喜起來，「之勉哥哥對我真好。」

憐香縣主等人很想表達一下關心，可是這會兒說自己是靜雯郡主好友，就會跟她一樣丟臉。五人都慌忙避進了雅間，結結巴巴地商量該怎麼辦，一個個的都沒半分主意，另一邊還有十位閨秀呢，本就是特意選了些喜歡嚼舌的人，要堵住她們的嘴可是一項大工程。

可憐俞筱晚趴在桌子上裝醉，沒看到這齣好戲，只能用耳朵聽點兒聲音解解饞，心裡頭跟貓抓似的難受，只好胡亂地想著，那個「肖某」就是當初救下靜雯郡主的御林軍兵士吧？使計讓他來歸杏樓並不難，要在恰到好處的時間趕到這兒才是難事。還要說服他配合著演這齣戲，更是難上加難。君逸之這傢伙，鬼心眼倒是挺多的！

三樓的走廊夾道上，原本笑呵呵看熱鬧的韓世昭和君逸之都沉默了下來，慢慢蹙起了眉頭。待靜雯郡主被扶回雅間後，韓世昭問道：「你原本是怎樣打算的？」

怎樣打算的？君逸之的眸光一沉，俊臉冷凝了一層冰霜，「原本只是打算讓這酒樓裡的人知道肖大勇與靜雯見了面，讓流言再傳一次而已。」

雖然只是流言，可是流言對女子而言，傷害是極大的。尤其是靜雯郡主這樣的高貴女子，能選擇的夫婿必定是位高權重的人中龍鳳，越是這樣的門庭對媳婦的要求就越嚴格，一丁點兒的汙點都不可以有。頭一回傳出流言，還可以假裝不在意，若是接連傳出與同一個男子的流言，肯定是不行的。那些原本想娶靜雯郡主的家族，就算還想與平南侯府聯姻，多半也會將人選換成靜雯郡主的姊妹，或者將自己家中的嫡子換成庶子。

不論怎樣，靜雯郡主都不可能嫁給理想中的夫婿了，以她的身分嫁給庶子，不就是則笑話嗎？她日後哪裡還能抬得起頭來？韓世昭輕嘆道：「她可真是惹錯了人！」

君逸之眼神一厲，冷酷地道：「這是她自找的，你反過來想一想，若是今日讓她算計到了晚兒，晚兒會如何？」

大不孝加上私自定情的名聲，晚兒除了自盡還能有什麼出路？恐怕就是想剃度都不會有庵廟收留。只要一想到靜雯會害得晚兒名聲盡毀，他就慌得夜不能寐。從來都是對自己充滿自信的他，第一次惶恐起來，害怕自己無法阻止靜雯的陰謀，害怕自己的計謀無法為晚兒討回公道，好幾次恨不得連夜潛入平南侯府，將靜雯給扔到井裡去，免除這個禍患。雖然即使晚兒名聲盡毀他也不會介意，可世人的譏諷必定會讓晚兒無法開懷展顏，他又怎麼能開懷？

何況，他的確是要算計靜雯嫁不到好人家，讓她永遠在晚兒的面前抬不起頭來，但至少不會太差，表面上的風光還是會擁有，可是現在卻……君逸之冷冷地挑了挑眉，「她若要怨，先怨她自己，再怨肖大勇，還有她那個成事不足敗事有餘的手帕交吧！」

韓世昭想了半晌，又同情地搖了搖頭，「靜雯怎麼就惹上了肖大勇這個人呢？」

君逸之淡淡地道：「恐怕不算是靜雯惹上的，就憑肖大勇剛才不顯山不露水地撞斷走廊欄杆，這身內力就不可小覷！」

歸杏樓可是達官貴人們常來的酒樓，桌椅都是榧木、鐵木的材質，用刀劈都得卯足了力氣才能劈斷，蔣婕不過撞了靜雯郡主和肖大勇一下，竟能將欄杆撞斷？

「這個肖大勇有些能耐又有心計，必定是想著步步高升的。當初救下靜雯，恐怕還以為自己飛黃騰達的機會到了，哪知卻好好地從皇帝儀仗御林軍變成了守皇陵的兵士？雖然都是最低層當兵的，可是到底還是有天大的區別，心中的怨氣只怕快撐破肚皮了，所以才會揪著今天的機會不放，只是做得過了些！」

韓世昭接著君逸之的話說道：「但是話說回來，不將靜雯的名聲毀得這般徹底的話，必定會被平南侯給滅了口去。」

君逸之想了一歇，勾唇笑了笑，「反正這是平南侯傷腦筋的事。」末了敲敲韓世昭的肩膀道：「還不走嗎？想等著靜晟來敲打你？」

靜雯郡主越想越慌，不住催促雨鶯去請君之勉到雅間來，雨鶯磨磨蹭蹭出了房間，磨磨蹭蹭來到君之勉的身邊，恭敬地福了福，小聲兒地道：「勉世孫，我……我家郡主想請您移步，她有事要同您商量。」

君之勉正幫靜雯郡主善後，逐一敲打一樓的食客，聽得這話，眸光一凝，淡淡地道：「我還有公務在身，必須要走了，雨燕不是去請靜晟世子了嗎？兄妹倆商量起來不是更方便？」

「不……是……是郡主有事要跟您商量。」雨鶯硬著頭皮道。

「過幾天吧。」君之勉丟下這句話，便不再理雨鶯，繼續方才的工作。

不過一炷香後，平南侯世子靜晟就帶著一隊親兵，騎馬飛奔而來。

進到歸杏樓的大廳，食客們走了大半，靜晟世子急得狠狠地一跺腳，正好瞧見君之勉坐在一張方桌上喝茶，忙大步過去，急切地問道：「之勉，方才這裡只有這些食客嗎？」

君之勉親手斟了一杯茶給他，清冷地道：「不是，吃完飯走了不少。世兄來得正好，我也正要走了，還有許多公務。」

「你──」靜晟世子就想發脾氣，你成天就泡在梨園裡，什麼時候忙過公務？若真要忙公務，你是南城指揮使，跑到北城來幹什麼？可是一想到妹妹出了這樣的醜事，只怕人家是故意的。靜晟世子只得強壓了性子，先去將一樓、二樓、三樓留下的食客逐一敲打恐嚇了一番，才回到二樓雅間，讓府中過來的丫頭們服侍妹妹梳妝整齊，用帷帽圍得嚴嚴實實地送入馬車中。一進馬車便立即開動，一刻不停地馳回平南侯府。

妹妹想要幹什麼，靜晟並非完全不知，雖覺得不大入流，但到底是自己的妹妹，自然是維護的，卻沒想到事情會變成現在這個樣子。人員都清了場後，只留下了兩個雅間中的千金們，靜晟也顧不得什麼男女有別，推開門，站在門口，照樣敲打恐嚇一番。小姐們膽子到底小些，一個個嚇得低頭顫抖，一疊聲地答應。

靜晟凌厲的目光在眾千金頭上一個一個掃過去，最後停在一個趴在酒桌上呼呼大睡的少女頭上，「這是誰？」

憐香縣主忙道：「這是俞小姐，她喝醉了。」

她就是俞家小姐？害妹妹這般狼狽的俞小姐？靜晟的眸中幽光一閃，抬步就往雅間內走，憐香縣主見他的神色不對，忍不住站起來，攔在俞筱晚的身前，「世子，她喝醉了，什麼都沒看到。」

靜晟挑眉一笑，「是嗎？我想親自問一問。」

「親自問就不必了吧？」君之勉的聲音忽然出現，身形一閃便攔在靜晟的身前，一手搭在靜晟的肩膀上，看似隨意，實則暗施內力。他盯著靜晟的眼睛，清冷地道：「男女有別，還請自重！況且，我以為，你現在應該回府去安慰令妹才是！」又將聲音壓得極低極低地道：「積點德，別都報應到靜雯的頭上。」

靜晟眼中光芒一厲，隨即又平淡和緩下來，點了點頭道：「沒錯，我應當回府了。」的確是要回府找父親商議如何善後了，說罷轉身出了雅間。

靜晟世子離開了歸杏樓，韓世昭才放開強拉著君逸之的手，跟他道：「說了之勉不會讓他亂來的。」

君逸之的臉上猶有怒容，「哼！靜晟打的什麼主意我知道！明知晚兒醉了，還故意問話，不過就是想讓她站不穩，投懷送抱而已！」他拿摺扇指著靜晟離去的方向，咬牙切齒地道：「他想趁機壞了晚兒的名聲，納入侯府，隨靜雯怎麼發作打罵！他……我與他勢不兩立！」

韓世昭忙捂住君逸之的嘴，「你也冷靜一點，怎麼一遇上俞姑娘的事你就這麼衝動？人家什麼事都沒做呢，你猜得再對，也是猜的。」

哼！君逸之展開摺扇用力搧了幾下道：「不行，我得趕緊讓祖母幫我將親事定下來，絕不能讓誰都覬覦晚兒！」而且，他也不打算放過靜晟，他早就說過，敢打晚兒主意的人，他都不會放過！

韓世昭搖頭笑道：「又衝動了不是？人家還在孝期呢，你怎麼訂親啊？」

君逸之一怔，隨即又長嘆了一聲。

憐香縣主心中有愧又慌張，忙忙地找來俞筱晚的丫頭，讓她們服侍著俞筱晚回曹府，自己也灰溜溜地回了越國公府。

靜雯郡主的事，俞筱晚在雅間裡聽得並不真切，平南侯府用了極嚴酷的手段壓制住了流言，百姓們聽得風聲，卻也只敢悄悄議論，俞筱晚只得親筆寫了封信給惟芳長公主，邀請她有空過府來玩。

惟芳長公主欣然應邀，自然八卦地將事情添油加醋學了一遍，「那名姓肖的兵士事後就被帶入了平南侯府，原還以為會沒命呢，昨日聽說又去皇陵了。」她附到俞筱晚的耳邊，悄聲道：「還救了聖駕。」

救了聖駕，就意味著能平步青雲了！俞筱晚訝異地挑了挑眉，「這麼說，平南侯打算讓靜雯郡主嫁給他了？」

惟芳長公主白了她一眼，「不嫁給他還能嫁給誰？雖然這回沒傳出什麼風聲，可是皇室貴胄有幾家不知道的？哪家還會娶她做媳婦？對了，這事怎麼好像跟妳也有關係？」

俞筱晚只好支吾道：「那天憐香縣主擺了酒，說要跟我和解來著，我喝醉了……」

「哦。」惟芳長公主也沒往深處想，只是交代她：「她那人心眼小，妳在場，怕就會覺得妳看到她出醜，會報復妳呢！而且平南侯爺和靜晟世子都是護短的性子，妳還是在府裡別隨意出去吧！」

俞筱晚點頭應允，就真的不再隨意出門，每月去店中巡視一事，也換成了在府中二門接見各位管事掌櫃。

太后和長公主喜歡吃俞筱晚店裡的醃果，的確給她帶來源源不斷的客源，繡坊和香料店還沒打出名氣，但特產店的生意卻越來越好，每月的營利是另外兩家店鋪合計起來的五倍多。原本的幾位廚娘已經不足以應付，俞筱晚又請了十來位廚娘幫忙一起醃製果子。當然，漬液還是由桃娘來調製，配方不能讓太多人知道，饒是這樣還是供不應求。

土產店中來往的多是旁府裡的採買管事，為了完成府中的採買任務，這些管事都要巴結著他，郭慶現在飄得腳跟都著不了地了，任他走到哪裡，旁人都要尊稱他一聲「郭掌櫃」。

俞筱晚出手大方，該給的薪水、紅利一分不少，若本月比上月的營利增加兩成以上，還另外有賞賜，按說這樣的東家是打著燈籠也難找的，可是郭慶卻仍是牆頭草一般，張氏想知道什麼資訊，都會透露出去。

當然，這些小心思，俞文飆都看在眼中，俞筱晚也知道得一清二楚。轉眼到了秋季，又是一年收穫的季節，今年風調雨順，收成比往年多了兩成，一家土產店面已經不適應出產的規模，俞筱晚就將文伯召進府來，商量開分店一事。

俞文飆也早想過這個問題，「五個城區都可以開分店，店面我已經找好了三處，唯有城中和城北沒有合適的。」

俞筱晚便笑道：「沒有關係，先開三家也可以，那兩處的店面我請敏表哥幫忙留意一下。我的意思是在臨近的城市也開幾家分店，但是郭慶還是要放在咱們眼皮子底下。」

俞筱晚與俞文飆商量好了開店的各個細節，端茶送客後，便到武氏的院子裡閒聊。武氏知道她必定是來找兒子的，便開口留她吃晚飯。下午酉時三刻，曹中敏下了朝回府，先去給祖母請了安，又過來給母親請安，便見到了俞筱晚。

俞筱晚向他談起了開分店的事，曹中敏笑道：「文伯早同我商量過了，方才我也先去了鋪子裡跟文伯談了，我會留意的。不過，城中和城北是權貴富商的聚集區，店鋪的生意都不錯，現在沒有人盤出店面，只得等時機，我的意思是還不如先在臨城開，不用急著一下子將生意擴得這麼大。」

俞筱晚便笑道：「好，我對生意不是太懂，還在學，就聽表哥的。」

聊完了生意，曹中敏又說起昨晚才發生的一件大事：「聽說，昨晚為了爭一名清倌人，君二公子讓人將靜晟世子的臉給劃花了。」

俞筱晚聞言一驚，忙問道：「那靜晟世子如何了？他……有沒有狀告君二公子？」

曹中敏搖頭嘆笑道：「怎麼會不告？今日在朝堂之上，不單是平南侯上摺子請求嚴懲君二公子，就連御史台的幾位御史也聯名上書，請求嚴懲君二公子，並彈劾楚王縱子行兇。」

曹中敏說完這句就閉了嘴，俞筱晚等了一等，不見他繼續說，只好拋開女孩兒家的矜持，裝作純粹好奇地問道：「那攝政王打算如何處置呢？」

曹中敏端起茶杯，低頭喝了一口，心道：晚兒妹妹果然對君逸之有些不同，只是，君逸之的身分，不是晚兒妹妹高攀得上的。就算能攀上，多半是側室，加上君逸之的名聲，祖母恐怕不會願意。可是，若是晚兒妹妹嫁給睿弟為平妻，對我和母親卻是極為不利。

他一面思忖，一面飲了幾口熱茶，又抬起頭來，看著俞筱晚笑道：「君二公子幹混帳事也不是一宗兩宗了，不過這回的確是過了些，攝政王原是要嚴責的，但又有大臣求情。」他頓了頓，看到俞筱晚明亮的水眸專注地看著自己，才微微一笑道：「有大臣說，既是因爭清倌人打鬧起來的，那便是兩個人都有錯，誰受傷誰沒受傷，不過是兩人武功高低、僕人精幹與否的問題，不能只罰一個。這話平南侯自是不愛聽，好似靜晟世子武功比君二公子那個紈褲還不如似的，可是又的確是兒子吃了虧，聽說就沒再堅持嚴懲君二公子的事，跟那幾位大臣鬥起嘴來。總之是鬧得一塌糊塗，快下朝了也沒個結論，攝政王爺便讓楚王爺和平南侯回去管束兒子，最後也沒說要如何處置。」

俞筱晚鬆了一口氣。武氏覺得兒子談這些事真是無聊，就轉了話題，「張側妃就是這幾日臨盆，晚兒，妳看我送什麼賀儀比較好？」

說起來也是尷尬，因為張氏與武氏的關係並不融洽，近一年來張氏頻受打擊，原本因著張君瑤懷了身孕，張氏還想風光得意一把，哪知婆婆根本不予理會，待她和武氏沒有什麼區別，而攝政王妃藉口子嗣重大，將張君瑤給拘了起來，說是要讓張君瑤安心養胎，張夫人想到王府看女兒，遞十次帖子，頂多只能允上兩三次。張君瑤告到攝政王那裡，攝政王一句「王府內務由王妃統管」就將其打發了。張君瑤和張夫人、張氏等人想破了頭，都不知道張君瑤是哪裡不慎得罪了王爺和王妃。

沒了姨侄女的支持，張氏自然就風光不起來，而近來吳麗絹越來越受寵，所以張氏連面子情都懶得顧了，去婆婆那裡請安，從不與武氏說話，可是吳麗絹與張君瑤共侍一夫，是姊妹關係，張君瑤產子，武氏和小武氏也得出份賀儀，不然吳麗絹的面上不好看。

三人商量了幾句，拿了幾個方案，準備到時再讓吳麗絹幫忙參考一下。

到了飯點，俞筱晚便留在順年堂用晚飯。

巧如、巧印為三人布菜捧筷，食不言，寢不語，三人安安靜靜地用完晚飯，又挪回東梢間喝茶。就聽得門外有丫頭通稟：「芍藥姊姊來接表小姐了。」

俞筱晚的眸光閃了閃，芍藥自年後就調到了她的墨玉居，她將其晾了幾個月，壓了壓性子，上個月才開始啟用。為了不壞了府中的規矩，曹老夫人將其降為二等丫頭，從延年堂支月例。不過，在墨玉居，二等丫頭是最高等的，芍藥的確能支使其他的丫頭幹活，但今日初雲和初雪都跟在她身邊，完全沒有來接她的必要，之所以跑到順年堂來，多半還是想遇見敏表哥。

她微微帶笑地對初雪道：「去告訴芍藥姊姊，我這一會兒還不想回去，她若願意，就在院子裡等著吧。」

初雪忙福了福，出去交代芍藥，俞筱晚自又和武氏及敏表哥聊天。

武氏聽俞筱晚說暫時不走，便使人請二小姐過來。不多時，曹中燕就扶著丫頭果兒的手進了東梢間，給母親和大哥、表妹見了禮，才半側著身子在武氏榻下的小杌上坐下。

武氏笑著對俞筱晚道：「妳燕表姊的針繡還不錯，前幾天繡了幅小炕屏，說是想送給妳，可是我跟她說，晚兒妳是金大娘的弟子呢，哪能看上她的手藝？」

這是想讓曹中燕多與自己親近呢，俞筱晚忙謙虛地道：「小舅母您過獎了，我雖是金大娘的弟子，可是學藝不精。況且，尺有所短寸有所長，燕表姊的針法我也見識過，的確是很細緻精妙，若炕屏真是為了我繡的，我就厚顏笑納了。多謝燕表姊。」

果兒聞言興奮不已，立即到梢間外從小丫頭的手中接了一個扁平匣子，拿給小姐。曹中燕羞紅著臉，將匣子親手遞給俞筱晚，「還望表妹不要嫌棄。」

俞筱晚笑著接過來，當面打開匣子細細觀賞一番，連聲讚道：「這蝶兒跟飛到畫上的一樣，真是栩栩如生，燕表姊的針法又精進了。」

曹中燕的臉越發的羞紅，吶吶地不知說什麼才好，武氏瞧著暗急在心，忙替她說道：「女孩家這手針線真值身價，日後晚兒還是要多指點一番才好。」

俞筱晚甜笑道：「指點不敢當，若是燕表姊得空，我們倆一同做針線吧。」

武氏聽得眼睛一亮，忙用手推了推曹中燕，「妳明日就去墨玉居，跟表小姐一同做針線吧。」

前世的時候，俞筱晚與曹中燕的關係不算親密，因為俞筱晚本就是個文靜人兒，而曹中燕更甚，她的性子，說好聽點是文靜寡言，說難聽點是三棍子打不出一個悶屁，曹中燕又是庶女，被曹中雅欺負得厲害，不敢輕易到有曹中雅出現的地方去。不過俞筱晚對曹中燕的印象卻是不錯的，她不像曹中貞，為了拍張氏和曹中雅的馬屁，什麼假話瞎話都敢說。

將匣子交給初雪收好，又親熱地與武氏、曹中燕閒聊了幾句，心裡到底裝著事，俞筱晚便告辭了。出了梢間，就看見芍藥帶著墨玉居的兩個小丫頭和四個婆子，候在梢間外。見小姐出來，芍藥忙從小丫頭的手中接過俞筱晚的青蓮色素錦斗篷，親手為小姐披上。

俞筱晚見她的動作遠不如平日裡麻利，不由得好笑，故意挑了眉問：「外面很冷嗎？」

芍藥一愣，忙道：「謝小姐關心，外面不冷。」

「不冷為何妳的手好像凍僵了，連個繫帶都要繫這麼久？」

芍藥的小臉一紅，忙將帶子繫好，退開兩步。俞筱晚懶得再點醒她，扶著初雲的手回了墨玉居。初雲、初雪和芍藥服侍她換下外裳，去淨房泡了個澡，俞筱晚輕鬆愜意地歪到榻上看書，初雪拿棉帕仔細地將她的頭髮絞乾，芍藥指揮著丫頭上了新茶、果子，俞筱晚便問道：「今日誰上夜？」

初雪笑道：「是婢子。」

俞筱晚微微點頭，「初雪留下就成，其他人都去歇著吧。」

芍藥便帶著丫頭們告退，屋內只留下了俞筱晚和趙嬤嬤、初雪三人。

在自己人面前，俞筱晚才微微蹙起了眉頭，趙嬤嬤關心地問：「小姐這是煩什麼？」

俞筱晚仔細思量好了，才緩緩地道：「嬤嬤明日出府一趟，拿我的名帖給古洪興，要他明日到二門候見。」

趙嬤嬤心裡一咯噔，小姐說古洪興這人是有大用處的，來了七八個月了，也沒見小姐要求見過他，今天突然提出來，莫非是發生了什麼大事？她就焦急地詢問：「多大的麻煩？要不要跟舅老爺知會一聲？」

俞筱晚笑著搖了搖頭，「沒什麼，我只是想找他問一點事情。」

此時的楚王府外書房裡，也是亂成一團。君逸之在外頭躲著不肯回府，楚王爺差了幾隊親兵到花樓酒坊裡尋找，入夜了才將二兒子從伊人閣的花魁——如煙大美人的房裡給揪出來。

見到君逸之嬉皮笑臉的模樣，楚王爺就氣不打一處來，隨手就抄起書桌上的某物要砸過去，入手覺得挺沉，低頭一看，原來是一方澄泥硯，怕打破了兒子的頭，母妃會急病去，他又忙放下硯臺，抄起一冊厚書，狠命地砸過去，「畜牲！今晚老實在家待著，明日隨我去平南侯府賠罪！」

君逸之一聽就不樂意了，斷然拒絕，還說靜晟的手下打不過他的人，是自找的。把個楚王爺氣得鬍子都撅到天上去了，一古腦兒地將桌上的書籍全都往他身上砸。君逸之當然不會任父王砸到，左躲右閃。君琰之也在一旁幫忙勸著父親：「父王，弟弟年紀還小，可以慢慢教，您別氣壞了身子。再者說，若是打傷了弟弟，老祖宗又會心疼了。」

楚王爺恨得直跳腳，「他就是仗著母妃疼愛才這般胡作非為，我今日若是不教訓教訓他，我就不姓君！」

「不想姓君，你明日就上摺子，請求皇上將你貶為庶民便是！」

楚太妃威嚴的聲音從書房門外傳來，楚王爺頓時就成了蔫雞，耷拉著腦袋迎出去，扶著母妃入內上座。

楚太妃掙脫兒子的手，先拉著寶貝孫子上上下下、左左右右地看了幾遍，確認沒有受到半點傷害，這才重重地哼了一聲，「連攝政王都說了，兩人打架都有錯，憑什麼是逸之去給靜晟道歉？」

楚王爺哪裡還有剛才的半分氣勢，唯唯諾諾地道：「可是畢竟靜晟這孩子傷得那般重，御醫說很可能會留疤……攝政王今日雖然沒說要逸之道歉，可是明日難保不會說，我們自然是先去賠個罪比較好。雖說兩個都有錯，可是我也問清楚了，那個清倌兒靜晟後來也沒打算爭了，是逸之又拿話嗆他，才會打起來的。」

君逸之嘟囔道：「孩兒也沒怎麼嗆他，就是說了一句下回把銀子帶夠了再來……是他的下人先動的手，孩兒總不能讓人打到臉上都不還手吧？這不是折了咱們王府的威風了嗎？再說他那武功還好意思吹，從文就是拿碎碟片揮了一下，他的臉就花了。平常看起來臉皮挺厚的，我哪知道這麼不經刮？」

楚王爺被兒子給氣得兩眼直翻白，「你、你、你……好勇鬥狠，你還好意思吹噓！」

楚太妃拿眼一橫，「怎麼就是吹噓了？逸之不就是將靜晟給打傷了嗎？小孩子家的，哪個沒打過架？打架打不贏，不怪自己沒本事，還想怪別人本事太好嗎？他打不過咱們府裡的人，難道還有臉皮了嗎？虧那平南侯還掌管天下兵馬，養出的兒子這麼個慫樣！這要是帶兵上陣，打了敗戰，難道還要請攝政王殿下發句話給臨國，讓對方的大將上平南侯府賠罪嗎？」

楚王爺被母妃給頂得結巴了，「那那那……那怎麼一樣？」

「怎麼就不一樣了？你倒是說說看，武功不就是平時打架練出來的嗎？」楚太妃說完，便站起身，「逸之，扶老祖宗回屋休息。」

那是操練不是打架！這話楚王爺到底不敢說出來，只能在肚子裡嘀咕幾句，眼睜睜看著母妃親自帶人走，眼睛瞪得比銅鈴還大，卻不敢出聲阻攔。

君琰之右手虛拳，抵在唇邊輕咳幾聲，楚王爺頓時放下這個兒子，關心起長子來，「琰之，你不舒服就快回屋休息，別為你弟弟傷神了。」

再說君逸之扶了楚太妃回暖閣，楚太妃將丫頭們都打發了下去，輕聲問道：「你這麼做會不會有什麼問題？」

君逸之安慰老祖宗道：「不會有問題的，這事孫兒仔細思量過了。」

楚太妃聽得長長一嘆，「沒問題便好，你在暗處辦差，更要仔細些，別讓人拿著錯處，處置了你，上頭都沒法子替你鳴冤去！」

知道老祖宗這是擔心自己，君逸之忙點頭應承道：「孫兒會小心謹慎的。」

楚太妃嘆了口氣，「你父王是個沒城府的，你的事別跟他說，你大哥那裡……若是上頭不讓你說，你也別說。」

君逸之笑道：「孫兒知道。不過，老祖宗是孫兒見過最有見識的人，所以孫兒願意跟老祖宗說。」

楚太妃笑著拍了拍寶貝孫子的手，「小馬屁精！」仔細看了看孫子那張俊帥絕倫的臉，驕傲地道：「一時受挫也沒什麼，我的逸之這般出色，總有一天要讓那些瞧不起你的人瞪裂了眼眶子！」

君逸之呵呵地笑，「那到時我請老祖宗看眼眶子瞪裂的把戲去。」

楚太妃道：「眼眶子裂了，眼珠子就會掉下來，那可不好看！」

祖孫倆笑作一團，君逸之便趁勢請求道：「老祖宗，依父王的脾氣，不拉我去賠罪，必定會要讓從文去賠罪，可是從文跟了我這麼多年，一直忠心耿耿，我不想失去這麼個左膀右臂，還得請老祖宗幫忙援手一下。」

楚太妃一怔，逸之不去賠罪說得過去，可是畢竟傷了靜晟世子，若是連個下人都不交出去，旁人便會說楚王府仗勢欺人。

君逸之不待老祖宗拒絕，就抱著老祖宗的腰搖得跟不倒翁似的，「老祖宗，訓練個侍衛要花多少心血，怎麼能隨便交出去？再者說，您也知道孫兒這麼做是為什麼？既然沒有錯，為何要低頭？交下人出去也是低頭哪！」

楚太妃默了默，拍著他的手笑道：「好了好了，別搖了，再搖我的骨頭都要散了！不交了，咱們沒錯為什麼要交人！」

君逸之立即心花怒放地說了一串好話兒，又聊了陣子閒天，才告退回夢海閣。

第二天一早，楚王爺便來同母親商議，要把從文交給靜晟世子發落，被楚太妃罵了個狗血淋頭，「我們逸之又沒錯，為什麼要交人出去？沒見過你這般沒底氣的王爺！那平南侯再勞苦功高，也是侯爵，比你這個親王差了不知多少級，你這般畏懼是為何？」

楚王爺自認為交個下人出去是兩全其美，沒想到一大早便被母妃噴了一臉口水，只得悻悻地出了門，遙指著夢海閣的方向，跟親衛隊長岳勝說道：「把夢海閣給我看牢一點，若是那小兔崽子再跑出府去，我唯你是問！」

岳勝大驚失色，正要稟報說「二少爺已經不在府中了」，可惜上朝時辰臨近，楚王爺已經急忙忙地蹬鞍上馬，帶著親衛飛馳而去。

此時君逸之正搖著摺扇大搖大擺地敲開了伊人閣的大門，又大搖大擺地晃進如煙的房間，如煙捏著能滴出水來的嗓音笑道：「昨日二公子被人帶走後，奴家心慌了一整夜呢！」

君逸之磨了磨牙，抖落一身雞皮疙瘩，「少噁心我！」說完便從窗口躍了出去，輕巧地幾個飛躍，從品墨齋的後門閃入小隔間中。

為首的少年一見到他，便調侃地笑道：「假公濟私的君二爺來了。」

君逸之得意地搖著扇子，「非也非也，我只是為了公子的囑託啊！」

少年哂笑，「我只是讓你阻止靜晟接下出使南唐的職務，可沒叫你毀他的容！」

韓世昭也笑道：「就是啊，我以為他會敲斷靜晟一條腿呢！」

君逸之笑得風流瀟灑，「若是敲斷他一條腿，以平南侯爺的精明，肯定會想到這趟差使上去，可是毀容嘛，他就多半以為我嫉妒他！」說著呸了一口，「長著一副小倌樣兒，我會嫉妒他！」

幾人哄笑起來，韓世昭笑得格外不懷好意，「你真不是怕某些小姑娘一見到靜晟世子的花容月貌就動了心，才故意毀他容的？」

幾人都拿君逸之取笑了一番，少年才正色道：「逸之這次辦得不錯，不過為了你的安全著想，還是到外地去避一避比較好。」君逸之挑了挑眉，少年繼續道：「正好有事想要你去一趟湖北。」

一大早，俞筱晚便去給外祖母請安，剛進到梢間，便聽得暖閣裡武氏的聲音道：「燕兒是養在我名下的，眼瞧著轉過年便十四了，親事卻沒半分著落，我心裡一點章程也沒有，還得請老太太多操心操心，好歹疼她一疼。」

俞筱晚就頓住腳步，談到親事，她一個未出閣的姑娘，就不方便進去，於是指了指梢間的長榻，示意杜鵑將茶放在几上，自己先去那邊坐一坐。

暖閣裡曹老夫人也正仔細琢磨著，「是該訂親了，旁人家的女兒都是十二三歲訂親，備上兩三年嫁妝，及笄了便好出嫁。這個張氏，辦事就是這般不牢靠！」

武氏聽得心中一頓，老太太這還是讓大夫人出面的意思嗎？她苦於出身低了，官宦之家的夫人們並不怎麼理會她，不然就會親自出馬幫燕兒尋門好親事，多少也能幫襯著敏兒一點，可若是落到張氏的手中，燕兒的親事可就麻煩了，這才特意求到老太太的跟前，老太太卻是不願多管的樣子。

俞筱晚在外頭聽得也暗皺眉頭，她一直覺得外祖母對這兩個庶女比較冷淡，請安也只讓她倆每月的初一十五過來，以前以為是嫡庶有別，可是現在看來，這其中肯定有什麼緣故。她悄悄地招了招手，將初雲喚到身邊，小聲地道：「讓豐兒打聽打聽，外祖母為什麼不喜歡貞表姊和燕表姊，妳跟美景和芍藥也聊聊，別讓她們發覺了。」

初雲應聲退下，俞筱晚聽得裡面的話題轉了，忙示意杜鵑通稟，進去給外祖母請安，陪外祖母用了早飯，又聊了會兒閒天，才回到墨玉居。

看到初雲的暗示，俞筱晚就忙屏退了左右，留趙嬤嬤和初雲說話。初雲小聲地道：「以前老太爺曾寵過一個小妾，差點兒寵妾滅妻了，不過這個小妾只生了個女兒，後來成親了，還給舅老爺下過絆子，就是為了將自己的姨娘抬上來，還好老太太有兩個兒子傍身，手段又高明，就給壓下去了，所以老太太特別不喜歡庶出的女兒，倒是那位庶出的舅老爺，對老太太十分孝順，所以老太太也一直挺疼敏少爺的。」

原來如此，俞筱晚想了想，這是上代人的恩怨了，可是在外祖母的心底裡留了印象，庶出的就是不好，要想改變這個觀念，就得讓曹中燕有所表現才是。她前思後想了一番，目光落在那幅小炕屏上。以她的目光來看，繡功是很不錯的，聽說曹中燕的生母以前就是位繡娘，估計是遺傳了些天賦，但是花樣子並不大出彩，很普通的百蝶穿花，喜氣但不靈動，若是能有一幅好畫，曹中燕應當能繡出一幅好炕屏來，若是送給外祖母，應當能讓外祖母多看曹中燕幾眼。

趙嬤嬤對自家小姐這般為一個庶出的表姊打算，表示很不理解，「舅老爺家是人丁單薄，若是人口多些，有些規矩森嚴的人家，都不見得會叫庶出的做表姊，見面打個招呼，也不過就是個面子情。」

這的確是大多數世人的看法，趙嬤嬤怕她跟庶女走得太近，連帶著被高門大戶的夫人看輕了。俞筱晚卻淡淡地搖頭笑道：「嬤嬤妳想，雅兒會與我同心嗎？我在這個世上，總要有幾位親人，日後才好相互照應。貞表姊就算了，燕表姊是個知道感恩的，小舅母要操心敏表哥的婚事，外祖母又說要舅母來管燕表姊的婚事，舅母哪會認真替她選，我若不幫她，就沒人能幫了。」

趙嬤嬤想了一歇，認同地點了點頭，卻又遲疑道：「可是老太太的心結也不是一下子就能打開的。」

「能打開就成。燕表姊還沒滿十四歲，女孩兒家十七歲出嫁也不算大，這幾年的時光足夠了。」

說話間到了巳時正，古洪興遞了帖子拜見，俞筱晚照例在二門花廳裡接見。古洪興隔著屏風向東主請安，恭敬地磕了三個頭。俞筱晚坐在屏風後靜靜看他的表情，隔了一歇才含笑道：「快請起，初雪，為古叔安張座。」

古洪興連道不敢，再三推讓，才在丫頭搬過來的小圓凳上側坐下，心中卻是暗暗警醒自己，都說小東主性子溫婉和善，可是今日卻讓我行足了全禮才叫起，可是我做了什麼不妥當之事？

那廂俞筱晚已經沉穩地問上了話：「古叔到我店中任職也有半年了，不知對店鋪熟悉得如何，有何見教？」

原來是要考我，古洪興略安了安心，將自己觀察所得，分了長處和短處，一一細細闡述，末了建議道：「其實京城的綢緞鋪子和香料鋪子有不少，若想做得比旁人出色，一是貨品要好，二是人脈要通。店裡的綢緞都是從杭州孫家進的貨，貨品這一點倒不必擔心；人脈麼，小的斗膽自薦，不出三五個月，必定幫姑娘您拿下幾家大戶，讓生意翻上一兩番。只是目前姑娘一時無法疏通過多環節，不如先做些奇巧的生意，便是不必太多人脈，也能生意興隆。」

俞筱晚聽得眼睛一亮，連連追問，古洪興也不藏私，將自己的想法歸納了一下，「不妨借用金大娘的名氣，在咱們的綢緞店裡，也同時賣成衣。香料那邊，可以多做些雕功精美的香山子、香木擺件，一味的賣熏香用的香料香粉，並非上策。」

俞筱晚聽得連連點頭，笑讚了幾句，隨即語氣一轉，淡然地問：「古叔這個想法，可同文伯和敏表哥談過？」

古洪興一愣，忙欠身拱手道：「因還未與小姐商議過，不敢隨意便提。」

俞筱晚輕輕一笑，從屏風的縫隙裡仔細看著古洪興的表情，徐徐說道：「古叔是官宦之家的管事，應是最懂規矩的，有何提案，理應一層一層上報。文伯倒是只管帳房，可是敏表哥卻是幫我統管店鋪的，而且也是官身，按說古叔你應當先同敏表哥商議，再由敏表哥來與我談，你說對不對？當然，我也知道宰相門前七品官，原本古叔在這京城也算是有頭有臉的奴才，我店裡這幾個管事，是遠不如古叔的，古叔看不上眼，也是常有的。若是日後你升了總管事，就可以直接來同我商量。」

輕飄飄的幾句話，讓古洪興原本多少帶些得色的臉上，得意的表情僵了一僵，額頭滲出了一層細密的汗水，緊張地站起身來，忙忙地解釋道：「小的並非是小視幾位管事，實在是……實在是不知這些策略是否可行，小的以前……並未管理過店鋪……因而……」

古洪興原以為俞筱晚看中他，是為了跟各府打通關系，好將綢緞和香料生意擴大。畢竟京城中的世家望族，採買這些用品，都有固定的店鋪，若是想打開銷路，的確是要有個跟各府管事當家人都熟的人來出面牽線。論到京城各府的人脈，還真沒幾個能與他相比的。有了這層倚仗，他在店鋪中雖沒分配什麼職務，卻多少有些拿大，思考問題也是站在統管的角度出發。

此時聽了俞筱晚的話，才驚出一身冷汗，他原就是官宦之家的奴才，怎麼不懂做奴才的規矩最忌諱的就是拿大，不論他多不甘心，他現今的主人是屏風後的這位小姑娘，她若是願意用自己，自己好好努力，還是能重回往日的風光，若是她不願意用自己，那他就只有漸漸埋沒，淡出世人的視線了。

不過，他至少是的確在為姑娘打算，目前看來所想的營生策略，姑娘似乎也挺滿意，只要他日後盡心竭力地效忠，應當還是能得重用的。

因而古洪興的神情從驚愕到緊張再到慌張，最後終於拿定了主意，露出一抹沉穩，神色也更為恭謙。是個識實務的！俞筱晚這才滿意地笑道：「原來如此，那古叔一會子不妨去店裡先找文伯，敏表哥下了衙，也會去店裡看看，你們三人再仔細協商一下，若是有了明確的章程，我再來拿主意。」

古洪興連聲應「是」，俞筱晚示意初雲端杯茶水給他，然後含笑道：「今日請古叔來，還有一事相詢，這裡沒有外人，還請古叔直言不諱。」

看到那杯茶，古洪興便知道自己今日算是過關了，剛鬆了口氣，又聽得俞筱晚是問如今朝堂裡的局勢，而且還要知道各府之間的關係，他便不由得一怔，東主一個小姑娘家，為什麼要知道這些？

儘管心中有各種疑問，古洪興還是將目前朝堂上的各方局勢歸攏了說明，力求精簡清晰，免得小姑娘聽不懂，「如今皇上年幼，攝政王監國，韓丞相、平南侯、楚王、晉王、秦國公、越國公六位大臣為內閣大臣。越國公的嫡長女就是攝政王妃，自是向著攝政王的；韓丞相在朝中聲望不錯，也聯絡了許多大臣，同攝政王爺……嗯，也不是作對，就是監督著王爺。」

有些話，真是不好直接說出口，說得隱晦了，又怕小東主聽不懂，古洪興小心翼翼地看了看屏風後，見那個朦朧的小腦袋點了點，才又繼續道：「楚王和晉王都是皇族，太后、楚太妃和晉王妃是三姊妹，自是幫著皇上的；就是秦國公與平南侯，從不與人交往。秦國公與平南侯曾因兒女結親的事鬧過一場，關係並不和睦……」

俞筱晚好奇地打斷道：「是怎麼個鬧法？」

「那時先帝還健在，秦國公想將女兒許給靜晟世子，找人委婉地傳了話，越國公也有這個意思，平南侯更看中憐香縣主些，卻又沒將秦國公這邊推掉，就這樣兩邊吊著。事後不知怎麼的，讓秦國公給發現了，平南侯就稱兒女尚小，不急著訂親，卻請了保山去越國公府說項……就這樣鬧起來了，也沒鬧多大，畢竟兩家都沒臉的事，但是私底下的交情就惡了。」

原來如此，俞筱晚又問道：「靜晟世子長得如何？」

「龍章鳳質，一表人才。嗯……聽說他與靜雯郡主生得十分相像。」

那不就是男生女相？俞筱晚撇了撇嘴，靜雯郡主生得十分美豔，若是男人生成這樣，不就跟個小倌差不多？她想了想又問：「平南侯為人如何？」

「小的沒見過平南侯爺的真容，只是聽說他性情剛烈、脾氣躁，但遇事還是十分沉穩的，也十分護短。」古洪興仔細想了想，又補充道：「帶兵打仗的人，脾氣差點倒是正常，但肯定不會急躁。兵家最講謀略，只怕是個胸中大有溝壑的。而且平南侯掌握的軍隊，旁人是很難插進人手的。」

俞筱晚聽得眼睛一亮，軍隊不讓旁人插人手進去，說明平南侯是個有所圖的人。他又不是尋常的小官，太后和攝政王肯定都在拉攏他，可他這樣兩邊不靠，不論是想擁兵自重，做個逍遙土皇帝，還是想挾天子以令諸侯，都不會讓太后和攝政王放心，難怪君逸之劃傷了靜晟世子的臉，還有人幫其說話，原來平南侯府早就成了眾矢之的。

再者說，君逸之和靜晟世子也是為了爭小倌才打起來的，說起來的確是兩人都有錯，靜晟世子如今也在軍中任職，還打不過一個京城聞名的紈褲子弟，不是讓人笑掉大牙嗎？若再摻雜上這些政治因素，君逸之這回必定是有驚無險的。想到這一層，俞筱晚的心中大定，神色也輕快了起來。

古洪興又說了些世家之間的恩怨，俞筱晚想著今日也差不多了，便打發了他回去。

回到墨玉居時，曹中燕已經在東廂房裡等了好一會兒了，俞筱晚忙讓芍藥將人請到東梢間來，不好意思地陪笑道：「方才跟店鋪的管事談事情，怠慢表姊了。」

曹中燕紅著臉搖了搖頭，小聲地道：「沒事。」連客套話都不知道說。

俞筱晚暗裡輕嘆了一聲，難怪燕表姊嫁出去後那般不幸福，一來是舅母選的親事就是個外甜內苦的，二來也是她自己太不會爭取，不會討巧了。

俞筱晚拉著曹中燕坐到竹榻上，笑道：「一會兒做完針線，就是晌午了。雖是入秋了，可是晌午還是有些暑氣，表姊不如在我這兒一道用飯，歇了午再走。」

曹中燕吶吶地道：「太打攪了。」

「沒事。」俞筱晚也不待她再推辭，直接吩咐初雲去廚房交代一聲：「燕表姊的飯食也提到墨玉居來。」

初雲應了一聲，拉著果兒親熱地出了門，兩個小姑娘就坐在一起繡手帕。俞筱晚也沒藏私，將自己的心得一五一十細細道來。繡花的針法十分繁複，各家繡樓都有絕活，可是在金大娘的嘴裡，能繡出好圖面來的就是好針法，花裡胡哨的東西不頂用，關鍵還是看構思、看配色、藏針匿線。一幅繡品若想要栩栩如生，首先就得不露線痕，否則就算妳的花樣再精美，配色再自然，繡面後面一堆的亂針腳，也只能作下品論。所以這段時間俞筱晚只跟著金大娘學了如何藏匿針腳，讓繡面看起來乾淨清爽。

曹中燕認真仔細地聽了，邊繡邊琢磨邊請教，一下子便心領神會。兩人安安靜靜坐在竹榻上，繡了大半個時辰，一條精美的手帕便繡好了。俞筱晚繡的是朵玉蘭花，曹中燕繡的是藍粉蝶，再細看背面，也跟前面差不多，再沒了凌亂的針腳，曹中燕忍不住露出甜美的笑容。

俞筱晚笑讚道：「燕兒姊姊真漂亮。」

曹中燕小臉一紅，極難為情地道：「哪裡及得上表妹。」

芍藥帶著幾個婆子提了午飯進來，安置在西梢間裡，又進東梢間來請人。俞筱晚就挽了曹中燕的手臂，先到後面的淨房淨手。初雲和果兒幫主子挽起袖子，俞筱晚便一面淨手一面同曹中燕道：「我不假作謙虛，但表姊也別妄自菲薄，須得知曉，老話有說，各花入各眼。世人都愛茶花，可是照樣春賞桃花秋賞菊，夏慕荷花冬慕梅，可見花兒呢，只要知道綻放自己的美麗，就會有人欣賞。」

曹中燕不聲不響地聽了，若有所思地垂頭不語。俞筱晚點了一句，也就不再多說了，有些事得她自己慢慢去領悟，旁人再心急，幫忙想得再多也沒用。

兩人淨完手，一同過去西梢間，吃了一頓氣氛溫馨的午飯。不得不說，芍藥服侍起曹中燕來，殷勤程度不少於對俞筱晚。俞筱晚看在眼裡，嘆在心底，跟曹中燕歇了午，待太陽沒那麼烈了，便讓芍藥送曹中燕回順年堂，同時讓芍藥給武氏帶幾句話。這個時辰，敏表哥差不多要下朝了，機會給了芍藥，能不能把握住就看她自己了。

俞筱晚看了會兒醫書，芍藥果然沒有即時回來，想是尋了藉口留在順年堂，到時辰該給外祖母請安了，她便帶上初雲和初雪去往延年堂。

武氏卻是坐在延年堂內，曹老夫人拉著俞筱晚在自己身邊坐下，也沒避著她，就問武氏：「吳庶妃還沒有信兒嗎？」

武氏的眸光就黯淡了下來，眼看著張君瑤就要生了，都說看肚子像個男胎，孟孺人、孔孺人也懷了幾個月了，可是吳麗絹卻依然沒有一點消息。曹老夫人只得安慰道：「過個一年半載才懷上身子的多的是，沒什麼大不了的。」

話雖如此，可是到那時，就怕生兒生女都不帶長字了，又是庶出的，幫襯不到曹家一星半點。

這樣的事俞筱晚只能在一旁聽著。曹老夫人聊著聊著，不由得咳了幾聲，俞筱晚忙她順著背，一面不著痕跡地握著外祖母的手腕，為她扶脈，一面關切地問道：「外祖母，您怎麼了？」

曹老夫人笑了笑道：「沒什麼，就是秋躁，痰多愛咳。人老了，便是這樣的。」

俞筱晚仔細把了脈，確定是一般的秋咳，這才放下心來，叮囑了一番養生之道。曹老夫人笑著摟緊她，感嘆道：「到底是孫女貼心，哪像男孩兒……」說著聲音有些哽咽，忙止住了話頭。

這是說曹中睿，覺得祖母逼他娶了何語芳，心中不滿，這大半年來每日請安只是來點個卯，祖母問什麼答什麼，多的一個字也不說，再沒得往常的親熱勁兒。

俞筱晚不好接這話頭，便轉了話題道：「燕表姊今日送了個繡屏給我呢，我瞧著真好看，便想著給外祖母也繡一幅，選了幾個花樣，外祖母，您挑一個？」

曹老夫人頓時就開心了，俞筱晚忙讓初雲把自己畫的幾幅畫拿來給曹老夫人挑。若要問她的興趣，其實就是畫畫。雖然沒得過名家指點，功底不足，但是勝在十分有靈性。俞筱晚給外祖母的畫都是老人家喜歡的喜慶畫，仙鶴、青松這類代表長壽的。曹老夫人仔細地一張張看過，挑了張仙鶴的，笑問：「這幅不錯，繡起來應當不會太費眼力吧？」

原來外祖母是怕她傷了眼，俞筱晚心中一酸，便笑著拉出另一張鶴梅圖，「外祖母若是喜歡仙鶴，您看這張怎麼樣？」

曹老夫人推了一番，終是拗不過真心喜愛那張畫，便應下了，叮囑道：「慢慢繡就是，夜裡別繡，天光若暗了也別繡，眼睛壞了可沒處補去。」

俞筱晚含笑應下了。

武氏笑看著這祖孫倆選花樣，一時又笑道：「說起來，以前老太太的衣裳都是石姨娘做的，石姨娘的針線也極好，不如讓石姨娘幫著繡一些。」

曹老夫人笑道：「不必了，讓她好生伺候爵爺便是，若能生個一兒半女的，為曹家多添些人口，我就開心了。」這個人口，指的也是庶子。

武氏便蹙了蹙眉道：「說起來，爵爺正當壯年，石姨娘又是花一般的年紀，怎麼一年多了，卻也沒見個信兒？」

俞筱晚的眸光閃了閃，曹老夫人聞言聲音也沉了下來，「妳沒差人請個大夫給瞧瞧？」

武氏忙低了頭，目光閃躲，「請是請了……」

曹老夫人盯著她問：「請的誰？如何說？」

「唔……請的是聖手堂的孫大夫，說石姨娘身子結實著呢，就是有些宮寒……」

俞筱晚知道，宮寒就是不足之症。一是先天體弱，二是後天受凍挨多了，尤其是身上來的時候下冰水，就容易造成宮寒，三就是誤服藥物或食物造成的。既然石姨娘身子結實，就不可能是先天的，可是後天嘛，石姨娘一開始當差就是在外祖母的院子裡，十指不沾陽春水的主兒，怎麼可能受凍？那就只有第三種可能了，但石榴跟在外祖母身邊這麼多年，什麼東西女人要少吃，難道會不知道？

小舅母這時提到此事，莫非是知道了什麼？俞筱晚轉眸看向武氏，忽而想到，今日舅母張氏還沒來請安，難得一次只有小舅母陪在外祖母身邊……

曹老夫人似是也想到了這一層，便沉著氣問：「妳就沒問問原因？」

武氏支吾著道：「大夫說應當是服用了些性寒的食物。」

曹老夫人眼中精光一漲，「能確定是食物不是藥物？」

武氏便道：「能確定。」遲疑了一下，再想說些什麼，一抬眸，就看見俞筱晚輕輕地朝自己搖了搖頭，武氏便立即住了嘴。

曹老夫人也沒再問，可是握著拐杖的手卻暴起了青筋，顯見是在強壓怒氣。

沒多大會兒，曹清儒就攜了張氏、曹中睿夫婦和曹中雅前來請安。俞筱晚忙起身見禮，才又依次坐下。

張氏近幾天又開始神清氣爽起來，走路都帶著一股風，她一坐下就開始眼觀六路，不難發覺武氏的眉宇間有絲輕愁，便顯擺地向婆婆道：「母親，正有一件事要請您示下。張側妃眼見著就要生了，我備了份禮單，按府中的慣例擬的，母親您看合適不合適。」

曹老夫人「嗯」了一聲，接過張氏遞來的禮單，仔細看了看，又交還給她，和藹地道：「既是按府中的慣例擬的，自然不會有錯，就這樣吧！」

張氏一口氣悶在胸口，臉色變了變，強壓著脾氣，小聲道：「母親您看，要不要再添點什麼？」

俞筱晚暗暗好笑，舅母就是想讓外祖母主動添賀儀的，可是外祖母不上當，也只得自己說出來了。

曹老夫人溫和地道：「以前送各家王府也是這些禮，若是越過去了，旁的王府會如何看待咱們？就這樣吧。」

張氏頓時又覺得胸肺間又鼓了一團氣，嘔得生疼，哼哧了半天，才囁嚅地應了。張氏精神萎靡了不過片刻，又抖擻起來，笑盈盈地道：「媳婦邀請了韓夫人到府中來賞蓮吃蓮子羹，正是時節，韓夫人已經應了。」

曹老夫人笑著點點頭道：「是該多辦些宴會，貞兒、燕兒年紀不小了，她們的婚事妳也該上心些。對了，廚房上的管事是姓劉吧？」

張氏不知道話題怎麼從庶女們的親事跑到廚房管事身上的，忙應道：「是姓劉，是媳婦的陪房。」

曹老夫人道：「我想再提拔三個副管事上來，跟著她多學學。妳看，貞兒、燕兒的婚事訂下後，妳就得準備她們的嫁妝和陪房了，這位劉嬤嬤既是妳是陪嫁，必是信得過的，自然要跟著雅兒嫁去夫家才好。提拔上來的三人，其中兩人跟著貞兒和燕兒，餘下那位就在府裡任管事。」說著就說了三個人選，都是曹府的家生子。

安排得合情合理，可是卻將張氏的人從廚房裡拔了出去。自古以來廚房就是重地，一應飲食都是從廚房出來的，沒個自己人在那地兒，張氏如何放得下心？當下就想拒絕，「只怕是不成的，何必讓劉嬤嬤跟去當陪房，說起來，沒幾家會讓媳婦的陪房擔任廚房的管事……」

曹老夫人含著笑，看向張氏的眼神裡就帶著絲嘲諷，張氏這才意識到自己說了什麼，不由得訕訕地閉了嘴。旁人不會讓媳婦帶的陪房擔任廚房的管事，那她的陪房憑什麼當廚房管事？

曹老夫人沒再理張氏，笑問起爵爺今日的差事是否順利，曹清儒恭敬地回了話，曹老夫人又笑道：「這陣子你多半是宿在石姨娘那兒，姨娘的份例少，你又是時常辦差辦到深夜的，若是餓了，可記得讓廚房著緊著做了送去。」

曹清儒忙道：「多謝母親關懷，其實苑兒早就想到了這一層，時常差人送些補湯過來。」

曹老夫人就含笑看了張氏一眼，「難得你這媳婦賢慧啊！」

張氏的眼皮就是狠狠一跳，表情頓時不自然起來。

到了晚飯時分，曹老夫人將人都給打發了回去，獨留下俞筱晚陪自己用飯，用過飯又打發了丫頭們退下，拉著她的小手問：「妳可知我今日為何要將劉嬤嬤架起來？」

俞筱晚佯裝想了想才道：「莫不是這個劉嬤嬤不可靠？」

曹老夫人長嘆一聲，「我告訴妳，女人最要注意的就是吃食，若東西吃得不好，很難懷上孩子，懷上了也難得保住。若是沒個一兒半女的依靠，到了晚年，就只能孤獨終老。」又一點不避忌地說起張氏的打算：「不用問，給妳舅父送去的補湯裡，一定是下了藥的。妳舅父正寵著石姨娘，怎會不與她分享？石姨娘再怎麼精明，也料不到張氏敢在丈夫的湯裡下藥——性寒的藥也不利男人生育，不過張氏已經四十多了，不可能再生了，所以巴不得妳舅父也不能再生育了才好。」

俞筱晚裝作才剛剛知道的樣子，驚訝道：「那外祖母為何不教訓一下舅母呢？」

曹老夫人嘆得更重，搖了搖頭道：「女人難為啊！當正妻的若不防著妾室點，這位置可就坐得不穩當。石榴是個有心計的，又正是年輕貌美之時，若妳舅母不壓著，我還嫌她沒手段，所以這般作為，我不想說她什麼，不過我曹家子嗣不豐，我也不能由著她。」

這樣矛盾的心理，俞筱晚也不知道該如何接話了，又聽外祖母絮絮叨叨地教導了她一番當正妻應有的手段，就悶悶地告辭了。

趙嬤嬤見小姐悶悶不樂的樣子，以為是張氏沒受到處罰，她心有不甘，忙寬慰道：「老太太也是沒辦法，下回一定會處罰舅夫人的。」

俞筱晚搖了搖頭，「舅母不可能休的。」能休，舅父也不會休。她與舅父本就是一體的，當初害她的人中，何曾少了舅父的身影？說不定一切都是舅父指使的，舅母只是個執行人而已。

俞筱晚想了又想，若真要想報復舅母、舅父，一來要弄清楚當初的真相到底是什麼，二來也必須等她出嫁，與曹家脫離了關係，否則覆巢之下，焉有完卵？

俞筱晚越想越覺得氣悶，她忽然很想回家鄉，於是頓住腳步問道：「嬤嬤，妳說，我如果想回汝陽祭拜父母的墳塋，外祖母會答應嗎？」

趙嬤嬤愣了愣，「小姐，您想回汝陽嗎？可是，既不是清明，又不是周年，這時節回去，卻是說不上個理來。」

可是這個念頭一旦生出來，就開始瘋長，俞筱晚彷彿一刻都忍不住似的，立即轉回身去求見外祖母，磨了許久，說是祭拜父母，同時看一下莊子，免得那些個奴才不認得主子了，終於讓外祖母答應她過幾日就出發回去。

俞筱晚興奮異常，出了延年堂就開始交代趙嬤嬤和初雲、初雪等人收拾行囊，一路嘰嘰喳喳著回了墨玉居。

待她的身影消失於門簾之後，墨玉居院中的一株大樹上，兩道黑影閃電般地射出圍牆，離了曹府。

君逸之差點將摺扇搖出花來，喜孜孜地道：「我要離京，她也要離京，而且我們還正好同路。從文，你說這是不是就叫做緣分呢？」

一個到汝陽，一個到湖北，不完全同路好嗎？何況時間上也不同！從文抽了抽嘴角，「您說是就是。」

君逸之心情太好了，沒介意他敷衍的態度，心裡讚了自己不知多少次英明。她總窩在曹府，小姑姑請了她幾次都沒請動，已經有半年沒見了啊！明日要出發，他實在是忍不住心中的衝動，偷偷潛入曹府，就為了能再見佳人一面，卻沒想到，竟得知了這個好消息。

聽說能回家鄉去，從汝陽帶入京中的丫頭婆子們都喜氣洋洋，手腳麻利地拾掇著行囊，次日上午就收拾齊全了，只等俞文飆大總管雇好保鏢，擇個宜遠行的吉日就出發。

墨玉居這廂才收拾完，曲嬤嬤就帶著七八個丫頭風風火火地走進院子，連抄手遊廊都不走，直接從青石甬道穿過來，每個人的臉上都是喜氣洋洋的，比俞家的丫頭婆子們更加的喜氣洋洋。

俞筱晚正與曹中燕坐在東梢間內，一塊兒挑選繡炕屏的底料，俞筱晚一直沒說話，讓曹中燕自己拿主意。曹中燕選到最後，還是拿起最早看中的一塊褐色綃紗，遲疑著小聲地道：「我覺得還是綃紗好，通透，映著燭光能讓繡面更美。」

俞筱晚便鼓勵地笑道：「既然燕兒表妹覺得綃紗好，咱們就用綃紗。這兩天我趕著將畫樣子描下來，繡屏的事就交給表姊了。」

曹中燕感激地「嗯」了一聲，隨即覺得這樣子還是有失禮數，又用力點了點頭，低低地道：「多謝……妹妹。」

其實熟一些之後，只要對她和善一些，曹中燕也沒那麼靦腆。俞筱晚微微一笑，算是接受了她的謝意。

初雲挑了簾子進來，笑盈盈地道：「稟小姐，曲嬤嬤來送喜蛋了，張側妃昨日夜間誕下了長公子呢！」

俞筱晚微微一驚，她明明記得，前世的時候，張君瑤幾次懷孕都滑了胎，第三年才生了一個女兒，所以張君瑤懷孕一事，她壓根兒就沒怎麼放在心上，可現在張君瑤卻誕下了庶長子。在攝政王沒有任何子嗣的情況下，這個庶長子可就寶貴得很了，連帶著張君瑤、張長蔚一家都會水漲船高，那麼想要除去舅母，就更加困難了。

她有些心慌意亂地思忖著，難道是因為自己的命運改變了，因而改變了其他人的命運？這倒是有可能，畢竟吳麗絹在前一世的時候，應當是三年後才入攝政王府，她的入府時間提早了三年，張君瑤生孩子的時間提早也不算什麼，可是，怎麼會連性別都變了？

儘管心裡茫茫然地落不著地，俞筱晚還是很快地擺出了一臉喜悅的笑容，吩咐趙嬤嬤備禮，自己則扶著初雲的手走到堂屋裡。

曲嬤嬤帶著七八名丫頭站在堂屋中央，垂手站立著，個個眉梢眼角都是喜氣。

見到俞筱晚，曲嬤嬤忙福了福，聲音輕快地道：「老奴來給表小姐送喜蛋了，因著張府送過來了一筐，數量足，夫人說多給表小姐送些個來，表小姐若是吃不完，打賞給下人也可以。」

她身後的兩小丫頭立即捧著托盤上前來，托盤上的甜白瓷碟裡，各裝著十個紅彤彤的喜蛋。

俞筱晚含笑道：「勞煩曲嬤嬤了。」回頭示意初雪打賞，又向曲嬤嬤問了些張側妃和小公子的情況，連連讚道：「張側妃是個有福氣的，舅母也是有福氣的。」

聽了這話，曲嬤嬤的表情頓時高貴了起來，端著高深的笑容道：「可不是有福氣嘛，這庶長子也不是誰想生就生的！表小姐，您是不知道，君瑤小姐自幼美貌又才華出眾，相士也說她命格極貴，十歲時就不知有多少名門望族的公子來求娶，舅夫人哪裡捨得，一直留在身邊……」

絮絮叨叨說了許久，想從俞筱晚的臉上看出些懊惱和嫉妒心慌的表情，可惜俞筱晚始終含笑傾聽，真誠地隨喜讚歎，一絲不耐煩也沒有。曲嬤嬤說得口乾舌燥，卻沒有達到刺激俞筱晚的目的，只得停下來，訕訕地笑道：「跟表小姐別過，老奴還要去別處送禮，就不久留了。」

俞筱晚忙笑道：「這是大喜事，曲嬤嬤只管去忙，我就不留嬤嬤吃茶了。」

妳壓根兒就沒吩咐丫頭們上茶！曲嬤嬤腹誹道，隨即又得意了，表小姐這是嫉妒了，心慌了，知道吳麗絹靠不住了！於是她的心情頓時又恢復了明媚，客氣地推讓一番，施禮告辭，風風火火地帶著丫頭們去南偏院送喜蛋，打擊小武氏去。

待曲嬤嬤一行人走後，初雲看著桌上放著的兩碟喜蛋，就忍不住哼道：「這麼得意！在鄉下……」

俞筱晚嚴厲地掃了她一眼，初雲訕訕地收了聲，不敢再多言。

主僕幾個進了東梢間，曹中燕見時辰不早，便告辭回去了。

梢間裡只有幾個心腹的時候，俞筱晚才嚴厲地看著初雲道：「知道自己剛才做錯了什麼嗎？」

初雲囁嚅著小聲道：「堂屋裡還有外人，奴婢不該多嘴。」

見主子的臉色沉如幽潭，初雪恨鐵不成鋼地直戳初雲的腦門子，「小姐說過多少次了，不要談論府中的人和事，妳還在堂屋裡大聲嚷嚷，生恐旁人聽不見是不是？」

初雲難為情地賠了罪，見主子始終不展顏，不由得心慌了，撲通一聲跪下，顫著聲音道：「小姐，奴婢以後一定會注意言行，奴婢知道錯了，下次不敢了，求小姐饒了奴婢這一回！」

俞筱晚沒理她，問初雪道：「趙嬤嬤挑好了賀儀沒？」

正說著，趙嬤嬤終於備足了禮，寫好禮單，帶著幾個丫頭捧著盛滿禮品的托盤走了進來。俞筱晚便起身去看禮品。趙嬤嬤一一指點了，哪些是洗三禮，哪些是滿月禮。喜慶但不算貴重，畢竟俞筱晚跟張君瑤不過是拐了幾個彎的表姊妹，若不是曲嬤嬤送了喜蛋過來，她就是不送也沒關係。

俞筱晚笑道：「我是不方便過府道賀的，還是送到外祖母那兒，請外祖母幫忙帶去吧。」其實曹老夫人年事已高，已經許久不出府了，這禮不過是讓她過了目，最後還是讓張氏送。

隨後又說起了回汝陽的事宜，交代了些瑣事，趙嬤嬤便服侍著俞筱晚進淨房沐浴。打發小丫頭們都退出去，趙嬤嬤取了幾方棉帕，親自為小姐絞乾頭髮，用梳子梳順，才彷彿隨意似的說道：「小姐，今晚是初雲上夜，若是您還想罰她跪著，我去安排初雪好嗎？」

俞筱晚抬眸看向趙嬤嬤，認真地問道：「嬤嬤是想幫初雲求情？」

趙嬤嬤的老臉上閃過一絲赧然，「我明白小姐的意思，初雲若是管不住自己的嘴，就會惹禍，甚至可能給小姐惹來麻煩……是我沒有嚴格管教，論說起來，我也有錯。」

俞筱晚抿了抿唇角，眼神漸漸黯淡下來，囈語般地道：「我不是怕她給我惹禍，我是怕她……舅母現在只怕是恨透我了，動不了我，就會動妳們。打殺了妳們，讓我傷心氣惱，她也能高興一陣子。初雲這麼衝動的性子，得時時提點著，幾天沒點她，她就復原了，若真個改不了，這趟回了汝陽，就放在莊子上吧。妳讓她起來吧，今晚就讓初雪上夜。」

趙嬤嬤心中一驚，張了張嘴再勸，可小姐說得實在在理，便不敢反駁，屈膝福了福，退出內室交代下去。

肆之章　好事多磨踏歸途

次日初雲進來服侍的時候，眼眶還是紅紅的，服侍俞筱晚的時候也是小心翼翼的，看來趙嬤嬤已經同她說了，俞筱晚硬起心腸只作沒看見，若她現在心軟一點，日後害的就是初雲。原本她還對日後充滿了信心，可是昨日張君瑤生下庶長子後，她就不那麼確定了。不說張氏和張夫人，張君瑤本人就是個睚眥必報的，身分上又有這麼大的差異，她都得小心應對，她身邊的人就更得謹慎。

俞文飆極快地聯絡好了鏢局。三日後，俞筱晚就拜別了外祖母、舅父和舅母，踏上了回汝陽的行程。馬車走得很慢，俞筱晚此番本意也是散心，沒催著趕路，到九月下旬才到達汝陽，祭拜了父母，又請來了汝陽城最有聲望的大師連做了七天法事，京城裡催促她早日回程的家書也到了汝陽。

俞筱晚此時正在汝陽的莊子裡，過著神仙一般的日子，接到家書，還是外祖母口訴，何語芳代筆的家書，信中又提到了吳庶妃終於有了身孕，要她趕回來跟吳奶奶一起去恭賀一番。

俞筱晚不得不嘆息著吩咐下去：「收拾行囊。」想想又不甘心，緩了緩道：「過幾日回京。」剛吩咐下去，初雪就拿了一張請柬走了進來，笑盈盈地道：「小姐，車小姐的請柬，她的大嫂生了個胖小子。」

俞筱晚喜笑顏開地道：「真的嗎？」回頭又問趙嬤嬤：「嬤嬤，我去看一看沒關係吧？」這位車小姐是俞筱晚小時候的手帕交，自俞筱晚上京之後，就只通過兩三封信，這次回了汝陽，之前幾天都在做法事，還沒來得及見面的。趙嬤嬤想了想道：「要麼就今日去，洗三禮別去了，您還在孝期到底不好。」

俞筱晚點了點頭，立即讓趙嬤嬤備了禮，去車家看望車小姐。車大奶奶生下的小子足足有六斤，胖乎乎的十分可愛，俞筱晚逗了好一會兒，愛不釋手，逗留了大半天，才依依不捨地告辭了出來。

車大奶奶後知後覺地記起沒送喜蛋，忙讓丫頭包了六只喜蛋追出府門，送給俞筱晚，那丫頭捂著嘴笑道：「俞小姐還是自個兒吃下吧，這喜蛋可是能沾福氣的。」

俞筱晚的小臉瞬間燃燒了起來，吃了生兒子送的喜蛋，自己也能生兒子，這個風俗她也聽過，可是她才十三歲好不好？連親事都沒訂呢！

還沒等她做出反應，就聽得耳邊有人調侃道：「這是哪家的丫頭，這麼有規矩？」

俞筱晚聽到這低緩的聲音，幾乎不敢相信自己的耳朵，茫然地回頭一瞧，果然是君逸之。已經入冬了，他還只穿著一身蛋青色的圓立領對襟長衫，腰間束著上品羊脂玉結環玉帶，頭上只用支羊脂玉簪簪了髮，整個人顯得風流倜儻。他用冰冷的眼神打量了小丫頭幾眼，側頭問俞筱晚：「她對妳無理嗎？」

俞筱晚一怔，茫然地道：「沒有啊。」

君逸之低聲安撫她：「我明明見她說了幾句話，妳就氣紅了臉。妳別怕，任她是按察使的丫頭，我也照樣能管。」

聽了這話，俞筱晚的臉卻更紅了，心裡說不出是喜悅還是彆扭，便白了他一眼，「她沒對我無理，不用你多事！」說罷轉過身，扶著初雲的手上了車。初雲和初雪忙朝君逸之福了福，也跟上了馬車。

君逸之一片好意，卻受了個白眼，覺得莫名其妙。

趙嬤嬤站在一旁若有所思地看了看君逸之，給俞文飆遞了個眼色，微笑著上前福了福，請了安，又退到一旁。俞文飆忙上前見禮，「小人斗膽相詢，不知君二公子如何會來汝陽城？」

君逸之抬眼看去，見俞文飆眼神端正，精光內斂，不像個奴才，便客氣地道：「京城太悶，就四處逛逛，不想在此處遇上了俞小姐。」又指著那名小丫頭道：「真沒事嗎？」

俞文飆呵呵笑道：「沒有沒有，是我家小姐面子薄。」

君逸之恍然，不再糾結此事，只是他到汝陽已經有四天了，找不著好藉口遞帖子求見，只能滿街晃蕩，難得撞上，還想跟俞筱晚說上幾句話才好，可是人家已經坐回馬車裡了。他顧惜著俞筱晚的閨譽，不好湊到車窗邊去說話，兩隻漂亮的鳳目便只盯著馬車，有些移不開眼睛，兩隻腿遲疑著，怎麼也邁不出步子。

俞文飆將此情形瞧在眼裡，哪會不明白，剛才雖是一場烏龍，但也能瞧出這位君二公子確實是在意小姐的，心裡就對君逸之十分滿意，笑呵呵地道：「不知君二公子何時來的汝陽？在何處落腳？若是沒有找到客棧，不嫌棄小人家中簡陋的話，小人願一盡地主之誼。小人的宅院就緊臨著小姐的莊子，景色倒也別致。」

君逸之聽得眼睛賊亮，立即順著這話就道：「正好沒尋到好客棧，這便打攪了。」

從文和從安兩個站在不遠處的柳樹下，不約而同地抽了抽嘴角，心道：少爺說話真是越來越無懈可擊了，沒尋到「好」客棧，一個「好」字，就將現在住的客棧給拋棄了，還不算撒謊騙人！

他們的對話，俞筱晚在車內聽得清清楚楚，不由得暗急，文伯的屋子就是莊子裡的一個小偏院，單獨對街開了個門，這不等於是讓君逸之住到自己的莊子裡了嗎？

她正想約束一下俞文飆，趙嬤嬤便喜洋洋地上了車，含笑道：「小姐，您中午就沒吃什麼，先吃個喜蛋墊墊底吧。」

馬車已經開動了，俞筱晚就嘟囔著道：「文伯也真是的，幹麼請他住到莊子上！」

趙嬤嬤很認真地道：「那處院子是老爺送給俞總管的，地契也在他的手上，怎麼是莊子上呢？小姐，您可別這樣說，會讓俞總管傷心的。」心裡卻笑著想，若真不願意君二公子住到那兒，早就阻止了，何必等到現在？小姐也是個心口不一的。

初雪已經剝好了一個喜蛋，用小碟子盛了放在小姐的手中。俞筱晚也真有些餓了，便招呼道：

「妳們也都嘗嘗吧。」

趙嬤嬤和初雲初雪私底下倒是不拘著，也各吃了一個。初雲總是壓不住話，揀了之前的事說道：「奴婢是說認真的，在鄉下，生兒子送六個喜蛋，生女兒送三個喜蛋，是俗禮，張側妃那兒一送二十個，到底是生的兒子還是女兒呢？」

俞筱晚忍不住微微勾起唇角，隨即又瞪她一眼。初雲忙媚笑著，小意地拍著馬屁，「奴婢保證只在私下裡說，不會再那般莽撞了！小姐，您已經答應了再給人家一次機會的，不能食言！」

初雪白了她一眼，「小姐又沒說要食言。」

初雲吐了吐舌頭，又補充了一句：「奴婢的老子娘就說過，這喜蛋送得不好，可是會折了孩子的福呢！」

俞筱晚好奇地睜大眼睛，趙嬤嬤也點頭道：「有的鄉間是有這個說法，不過張側妃生的可不是一般的孩子，哪能折了福去？」

一行人說說笑笑回了莊子，君逸之也在俞家下人的幫助下收拾好了行囊，搬到了俞文飆的宅院裡。

俞文飆的宅院是個三進的，不算小，沒有內宅婦人，給了君逸之極大的便利，才在廂房坐了坐，就溜到後院子的角門處，張望俞家田莊的景色。隔著一大片玉米田，就是俞筱晚住的房舍，雖然從俞文飆的後院這邊只能望見房舍的屋簷，可是君逸之心裡就是透著喜悅，踮著腳不住地極目遠眺，直直地看了大半個時辰，一點也不覺得累。

可是從文和從安累啊，這趟辦差別提有多趕了，從京城到湖北，原本有一個月的路程，他們硬是用十天趕到的，沒日沒夜地辦完差，又立即啟程，星夜兼程地趕到汝陽。到了汝陽還不能休息，整天地在街道上轉悠，伸長了脖子四處打量，就怕與俞家小姐擦肩而過都不知曉。

從安哭喪著臉問：「二少爺，您可以先休息一晚嗎？都已經跟俞小姐比鄰而居了，也不急著這一時吧？」

君逸之回手就是一摺扇，沒頭沒腦地拍在從安的頭上，「閉嘴，別吵爺看景色！」

沒救了！

兩個人同時搖了搖頭，就商量著：「要不你先去歇歇，一會兒換我？」拿定了主意，從安就先去歇著，留從文保護主子，一個時辰換一班。

月亮慢慢升至中天，對面的房舍最後一盞燈也滅了，君逸之才緩緩地轉了身，伸了個懶腰，「時辰不早了，咱們歇著吧。」

輪值的從文簡直要感動得痛哭流涕了，忙扶著主子往廂房裡走。君逸之晃了晃僵硬的脖子，嘴裡問道：「你說我明日要不要去拜見一下對面莊子的主人呢？」

想見俞小姐就直接說好啦，何必這般含蓄？還對面莊子的主人！

從文低頭低聲道：「既然住在這，拜見一下主人也是禮數。」

君逸之讚賞地看著他，摸了摸他的頭髮，「還是從文你最知禮數。」

第二天君逸之將這個要求提出來，俞文飆沉默了好一會兒，才笑道：「本來也是應當的，只是我家主子是女子，實在是不方便，況且過兩天就要啟程回京，下人們都在收拾行囊，也著實不便。」

君逸之驚愕道：「就回京？」隨即又笑道：「哦，呵呵，正好，我也要回京了，不如同路吧。」

俞文飆淡笑著拒絕，「同路恐怕不方便。」他留君逸之小住，只是為了就近觀察其品行，可他得顧忌著小姐的名聲啊，跟個男子同路回京，傳出去成什麼樣子？

君逸之隨即想到了俞文飆的顧慮，垂了眸不再提，可是心裡卻拿定了主意，難得有這麼好的機會，一定要一路跟著晚兒回去。

俞筱晚正繡著一方帕子，眼皮子忽地連跳幾下，駭得忙放下手中的繡棚，捂著眼道：「我怎麼覺得好像有壞事要發生似的？」

趙嬤嬤也被駭了一跳，前後仔細思量一番，遲疑道：「好端端的，哪能有壞事？」

京城，曹府，雅年堂。

張夫人直嘆著氣，張氏安慰大嫂道：「莫急，不過是懷了身子，那孫孺人和孟孺人都懷了幾個月了呢，有什麼關係？」

張夫人急道：「妳不懂！就是因為這陣子懷孕的妃子多了，吳庶妃就鑽了這個空子，現在王爺對她格外恩寵些。況且瑤兒誕下長子後，王爺也沒提讓王妃過繼的事，老爺便說了，怕是王妃不願意。到底咱們家也算得上是名門了，王妃怕自己地位不保，也是有的。吳庶妃就不同了，她娘家哪裡有人？說是當妳們曹家是娘家，其實隔得幾層，王爺和王妃心裡都有算計呢！」

張氏得意地笑著，壓低了聲音，「這有多大的事？懷得上，生不生得出又難說了。王府裡這麼多妃子妾室，哪個心裡沒打過小九九？只要挑撥幾句，自然有人代勞，都不必瑤兒自己動手。」

「準備了十二車土產，兩車綢緞和香料，應當足夠送給各府各院了，行囊已經備足，鏢師也已經請好，不知小姐打算何時啟程？」俞文飆稟報完後，便躬身請小姐定奪。

俞筱晚咬著唇看向窗外，指著天空道：「下雨了，路上不好走，還是晚兩天吧。」又吩咐道：「麻煩文伯備兩輛車，我想去藥王街轉一轉，買些藥材回京。」

不是已經買了很多藥材了嗎？俞文飆心中疑惑，卻也不多問，恭敬地應了一聲，退出去安排。

趙嬤嬤帶著丫頭們服侍著小姐更了衣，披上內襯紫貂皮的藏青色斗篷，從從容容乘車出了莊子。

對面的俞文飆的宅院內，後門一關，君逸之興奮莫名地道：「快快快，收拾一下，咱們上街逛一逛。」

從文和從安兩人正袖手低聲聊天，忽聞望妻石樣的主子要出門溜達，臉上不現半分驚訝之色，手腳麻利地為主子披上了蓑衣，三人也騎馬出了門。

雨不算大，但在冬天下這樣的雨，就冷得直要人命。俞筱晚懷裡拽著手爐，手裡也抱個手爐，披好了蓑衣，才扶著初雲的手下了車，只仰頭看了一眼保和堂的招牌，便直接走了進去。這是汝陽城最大的藥房了，希望有她想要的那味草藥。

俞筱晚坐在大堂的八仙椅上，兜帽戴得嚴嚴實實，說了自己的要求後，便讓趙嬤嬤和俞總管幫著與藥鋪的夥計交涉，自己無聊地低頭把玩著手中的茶杯。

此時門外有鳴鑼開道，可能是哪位官員路過，店內的諸人都沒在意。

只是過得片刻，開道鑼聲停了下來，接著聽到耳邊有人驚訝又遲疑地問道：「請問是俞小姐嗎？」

初雲和初雪早就邁出一步，擋在了俞筱晚的身前，目光警戒地看著來人。鐵青色的夾棉長衫，腰間繫了條飾青銅雙魚的革帶，手中執著摺扇，一副師爺的打扮。初雪就謹慎地應道：「正是，不知您是？」

那人忙長揖到地，恭敬地道：「小可是按察使車大人的幕客，車大人就在外面的轎上，不知俞小姐可願移步一見？」

這位車大人就是車小姐的父親，與俞筱晚的父親當年是一同統管河南的，平常的文武官員難得和睦，但俞父與車大人卻是知交。俞筱晚聽說是車大人，忙起身應道：「車伯父回汝陽了嗎？小女子正當拜見。」

出了藥房，就見按察使的依仗正停在藥房外，一頂四人抬的紅頂官轎正落在街道中央，車簾挑開一半，車大人正慈祥地看著她微笑。俞筱晚忙緊上前兩步，斂衽行禮，「侄女晚兒拜見伯父。伯父安好。」

「安好！安好！」車大人笑得親切，「賢侄女何時回汝陽的，怎麼不到我府中來坐坐？梅兒天天念叨著妳呢！」

「昨日才去給大嫂賀喜，見著了梅兒妹妹。晚兒此番回汝陽，是為父母上墳祭拜的，不日就要動身回京了。」俞筱晚客套了兩句，「晚兒也恭喜伯父喜得金孫。」

車大人也正是為了這個長孫回汝陽的，聞言捋鬚長笑，見天空中仍飄著毛毛雨，便道：「此處說話不便，不如去對街的茶樓小坐吧。」

俞文飆得了信兒，也忙出來與車大人見禮。

衙吏得了令，忙到對街茶樓中，要了二樓的一間雅間。車大人與俞筱晚、俞文飆在雅間坐下，車大人又仔細問了俞筱晚在京城的情形如何，最後感嘆道：「真是天妒英才啊！那時妳父親曾寫信邀我回汝陽相聚，說是有個消息要告訴我，只是當時我在洛陽巡視，想著晚幾日也沒甚麼關係，哪知竟是天人永別！」

俞筱晚聽著也紅了眼眶，「父親走得突然，早晨出門的時候還是好好的，還說要獵幾頭麂子給侄女做雙靴子……」說著哽咽，忙低頭拭淚。

車大人嘆息了一聲，「當時我以為是那件事……唉，現在也無法知曉了。」

俞筱晚聽得莫名，便追問道：「那件事是什麼事？」

「哦，呵呵呵……」車大人尷尬地笑了笑，見俞筱晚眼睛一眨不眨地看著自己，就勉強道：「之前聽妳父親說，有位高人送了他一張求子的祕方……咳咳。」

俞筱晚紅了臉，車大人也覺得尷尬，便住了嘴。又寒暄了幾句，便道他還有公務不能耽擱，邀請俞筱晚若再回汝陽，一定要去車府小住幾日，就回了府衙。

俞筱晚屈膝萬福，送走了車大人，站在茶樓的簷下呆呆地看著濕漉漉的街面，遇見故人，又勾起了亡父亡母之痛，心情難免陰鬱。

茶樓的掌櫃小心翼翼地湊上來，小聲跟俞文飆道：「方才您進了雅間後，一位貴公子一定要包下隔壁的雅間，現在人還在雅間裡呢。」

俞文飆眸中精光一閃，「什麼樣的貴公子？」

掌櫃的搖頭道：「戴著篛笠看不清樣子，但是肯定高貴。」

俞文飆心中有了幾分底，幾步又返回二樓，那間雅間的大門一開，正撞見君逸之慢慢踱出來，俞文飆不由得笑道：「君二公子也在此？」

君逸之一點尷尬之色都沒有，笑得眉眼彎彎，「這麼巧，俞總管也在？」

俞文飆也不戳穿他，拱手打了個招呼，便下了樓。君逸之也跟下去，光明正大地與俞筱晚見了禮。見都見上了，左右又有僕從和類似長輩的文伯陪著，俞筱晚便邀請他一同用午飯，以盡地主之誼。把君逸之樂得見牙不見眼，攥足了勁頭，將這趟湖北之行描述得生動活潑，聽得俞筱晚也眉眼彎彎，心情開朗了不少。

用過午飯，雨也停了，君逸之不耐煩穿戴斗笠和蓑衣，只披了白狐斗篷跟在俞筱晚的馬車旁，邊說笑邊回田莊。汝陽只是小城市，但有幾家伯爵的封地在此，因而城中的人也算是有見識的，可還是被君逸之的絕世風采所驚豔，街道上漸漸擠上了不少行人，馬車通行困難。

俞筱晚坐在馬車內沒什麼感覺，君逸之只顧著跟她說話，也沒察覺，俞文飆只得調轉馬頭，跟從文商量道：「還是讓你家公子戴上斗笠吧！」

車內的人聽著莫名其妙，初雪悄悄將車門拉開一條小縫，張望了一會兒，捂著嘴竊笑道：「古有看殺衛玠，今有君二少堵路。」

俞筱晚嗔了她一眼，「仔細說話。」心裡卻湧上一股說不清道不明的酸意。

待君逸之戴上了斗笠，俞文飆又使人驅趕，才順利回了田莊。從文不由得嗔道：「少爺，您也真是的，去湖北的時候就鬧過一齣，今日還是這般不謹慎。」

君逸之一臉得意，晃著摺扇道：「非也非也，非是不謹慎。」

從安好奇地問道：「那是什麼？」

君逸之「嗤」了一聲，「總得讓晚兒知道本少爺我也是玉樹臨風一表人才，免得她以為我是人人嫌棄的浪蕩子。」

從文跟從安對視一眼，異口同聲地道：「過了年您就會封郡王了，到時不知有多少名門閨秀來提親呢，您怎麼可能會人人嫌棄？」

「郡王嗎？嘿嘿，晚兒可不見得在意這個！」君逸之隨口應了一句，腦子卻轉著剛才車大人所說的話。俞父臨終前曾給他去過信，有事要說？會是什麼事呢？論說與俞父交情最好的是指揮同知章大人，可是章大人我已經去問過，俞父臨終前並沒有什麼特別的舉動，就必然不會是私事。公務上，布政司、按察使、都指揮使各司其職，除非是刑案，否則能有什麼事會是要繞道說給按察使的？

入了夜，車大人家的別莊裡燈火通明，雖未到長孫的洗三宴，但是各地方官員的賀儀都已經送到了，來往的各府大管家穿梭不絕。車大人心情極好地交代要好生照顧長媳，便帶著兒子到外書房議事。

正說著入仕的事，管家龍成雲跑來稟報道：「老爺，門房處有人來求見，執的是塊牌子，奴才分辨不出真偽，請老爺裁奪。」說著雙手高舉，呈上一塊腰牌。

車大人掃了一眼，刷的便站了起來，忙道：「快請快請！不不，我親自去請，你去沏壺好茶，就拿新得的那個雲霧！」

龍成雲忙跑出去交代。車大人親自出迎，將來人迎入書房之中。

來人全身都籠在一襲玄黑色的斗篷之下，沒露出一絲皮膚來，也不待坐下，便開門見山地道：「俞大人臨終前寫給你的書信呢？」

車大人微微一怔，忙道：「哦哦，應當就在書架上，請您稍等。」說著親自去找。

原本這些書信不一定會留著，但沒隔幾天就聽到了俞大人過世的消息，車大人還是將其作為知交的唯一墨寶留了下來，放在書架上的一個匣子裡。

取下匣子打開來，裡面有十來封已故的車父留下的家書，再沒了其他。

車大人不由得嘆道：「沒有了。」

那人的聲音帶了幾分怒意，「你沒保留？可知是什麼事？」

車大人搖了搖頭，又點了點頭道：「保留了，幾個月前還又翻看過一次的，可是現在不見了。」

俞筱晚沐浴之後，初雲和初雪拿了棉帕和熏爐幫她烘乾頭髮，她盤腿坐在溫暖的炕上，瞇著眼睛想了一歇，問趙嬤嬤道：「嬤嬤可知那求子祕方的事？」

趙嬤嬤不由尷尬地道：「這事老奴還真是不知。」雖然不知小姐這小小的年紀為何想知道這樣的事，趙嬤嬤還是認真回憶了一下，「不過有一陣子，爵爺和夫人的確是挺高興的。」

俞筱晚不由得忖道，母親的身子不是太好，但也沒差到無法生育的地步，可是生下我後，卻一直沒能再懷上，若真是得了這類的偏方，趙嬤嬤不可能不知道。趙嬤嬤可是父親奶娘的女兒，比尋常的下人要親近得多的。

「還是回老宅子找一找吧，若真有這種方子，或許吳姊姊可以用上！」俞筱晚思量了一番道。說是為吳麗絹打算，趙嬤嬤便沒半分意見，舅夫人張氏總是打俞家財產的主意，如今舅夫人的外甥女生下了攝政王的庶長子，對小姐可是一點也不利。

第二日一大早，俞筱晚就吩咐文伯備車，回老宅子的外書房找一找，看父親有沒有將那張方子留下來。剛出了莊子，迎面就遇上騎著高頭駿馬的君逸之主僕三人。君逸之驚喜地道：「俞總管，你們也逛街啊？」

俞文飆強忍著笑道：「君二公子有禮，我們不是去逛街，是去老宅子。」

這樣啊……君逸之啞然，無親無故的，他總不能跟到人家的老宅子裡去，眼眸中就閃過幾絲失望。俞文飆朝他拱了拱手，護著小姐的馬車漸行漸遠。從安小聲地道：「少爺，咱們還是回去吧，外頭怪冷的。」

君逸之蹙起眉頭道：「都要回京了，去老宅子幹什麼？」回了汝陽卻不住在老宅子裡，多半是怕觸景傷情，臨行前忽然要去看看，不見得是為了留念。他心中自然而然地想起了車大人所說的話，眸光微閃，回轉馬頭道：「我們棄馬跟上。」

從安和從文立即調轉了馬頭，將馬匹栓在俞文飆的宅院中，三人換了短打裝，往東南方去。

馬車停在老宅子前院的正院門口，俞筱晚扶著初雲手下了車，凝眸看著眼前熟悉的景致，留守在老宅裡的管事俞凡躬身上前請安，聲音有些哽咽地道：「小姐回來了。」一句話令俞筱晚感觸良多，眼眶微微發熱，沉了沉氣息，才輕聲應道：「嗯，回來看看。凡伯辛苦了，你將這裡打理得很好。」

俞凡差點泣不成聲，俞文飆忙拍了拍他的肩，示意他別惹小姐傷心，便引著小姐到了外書房。這裡是俞父平常下衙後處理公務和休閒的地方，桌面乾淨得一塵不染，書籍、筆墨都按原來的樣子放置著，沒動分毫。

俞筱晚環顧良久，才輕嘆一聲，「文伯、凡伯一起幫著找找吧。」

說到那張求子祕方，俞文飆倒是有些印象，就是幫俞筱晚治瘧疾的那位遊方僧人贈送的，夫人用過幾次，還沒出成效，爵爺就仙去了。

幾人在書房裡找了許久，都沒有發現什麼藥方之類的，俞筱晚便問道：「文伯，你知道當初是誰為母親熬藥的嗎？庫房的帳冊裡應該有藥品的出庫記錄。」

俞文飆道：「熬藥的都是婆子，不過是會分辨些藥材，並不懂醫術，問了也是白問。您說要看帳冊，可是帳冊裡不可能只有那一張方子的藥材，您又如何知道哪些是求子方，哪些是日常的補藥？」

俞筱晚聽他說得有道理，卻還是堅持道：「看一看總歸是好的。」

俞凡立即差人取來了往年的帳冊，幾人一同查找，選出了連著幾日都配了的藥材和相應分量，記錄下來。

趙嬤嬤嘆口氣道：「依我看，其中不少就是平常的補藥，不如到京城後，我去幾家大藥房問一問，他們都是識藥的行家，也許能分得清。」

俞筱晚點了點頭，「也只能如此了。」

一行人便又收拾好帳冊和藥方，打算回莊子，若是順利的話，用過午飯能啟程回京。

臨上馬車前，俞筱晚的腳步忽然頓住，回頭問俞凡道：「凡伯，我記得父親除了這處外書房，好像也經常在西暖閣那邊看書吧？」

書房雖然也有火牆可以燒地龍，但因是議事的地方，因而沒有安炕，只有幾張軟榻，沒有西暖閣的臨窗短炕那般舒服。這藥方是父親臨終前不久得到的，那時已經入冬，父親應當會在西暖閣看書，也許藥方就留在了西暖閣。

俞凡的眉頭微微一皺，思索了一下道：「老爺過世前，似乎沒有到西暖閣去過吧？」

俞文飆道：「去過，有一回我來府中回事，就是在西暖閣見的爵爺。」

俞凡難為情地笑笑，「是嗎？時隔兩年，老奴有些記不清了。」

俞筱晚笑道：「不打緊，反正已經來了，去看一眼便是。」

俞筱晚說罷便往西跨院走，俞文飆等人忙跟上。

眾人剛跨入西跨院，一道人影就從暖閣裡閃了出來，俞文飆大喝：「什麼人？站住！」說罷便飛身上簷去追。

如今的俞府已經不比從前，俞家的爵位被朝廷收回之後，宅院裡就再不能養親兵。主人家也不在，只有大管家俞凡帶著幾個粗使婆子和護院看著房子，整個宅子裡空蕩蕩的，這種從房屋裡衝出來的人，除了毛賊不作二想。不過宅子裡雖然沒有人，卻還是有些防盜的機關，那人躍上屋簷之後，隨即又被屋簷上豎起的一排鐵質兒狼牙釘給擊退回地面，俞文飆抽出腰間軟劍迎了上去。

俞凡也忙張開雙手，擋在小姐身前，嘴裡急急地道：「小姐，快往後退！」

事發突然，俞筱晚也只是怔了一怔，便立即裹緊斗篷轉身就走。可也沒走兩步，迎面又衝過來一名黑衣人，長劍一揮，無數雪花暴擊向眾人面門。趙嬤嬤和初雲、初雪等人不由得揮手去擋，再睜開眼看時，俞筱晚已經落入了那人的手中，長而鋒利的劍刃架在她纖細的脖子上。

是怎麼被這人給抓住的，俞筱晚心裡一點底也沒有，對方先擊出了一浪雪花，混淆了她的視線，動作又太快了，她完全不及反應，等反應過來的時候，肩膀已經被掐得生疼。她還是輸在缺少應敵經驗上面，當初蔣大娘只是囫圇吞棗地教了她內功心法和招式，沒有人與她拆招練習，始終是不熟練，不過看來對方輕視了她，也是她的機會。

黑衣人冷冷地道：「住手，否則我殺了她！」聲音很沉很悶，顯見是憋著嗓子在說話。

俞筱晚驚慌了一瞬之後，立即冷靜下來，妙目轉動，打量四周的環境，想借用身旁的事物回擊一下，脫離險境。剛瞧上垂花門上垂下的一截柏樹枯枝，身後忽覺一寒，寒毛盡數立起，挾持著她的黑衣人也察覺到了有人襲來，忙回身揮劍，鉗制著俞筱晚的手卻不肯鬆開。俞筱晚被他的力道帶著旋了半個圈，一個踉蹌，順勢便往地上倒去。

那黑衣人又要對付身後的襲擊，又要提拉俞筱晚，一心二用，心焦氣躁。伸腿側踢向襲擊者，俞筱晚乘機拔下髮間的簪子，狠狠刺入他的腿彎，那人站立不穩，單膝跪了下去。

眼見著到手的人要跑了，那黑衣人一不做二不休，揮劍就刺向俞筱晚，可是抓著俞筱晚肩頭的手腕卻忽然劇痛，不由得鬆了鬆。就是這一瞬間，一道人影撲了過來，抱著俞筱晚滾到了一邊，脫離了黑衣人的掌控。

俞筱晚定睛一看，竟是君逸之。那黑衣人反應也極快，直朝兩人撲了過來。俞筱晚忙推了推仍抱著她的君逸之，示意他回擊。君逸之卻抱著她竄上了圍牆，從文和從安擋在兩人身前對付黑衣人。俞筱晚被君逸之抱著，幾個飛躍跑到了正院。

「放、放開！」俞筱晚紅著臉推君逸之。

君逸之軟玉溫香抱了個滿懷，哪裡捨得放？便裝模作樣四處張望，一手壓在她的唇上，小心叮囑：「別出聲，恐怕還有幫手。」

俞筱晚聽著也緊張了起來，轉著小腦袋四處張望。君逸之差點笑出聲來，趕緊抿緊唇憋住。可惜好景不長，從西跨院那邊傳來了凌亂的腳步聲，想是趙嬤嬤帶著丫頭們奔過來了，他只得依依不捨地鬆了手。退開兩步，歪著頭打量了幾眼俞筱晚染上朝霞的小臉，恍惚地問道：「妳知道那些是什麼人嗎？」

俞筱晚咬著唇搖了搖頭。

趙嬤嬤等人終於趕到了，忙著將小姐從頭摸到腳，確認沒有受半點傷害，才長舒了一口氣，向君逸之跪下磕了幾個頭，「多謝君二公子相救之恩。」

君逸之只是「嗯」了一聲，瞇著那雙極其漂亮的鳳目，一眨不眨地盯著俞筱晚。他要幾個下人道謝幹什麼？他要她說謝謝，最好是說救命之恩無以為報，小女子願以身相許。咦，這話好熟，在哪裡看過？哦，對了，小姑姑最愛看的話本裡時常有這種句子。

可惜俞筱晚雖然也愛看話本，卻堅決不會說這種自賤身分的話，只是朝他深深一福，吶吶地道：「回京城之後，我請外祖母過府道謝。」

君逸之撇了撇嘴角，「不用了，我可不想讓家裡人知道我躲在哪裡。」隨即又問：「妳來這幹什麼？」

俞筱晚凝神想了想，才將找藥方的事告訴他。

此時從文從安和俞文飆、俞凡都趕了過來，西跨院那邊有從文和從安相助，自然是占了上風，但那兩人也是頂尖高手，拋下一陣煙霧，消失無蹤。

君逸之挑眉看向俞筱晚道：「還去找妳的藥方嗎？難道他們也是來找藥方的？」

「去，當然去！」俞筱晚擰了眉，商量似的跟君逸之道：「想不通這些人是來幹什麼，若是偷財物，哪會大白天來？可是家中還有什麼是能讓人覬覦的？父親的公文都已經轉交給下任了，那張藥方……也不用偷吧？」

「先去看看掉了什麼沒有。」君逸之笑了笑，當先往西跨院走。俞筱晚很自覺地跟在他身後，聽他分析道：「那邊屋內的物品有冊子嗎？東西放在哪裡有印象嗎？看少了什麼，或者他們動了什麼，咱們再慢慢想。」

到了西暖閣，眾人都驚訝了，完完整整、乾乾淨淨，跟沒來過人是一樣的。君逸之不由得苦笑，「哦，我忘了，訓練有素的殺手翻找東西後，是不會讓人看出來的。」

俞筱晚只得讓人再找一找有沒有藥方，每本書都翻了一遍，抽屜、箱子都打了開來，沒找到半片特別的紙張，只好放棄了。

俞文飆道：「小姐，此處不安全，讓俞凡遞張帖子給縣令大人，好好徹查一下，咱們還是回京吧。」

君逸之乘機道：「恐怕他們路上還會糾纏，我看我們還是同路回京為好。」見俞筱晚和俞文飆都是一臉躊躇之色，忙拍著胸脯保證道：「我去請按察使派隊官兵護送咱們，到了京城外三十里地咱們就分開走，保證不會傷了俞小姐的閨譽。」

俞文飆覺得此計甚好，勸著小姐答應下來，一行人當天就啟程返京了。

曹老夫人派了曹中敏到十里亭迎接，此時的京城已經是雪樹銀花，馬車前進困難，到了城門處，眾人就換了小轎抬回曹府。

曹老夫人早就等在暖閣裡，見到俞筱晚的身影，忙招手讓她坐到自己身邊。俞筱晚堅持行了大禮，捂著手爐暖了手，才坐到外祖母身邊。曹老夫人一連串地問她在汝陽住得好不好？吃得好不好？回來的路上可有吃苦？俞筱晚乖順地一一答了，隱隱有些擔憂地道：「幾個月沒見，外祖母的氣色看起來有些不好，是不是天冷涼著了？」

曹老夫人笑著咳了幾聲，擺了擺手道：「沒事的，人老了就是這樣，過了冬就會好。」俞筱晚看看曹老夫人的臉色，裝著撒嬌，悄悄幫外祖母扶了扶脈。脈象還算好，只是有些氣弱，吃些補氣血的食品就好。按她前世的經歷，外祖母還有一年的壽辰，可是她希望外祖母能長命百歲地活著……

曹老夫人不知她的憂思，笑著道：「正要跟妳說，吳庶妃已經有三個月的身子了，昨日王府才送了喜報過來，我們正打算明日去王府看望吳庶妃呢。」

同樣是久別回京，君逸之就沒那麼好的待遇了，楚王爺不等兒子見著楚太妃，立即將他提到小佛堂裡跪祖宗牌位，要他好好反省反省。這個逆子，害得他這三個月來，每天被平南侯的怒火和唾沫燒得焦黃焦黃的，若不跪斷一條腿，他怎麼能解氣！

不過君逸之也不是老實受罰之輩，待父王咆哮完了，關上小佛堂的大門後，他也不過多跪了小半炷香的功夫，就趁守衛的親衛隊長岳勝不注意，從小佛堂的天窗爬出去，溜到了大街上。待楚太妃得了信，揪著兒子的耳朵來救孫子的時候，小佛堂裡哪還有人？

君逸之照例先溜進如煙大美人的房間，再從後窗跳出去，繞到品墨齋後門進去。今日隔間裡只有韓世昭一人，他笑嘻嘻地跟君逸之打招呼：「回來了？好像不是一個人回的嘛！」

想到雖然不能光明正大地天天與俞筱晚黏在一起，可是能時時伴在她馬車邊談天說地，一路上歡聲笑語，君逸之就忍不住得意地挑高了眉梢，一臉的歡欣愉悅。有心想與好友分享一下，就儘量拿捏著平淡不在意的樣子道：「臨行前俞小姐遇到黑衣人襲擊，我就跟她一路回京，暗地裡保護一下。」說著從懷中掏出一封信，遞給韓世昭，「這是俞大人臨終前寫給河南按察使車正宇的信，你看一下。」

韓世昭收起要打趣他的心，將信展開仔細地閱讀一番，蹙了眉道：「很普通啊。」就是一般的友人間的問候信，只是結尾提了一句有事相告，請車大人儘快回汝陽。

君逸之也點了點頭，「信是普通，可是裡面的訊息卻不普通。你知道嗎，那晚……俞小姐在街上偶遇了車大人，車大人不過感慨了那麼一句，當晚就有紫衣衛去了車府，要拿這封信。」

韓世昭驚訝地打斷他，「紫衣衛？你看到他了沒？」

君逸之的表情也十分凝重，「沒錯，是紫衣衛！他們出門怎麼會讓人看到樣子？」

紫衣衛原是皇上親自掌管的暗衛，但現在皇上年幼，紫衣衛就掌握在紫衣衛統領的手中，紫衣衛的統領到底是誰？除了先帝，根本沒有人知道。聽說太后原想幫著接手，但是先帝說，統領此人忠心耿耿，絕不會背叛皇室，待皇上成年親政後，統領自會向皇上效忠。因而到了現在，紫衣衛的統領是誰，除了紫衣衛中的人，沒有一個人知道——確切地說，可能絕大多數紫衣衛也不知道。

韓世昭皺眉不語，君逸之慵懶地坐下，洋洋得意地笑道：「還好我早有計較，下午就去了車府，我見車大人忙得很，就懶得讓門房通傳了，自己去書房找了信。」

明明就是偷，還說得這麼善解人意！韓世昭好笑地挑了挑眉毛，「這麼說，俞小姐身邊的人有問題？你沒幫著查一查，給俞小姐賣個好？」

若是有紫衣衛跟蹤俞筱晚，以君逸之的武功，必定能察覺出來，而且紫衣衛得到這樣的訊息，當時就會隨車大人回府拿信，不必等到晚上。肯定是俞筱晚身邊的人聽說了，將訊息透露給紫衣衛的暗樁，紫衣衛才派人去的車府，要不然不會同君逸之撞上。

君逸之難得地嚴肅，「我已經讓人留了心，不過沒跟她說。那人到底是跟紫衣衛通氣，就是將人查了出來，又能如何？她還是不知道為好。」

韓世昭定定地看了他一眼，實事求是地道：「你還真是關心她。」

君逸之顧慮得沒錯，紫衣衛是為皇上辦事的，率土之濱，莫非王臣，就算俞筱晚身邊的人跟紫衣衛通了氣，也不叫背主，而叫盡忠。只怕這樣的暗樁子，每個大臣的身邊都有，難道你還敢將他們除去？知道了徒增心慌，還不如不知道來得快活自在。可是，現在的紫衣衛並未掌握在皇上手中，他們也怕中間會有何變數，能掌控的先機，還是儘量掌控一點，知道對方是誰，還是很有必要的。

君逸之滿臉享受之狀，「這些事本就是我來操心的。」

韓世昭覺得他沒救了，便談起了自己的任務，「肖大勇的救駕之功，的確是有些問題，那天皇上是被身邊的侍衛們慫恿著去西山一帶玩耍的，然後忽然驚了馬。」

又是驚了馬！還是正好快到肖大勇守衛的皇陵附近驚的，看來平南侯的確打算將女兒嫁給肖大勇了，只不過肖大勇出身平民，一次不可能升職太快，只賞了個正六品的兵部武選清吏司。官職不高，卻是個實差，掌考武官的品級、選授、升調、功賞之事，要升職也快。

本來升個武官是不足懼的，可是若是平南侯的女婿，便牽扯到了朝中的大局，所以能阻止還是要阻止。

兩人低聲地交流了一下觀點，便分頭行事。

曹府的女眷一早起來打扮整齊，先都聚到了延年堂。曹老夫人將身子坐正，讓曹中雅和俞筱晚坐到自己身邊，又讓張氏將禮單拿來仔細看了一遍，才交還給張氏，低聲叮囑張氏和武氏道：「去了記得請庶妃安心養胎，什麼事都不要多想，是男是女是命中註定的，庶妃能陪伴王爺，就是有福之人。」

武氏忙起身恭聽，一一應下，小武氏也表達了感激之情。張氏表面恭順，心中不斷冷哼。之前給瑤兒備禮的時候，也沒見婆婆這麼著緊過，想傍著吳庶妃這棵大樹嗎？可惜呀，她沒這個命，這會兒生什麼出來都沒用了！

曹老夫人旋即又和張氏笑道：「若見了張側妃和小公子，也幫我問候一聲，玩得晚一些也無妨。」

張氏忙恭敬地應了一聲，眸光不著痕跡地在俞筱晚的臉上轉了一圈，見時辰不早，眾人就乘車前往王府。

俞筱晚與曹中雅一車。曹中雅看著俞筱晚簡潔素雅的裝扮，言不由衷地讚道：「幾個月不見，表姊的氣色還是那麼好。」

她堅決不承認是因為俞筱晚生得好、氣質好才能襯起這種素色的衣服，而是堅持認為，若是自己也能有這般白皙紅潤的臉色，也能穿什麼都好看。

俞筱晚也打量了曹中雅幾眼，甫一入冬，曹中雅就大病了一場，聽說大半個月躺在床上不能動彈，湯藥補品每天流水似的往翡翠居送，昨日的接風宴都沒出席，原以為她今日不會去王府，卻沒想到她竟強撐著起來了。雖然還有些病弱之狀，但到底是十三年華的荳蔻少女，眉目間的青春是病容也壓不住的，俞筱晚便真心地讚道：「雅兒妹妹今日的氣色也不錯。」

曹中雅得意地一笑，「那是自然，我用了宮中賞下的珍珠雪蓮粉。」說著還得意地攏了攏頭髮。

珍珠雪蓮粉可是稀罕物，色澤天然，香味清雅獨特，製法極其繁複，用材又極為講究，每年只能生產少許，宮中的貴人們用都不夠。她能得到，多半是攝政王賞給張君瑤，張君瑤再轉送的。

俞筱晚只當聽不懂她話裡的炫耀，也看不見她抬手時長而寬大的衣袖滑下，露出的那對價值連城的晶瑩剔透的羊脂玉鐲，只「哦」了一聲，「原來是用了香脂啊！妹妹又何必這樣為難自己？」

曹中雅差點嘔得吐血，原本是要炫耀的，怎麼到了俞筱晚的嘴裡，就成了自己是在強言歡笑一樣？

見她神色不豫，俞筱晚好心地遞上一杯熱茶，「來，喝杯茶，妳嘴唇都起泡了。」

曹中雅大驚，忙拿起手邊的靶鏡仔細照了照，還真有一個小水泡，她立即尖聲叫道：「停車！快停車！」

車夫忙將韁繩拉住，後面馬車裡的紅兒忙小跑過來，拍著車板問道：「小姐有何吩咐？」

曹中雅急忙打開車門，「快，快上來幫我把水泡挑了！」

紅兒忙上了車，取出腰包裡的針線團，用繡花針小心地將水泡挑了，又用乾淨的手帕壓乾了膿水，小心地打開膏脂盒，挑了些口脂塗在曹中雅的唇上。忙完了之後，曹中雅仔仔細細地照了照靶鏡，覺得妝容完美得無懈可擊了，才讓紅兒下馬車。

俞筱晚抱著手爐冷眼看著這一切，心中暗生警覺，不過是去探望吳庶妃而已，就算舅母要帶雅兒去看望張側妃，也沒必要這樣在乎自己的容顏，難道王府的後宅中還能見到男人？

剛這樣想了沒多久，就聽得道上傳來了一陣馬蹄聲，曹中雅便要揭開車簾往外看。俞筱晚伸手攔住，「妹妹，若是被人瞧了去，這可不雅。」

曹中雅只得噘了噘嘴，端坐好，耳朵卻直了起來，傾聽外面的動靜。有人向前方張氏和武氏的馬車請了個安，然後又奔馳而去。曹中雅聽到了韓二公子的聲音，見俞筱晚也似乎注意到了，眸光閃了閃，沒說話。

到了王府，管事遞上拜帖，王府的家奴將側門的門檻卸了，馬車直通二門。牛嬤嬤早就帶著一眾粗使婆子候在二門處，見諸人下了馬車，忙上前恭敬地福了一福，笑咪咪地道：「庶妃早就在盼著張夫人和兩位武夫人了，還請上車。」

眾人又坐上了王府內院的小油車，先去給王妃請了安，才到吳麗絹的水風景問候。張氏和大小武氏分別問了好，曹氏姊妹和俞筱晚請了安，吳麗絹忙虛抬了抬手，「一家人就別這麼見外了，快坐吧！」

眾人坐下後細細打量吳麗絹，她整個人胖了一圈，更顯得白白嫩嫩，神態可親，笑容大一點兒，就會擠出雙下巴來。

張氏便不屑地忖道：真難看，到底是鄉下來的，懷了身子就知道吃！瑤兒直到生產的時候，都跟少女一般，從後頭看，完全看不出懷孕來！嘴裡卻是恭維不斷，「庶妃看起來氣色真好，是個宜男相啊！」

吳麗絹羞怯地微微一笑，用手輕撫著還沒顯懷的肚子，「是兒是女倒不著急，只要不要太大，不會難生就好。」

牛嬤嬤便在一旁熱情地道：「不瞞曹大夫人說，王爺早就說了，已經有了兒子，現在想要女兒呢，所以庶妃生的是兒是女都會疼的！」

吳麗絹的臉更紅了，嗔了牛嬤嬤一眼，「王爺對哪個孩子都是疼愛的！」

炫寵炫到我面前來了！張氏打心眼裡鄙視，笑容便高深了起來，「也是，若是孟孺人、孔孺人也是生的公子，王爺真會更看重這個女兒些呢！」

吳麗絹的笑容半分不改，溫柔淑靜，「當然，能託生在王府，就是前世修來的福氣。」

沒有刺激到吳麗絹，張氏便覺得沒什麼意思了，隨口聊了幾句閒天，便託辭告退，「想去給張側妃請個安。」

吳麗絹正要說話，張君瑤身邊的蘭嬤嬤就通稟了進來，向吳麗絹福了福，笑道：「我家側妃聽說姨母和幾位表妹來了，想見一見，特命老奴來接人。」

吳麗絹笑道：「曹大夫人也正要過去呢，可巧嬤嬤來了。」

蘭嬤嬤便請諸人一同過去，留大小武氏在這陪吳麗絹。

俞筱晚沒想到張君瑤要見的人中還有自己，當下凝了神，細一打量，發現曹中雅的神色間難掩興奮，更是提醒自己，當心踩著什麼圈套。她緩緩地跟在曹中雅的身後走，曹中燕悄悄上前一步，小聲兒地道：「回去可以到我屋裡看看炕屏嗎？快繡完了，不知道好不好？」

俞筱晚笑道：「表姊的繡功不錯，自然是好的。」昨天忙著跟外祖母親近，還要分送帶回京的土產，沒跟表姊們說話的。

曹中雅聽到聲音，便回頭問道：「什麼炕屏？」

不待俞筱晚回答，張氏便回頭斥道：「走路不要東張西望。」

曹中雅忙正過身，垂頭凝神，行不動裙，極其淑女地跟在母親身後。

眾人進了秋海堂的偏廳，張君瑤端坐在羅漢床上，待眾人見了禮，便讓了座。她早出了月子，身材已經恢復如初，還更添了幾分初為人母的柔靜，比少女時期更為豔麗動人。何況生下了攝政王的庶長子，眉宇間的高貴之氣更是掩都掩不住，儘管極力做出親切和藹狀，可還是顯得咄咄逼人。

張氏恭維了幾句，正想看一看長公子，門外又有人通稟道：「靜雯郡主來給側妃見禮了。」

俞筱晚覺得張君瑤的目光在自己的臉上停留了一下，才含笑道：「快請。」

靜雯郡主的腿傷已經好了，扶著丫頭的手端莊地走了進來，還未及施禮，就看到了客座上的俞筱晚，眸中頓時暴出萬丈怒火。張氏和張君瑤都瞧著心頭大樂，張君瑤故作吃驚道：「靜雯郡主今日怎麼得閒到王府來？」

靜雯郡主這才收回心神，微微福了福，淡淡笑道：「兄長和之勉哥哥要來給大公子送百日禮，我就一同過來瞧瞧。他們還在外院，一會子就過來看望長公子。」

張君瑤的笑容更加深了，請靜雯郡主坐下後，指著在座的幾位小姐們一一介紹：「這是我的幾位曹家表妹，這位是俞妹妹。」

靜雯郡主看著俞筱晚的小臉，幾乎是磨著牙道：「我跟俞妹妹是舊相識了，不必側妃介紹。」

俞筱晚含笑點頭，「是啊，上回我和憐香縣主她們在歸杏樓聚會，可惜沒見著郡主。後來我又回了汝陽老家，說起來跟郡主也有幾個月沒見面了。」

提到歸杏樓，靜雯郡主的面色就變了變，用力咬了咬牙，最終還是將話頭隱住了。妳就得意吧，看妳能笑到什麼時候！

說話間奶娘抱著長公子來了，眾人紛紛湊上去看，小傢伙生得白白胖胖的，還在呼呼大睡，儘管俞筱晚對張君瑤沒有一點好感，不過孩子是無辜的，看著這麼可愛的小寶寶，她還是真心讚了句：「真是可愛！」

張君瑤得意地笑了笑，「王爺也說可愛呢，每天下了朝，都要到秋海堂來逗逗麒兒。」

張氏驚訝地問：「王爺已經給長公子取好名字了嗎？」不都是滿百日的時候才取正名嗎？生下來只叫小名的。

張君瑤的得意之情難以掩飾，「再過三天就滿百日了，王爺早就選好了幾個名字，要我挑，我覺得麒麟的喻意好，便挑了這個麒字。」

張氏真是驚喜莫名，「連這也讓瑤兒妳選嗎？真是天大的榮幸啊！」

曹中雅也是滿臉豔羨，取名一般都是男人的事，根本就不讓女人多嘴的，表姊該是有多得寵啊？

俞筱晚的眸光閃了閃，麒麟也是一般人能取的名字嗎？不過是個庶出的長子，日後只能受封為鎮國將軍的，就算要取這個名，也要選後面的這個麟字才好吧？這般託大，可不是好事。畢竟，這府裡還有三位懷了身孕的妾室，若再生下兒子，王妃恐怕堅決不會過繼張君瑤所生的這個。張君瑤不會是妄想憑這個兒子，就將王妃給擠下去，自己扶正吧？

這般一想，她便悄眼打量張君瑤，只見她端莊地坐在榻上，腰身挺得筆直，一股尊貴威嚴之氣，還真是端起了某種派頭。

靜雯郡主的心思都在俞筱晚的身上，要說她現在最恨的是誰，排名第一的是肖大勇，排名第二的就是俞筱晚。肖大勇因為救駕有功，升了職，父親已經說了日後會將她許給肖大勇。她跟父親大吵了幾架，都無法改變父親的心意，連一向疼寵她的哥哥都不幫她，害她關起門來痛哭了好幾天。一切都是這個俞筱晚害的！

若不是俞筱晚故意去討晉王妃的喜愛，她也不會在馬賽上下絆子，更不會摔斷腿，就不會有後來發生的一切事情！

靜雯郡主攥緊了帕子，恨恨的目光始終投在俞筱晚的臉上。

換誰被人當魚肉一般地盯著，心裡都不會舒服，俞筱晚本來不想跟靜雯郡主再有交集，可泥人也有三分火性不是？她挑了挑眉，看向靜雯郡主，似笑非笑地問：「郡主總是看著我做什麼？」

靜雯郡主優雅地笑道：「幾個月不見，俞妹妹生得越發美麗了，我便有些移不開眼睛。」

俞筱晚淡笑道：「不及郡主有氣度，凡塵俗事都如過眼雲煙，不放在心上。」

「妳——」靜雯郡主氣得雙目幾欲迸裂，死死地攥緊了帕子，就怕自己一個沒控制住就撲過去，那也太失身分。

張君瑤一直關注著她二人的情形，心中漸漸有了底。看來那個流言是真的，靜雯郡主和靜晟世子都恨著俞筱晚。

眾人又聊了一陣子，丫頭們便通稟道：「勉世孫和靜晟世子要過來給側妃請安。」

張君瑤正要說話，俞筱晚當先站起來，細聲細氣地道：「那我們避到屏風之後去吧。」

蘭嬤嬤便笑道：「其實沒關係，拐著彎也是親戚。」

俞筱晚的笑容有些冷，「便是親兄妹，年紀大了也得避諱些個，嬤嬤在王府這麼久了，難道連這也不懂嗎？」

張君瑤聽著心中惱怒，可是俞筱晚說得又在理，只好讓幾個少女坐到屏風後去。靜雯郡主就不必了，本來就是靜晟世子的妹妹，又跟君之勉是一同長大的，都見過無數次了。

一會兒功夫，丫頭們便引著靜晟世子和君之勉進來了，兩人長揖請了安，張側妃給兩人讓了座，奶娘抱著小公子讓他們看了看，說了些客套話。內宅裡外男是不便久留的，兩人便要告辭。

俞筱晚等人坐在屏風後，曹中雅一直透過屏風的縫隙往外張望，見到英俊非凡的君之勉，心跳了跳。可是一比較，他沒韓世昭的俊逸，更沒君逸之的絕世風流，很快地將他剔除出待選名單。再看靜晟世子，原本十分俊美的一張臉，可惜左頰上一道長長的疤痕，已經是輕微的了，但還是泛著與白皙的膚色不同的顏色，顯得有些猙獰。

張君瑤輕咳了一聲，曹中雅才記起自己的任務，伸手便去推屏風，同時還給曹中貞使了個眼色。

俞筱晚一直注意著她的舉動，哪會讓她將屏風推倒？動作迅速地踢出兩腿，一腿踹在曹中貞坐的小杌上，曹中貞往前一撲，倒在曹中燕的身上；另一腿踹在曹中雅的小杌上，力度和方向都與之前那腳不同，曹中雅往後一仰，砰一聲倒在地上。

這架屏風只是普通的三扇面屏風，曹中雅這一倒，不多不少，正露出她那張精緻的小臉。

靜晟世子聽得聲音，目光往這邊一掃，眼睛一瞇——這就是俞筱晚？

曹中貞和曹中雅都注意著屏風，沒看到俞筱晚的動作，曹中燕卻是看得一清二楚，不由得低呼了一聲：「晚兒妹妹……」

聽到這聲呼喚，靜晟世子更加肯定了心中的猜測，又細看了一眼曹中雅的容顏，記在心裡。

俞筱晚眼疾手快地伸手一拉，將曹中雅給拉了起來，扶她坐穩，作了個噤聲的手勢。曹中雅這一跤摔得後腦勺著地，到現在兩耳還是嗡嗡的，腦中天旋地轉，眼前金星亂竄，就算俞筱晚不作那個噤聲的動作，她也說不出話來。

曹中貞本就是個看人眼色過活的庶女，剛才那一撲也知道是有人踢了她的凳子，忍不住輕喃了一聲：「晚兒妹妹……」，後面的話被俞筱晚幽黑的目光給瞪得噎了回去，不敢出聲了。

張君瑤坐在正位，正同君之勉說話，而張氏背對著屏風，視線受阻，加之俞筱晚極快地將曹中雅給拉了起來，張君瑤也沒看清到底是誰摔了出來，只是聽到了兩聲「晚兒妹妹」，想必是俞筱晚吧！

屏風沒按原定的計畫倒下，張君瑤也找不到藉口再留客，只能客氣地相讓：「三日後小兒的百日宴，還請晟世子和勉世孫賞臉蒞臨。」

二人禮節性地應下，客套幾句，起身告辭。臨走轉身之際，君之勉的眸光在屏風上頓了頓，旋即從容離去。

靜雯郡主自君之勉進屋之後，眼睛就沒離開過他，自然看到了這一眼，心底裡就湧出了無數酸意——之勉哥哥想看的是誰？

靜雯郡主清楚地記得自己第一眼看到俞筱晚時，那心神為之一震的驚豔感，她還只是一個女子，若是男子……俞筱晚的容顏對於來男人來說，恐怕有如魚腥之於饞貓，不吃到嘴裡是不會甘休的。

靜雯郡主很想追上君之勉問問清楚，他的心裡到底有沒有她，只是不便同時告辭罷了，於是待這兩人一出偏廳，便立即起身告辭。張君瑤叮囑蘭嬤嬤送郡主出秋海堂，蘭嬤嬤恭敬地側身走在前方。靜雯郡主急著跟君之勉說話，不耐煩她慢慢相送，便疾走幾步，追上了君之勉，「之勉哥哥，我有話要同你說！」

君之勉的眼中浮現起一絲無奈，只是兩家是世交，他們自小相識，感情還算不錯，此時身邊又僕從雲集，並非私下幽會，這樣的請求不好推辭，便停下了腳步，微微翹了翹唇角，「什麼事？」

靜雯郡主威嚴地掃視四周，「你們退下。」

君之勉皺了皺眉，「不必了，就這麼說吧。我們都大了，不能再像小時候那般毫不避諱。」

「之勉哥哥……」靜雯郡主的眼眶立即就紅了，她想問之勉哥哥心裡有沒有她，想讓他上門提親，可是這樣的話，當著這麼多下人的面，要她如何說得出口？

她貝齒輕咬下唇，楚楚可憐地看著君之勉，可惜君之勉只打量了她一眼，目光就若有所思地掃向落在後面的靜晟世子身上，不再看她。

靜晟世子故意慢下幾步，等著蘭嬤嬤趕上來，狀似隨意地道：「張側妃與張氏一家的關係倒是極好。」

蘭嬤嬤笑出一臉菊花，「回世子的話，張氏一家到底是嫡親的姑母，嫡親的表妹，哪能不親？幾位表小姐又特別喜歡小公子，百日宴的時候，她們都會來。」

靜晟世子做隨意狀，看了蘭嬤嬤一眼，這般隨意透露深閨女子的行蹤，是無意多舌，還是有意告知？

蘭嬤嬤對其探究的目光恍若不覺，七嘴八舌地說著小公子的種種可愛之處，靜晟世子要等妹妹與君之勉說完話，就有一句沒一句地聽著。

那邊靜雯郡主無論用什麼辦法，都不能讓君之勉遣退僕從，只好委委屈屈地問道：「之勉哥哥最近很忙嗎？許久沒見你上平南侯府來玩了。」

說到這個，君之勉的眼中露出幾許笑意，「嗯，才拜了一位新師傅，他的唱念做打都是頂尖兒的，就連太后都讚過。」

靜雯郡主擠出一絲笑意問：「可是最近最紅的武生吳小春？」

「嗯，是他。」

靜雯郡主狠狠地咬了一下嘴唇，才勉強笑著問：「之勉哥哥學藝，都住到戲班子裡去了嗎？上回我去晉王府跟之琳妹妹聊天，她說你出門好些日子都沒回府……」

君之勉深深看了她一眼，隨即又挪開了目光，看向一旁修葺整齊的樹牆，語氣嘲弄地道：「我回不回府又不需向之琳報備，之琳也管不著。」

自己的親妹妹都管不著，就更別說她這個外人了！

靜雯郡主聽著心裡堵得慌，還想再說幾句，君之勉卻耐心全無，淡漠地道：「我走了。」連句「還有什麼事嗎？」這類客套話都不說，就轉身而去。

靜晟世子微微搖了搖頭，上前幾步，輕拍了拍妹妹瘦弱的肩膀，「走吧。」

靜雯郡主緊張地拉住哥哥的衣袖，「他是不是生我氣了？」

靜晟世子蹙了蹙眉頭，輕嘆一聲，「妳本來就不該問。」別說妹妹與君之勉沒有婚約，就是有，就算已經嫁給了君之勉，身為女子都沒有權利過問夫君的行蹤，「這樣只會讓他更煩妳，何況……父親已經給妳選了婿。」

靜雯郡主聲嘶力竭地道：「我不會嫁給那個小人！」

「住嘴！妳想嚷嚷得全天下都知道？」

也不看看地方就發小姐脾氣，他和父親何曾沒去求過君之勉，可是當時的情形君之勉親眼見到了，換成是他，也不願意娶被別的男人摸過的女子為妻。

歸杏樓的風波，平南侯府壓得極嚴，不過有那請來作證的十位佳麗，自然還是能傳出去，只是她們礙於身分，都端坐在雅間內，靠著一張耳朵傾聽，許多事都是猜測出來的，沒有實證。但是有些事情，的確是不需要實證的，原來許多請了保山來替兒子求娶靜雯郡主的人家，都暗示般地遞話──久等不到平南侯府的回音，已經為兒子另聘合適的人家了。

這說明了什麼，不言而喻。

平南侯府也有平南侯府的驕傲，怎麼能死乞白賴嫁女兒？與其求著別人娶靜雯，還不如扶持一個聽話的女婿作為助力，反正侯府也不是只有靜雯這一個女兒，要聯姻多的是機會。靜晟世子虛歲二十還未娶妻，也是在左右權衡。

見哥哥也有了怒意，靜雯郡主只得將自己的脾氣和委屈收斂起來，她的哥哥雖然十分寵她，可是有些事也是絕不通融的，她從來不敢在哥哥真正發怒的時候拿喬。

見她識相，靜晟世子便寬慰似的握了握她的小手，輕聲道：「別生氣了，哥哥幫妳討回場子。」靜雯郡主的心思都在君之勉身上，隨意「嗯」了一聲，小意恭敬地跟在哥哥身後出了王府。

秋海堂裡，待客人走後，張側妃便讓幾位表妹出來。

曹中雅頭昏腦脹地讓曹中貞扶了出來，眼神還迷離著。張氏大吃一驚，忙問道：「雅兒，妳怎麼了？」

曹中貞剛才被俞筱晚給壓住了不敢說話，深知這會兒再不說，回去就不知道會受什麼處罰了，況且她轉年就十五了，婚事還沒半點著落，得依靠著大夫人，於是忙搶著回話：「方才晚兒妹妹不知怎的一動，三妹就摔倒了。」

張氏凌厲的目光立即看過來，「晚兒，妳對雅兒動了什麼手腳？」

俞筱晚一臉無辜，「晚兒怎麼會對雅兒妹妹動什麼手腳呢？我們是親表姊妹，相互友愛扶助都來不及呢！」她說完瞟著曹中貞，「貞表姊說話可要仔細些，妳可瞧見我是怎麼動了？」

曹中貞頓時露出遲疑之色，她哪知道俞筱晚是怎麼動的，只得一指曹中燕，「二妹應當看見了。」

曹中燕不敢說話，卻片刻都沒有遲疑地搖了搖頭。俞筱晚似笑非笑地看著曹中貞，「大表姊還要怎麼說？」

張氏卻是聲音嚴厲尖銳：「妳別急著推脫，誰知道妳是不是看雅兒不順眼？」本該倒下的屏風沒倒下，卻是雅兒摔跤了，用腳趾頭想都知道是俞筱晚弄的鬼。

俞筱晚半垂下頭，滿臉的委屈，「舅母不信，只管問雅兒妹妹就是。晚兒平素與雅兒妹妹從未紅過臉，怎會看她不順眼？」

「妳——」張氏嘔得不能出聲，誰讓她沒事讓曹中雅裝淑女、裝友愛，跟俞筱晚表面上和樂融融呢？

張君瑤盯著俞筱晚清雅得恍若天上仙子般的小臉，越看心氣越不順，冷冷地哼了一聲，轉頭看向曹中雅，暖和輕柔地問：「雅兒，到底是怎麼回事？妳只管說出來，萬事有我給妳作主。」就算是以表姊的身分教訓妹妹，也頂多只能薄責幾句，哪能用上作主這個詞？還真是拿自己當一個人物了，插手管大臣內院的家務事！

俞筱晚不屑地垂首，不置一詞。

曹中雅現在恢復了一些，頭腦還是有些不清醒，搖了搖頭，遲疑地道：「我也不知道。」她是怎麼摔倒的，完全沒察覺半點，要她怎麼說得出個子丑寅卯。

張氏氣急，手指著俞筱晚，眼睛卻盯著曹中貞，「妳剛才說看到她動了一動對不對？」

俞筱晚也淡淡地看向曹中貞，黑眸深不見底，讓其望而生畏。

曹中貞嚥了嚥口水，裝作仔細思量了一番，才含糊地道：「好像是裙子動了動。」

俞筱晚挑了挑眉，天真無邪地問張氏：「我不能整理裙子嗎？」

張氏還要發作，張君瑤擺手示意她閉嘴，微笑著道：「那就只是場誤會了。沒事了，雅兒看起來也沒什麼事，若是姑母擔心，我讓蘭嬤嬤拿名帖去請太醫便是。」遂又看向曹中燕等幾人，「表妹們是特地來看吳庶妃的，我讓人領妳們過去陪她說說話吧！」

張氏壓著性子，待幾個小輩都走出了秋海堂，才急切地道：「怕是被那個死丫頭給看出來了，才反手來害雅兒的，您怎麼不處罰她？」

張君瑤斜斜地倚在雲錦團花引枕上，接過丫頭遞上的新茶，輕啜了幾口，才思量著道：「要怎麼處罰？害妹妹摔倒，怎麼也得禁足幾日或是打幾板子手心，過三日就是麒兒的百日宴了，現在罰了她，到時她還來得了嗎？事到如今，多說無益。我現在擔憂的反而是靜晟世子哪裡，別把雅兒當成晚兒。」

這麼一說，張氏真的急了，「這可怎麼辦才好？」

張君瑤的原本計畫就是讓靜晟世子認一認俞筱晚這個人，再告訴他兒子百日宴的時候，俞筱晚也會來。她相信以靜晟世子睚眥必報的性子和縝密的心智，自有辦法拿捏俞筱晚，到時她只要提供方便便是。

張君瑤緩緩地道：「不急，靜晟世子沒有別的方法能接觸到晚兒，只有在王府行事，我著人看緊一點，妳將雅兒看緊一點，就不會出錯。」

現在她在王府裡雖然沒有當家作主，可是哪個下人敢不賣她的面子？再讓靜晟世子認一次人已經不可能了，但是她可以臨時調包。

張氏這才放下心來，又說起了南唐國使臣入京一事，「聽說要廣選特產土儀做為回禮？」

張君瑤含笑點了點頭，「沒錯，王爺還說事關國體，茲事體大呢。」

張氏便笑道：「您看，我山東莊子上的山楂和櫻桃……」

張君瑤沉吟良久道：「張府也在山東有莊子啊，母親也同我提過了。」

張家祖籍山東，所以手頭有了閒錢，就回山東置辦產業，張氏的陪嫁莊子也在山東。做為禮品回贈的土產不可能只一點點，還要挑選品質上乘的，張府在山東莊子上的出產可能還不足，張氏知道張君瑤這是在要人情，忙小意地奉承道：「這是當然，不過這麼有臉面的事，瑤兒可要姑母也沾個光才好。王爺如今這般寵著您，只要您從手指縫裡漏下一點點，就夠姑母一年的嚼用了。姑母不可能忘了您的好，有什麼要驅遣的，只管吩咐姑母做便是了。」

張君瑤等的就是這句話，當下便含笑道：「姑母說的哪裡話，您是君瑤的長輩，君瑤哪敢吩咐您。只是有件事吧，可能真的得要麻煩一下姑母。」

來了！來了！張氏含笑問道：「不知是什麼事？」

張君瑤垂下眼眸，蘭嬤嬤忙帶著丫頭們退出去，順手關上房門，站在門口警戒。

「就是您那個生子的方子，可有相反的？」

所謂的相反，有兩種意義，一是生女兒，二是沒得生。張氏心裡盤算著，這種事，張君瑤肯定找過大嫂，卻沒辦成，不然那兩位孺人的肚子也不會鼓起來。哪個不知道頭三個月才是最不穩定的，滑了胎也不一定就是別人害的——最佳的時機已經過了，再要動手就難上加難，若不是沒得選擇了，張君瑤也不會來找她。

不過，對於張氏來說，若是張君瑤用了她給的藥，卻也算是有個把柄在自己手中，於是便笑道：「世上的事就是這樣，有因有果，有正有反，用心些找總能找到。」

張君瑤的眼睛就是一亮，「土產那件事吧，我跟王爺說叨說叨，卻也不敢說十拿九穩。」

張氏忙陪笑，「您給王爺生下了長子，這些還不是您一句話的事？」

張君瑤被奉承得極舒服，跟張氏兩個你來我往地互捧起來，場面溫馨熱烈。

不過，在水風景，氣氛就十分火爆了。曹中雅一醒過了神，便開始質問俞筱晚，俞筱晚反問她憑什麼認定是自己幹的？曹中雅卻又答不出來，總不能承認是自己先起的壞心思，就這麼沒憑沒據地找俞筱晚吵了起來。

正鬧得不可開交，吳麗絹和武氏怎麼壓也壓不住的時候，門外傳來唱駕聲：「王妃到。」

屋內眾人駭了一跳，忙整裝理鬢，福身迎接。

攝政王妃笑盈盈地扶著丫頭的手走進來，抬了抬手道：「快起來。」

在主位坐定後，拉著吳麗絹坐下，「妳可是有身子的人，不要久站。」又讓給幾位小姐看座，「特意過來見妳們的，中午就到我的福熙院用膳，可別拘束了。」

王妃賜飯可是恩寵，幾位小姐忙起身謝恩。

王妃就看著俞筱晚笑，「好幾個月沒見俞小姐，出落得更美了，真真是讓我看著都愛得不行。聽說妳回汝陽祭拜父母，一路上可順利？」

俞筱晚欠身回話：「十分順利，謝王妃關心。」

王妃便笑道：「聽說是河南按察使派人送妳回來的，還以為是出了什麼事，讓我這心揪著啊！唉，落不了地！」

許嬤嬤忙朝俞筱晚道：「王妃特別喜歡俞小姐，總是說俞小姐是個可心人兒，怕您出了什麼事，總是擔心得不行。」

俞筱晚只得站起身來謝恩，表明自己並未遇到任何麻煩，「正巧今年大豐，田賦多出幾成，按察使車大人又是亡父至交，便趁解運田賦入京之便，送臣女一程。」

「原來如此。」王妃輕笑著關懷了幾句，問了幾個問題，話峰一轉道：「路上有人同行，沒那麼無趣吧？」

問了那麼些問題之後再問這個，心思鬆泛些的人就會隨口應承，甚至會洩露出同行人的名字來，可是俞筱晚深知王妃不會隨意問自己問題，一直警醒著，聽了這話也只是含羞笑道：「衙吏都是男子，晚兒成天只坐在馬車裡，食宿都由管事安排，避開眾人，倒沒有什麼區別。」

這麼說算是周全的，就算日後王妃知道君逸之也同行了，她可以推說自己不知情，是俞總管接應的。

王妃高深莫測地笑了笑，便沒再問。

一行人中午在福熙院用過午膳，便施禮告辭了。

回程的馬車上曹中雅沒再找俞筱晚的麻煩，看著她的目光還帶了絲解氣的嘲諷，許是張氏已經跟她說了什麼。俞筱晚閒著無事，便刺她道：「王妃真是心疼吳姊姊，知道我們來看望吳姊姊，還特意賜飯，真是天大的榮幸呀！怎麼上回來看表姊的時候，就沒賜飯呢？」

曹中雅就哼了一聲，冷笑道：「妳懂什麼？王妃不過是見她娘家沒人，好欺負，想抱養她的孩子罷了，可君瑤表姊的孩子卻不一樣……」說到這兒閉了嘴，卻是怎麼也不肯說出怎麼不一樣了。

俞筱晚眸光一暗，張君瑤果然想著那個位置，若真個如此，張君瑤至少還要除掉三個對手——攝政王三個已經有懷的妾室中，不能再有兒子出生，否則王妃隨便抱養一個，王爺就有了嫡子，那她的兒子就沒有任何地位了。

正說著話，有人拍馬追上曹府的馬車，只聽得韓世昭溫和動聽的聲音給張氏和武氏請安，又聽得他道：「家母近日裡得了張古琴，想起俞小姐琴藝出眾，覺得只有俞小姐的琴藝才配得上此琴，特意讓小侄過府相贈，正巧遇見，也免去小侄登門了。」

曹中雅嫉妒的目光立即火一般地燒到了俞筱晚的臉上，俞筱晚也怔了怔，漏過了張氏是如何回答的。不多時，碧兒便來敲門，俞筱晚打開車門，碧兒雙手遞了張古琴進來，笑指著一旁道：「是韓夫人託韓公子相贈的。」

俞筱晚忙雙手接過，安置好，下馬車給韓世昭見禮，客氣地請他代為向韓夫人道謝。韓世昭笑道：「謝也不必，母親很喜歡貴店的山楂片，若是能時常品嘗到，便是樂事了。」

俞筱晚趕忙應下來，韓世昭便先行離去了。馬車再次開動，俞筱晚打開琴套，當時就怔住了，是綠焦。在回京的路上，一次暫歇在某座別苑邊的官驛中時，她曾聽到有人撫琴，覺得琴音古樸厚重，十分動聽，認出是綠焦的弦音，當時就跟初雲說了句：「若是我也能擁有一張好琴，該有多好啊！」

似乎……第二天君逸之就失蹤了一天，後來才追上她們的隊伍。難道是……可是，怎麼會是韓世昭送來？他們兩人不是一見面就要爭執的嗎？

俞筱晚腦中各種思緒亂飄，一時拿不定，乾脆將琴包好放在一邊。

曹中雅看不得她失魂落魄的樣子，恨恨地道：「別忘了妳還在孝期，就這樣四處勾引男人，真是下作！」

俞筱晚立即盯了她一眼，反諷道：「難道妳剛才故意摔倒，不是為了引起靜晟世子和勉世孫的注意？」

「妳——」曹中雅氣得小胸脯不停起伏，最後還是母親的叮囑讓她克制住了脾氣，狠狠冷笑兩聲，扭頭不再看俞筱晚。

回到府中，俞筱晚便稱不舒服，沒去給曹老夫人請安。開始只說是有些頭暈，嗓子痛，第二天就連床都起不了，暈乎乎的只想睡。張君瑤寶貝兒子的百日宴，自然是去不成。

張君瑤氣惱不已，不過聽到靜晟世子也因公務沒法來參加，就多少平衡了一點。

時光荏苒，轉瞬就過了年節。過了年，春天就近了，彷彿一夜之間春風就吹遍了京城的每一個角落，枯枝上展露新綠，百花綻出笑顏。

依著慣例，各家各府都會擺春酒、賞花宴。

曹老夫人開始惦記起晚兒的婚事，「過了年就十四的人了，今年就要除服，是時候開始挑選人家了。」她跟曹清儒和張氏、武氏說道：「別的喜慶宴會不好參加，但是春酒和賞花宴去去倒是無妨的，你們要多帶她出門走動走動。」說著又惦記起韓二公子，就是一嘆，「太出眾的始終是指望不上的。」

年前的時候，太后流露出意向，似乎有意將惟芳長公主指給韓二公子。雖然沒有明說，但只要太后流露出了這個意思，韓家就不敢隨意給韓世昭訂親事，旁人也不敢跟長公主爭夫婿。

小姑娘們都坐在外間，裡面的聲音還是聽得著的，曹中雅便嘲諷地笑道：「表姊，妳鮮少出門，恐怕還不知道呢！」

俞筱晚懶怠理會，只細細地跟曹中燕說著話兒，那幅炕屏已經繡好，就要找個適合的時機送給外祖母。討了外祖母的好，她才會重視曹中燕。俞筱晚還在孝期，外祖母就開始操心她的婚事了，可是曹中貞和曹中燕的婚事卻理都不理，兩人年紀越大，越不好說親了。

轉眼到了歷王府的賞花宴，曹家眾人都早早打扮一新，乘車來到歷王府，男人們留在外院，女子們則到內院拜見王妃。歷王是雖然一名空有爵位沒有實權的王爺，不過他家的花園倒是京城名園，打理得十分精美，所以歷王府的春宴歷來是客人到得最齊的。

歷王妃身邊的人都是二品以上的誥命夫人，俞筱晚等晚輩則由側妃安排人接待。

小花廳裡坐滿了鶯鶯燕燕，俞筱晚細心打量一番，便坐到角落裡低頭喝茶。一名宮女裝扮的少女走過來，為俞筱晚的空杯續茶，又雙手捧茶奉到俞筱晚眼前。俞筱晚含笑接過，「多謝。」

「小姐客氣了。」宮女收回手，手指卻在俞筱晚的掌心畫過，留下一點訊息。

俞筱晚心中訝異，悄悄展開手心的小字條，上面寫著：速來望仙亭。昭。

昭？韓世昭的昭嗎？

伍之章　禍水東引拔刁奴

俞筱晚一抬眼，就能看到那名宮女不著痕跡地回望著自己。她略一沉吟，便微微帶了幾分笑，幾不可見地點了點頭。宮女歡欣地笑開了，給小花廳內的小姐們續上茶後，便轉出了大門，站在門邊悄悄衝俞筱晚眨了眨眼。

俞筱晚放下茶杯，慢慢踱了出去，跟在宮女的身後，轉過曲廊，發覺此處面對花牆，是無人寂靜處，俞筱晚便站住了腳步，含笑道：「請稍等。」

宮女只得站住，左右瞧了瞧，才回到俞筱晚身邊，小聲問道：「姑娘怎麼了？」

俞筱晚清雅的小臉上染了些紅暈，悄聲道：「現在園子裡只怕人多……還是等歇午的時候吧，麻煩姊姊幫我傳個話。」說著，從腕上褪下一隻銀鐲，順勢戴在宮女的手上，「還請姊姊幫忙安排……就讓我跟幾位表姊妹們一間便是，她們睡得沉。」

貴族都有歇午的習慣，主人家大開宴席的時候，會專門準備賓客們休息的客房，當然不可能一人一間，都是幾個人一間的。

那宮女低頭看向腕上的鐲子，一開始以為是銀子的，不值錢，細細一看，上面鑲滿了碎米鑽，心中頓時大喜，忙應道：「包在奴婢身上，那奴婢就等歇午的時候再來請小姐。」

俞筱晚含羞一笑，折返回小花廳。那名宮女愛不釋手地細細摸了摸手鐲，收入懷中，笑咪咪地去給請託之人回話。

俞筱晚待她轉身離開，便招手示意初雪過來，「跟上她，看她跟誰說話，小心別被發覺。」

初雪雖不知何故，仍是恭敬地應了，遙遙地小心跟在宮女身後，不多時回轉了，說那名宮女到二門處，與一個長隨打扮的人比了個手勢，就回來了。

俞筱晚又問：「有人看到妳問妳沒？」

初雪掩嘴一笑，「有一個小丫頭問了婢子，婢子說內急，走岔了路。」

俞筱晚也不禁笑了，這丫頭就是機靈。今日客人眾多，歷王府內管理也沒那麼嚴，每位當家主母都帶了一名小丫頭入府，偏巧印如請假，印巧病了，武氏便向俞筱晚借了初雪，若不然還真有些麻煩。

「尋機問一問王府的丫頭，有沒有什麼清靜的地方，適合一個人待著靜一靜的，嗯……就說三小姐有些頭暈。」

叮囑了一句，打發了初雪去武氏身邊服侍，俞筱晚便坐回花廳慢慢思忖。二門處的……那麼這張字條就是男賓遞進來的了。除了前年與韓世昭聊過琴藝之外，她幾次與韓世昭照面，都不過是點頭招呼，可沒跟他熟到可以用單名留言的地步，當然不可能是他，那麼會是誰呢？

忽然，幾個月前在秋海堂的那一幕便湧上心頭。

刻意要推倒屏風，恐怕是想讓靜晟世子認清我是誰，畢竟賽馬會上女子都用紗巾掩了面，且那時候尚無怨仇，高高在上的靜晟世子，必然沒心思打量我是個怎樣的女子！俞筱晚順著這點思緒慢慢往下思索，如今看來平南侯打算將靜雯郡主許給肖大勇，也是百般無奈之下的選擇，否則也不會這時候都沒傳出一點喜訊——這門親事對於靜雯郡主而言，畢竟是太太低就了。

靜晟世子難免為妹妹抱屈，想從我身上找補回來，也是人之常情，張君瑤才想出這樣順水推舟之計。會用韓二公子的名義，恐怕是因那日贈琴之故，以為我與韓二公子有了私情，用他的名義相約，我必定會赴約。這麼說來，靜晟世子必定籌謀已久，望仙亭那裡就安排了一場好戲。

只是，當日靜晟世子明明認的是雅兒，我這幾個月又從未出曹府，宮女怎會又將字條交給我？

也不怪俞筱晚疑惑，靜晟世子既然是要為妹妹小小的報仇雪恨，最終的目的就必然是毀了她的名聲，讓她的閨譽如同靜雯郡主的那般搖搖欲墜。以此為前提的話，他就絕不可能隨意找個歷王府的宮女，花幾兩銀子買通了來送字條，因為有這一條線索，就足以將他本人拖下水。

雖然男人不像女子有諸多苛刻的禮法限制，不會因幽會這樣小事帶累名聲，但是她也不是靜晟世子可以隨意踩踏之人，總能找到人為自己辯駁幾句，事情定能露出些許端倪。若是她的辯駁被人採信，她固然是名聲不保，但靜雯郡主的事也會被挑出來，靜晟世子身為朝廷重臣，卻跟個深閨女子過不去，氣量和心胸就實在是太過狹隘，在朝堂上只會淪為他人笑柄，弄不好還會被御史彈劾，官職不保。因而靜晟世子絕不會這般冒險。他派來傳遞字條的宮女，必定是他早就安插了進來的人手。

方才接待她們的管事嬤嬤，只聽說她們是曹府的內眷，就將她們帶入了這間小花廳，估計連誰是誰都沒弄清楚。以靜晟世子的謹慎，肯定要事先將人指認清楚，才會讓那名宮女傳遞字條，而且為了保護妹妹，或者說給妹妹一個驚喜，絕不會事先與靜雯郡主通氣。那名宮女就應該同靜晟世子一樣，認為曹中雅才是她俞筱晚才對。

俞筱晚仔細回憶那名宮女之前的神情，似乎是在她們幾人的身上臉上都仔細看了看，然後才認出她的樣子。毫無疑問，有人在這名宮女來尋她之前，刻意傳播了一些訊息，能這樣做的，就只有張君瑤了。用什麼方法她不知道，但她一身素色，只簪銀簪，還是很好認的。

是了，要認出我來，只要從衣裳頭飾上描述一番就成了，至於長相，很難描述得具體。臨時發現人不對版，那名宮女又不能去前院，只能託人帶口信給靜晟世子，必定也是描述的衣裳首飾吧？

俞筱晚思慮了一番，揚眉看向與眾千金打得火熱的曹中雅，淡淡勾起了一抹笑。

這幾年曹中雅已慢慢長開，雖比不上俞筱晚和吳麗絹的絕世之貌，但也生得美麗動人，眉目精緻婉約，比之一般的大家閨秀強出許多。因而在與人交談之時，光潔的小下巴總是抬得高高的，帶著一股難以掩飾的高傲。

說話間門外又是一串輕盈的腳步聲，歷王府的管事嬤嬤引著一名十三四歲的大家閨秀走了進來。少女一身精緻的百蝶穿花粉紫襦裙，反綰著墮馬髻，髻邊插著純銀鑲金剛鑽八仙過海人物花簪，頭上再無別的飾品。但烏髮銀飾，黑白對比之下，卻顯得她麗色無雙，容光懾人。

她的身後，規規矩矩地跟著一名荳蔻年華的俏麗小丫頭。管事嬤嬤請小姐坐下之時，小丫頭搶上前一步，竟是不用歷王府的軟墊，而是用自己懷中抱著的一方銀紅色繡魚戲蓮花紋的錦墊替換下來，才扶著少女在圓凳上坐下，又朝歷王府的管事嬤嬤福了福，歉意地道：「我家小姐近日身子不爽利，怕過了病氣，才特意自帶了錦墊，還望嬤嬤見諒。」

竟是少女自帶的丫頭，而且口齒伶俐，儀態大方，比之一般的官家千金都不遑多讓。

眾人皆是一愣。

歷王府的內院，也是因為今日客人太多，才允了各府當家主母帶一名貼身丫頭進來，這名少女能帶個丫頭進來，身分必定高貴，可又為何到小花廳來，為何不坐在郡主、縣主和鄉主雲集的大花廳裡？

有那頭腦轉得快的千金，立即上前福了福，招呼道：「可是丞相府的韓小姐？」

少女忙扶著丫頭的手起身，回了半禮，「小妹正是，不知姊姊是？」

俞筱晚恍然，原來是韓甜雅，韓世昭的親妹妹，當年的京城第一美女，難怪生得如此出挑。韓夫人將女兒保護得極好，平素從不帶到聚會之中來，只在家中有訪客的時候，偶爾叫出來拜見一下長輩，饒是這樣，韓甜雅的美貌也已經傳遍了京城，引得無數名門望族上府提親。

雖然不知韓甜雅為何要到這小花廳裡來，但的確是幫了俞筱晚一個大忙，她接下來的舉動，非深深地刺激曹中雅不可。

俞筱晚帶著一臉豔羨地靠向曹中燕，小聲兒地道：「韓小姐生得真美，妳看她的頭飾，真亮。」說著看了看曹中燕的髮飾，不由得真心一嘆，張氏對庶女真不大方，武氏又眼光有限，這套頭面看著名貴，但與曹中燕文靜的氣質不符，看著就俗了些。

她就從自己頭上拔下那支銀鑲金剛鑽和碎藍寶石的純銀鑲金剛鑽雲蝠仙桃排釵，插在曹中燕的髮間，「這個送給燕兒表姊。」又取下了她頭上幾支貴重的金簪，曹中燕的容色頓時增輝不少。

曹中燕大驚，急切地擺手，「太、太貴重了！」

一顆金剛鑽頂得十數顆同樣大小的東珠，這只雲蝠釵上有兩顆小兒拇指大的白鑽，還有八顆米粒大小的粉鑽，至少也要兩千兩銀子。

俞筱晚佯怒道：「不許推，若是不要就是看不起我了！」

曹中燕吶吶地收了聲，其實真要她推回去，心裡到底是捨不得的。

曹中雅一直嫉妒地看著被眾人環繞奉承的韓甜雅，忽聽到身邊的動靜，回頭一瞧，頓時嫉恨不已。這支釵俞筱晚簪了幾回，她就嫉恨了幾回，只是現在她與俞筱晚貌合神離，不敢再像小時候那樣找俞筱晚要東西，可是心底裡不知道多想據為己有，這會子見它簪在了二姊的頭上，怎不嫉妒成狂，便有些口無遮攔地道：「表姊還真是大方，拿姑母的遺物送人情！」

俞筱晚順著這話道：「燕兒表姊生得漂亮，性子又乖巧，若是母親在世，也會願意送給她當個壓箱底的物件。」

曹中雅氣悶不已，只是剛才聲音略為高了一點，已經有幾名閨秀扭頭看了過來，她不得不收斂起怒容，端出一臉倩笑。已經十三歲的人了，知道名聲對於未訂婚的少女來說有多重要。

曹中燕見曹中雅不再鬧了，便安了安心，小聲向俞筱晚道謝：「回去後就收在箱底，這麼貴重，真怕掉了。」

俞筱晚淡笑，「這支釵送給了表姊，隨便表姊怎麼用。」

眼角的餘光打量曹中雅的臉色，曹中雅聽到這句話後，眸光便閃爍不停。

曹家姊妹和俞筱晚都沒去韓甜雅的跟前湊熱鬧，自顧自地閒聊。初雪抽了個空過來回話，說花園裡有幾處比較安靜之所，其中就有望仙亭。

不多時，春宴便開始了。宴會之後，客人們四散開來，遊湖的遊湖，聊天的聊天，午歇的午歇，打牌的打牌。

俞筱晚和曹中燕都去客房休息，曹中雅和曹中貞坐在小花廳，在小姐們的圈子裡，並不受重視。曹清儒吏部右侍郎的官職雖高，不過在滿大街都是王爺侯爺國公爺的京城裡，真算不得權貴。

曹中雅就不由得想到了俞筱晚送給曹中燕的那支排釵，至少曹中燕戴上那支釵後，好些個名門淑女跟她聊起了首飾。她恨恨地哼了一聲，喚了名歷王府的丫頭過來，問給小姐們安排的客房在哪裡？

小丫頭引著她找到了俞筱晚和曹中燕的房間，俞筱晚已經呼吸綿長地睡著了。曹中雅心中大喜，示意曹中燕跟自己出來。

曹中燕不明所以，不過看到曹中雅的臉色，心就突突地跳，跟著曹中雅走到院子中，果然聽到她說：「把這支釵借我戴戴。」

曹中燕下意識地退後一步，護住了頭上的釵。此時的客院裡空無一人，曹中雅也就不必保持什麼淑女形象，拿眼一瞪，「借是不借？」

積威之所劫哉，曹中燕不敢反抗，只小聲地問：「妳、妳借多久？」

曹中雅沒功夫跟她閒扯，伸手搶過釵，跑進屋裡，對著鏡子自己插上，怎麼看怎麼美，就衝鏡子含情脈脈地一笑，隨口敷衍跟進來的曹中燕，「宴後就會還妳的。」說罷，警戒地回頭看了看軟榻上的俞筱晚，見她還在酣睡，於是放心地拉了曹中燕出屋，小聲交代：「妳換別的地方待著去，不許讓她看到妳的釵子沒了。」

曹中燕委屈地目送曹中雅娉娉婷婷地走遠，隨即找歷王府的丫頭換了處小廳坐著。

曹家的姊妹離開沒有多久，之前那名宮女就尋了過來，小聲地喚醒俞筱晚，略帶歉意地道：「讓小姐久等了，今日差事忙，這會子才抽開身。」

俞筱晚不以為意，低頭輕輕「嗯」了一聲，眉目間還露出幾分羞意。宮女瞧著就十分安心，含笑服侍她起身，幫忙整理頭髮和衣裳，奇怪地問：「小姐，您的頭飾呢？」

俞筱晚拿出曹中燕的幾支簪子，遞給她，羞澀地道：「戴這個好看點。」

赤金鑲紅寶、藍寶、綠寶，不是不貴重，只是寶石不是上品……宮女極力控制住臉部表情，免得流露出鄙視的神情，讚道：「的確好看，不過今早的銀簪似乎更貴重些！」

「那個太素。」俞筱晚一口否決，宮女也沒法子，幫她簪上，真心覺得不好看，「還是那支簪好看些。」

俞筱晚「啊」了一聲，失望地道：「我已經讓丫頭收好了……算了，不簪了！他說，我不簪也漂亮！」說著垂下頭，羞澀地紅了臉蛋。

宮女就真心地鄙視了起來，差點掩飾不住面部表情。這位俞小姐漂亮是漂亮得出奇，可是這腦子是空的吧？也就是這容貌能讓男人駐足一陣子，若真是當個主母，怕是會被小妾們給拆骨吃了去！

她懶怠再奉承，引了俞筱晚出來。俞筱晚注意到她出了院子，走上石徑之後，往一旁的樹叢後比了個手勢，她只當沒看見，繼續低頭走路。

兩人穿過一片桃花林的時候，忽地一道風聲，宮女應聲倒地。俞筱晚眨了眨眼睛，她手裡的桃核還沒射出去呢。

「笨蛋！」君逸之人未到聲先到，說完話才搖著摺扇從一株桃樹後晃出來，看著俞筱晚的眼神裡就有那麼一絲恨鐵不成鋼和幾許妒嫉意，「看到是韓二公子的邀約，就迫不及待地去赴嗎？哼！」

俞筱晚氣紅了臉，怒瞪他道：「要你多管閒事！」

君逸之還想數落她，餘光忽地瞟到她手中的桃核和欲待發射的指法，心情忽地又好了，挑了眉笑道：「還不算笨！」

俞筱晚白了他一眼，提裙繞過他繼續往前走，君逸之忙不迭地跟上，「妳要幹什麼去？跟我走吧，我帶妳去看好戲！」

俞筱晚頓住腳步，用目光詢問，「什麼好戲？」

君逸之用摺扇指了指一條小徑，當先而行。俞筱晚略一遲疑，就跟著他穿過小徑，來到一處花牆之下。

兩人隱好身形，不多時，就聽到一道熟悉的少年聲音，是曹中睿在說：「真是羨慕韓兄。」

接著聽到韓世昭說：「羨慕什麼？尚公主只是表面風光的事情，身為男子，要對自己的妻子兩叩六拜，納個妾室都要膽顫心驚，實在不是美事。說起來，我更願意娶名門世家的千金，知禮守矩，溫柔和婉。」

曹中睿心裡不以為然，淡笑道：「許多人想娶公主都娶不到，韓兄是怕旁人豔羨你，才這般說的吧？」

韓世昭微微嘆息著搖頭，「曹賢弟不相信也沒有辦法，其實我並不怕事，我與惟芳長公主，也算是自小相識的，若真能找到合意的女子，我自會去與她說明心願，我想她也不會勉強我。」

看著他認真的神態，曹中睿心中一動，母親張氏說的話又在心田盤旋，「你生得一表人才，哪家的姑娘見了你不是羞紅了臉？若是能吸引了哪位郡主，何姑娘算個什麼呢？只要求道聖旨，她還不就得乖乖地自請下堂！」

郡主都能壓死何語芳了，何況是長公主！曹中睿便略有些急切地問道：「韓兄真是不願意？可你……有心儀的女子嗎？」忽地想到贈琴一事，心裡非常不舒服的問：「恐怕已經有了吧。」

韓世昭面露些許羞澀，目眺遠方，含糊其辭地道：「也不算，沒有特別接觸過，只是覺得十分有大家風範。家慈說，娶妻娶賢，家世是最重要的，相貌、人品也不可少，家中的兄弟姊妹也要友善的才好。」

曹中睿聽得更加煩躁，忽然沒了跟他說話的興趣，韓世昭卻轉了話題問道：「對了，你知道我年前也得了風寒，得了一味清咳丸的方子，十分有效，我就贈給曹賢弟。」從懷中掏出一張藥方，遞給曹中睿。

這話題變得突兀，曹中睿愣了一愣，沒事贈什麼藥方，明明表妹沒有生病……不對，妹妹病了啊！得了寒日咳，咳了好些日子才慢慢好的，難道韓兄喜歡的人是……他就仔細看向韓世昭的臉，韓世昭十分難得地露出些窘迫之意，沒了往日俊逸瀟灑的風采。

有父母在，誰都不能自主婚事，連談論都是禁忌的，曹中睿無法直接問明他的心意，只好委婉地道：「正好小妹這幾日咳得厲害，小弟就多謝韓兄了。」

韓世昭如釋重負的樣子，還帶著些急切地道：「這藥丸製法簡單，一天就能製好，快些給令妹服下，咳久了對心肺不好。」

曹中睿就覺得自己猜中了他的心思，慢慢笑了出來。韓世昭見曹中睿滿口應承，也露出了輕鬆的微笑，兩人又說了幾句閒話，韓世昭便道：「愚兄有些乏了，去望仙亭小坐片刻，賢弟自去忙吧。」

聽到望仙亭這三個字，俞筱晚就扭頭看向君逸之。君逸之眉毛都不動一下，用傳音入密問她：

「想不想去看戲？」

花牆那邊的人走遠了，俞筱晚想閃身出來，君逸之卻拉住了她，指了指一個方向，曹中雅正躲在一株樹後偷聽。俞筱晚左右張望了一下，發覺這是內院花園和外院花園之間的一道隔牆，那兩人應當是在外院，而他們所說的話，都被曹中雅給聽了去，只怕這個自信十足的少女，也認為韓世昭對自己有情義吧？

說起來，韓世昭的話中都沒提到情啊愛啊曹中雅啊，是曹氏兄妹自己要往這上面想的。俞筱晚剛彎起唇角，便又疑惑地問：「你怎麼知道的？」

明明他是為了她好，她還懷疑他！君逸之很想作出憤怒的樣子來，可是俊臉卻不由自主地湧上熱潮，只得轉身背對她，故作隨意狀，「那個靜晟老是想找補回來，劃花我的臉，我就請父王的人跟著他……」他說到一半回頭看俞筱晚，「妳這個笨蛋，不會以為那張字條真是韓世昭寫給妳的吧？」

原來他連靜晟世子遞了張字條給她都知道……想想也不奇怪，這楚王府，平南侯插得進人手，別的王府自然也能插人手進來，恐怕這些世家大族都是這樣相互安插眼線吧！不過他聰明，她也不笨好吧？俞筱晚嘟了嘟嘴，「你才是笨蛋！」

託韓世昭送了綠焦給她，她再笨，也知道他們倆私底下的關係，不是表面上看起來的那樣不對盤好吧？再說他巴巴地幫她要了綠焦過來，她就算不去想，也知道他是什麼意思。若韓世昭與他的私交真是好，怎麼可能給她寫字條約見？

君逸之心中一動，隱隱有些期待，不錯眼地看著她。俞筱晚的臉開始燒燙，忙往後退了一步，支吾著轉換話題，「不是說望仙亭在內院嗎？其實我、我也約了雅兒去那裡。」

君逸之心裡略微失望，隨即又安慰自己，她還在孝期呢，哪能這樣不自持？至少現在願意跟我說話了，也是親近了不少。這麼一想，心裡又歡快了些，挑了挑眉道：「哦？妳怎麼約她的？」

「就是那張字條，我轉給她了。」

以俞筱晚對曹中雅的瞭解，她定然會去的，就算只是去看一看是否屬實也會去。何況，張氏總是誇她如何貌美如何出眾，兼之有個當側妃的表姊，曹中雅是真心覺得自己是無數青年才俊心中的良配，所有人都在等著她挑而已……現在又加上了韓世昭親自說出口的些許誘惑，她果然果斷地轉身離去。

君逸之瞪大眼睛，拿摺扇指著她道：「妳……這不是在害人嗎？」有那張字條，韓世昭怎麼辦？

俞筱晚不好意思地咬著唇道：「只是引她過去而已，我……我正要跟上她，將字條拿回來的。」

君逸之朝空中比了個手勢，瞪了她半晌，才朝俞筱晚擺了擺手，「算了，我們慢點去。」這個慢點，是分開去。俞筱晚在君逸之的指點之下，認清了去望仙亭的路，兩人沒出桃林就分了手。

再說曹中雅，歷王府她已經來過多次，早認全了花園裡的小亭子，她歡快地提著裙襬，一路嫋嫋婷婷地來到望仙亭，可是亭中卻沒有人，四周也安靜得能聽到春風吹過的聲音。

她一點也不急躁，在亭內旋了個身，姿勢優美地在石凳上坐下，手托香腮，認真地考慮，一會子若是韓二公子向她表白，她要如何是好？是拒絕還是接受？

接受麼……韓二公子才十四歲，今年春闈就中了一甲第三名，人人都稱他韓探花，父親又是當朝丞相，日後的前途不可限量。可是……不，不行，還有個相貌更出色的君二公子還未表露心意，而且君二公子可是親王嫡子，今年就能封郡王了吧？郡王妃可不是誰想當就能當的呢！

曹中雅想著想著就得意了起來，韓夫人說得沒錯，娶妻娶賢，家世是最重要的，俞筱晚縱然比自己美貌一點點，卻輸在家世之上。大家族聯姻為的是鞏固勢力，誰會娶一個沒娘家的孤女？她若想嫁得好，就只能為側室了，否則就得嫁給個小官家的嫡子。那些親王郡王府的千金們雖金貴，可惜跟君二公子是同宗。至於那些郡主縣主們嘛，她們的長相又比不上自己……

唉，韓二公子和君二公子，她到底選誰好呢？

曹中雅正在煩惱，忽聽一渾厚的男聲嘲諷地道：「原來真是有這樣無恥的女子，靜某今日也算開了眼界了！」

跟著一陣哄笑聲，有人調侃道：「生得真是漂亮，納回家中做個暖床小妾還是可以的，世子千萬別嫌棄呀！」

曹中雅莫名其妙地回過頭，忽然發覺亭外多出了七八名錦衣裘帽的少年，為首的有兩人，左邊之人眉濃而直，丹鳳眼斜斜上挑，一管筆直高挺如山的鼻子，唇色豔紅如同抹了口脂，勾著嘲弄的笑容，是個多情卻又無情之人，正是靜晟世子。右邊之人相貌略為平常，但勝在貴氣十足，是歷王世子。

曹中雅抬袖半遮了面，懵懂地看著他們，見眾人看著自己的目光中，飽含了說不出的嘲弄和輕蔑，就有些惱意地問：「你們是誰，怎麼跑到內院來了？」

靜晟世子輕哼了一聲，「我還正想問妳，妳怎麼會跑來此處，不知一旁就是外院嗎？今日客人眾多，也不怕被路過的人瞧了去！」

曹中雅驚疑地回頭一看，亭後的竹簾不知何時收了起來，望仙亭在一座假山之上，正對著外院的一條小徑，不遠處就是房舍，視野開闊，連院牆都擋不住，任誰站在房舍的窗前，或是路過小徑，一抬頭就能看到她。

她頓時心驚了起來，故作兇惡地道：「縱是如此，你們也不應當進到內院來！」

歷王世子嗤笑道：「這是我家，我想去哪就去哪！身為客人，本就不當跑到離外院如此之近的地方來，何況我也是陪靜晟世子來看無德無行的女子到底長什麼樣子而已！」

曹中雅頓時感到不安，低頭就想衝出亭子去，幾個少年卻將路擋得嚴嚴實實。吵鬧間，又有一行人趕了過來，為首的正是此間的女主人歷王妃，楚太妃和君逸之竟也跟在人群之中。

歷王妃莫名地看了看眾人，沉著氣問兒子：「這是怎麼回事？」

歷王世子道：「是靜兄得了張字條，約他相見，自稱頭簪銀釵，咱們就跟來瞧個熱鬧。」

歷王世子的說辭讓靜晟世子幾不可見地皺了皺眉頭。

在別人的府中生事，不論誰是誰非，都是不給主人家臉面，所以靜晟世子特意約上幾個京中聞名的紈褲子弟，來為今日之事做個見證。這幾個人都是嘴碎之人，又常出入風月場所和茶樓酒肆，撞上這種風流之事，散了宴後必定會四處傳播。流言傳開之後，雖然還是在歷王府發生的事，但至少不是當著宴會主人家和諸多客人的面鬧開的，歷王府這邊留了臉面，而俞筱晚的名聲也一樣能徹底毀掉，或是削髮為尼，或是抬入平南侯府為妾。

歷王世子是個腦子結成砣的，被靜晟世子幾句話就挑得親自出頭，主動帶了人到內院來看這位膽敢約會男子的閨秀是誰，這麼一來，又替靜晟世子撇清了幾分，他還正在得意呢，結果一下子就讓歷王世子給賣了。

依著靜晟世子的安排，沒有想過要驚動歷王妃或者別的女眷，因為當著這麼多人的面鬧開，對方肯定要辯個子丑寅卯出來，他的目的能不能達到就難說了，因而他還特意讓自己的人留意著花園那邊的情形，有事時阻攔一下，或者通知他這邊。可是歷王妃卻陪著十來名品級極高的婦人到了這兒，內院與外院僅一牆相隔的偏僻處，這讓靜晟世子心底裡隱約不安，瞬間的想法就是今日之事作罷，至少是當著歷王妃和一眾王妃、國公夫人的面暫時壓下。事後反正這幾個碎嘴之人會去傳播，待流言甚囂塵上之時，俞筱晚也辯無可辯了。

哪知歷王世子這般嘴快，一句話就點明是亭中少女約見靜晟世子，讓他想阻攔都來不及！

果然，聽到歷王世子這句話後，曹中雅就無比激動了起來，這裡有了女性長輩，當下也不顧再掩面了，指著靜晟世子就朝歷王世子吼道：「我會約他見面？憑他也配？」語氣裡的輕蔑和不屑顯露得十足十。

在場的眾人都不禁無語，看了看曹中雅，又看了看臉色鐵青的靜晟世子，都不知道曹中雅的底氣是從哪裡出來的？張氏這兩年時常帶曹中雅出入各種宴會，場中這幾位夫人也都知道她是誰，按說曹中雅和靜晟世子之間身分的差距，那不是一星半點。靜晟世子本人就是朝中三品大員，父親更是一品高官，手掌重權；論爵位，也比曹清儒的伯爵高貴，曹中雅到底是因為哪點瞧不起靜晟世子呢？

靜晟世子眯著眼，還沒表態，歷王世子就不樂意了，「嗤」了一聲，指著曹中雅道：「妳既然不會約靜晟，那為什麼會在這裡？又為什麼正好頭飾銀釵？靜晟手中還有妳寫的字條呢，別想狡辯！像妳這等攀高附勢的女子我見得多了，可是這般不守婦德舉止輕佻的女子，卻是頭一回見到！」

曹中雅頓時就怒了，好歹跟著嚴嬤嬤一年有餘，知道這事若是坐實，她的名聲就完了，君瑤表姊也救不了她，當下哪裡還壓得住脾氣？總算她知道要看清形勢，歷王世子是主人家，她深知不可得罪，就指著靜晟世子道：「世子，你說話也要講憑據，我會攀他這種臉上有刀疤的醜人？我是被人約到這來的！」

此言一出，靜晟世子的眸光頓時一寒，他最介意的就是別人說他醜。貴族子弟以文武兼修，相貌俊逸為榮，他原本是出了名的美男子，可是自從臉上被從文劃了一道之後，這道疤就怎麼也消不掉，用了太后賜下的玉肌膏，都只能讓疤痕淡化一點，可是臉上那條長長的肉蟲卻是無法消除。此事已經成了他心中永遠的痛，曹中雅還當著這麼多人的面，以這麼鄙視的口吻說出來，瞬間成了他心中第一大仇人——排名尚在劃傷他的從文和君逸之之上。

靜晟世子陰冷的目光令大吼大叫著的曹中雅氣息一滯，膽怯地閉了嘴。靜晟世子陰森森地盯了她一眼，隨即半垂下眼，恍若老僧入定，一個字也不說。反正已經鬧開了，有歷王世子幫他說話，他沉默下來，反倒能得人同情。

眼前的事明顯有終點，在場的幾位王妃夫人都能聽得出來，歷王妃又如何不知？以主人的身分，她只想將事情壓下來，至於曹中雅和靜晟兩個事後要怎麼不對盤都與她無關，便笑道：「靜晟世子、曹小姐，可能是場誤會，揭過便算了，不如各自玩去吧！漢兒，你帶世子他們去前院的花園玩去！」

曹小姐？靜晟世子眼睛一瞇，瞬間明白自己反遭了旁人的道了，當下也微笑欠身，「小侄悉聽王妃吩咐。」

可惜歷王世子的倔強脾氣上來了，不顧禮儀，伸手就在靜晟世子的袖袋裡翻找，立即翻出了一張字條出來，展開來給旁人觀看，「看妳怎麼狡辯！有膽子做沒膽子認嗎？」

曹中雅哪裡受過這種氣，本就因為表姊受寵而有些飄飄然了，覺得天下間的男子可以任她挑選，若是傳出她私會靜晟世子的流言，她可不就會跟這個醜八怪綁上一輩子嗎？她當下也怒氣勃勃地道：「我說了是旁人約我來的，我也有字條為證！」說著去翻腰間的荷包，可是找了又找，卻沒找到那張憑空滾到她腳下的字條，俏麗的小臉就蒼白了起來。

歷王世子立即誇張地笑了起來，「怎麼？忘記給自己準備一張開脫的證據了嗎？」話語裡就是認定了曹中雅是個淫邪的女子。

聽得兒子越說越不像話，歷王妃低喝：「漢兒，夠了！」

曹中雅頓時哭了起來，指著靜晟世子哭罵道：「定然是你使的奸計，你想壞我名聲，逼我嫁給你！上回在表姊那兒見到我，你就開始打我的壞主意，定然是你！」

小嘴哭得一抽一抽的，可是字字清晰，聽得靜晟世子的臉色一變再變。他是什麼人？多少國公家的小姐，冊封了名號的縣主、鄉主中意他，他都不屑一顧，這個毛都沒長齊的小丫頭居然說他覬覦她，他會覬覦她？

原本已經不想再說此事的，靜晟世子也被逼得證明自己了，「忽然收了張這般不知廉恥的字條，心中儘管不恥，卻也沒打算來會面，總想著怎麼也當給女孩兒家留下一線臉面。只是漢世子說，見不得有人借歷王府的清雅之地，行此無德淫邪之事，才特意要看看是哪府的女子，品行這般不端，強拉了靜某進來，原來……」上下打量了曹中雅幾眼，眸光之中鄙夷盡顯，再不用多說，而且將曹府也一起給鄙夷進去了。

身旁的幾位年輕公子也嗤笑了起來，雖沒說話，可是那眼神比刀子還利，割得曹中雅氣都喘不過來。

君逸之一直伴在老祖宗身邊，笑咪咪地看戲，他們之所以會到這邊來，也是他刻意引過來的。此時見戲已經唱到了高潮之處，所有的一切都朝著有利於靜晟世子，不利於曹中雅的方向發展著，便笑咪咪地上前幾步，沒個正形地一手搭在靜晟世子的肩上，朝歷王世子笑道：「原來漢世子特意拉靜世兄到此內院來看熱鬧，怎的不叫上我呀？你明知我的愛好。我就是想多見幾位美女，才特意央著老祖宗帶我進來給歷王妃請安的。你與其拉靜晟這個不情願的，還不如找上我呢！況且我跟靜晟世兄喜歡看的人差不多！」

此言一出，靜晟世子的臉皮微微一僵。原本按著他的說法，在場所有人都鄙視曹中雅去了，可是君逸之的話卻提醒了旁人了，靜晟也不是個好的。若真是個守禮之人，就不應當跟進內院來，且真是像他自己表白的那樣厚道，就應當在歷王世子提出來見人的時候就嚴辭拒絕，並極力阻止才是。況且他最後又說什麼喜歡看的人都差不多，很容易讓人聯想到去年兩人為了一名清倌大打出手的事。男人偶爾眠花宿柳是為風流，可是為了爭個清倌人打得頭破血流就是笑柄了。

曹中雅這會子腦子忽然就機靈了，指著靜晟世子鄙夷道：「你一個天天跑花樓，跑進人家內宅的人，也好意思說我品行不端嗎？」

君逸之不介意旁人怎麼看他，敢大膽承認自己進內宅就是為了看美女，可是靜晟世子在意啊，他臉色鐵青著，幾番說辭在心腹間轉了幾轉，都沒法替自己開脫，只得凌厲地盯了曹中雅一眼，沉默了再沉默。只不過，之前的沉默是受害者的委屈，現在卻是無法辯駁的尷尬了。

歷王妃瞥了靜晟世子一眼，眸光中多了幾絲鄙視，只不過歷王無權，惹不起平南侯，她只有無奈地看向楚太妃，不敢跟君逸之搭腔。只盼著楚太妃出面將這個膽大包天的小子給勸開，千萬別在歷王府又打起來。

楚太妃板起臉喚道：「逸之，別胡鬧！」語氣裡卻盡是寵溺，沒有半分責怪之意。

靜晟世子不能與楚太妃鬥嘴，也不能反諷君逸之，人家都無恥地承認自己進內宅是為了看美人的，他再揪著這一點說事，既沒意義，又顯得心胸狹窄，只得氣悶地握緊了拳頭，一聲不吭。

旁的王妃和夫人們都暗道：君二公子這荒唐性子果然是老太妃給慣出來的！

不過好在君逸之非常聽老祖宗的話，立即折返回老祖宗身邊，親暱地挽住她的手臂，沒再挑逗靜晟世子。

歷王妃只想著大事化小，再小事化無，這種有傷風化之事，最好別在歷王府鬧出來。因為無論怎麼去想，幫忙傳遞字條的肯定是歷王府的丫頭小廝，真鬧開了，旁人會怎麼想她們歷王府？於是便輕笑道：「大概是旁人開玩笑的，作弄你們呢！可別為了個玩笑傷了和氣，各玩各的去吧！」

旁的夫人也都上前來附和。

靜晟世子思慮一番，也息事寧人，做一笑泯恩仇狀，沒再言語。他斷定自己中了旁人的奸計，怎奈這不是平南侯府，若他真要查個清楚，只能借歷王爺和歷王妃之手，難免將自己的一番安排也給牽連出來，於是只能先壓下滿腹疑問，回去再慢慢分析。

曹中雅聽了半天，似乎無人再指責她品行不淑，便也作罷。

歷王世子帶著幾位玩伴從假山旁的小角門回了前院，貴婦們則在歷王妃的陪伴下去水榭休息，曹中雅則由歷王府的宮女陪著，回了小花廳。

雖然沒見到韓世昭，但好歹沒鬧出什麼難聽的話來，曹中雅自以為一段風波就這樣風過水無痕了，卻是不知這些王妃夫人們心中對她的評價已經跌入了泥地裡。就算是旁人開的惡意玩笑，但也要她配合，願意到這望仙亭中來私會才能成事。說來說去，還是她品行不端、舉止輕佻、婦德有虧，幾位夫人暗地裡已經將其劃入黑名單，別說自己的兒子絕不會娶她，就是交好的閨密或者親友想去曹家提親，她們都要勸上一勸。

至於靜晟世子那邊，夫人們對他的印象肯定也不好，可是他是男人，而且是有權勢的男人，怎麼說都占了便宜，人家不過暗地裡議論幾句，影響倒是不大……如果沒有御史彈劾的話。

歇了午後，俞筱晚神清氣爽地起身，早有客院服侍的小丫頭打來了溫水，服侍著她淨面整裝。俞筱晚低頭淨手的時候，輕輕地「咦」了一聲，「我的手鐲呢？幫我去軟榻上看一看。」

小丫頭應了，忙進內室去查看。俞筱晚注視著她的背影，淡淡一笑。早在她送出手鐲的時候，就已經打算好要反將一軍了，靜晟世子以為陷害別人是這麼輕易的一件事情嗎？她雖然暫時動不了他，但讓他損一名手下卻是輕而易舉，這也足夠讓他痛上幾天了——安插親信到其他府中，可不是件容易的事。

曹中燕摸準了時辰走進來，趕忙來到俞筱晚的身邊，輕聲道：「表妹醒了，我們一起去小花廳吧。」一邊說邊對著妝鏡扶了扶銀釵，特意讓俞筱晚看到。

這銀釵她好不容易才從曹中雅的手中要回來，若不是曹中雅知道俞筱晚不好惹，說不定還不會還給她。

俞筱晚看了銀釵一眼，心中暗自可惜，為了避嫌，她不能親臨現場看熱鬧，躲得遠遠的，話都聽不清，真不過癮……小臉上卻笑得眉眼彎彎，「燕兒表姊早就起來了？」

曹中燕哪敢說自己根本就沒睡，忙道：「是啊，去外面坐了坐。」

正說著話，小丫頭從內間出來，屈了屈膝，稟報道：「俞小姐，婢子沒尋到什麼手鐲，您再找找看，是不是放在荷包裡了？」

曹中燕忙問道：「什麼手鐲？丟了嗎？」

俞筱晚道：「跟妳頭上的釵子一套的手鐲，午歇的時候還在的，我怕硌手，就取下來放在一邊，這會兒沒見了。」說著翻開腰間的荷包，沒有找著，乾脆將裡面的東西都倒出來，小銀剪、小耳勺、小牙籤、幾個花形漂亮的用來打賞的小銀錁子，女孩兒家的常用之物都在荷包裡，卻沒有手鐲。

俞筱晚頓時露出焦急之色，「我很喜歡那只鐲子，明明歇午時還在的。」

曹中燕早上還見俞筱晚戴了那只手鐲的，中午時雖沒注意，但大抵也在的，忙點頭道：「是啊，我瞧見了妳戴了。那只鐲子太貴重了，快再想想放在哪裡了。」

有人作證，就說明確有其事，小丫頭被唬了一跳，若是有客人在這裡掉了貴重首飾，她可是要擔責任的，當下便向俞筱晚告了罪，一溜煙跑去找管事嬤嬤。管事嬤嬤很快就來了，先向俞筱晚道了歉，聽了俞筱晚的描述，又瞧了一眼曹中燕戴的那支銀釵，心中暗驚，鑲金剛鑽的，只怕價值不菲，必須得找出來。

她不敢大意，忙遣人向歷王妃報備，又差人請來了府中掌管刑責的管事，親自將客院中服侍的丫頭們聚在一起，逐一審問。

小丫頭們沒有拿過東西，自然是不認的，不過卻供出了一人，說是看到正院那邊的「谷雨姊姊」到這裡來過。

王府的丫頭們都是各司其職的，儘管今日賓客多，人手調動頻繁，但也有分配記錄。管事們很快調來了記錄，谷雨是三等丫頭，上面明明寫著她是負責隨王妃待客的，也就是說，王妃在哪裡，她就在哪裡負責添茶、上果品等等，萬沒得到客院來的理由。

待谷雨被人尋到押來客院的時候，歷王妃也趕到了。她滿心疲倦，今日的宴會怎的這麼多事？管事嬤嬤兩三下就將手鐲從谷雨的身上搜了出來，那花樣和上面的鑽石成色，一瞧就知道與曹中燕的頭釵是一套的。歷王妃當下大怒，指著谷雨道：「把這個賤蹄子給我拖下去打！打四十大板！」

府中的丫頭居然偷客人的手鐲，傳出去她還要不要做人！

谷雨好不容易才從昏迷中醒來，頭一個念頭就是要壞事，忙跑到二門處去尋人，遞消息出去。還在等人呢，就被幾個粗使婆子二話不說給綁了，帶到客院，又搜出了手鐲，她還有什麼不明白的，忙張嘴叫屈：「王妃請息怒，這是俞小姐賞給婢子的！」

歷王妃愣了一下，心中升起一絲微薄的希望，「去請俞小姐。」

因為執掌刑責的管事是外院的男子，俞筱晚這會子正與曹中燕避在內室沒出來，聽到有人相請，便也大方地隨著這位管事嬤嬤到了堂屋，瞥都沒瞥一眼趴跪在地上的谷雨。

待聽清楚所為何事，俞筱晚便小聲道：「沒有。打賞下人，用個銀錁子便成了，何況……」她扭頭看了谷雨一眼，無視其眼中的希冀及隱隱的威脅，緩緩反問：「我為何要打賞她？」

是啊，只是添了幾杯茶水，為何要打賞谷雨？就算要打賞，銀錁子就成了，用那麼貴重的手鐲做什麼？歷王妃的肩頓時耷拉了下來，她原以為有機會抹去此事，現在看來真是妄想。

谷雨知曉王妃不會相信，為了脫罪，咬牙暗暗威脅俞筱晚，「小姐，您是不是不記得了，是婢子幫忙轉交您一樣東西，您才打賞婢子的。」

換成別的千金小姐，聽到這樣的話心裡頭就會慌了，生恐她會將自己接了外男字條，又打算親自赴約的事說出來，可俞筱晚卻是篤定她不敢說的，更何況，她們見面說話之時，四周都沒有人，君逸之又說那張字條他會處理掉，谷雨以為無憑無據的，想怎麼說就能怎麼說嗎？

俞筱晚眸含輕諷，秀麗的眉頭微微蹙起，漂亮的小臉上滿是疑惑，「妳轉交了我什麼？幫誰轉交的？妳又是如何知道我是誰的？在哪裡轉交給我的？若是我認識的手帕交，來了王府，難道不能親自交給我嗎？」

一連串的問題，問得谷雨啞口無言。

許多貴夫人都不認識俞筱晚，以谷雨的身分，又怎麼可能知道誰是俞筱晚，憑什麼被人請託轉交物品？

若她說自己認識俞筱晚，俞筱晚這才第一次上歷王府做客，她是怎麼認識的？是不是之前就與外界的人聯繫過？至於轉交的物品和請託之人，更是她說都說不得的，想賴到韓世昭的身上，那就更是可笑了，韓二公子只要露出一個驚訝的表情，就能將她定罪，更何況幫外院男子遞東西進內院來，就是助淫之罪，要杖斃的。

相比之下，還是偷盜比較好，若是俞筱晚表示不追究，她挺一挺，也許能挺過那四十大棍。內心激烈交戰了許久，谷雨終於拿定主意，跪爬到俞筱晚的腳下，揪住她的裙襬，流著淚求饒：「是……是婢子一時貪心，求俞小姐恕罪，求王妃恕罪！」

她倒是知道要先求俞筱晚原諒，心底裡總是覺得一名荳蔻年華的少女，心腸總是軟些的。

俞筱晚的確是個很心軟的人，可是經歷了前世的背叛之後，她已經深深地明白了一個道理，在這個世間上，對有些人可以心軟，但對有些無恥又無良的人，一點點的心軟，都是對自己、對旁人的殘忍。對這類包藏禍心的人，就必須從一開始就將她們打入谷底，讓她們永世不得翻身。

俞筱晚緩緩地用手指摩挲著失而復得的手鐲，這是父母親為她訂製的頭面，怎可能贈給想陷害她的人？

俞筱晚低頭看向谷雨，將裙襬從她掌中拿出來，唇含淺笑便道：「我只要找到手鐲即可，至於王妃要如何處置妳，我卻是不能過問的。」

這樣的話，就是不幫谷雨求情。

當著失主的面，歷王妃怎麼能從輕處罰？若是這個小姑娘嘴上不帶鎖，將事說出去，以後她們歷王府的臉面可沒處擱。

歷王妃隨即怒喝道：「下作的東西，偷了手鐲不說，還妄想賴到客人的身上，兩罪一起罰，共杖六十大板，罰一年月例！」

谷雨心下大驚，忙撲上前抱住歷王妃的小腿大哭，「求王妃饒了婢子這一回，婢子再也不敢了！」六十板子打下來，她這條小命肯定交代了。

歷王妃哪裡會心軟？一腿抖開她，一旁的粗使婆子立即三兩下捂著谷雨的嘴，給拖了出去。待堂屋裡安靜了，歷王妃才拉著俞筱晚的手，懷著歉意地道：「真是難為情，府中竟出了這等下人，將我的臉都丟盡了……」

俞筱晚不待她將話說完，就忙含著笑打斷道：「王妃何出此言？沃田裡也會長出歪苗來，何況王府下人那麼多，王妃您每日主持中饋，忙都忙不過來，哪裡能管到一個三等丫頭？是她自己貪婪，與王妃和歷王府何干？」

歷王妃心中一鬆，忙順著這話說了許多掌管中饋的辛苦之處。

執杖的下人們知曉王妃的心意，下了死力氣，沒過多久，就進來回報，「行刑完畢。」

歷王妃哼了一聲道：「還清醒嗎？若是清醒，進來給俞小姐賠個罪。」

這麼短的時間，根本不可能打完六十杖，若是清醒必然還在用刑，這番做作，為的就是在俞筱晚面前賣個好，俞筱晚又如何不知，忙阻止道：「不必了，我真的只要找到手鐲便成。」又讚王妃處事公正。

歷王妃客套了幾句，從自己手腕上褪下一對成色極佳的翡翠玉鐲，硬給俞筱晚戴上，算是了了此事。

才出客院，歷王妃便將臉一板，「去將三小姐請過來。」

不多時，歷王府的三小姐便被叫到了正院的廂房內，歷王妃小聲叮囑她：「妳去探探曹家姊妹的口風，那套銀鑲金剛鑽的首飾到底是誰的，怎麼會一時戴在這個頭上，一時戴在那個頭上？」

三小姐領命去了小花廳，尋著正戴著銀釵的曹中燕，坐在她身邊，假意套了幾句近乎，便引著她單獨坐到一邊，裝作羨慕地問起了她頭上的銀釵。三小姐問得很細，可是曹中燕是個內向木訥的性子，對著陌生人根本放不開，什麼問題都是用最簡單的辭彙來回答，旁的話一個字都不會多說。

三小姐也不可能問得太直白，曲曲折折地問了一會子，自認為掌握了足夠的資訊，又回到母妃身邊覆命：「銀釵是俞小姐送給曹二小姐的，本來是曹二小姐戴著，歇午的時候，曹三小姐一定要搶了戴，後來又還給了她。」

歷王妃思量了一番，恨恨地道：「這麼說來，還真的是這位曹三小姐邀靜晟世子去涼亭見面的，不過沒想到會去那麼多人，才故作矜持。」

歷王世子也正好坐在一旁，立即附和道：「可不是嘛！若是靜晟世子不去見她，在別的地方照上面，恐怕還會認為曹二小姐是那無恥之人。」

於是曹中雅的罪名中又加了一條陰險狠毒，陷害庶出姊姊。

歷王府的春宴結束後，張氏照例將兒女召集到雅年堂，問她們在宴會中可有結交到新的權貴朋友。

曹中雅嘟著嘴道：「那個韓甜雅沒事坐到小花廳來，害得原本奉承我的人都去奉承她了，哪裡能結交到什麼權貴！」她不說自己心生嫉妒，不願意與韓甜雅結交。

張氏微微一笑道：「沒事，今日是因為小公子有些不舒服，妳表姊沒能來赴宴，下回只要有妳表姊在，就不會將妳趕到小廳去坐。只要陪在妳表姊身邊，結識的都是王妃和國公夫人、侯夫人，我的雅兒又生得這般美麗，一定能討得了她們的喜愛。」

曹中雅想了想，旋即笑道：「這是肯定的，今日幾位國公夫人還幫我說話呢！」

張氏不由得奇道：「幫妳說話？是什麼事？」

曹中雅將在望仙亭發生的事學了一遍，只不過她的腦袋瓜子自動將搶曹中燕銀釵這一環給忘了，只覺得靜晟世子是在打她的主意，卻忘了人家找的是戴銀釵的姑娘。

張氏的腦子可比曹中雅靈得多了，當即便明白了是怎麼一回事，霍地就站了起來，嘴裡念念有詞：「我就知道這個靜晟世子不會善罷甘休，君瑤不是說已經幫著指認了那個臭丫頭嗎？怎麼還是尋雅兒的穢氣？」又抱著曹中雅紅了眼眶，「我的兒啊，這可如何是好？那些夫人嘴裡不說，心裡肯定覺得妳……唉，這可如何是好？」

曹中雅還沒弄明白有什麼如何是好的，聽了張氏分析後，小臉也刷的白了，惱得直跺腳，「靜晟世子這個醜人真是沒用，想害表姊為何要帶上我呀！」

曹中睿坐在一旁聽著，仔細思慮了一番，才沉聲道：「也未必壞到那般地步，這些夫人頂多心中這樣想，總不能四處去傳一個小姑娘的閒話，沒得掉了身分。」

張氏覺得有道理，心中略微鬆了一鬆。曹中睿又將韓世昭贈他藥方的事說了，「想是對妹妹有些意思的，若是能搶在賜婚前與韓兄訂下親，以長公主之尊，必不會與人為平妻。」

張氏倒沒那麼樂觀，「太后已經露了口風，韓家哪敢給韓二公子訂親？」

「若太后真是拿定了主意，早就賜婚了。兒子聽說，太后很寵惟芳長公主，答應讓她自己選夫婿，若是有人能打動長公主的芳心，讓長公主求到太后跟前去，妹妹與韓二公子的婚事，應當說是十拿九穩了。」曹中睿說著說著，就做起夢來，「下個月宮中會賜春宴，聽說這一回，女席與男席不會擺得太遠，兒子爭取以詩篇吸引長公主……」

「你怎麼知道男女席面不會擺得太遠？」張氏問了幾句，沒聽到回答，只得伸手推了尚在美夢中的兒子一把，曹中睿這才回過神來，笑道：「兒子自有辦法知道，宴會會擺在北海之上。」又仔細看了妹妹幾眼，「妹妹的確漂亮，定能俘獲韓二公子……」話未說完，就被母親橫過來的一眼給噎了回去。

張氏到底還是要實際一點，「晚兒也會參加宴會吧？母親急著給她尋親事了，這樣的宴會必定會要我們將她帶去。晚兒若是能參加，你妹妹的機會可就少了三成了。」

哪裡只是三成？曹中睿的嘴唇動了動，卻沒敢反駁。

此時屋裡沒有外人，張氏說話的語氣就十分直白，「所以最重要的還是要奉承好你君瑤表姊，如今王爺正寵著她，請她為你妹妹求王爺指個婚才是上策。」

她又細細解釋：「你已經有了才名，入仕沒有問題，日後要做的，就是多結交些權貴，這樣才有承爵的希望。韓二公子雖是丞相之子，可是日後他若想仕途順暢，還得仰其父兄鼻息，當不得家也做不得主，所以我還是希望雅兒嫁入王侯之家。」

按王公承爵的順序，是嫡長子、再嫡次子、再堂嫡子……若是整個嫡系子孫中都找不出嫡子了，才會選庶子。當然，伯爵的爵位不高，沒那麼嚴格，可是如今曹中敏已經是名義上的嫡子，又是兄長，機會就比曹中睿要大得多了。

「別成天跟一群窮書生混在一起吟詩作對，若是要參加詩會，也應當參加惟瑄長公主或韓大人辦的那種高雅的詩會，這種高雅的詩會，才能為日後的仕途鋪路。」

曹中睿自幼便有詩才，七歲就作出了一首對仗工整的七言絕句，被喻為神童。他不是不熱心功名，只是跟大多數的文人一樣，覺得母親這樣張口仕途，閉口前程的，十分庸俗，可是又不敢反駁。面上恭順地應了，在心底裡卻嘀咕幾句，前程之事，難道我自己不知要如何安排嗎？

張氏不知兒子的心裡話，還在耐心勸誘：「娘就你和雅兒兩個孩子，自然是希望什麼好的都落到你們的頭上。你可別跟何氏圓了房，萬一生下個什麼，你想再娶就難了。還有，你跟韓二公子是同窗，他如今又是探花郎，你是要跟他深交，韓家世代鐘鼎之家，韓大人又是丞相，為百官之首，日後對你的幫助也是極大的。」

張氏會這樣提點兒子，也是因為今年曹中睿年滿十五，婆婆已經嘀咕過，想讓他們小倆口圓房，想抱玄孫了。

曹中睿忙道：「兒子記住了！」

曹中雅在一旁聽著，羞紅了臉，一想到君二公子的仙人之姿，心跳更是亂得不聽話，便插話道：「母親，您跟表姊說，讓攝政王爺把我指給君二公子呀。」

張氏點了點頭，盤算道：「旁的親王世子不是成了親就是訂了親，勉世孫倒是不錯，可惜他爺爺身子骨硬朗得很，占著晉王的頭銜，等到他承爵，還不知道是哪年。只有楚王爺家的兩位公子最合適，琰世子身子不好，就是他想娶妳，娘也不答應。還是君二公子好，今年就會封郡王，若是琰世子有個不測，他就能承親王的爵，我的雅兒就是親王妃了。」

母子三人做了一番白日夢，曲嬤嬤站在門外輕輕叩了三下門，張氏便讓兄妹兩個先回屋休息。

曲嬤嬤將下人們支得遠遠的，才附在張氏的耳邊道：「剛才張夫人使了人過來，問您吳庶妃怎麼還沒動靜。」

張氏聽著便皺眉，「大嫂真是越來越不謹慎了。」雖說今日張夫人去了攝政王府，沒赴歷王府的春宴，可是也不能這樣隨意差人上門來問這麼隱密的事，「妳告訴她，那邊有消息，這邊就會有了。」

曲嬤嬤忙下去回話，張氏端了一杯茶，坐在臨窗的短炕上，凝神沉思。她是個心思縝密之人，又坐在窗邊細細回想雅兒今日遇到的事，越想越覺得疑點多，卻又說不上來，她是不知道曹中雅隱瞞了搶銀釵那一段，否則可能會想到其中關鍵，只覺得必須去攝政王府親自問一問張君瑤，卻又有些不想去攝政王府。

最近為了兩位孺人臨產，和吳庶妃身懷六甲之事，張君瑤沒少給張氏臉色看，張氏覺得自己真是費了力又不討好。滑胎藥四處都有，可是要滑胎又不露聲色的藥，卻是極為難尋，她用盡了方法，一個月前才尋到一味藥，就急忙忙地跑去給了張君瑤，哪知因為臨盆在即，攝政王妃竟將兩位孺人安排到了別苑待產。

張君瑤就怪她辦事不力，逼她出銀子，好讓其買通別苑的丫頭，給兩位孺人下藥。可是這怎麼能怪她？她明明已經盡力了，弄到最後還要出銀子。好在年前張君瑤幫她要到了贈禮的訂單，賺了近一萬兩銀子。她深知一雙兒女都要靠著張君瑤，於是忍痛拿了五千兩出來——肉到現在還是痛的啊！

看了看自鳴鐘，差不多到了請安的時辰，張氏便帶著碧兒去了延年堂。剛到延年堂，就聽到裡面傳出輕快的說笑聲，不知誰說了些什麼，逗得曹老夫人開懷大笑。張氏不屑地冷笑了笑，隨即擺出大方得體的笑容，端莊地走了進去。

屋裡除了曹老夫人和俞筱晚、曹氏兄妹幾人，還有武氏和小武氏。

俞筱晚見到她進來，待她給婆婆見了禮，忙起身請安。張氏笑咪咪地道：「快坐吧，跟母親說什麼趣事呢，也讓我聽聽呀！」

武氏就笑道：「是說吳庶妃這一胎，今日請太醫院的醫正大人來請了脈，說是很健康呢。」

張氏便樂呵道：「那麒哥兒就有弟弟了！」

小武氏笑道：「承您吉言。其實兩位孺人的胎象，看著也像男胎呢！」

曹老夫人直點頭，「是啊，攝政王爺幾年無子嗣，這一下子就會得幾個兒子了。」

張氏心中冷哼，那可不一定，臉上的笑容就有了幾分高深莫測的味道。

俞筱晚細心看著張氏的表情，心中一沉，難道張君瑤已經動手了嗎？她早就懷疑張君瑤會動手，可是眼瞧著兩位孺人都要臨盆了，吳庶妃的胎兒快六個月了，也沒見有什麼閃失，還以為是王妃防得緊的緣故，可張氏能這麼大方地說出男胎來，肯定是篤定不能生了……

她將這事放在心裡，回去後便讓趙嬤嬤帶話給小武氏，請她讓吳庶妃注意一點，飲食起居，儘量少出自己的院子，宴會、小聚會什麼，都不要參加。

平南侯府。

靜雯郡主纏著靜晟世子下棋，靜晟世子哪有心思，還在回想著歷王府中的事，從一開始到攝政王府送百日禮，在張側妃那裡見到曹三小姐，卻有人呼喚「晚兒妹妹」讓他認錯了人，到後來蘭嬤嬤告訴他幾位表小姐的行蹤，似乎都預示著，張側妃知道他想算計俞筱晚，才故意將他的視線引到曹三小姐的身上。

張側妃這麼做到底是為了什麼？按說曹三小姐才是她的親表妹，俞小姐卻是拐了彎的。

他思量一番，問妹妹：「那位俞小姐長得什麼樣？」

靜雯郡主不想回答，可是在哥哥的迫視之下，只好嘛著嘴道：「還行……」

靜晟世子哼了一聲，問她的貼身丫頭雨燕：「到底長什麼樣？」

雨燕嚇了一跳，忙回話道：「依婢子看……非常漂亮。」

瞥了一眼妹妹飽含嫉妒的難看臉色，靜晟世子選擇相信雨燕的話，這樣一說，他就有了底。聽說現在攝政王最寵的是吳庶妃，那個吳庶妃，他遠遠見過一次，萬中選一的美人，恐怕張君瑤想讓俞筱晚入攝政王府，成為她的助力，又知道自己是這種不成功不甘休的性子，這才選擇犧牲一個親表妹，挽救一個漂亮表妹。

哼！好你個張側妃，不過是個寵妾，竟敢算計到我的頭上！靜晟世子陰沉地眯著眼，緩緩思量著該怎麼給張側妃一個教訓。還有那個曹三小姐，居然敢嘲諷我的刀疤！

此時，門外閃入一名灰衣小吏。靜晟世子便打發了妹妹回屋，聽完灰衣人的稟報，他刷的一下從椅子上站了起來，背負雙手氣急地在堂屋裡來回轉了幾圈，咬著牙問：「谷雨已經被杖斃？」

「是。」

好好好！連他的人都給拔除了，居然是個小姑娘布的局，叫他如何相信！

靜晟世子又轉了兩圈，怎麼也不能相信一名孤女有這種能耐，而且要栽贓，就必須有人相助，多半還是張側妃的主意。她的目的是什麼？示威？警告？

不論怎樣，這個仇，他跟張側妃是結下了。

歷王府的春宴過去沒幾天，攝政王府那邊就傳出了一條壞消息，孟孺人發動了，可是難產，三天後母子皆亡，同住在別苑的孫孺人受了驚，也動了胎氣，生倒是生下來了一位千金，可惜渾身是青紫色的，沒活過兩天也夭了，而且孫孺人生產的時候著了風寒，還落下了病根，估計以後都難懷了。

消息傳出來後，俞筱晚便覺得這是有人動了手腳，她拉著趙嬤嬤道：「按說不可能兩人都難產，哪裡會有這麼巧？」

趙嬤嬤皺著眉道：「是沒這麼巧的事，可是這是攝政王府的事，王妃那麼聰明的人，自然有辦法查出來。」

可是事實證明，聰明人很多，但並不是什麼事情都能查出結果來的。痛失兩個孩子，就連攝政王都親自出馬了，除了多出幾具受不住杖刑的屍體，沒有任何別的線索查出來，在場接生的穩婆都是從攝政王妃親自選出來的，都能證明兩位孺人的確是難產。

於是調查了幾日之後，最終也只能按難產定論。

攝政王的眉頭蹙得死緊，修長有力的手指不停輕敲著紫檀木的書案，一個來時辰了，攝政王妃直直地跪在書房中央請罪，紋絲不動，他也沒叫起身。

天色漸漸暗了下來，窗外響起淅淅瀝瀝的雨聲。春無三日晴。

「先記著，吳庶妃那兒，妳護仔細些，多讓御醫來請脈。」

良久，攝政王終於發了話。王妃忙應承下來，又謝了恩，才用手撐著地，慢慢爬起來。跪得太久，血液不暢，一時雙膝發軟，身子歪斜，王妃忙用手扶住一旁的几案，咬著唇，倔強地不出聲。

攝政王的眸中湧起幾分憐惜，親自站起來，繞過書案，擁住了王妃的纖腰，「自己的事，就氣得不肯求饒！」

王妃咬了咬下唇，「臣妾看護失職，本就有罪，哪敢求饒！」她仰起頭回抱住王爺的腰，語氣沉重地道：「臣妾真的錯了，還以為別苑中會安全一些，沒想到有些人的手，竟能伸得這麼長！」

她跟王爺一樣，不相信這麼巧，兩位孺人都難產，可是沒有任何證據，又能如何？

攝政王道：「若是政敵，這點本事倒是有的。」

王妃的眸光一暗，低了頭不再說話，頭一次，王爺沒與她同心。她覺得是張君瑤動的手腳，王爺卻只是將信將疑，認為政敵也有可能這麼做。

為王爺生下了庶長子的女人，地位到底是不同了！王妃自嘲地想著。

本朝的習俗，孩子要滿六歲才會記入族譜並序齒，沒滿六歲就夭折的，只當沒到這世間來過，而沒有生育的孺人，是不能進皇家陵園的，所以王爺儘管心痛，卻也沒大辦喪事，但文武百官還是遣內眷到王府送了喪儀。

兩位張氏到了王府後，先拜見了王妃，然後各自去自家親戚處。張君瑤這回見到張氏，顯得十分熱情，姑母姑母的叫個不停，又讓上今年新製的春茶，又讓拿外邦進貢的鮮果。

張氏矜持地微笑，適當地露出一絲受寵若驚，欠了欠身道：「側妃太客氣了。」

張夫人忙道：「應當的，妳是瑤兒的姑母嘛！」又隱晦地問：「上回妳說什麼這邊那邊的，是什麼意思啊？」

張氏輕輕一笑，「就是都能成功的意思。」

因為張氏給的是兩種藥，張夫人才會有此一問，聽了她的回答，張夫人和張君瑤相視一笑，都安了心。

二月二十五是俞筱晚的生辰，楚王妃一早兒就得知了，她怎麼會得知的呢，是楚太妃早幾日就在著人挑首飾，說要給晚兒當生辰禮。

這算什麼？兩家沒有來往，沒有一點親戚關係，卻給個小丫頭送生辰禮，讓外人聽了去，只當她要娶回來當兒媳婦呢！

於是一大早的，楚王妃就拉著王爺央求：「可不能讓逸之再這麼荒唐下去了，要麼送到國子監去上學，要麼請個導師來教教他，王爺，您今日就帶他去尋師吧！」

楚王爺不解地道：「妳這麼急做什麼？就是要找老師，也不是今天說找就能找到的。」

「王爺！」楚王妃也不繞圈子了，卻也沒說實話，「這小子最近看上了一個小孤女，人家還在孝期呢，就總是纏著，傳出去，您的名聲還要不要了？」

這可是大事，楚王爺立即便應了，馬上讓人傳來了二兒子，先就教訓了一通，然後警告道：「今日給我抄孝經一百遍，不許偷懶，我下了朝回府就要看。」

君逸之瞟了眼一旁的母妃，也不爭辯，面露難色地哼哧了一會兒，委委屈屈地應下。回到自己的夢海閣，他便神祕兮兮地問從文：「去外頭看看父王的親兵撤了沒？」

從文抽了抽嘴角，「主子，您不會是想現在溜出府去吧？」

君逸之笑咪咪地拍了拍從文的頭，「在主子我的教導之下，你小子終於聰明些了。乖，快出去看看，別驚動了暗衛。」

他的四名隨從，從文、從安、平泰、平安，都是自小訓練出的貼身護衛。從文和從安的樣子最憨厚，他平時都是帶這兩人出府，當長隨使。

得了主子的誇讚，從文並不覺得這是好事，因為這意味著要他冒險——楚王府的暗衛可不是吃素的，若只是去查看有沒有盯著夢海閣，倒不是大問題，問題是，主子一會肯定會要他想法子引開暗衛，自己溜出去，若是王爺真的下了朝就想著過來看一看，那他可就倒楣了，屁股開花是一定的。

長吁短嘆地出了門，從文提了個食盒，假裝去廚房要點心，在院子外面走了一圈，心裡哀嘆，至少有七八個暗衛，看來王爺是鐵了心要把主子困在府裡了。

到廚房裡提了幾碟子點心回到夢海閣，就見西廂書房的門打開了，從文簡直不敢相信自己的眼睛，拉過從安小聲問：「主子真的在抄孝經？」

從安鄙視地看著他，「也不想想今日是什麼日子，主子能坐得住嗎？已經帶著平泰出去了。」

「母親，不是說只在家中給晚兒妹妹辦桌席面，不會宴客嗎？」曹中睿十分不解地看著母親張氏埋首在幾匣子首飾堆裡，不由得問道。

今日一早，他跟妹妹曹中雅來雅年堂請安，張氏一瞧曹中雅的衣裳，就立即讓她回去換那身新製的粉荷色春衫，又支使著曲嬤嬤帶丫頭去自己的嫁妝箱子裡，把精心收藏的首飾捧了幾匣子出來。

曹中睿說這話的時候，張氏已經從自己的妝奩內挑了一支翟紋鎏金銀釵、嵌暗紅瑪瑙圓珠銀簪一對、妝緞堆紗宮花五支、金嵌玉珠手鐲一對，以及一副銀鑲渤海粉珍珠耳環。

曹中雅剛換好那身新衣裳進來，張氏立即讓曲嬤嬤和碧兒將這些首飾給女兒佩戴上，這才有功夫解釋兒子的疑問：「你懂什麼！昨日下午，楚王府的老太妃就差人來送了晚兒幾樣首飾，說是給她賀生的。母親百般推辭不了，只得代晚兒收下了。」

說到這兒，張氏的臉色嫉妒地陰沉了一下，隨即又換成了喜悅，「所以我猜，楚太妃今日可能會親自前來。」

曹中睿皺了皺眉，「若是今日會來，昨日就不會送禮。楚太妃是什麼身分，怎麼可能給個孤女，又是晚輩的小姑娘來賀生。」

的確是不會來，可是張氏不能明說，今日其實是另有一位大人物要來，給晚兒一個「驚喜」呢。她喝了口茶，興致勃勃地道：「但是母親代晚兒邀請了韓五小姐和惟芳長公主、憐香縣主，這是準沒錯的，讓你妹妹一會子幫著晚兒陪陪客人，這幾人可都是朝中權貴。」

曹中雅聽得眼睛發亮，「真的嗎？」隨即又心生嫉恨，「之前都沒聽祖母提起過，真是偏心，什麼事都緊著表姊來！」而且，表姊是怎麼跟韓甜雅結識的，她一點都不知情。

張氏也深有同感，婆婆真是太偏心晚兒了，小輩們的生辰，怕辦得大了會壓福，一般都只是長輩送份禮，小輩們自己邀請幾個手帕交過府玩耍，吃碗長壽麵了事。前幾日晚兒自己都說了，不請人過府來玩，婆婆卻幫著她邀請。不過張氏也深感不能再由著女兒的性子了，於是瞪了曹中雅一眼，警告道：「妳表姊是個苦命人，自然要待她好一點，妳也是如此。」

曹中雅輕哼了一聲，不滿地嘛了嘛小嘴。母親已經耳提面命過好幾次，不論多看不來俞筱晚，表面上也不能起衝突，於是她便沒回嘴。

曲嬤嬤已經將曹中雅打扮好了，為她梳了一個少女的留芳髻，將張氏挑選的首飾簪上。曲嬤嬤扶著曹中雅到張氏跟前，張氏細看了幾眼，十分欣喜。雅兒如此打扮之後，便有了十分顏色，惟芳長公主和憐香縣主都不是容色上特別出眾的人，俞筱晚生得再漂亮，不能著意打扮，也是枉然……

雅兒應該能給那個人留下一個好印象！

今日曹老夫人特意囑咐了，小壽星可以不用過來請安，可是俞筱晚已經習慣在卯時初刻起身，由著趙嬤嬤和初雲、初雪將自己打扮了一番，仍是頂著天空稀疏的黎明晨光，來延年堂給外祖母請安。

待張氏攜女兒和兒子、媳婦到延年堂時，東房裡已經笑聲一片了。

張氏進了屋，看清屋內的情形後，便笑盈盈地問：「今天是好日子，母親要給晚兒禮物吧？不是應當晚兒開心嗎？怎麼反倒是母親這麼高興？」

曹老夫人難得看張氏順眼幾分，便指著榻几上的一幅小炕屏道：「晚兒這丫頭，自己過生辰，卻反過來送我一件禮物。」

張氏立即趨前幾步，裝模作樣細細觀賞一番，便一個勁地讚道：「真漂亮，這梅鶴圖意頭好，畫境也美，這繡功也是一等一的，擺在床頭，看著就能安然入睡。母親睡得好，身體自然好，便能長命百歲地活著。晚兒這丫頭就是這麼可人疼，替爵爺和我盡了孝心。」

舅母真是越來越圓滑了，動一動嘴皮子就想沾些功勞去，俞筱晚垂眼掩下心思，露出兩分羞澀的笑容，「舅母過獎了，其實這炕屏是我與燕表姊一同完成的。是我畫的花樣子，由燕表姊繡的。」

看到婆婆用毫不掩飾的欣賞目光，一臉慈愛地看向曹中燕，張氏的笑容略微僵了一僵，隨即又自然如初，「燕兒的繡功的確是好……」要不然以前也不會總要她繡荷包手帕，當成曹中雅的手藝讓人觀賞，「既然母親您這麼喜歡，以後就讓燕兒多給您做些針線。」

張氏倒是很會拿別人的勞動成果送自己的人情。

曹老夫人似乎沒聽出來，瞇眼笑道：「有這功夫，不如先多給自己準備些荷包手帕的，我的衣裳用具，有杜鵑她們給我做。」

荷包手帕都是女孩兒出嫁時要用的東西，女孩子往往很早就開始準備嫁衣和嫁妝，但一般不會拿到明面上來說。曹老夫人說這話的意思，就是要張氏快點幫曹中貞和曹中燕訂親了，只是當著幾個小姐的面，不便直言罷了。但是女孩兒家都早熟，哪個會聽不出來，曹中貞隱含興奮，曹中燕則將頭垂得更低。

不多時，曹清儒帶著兩個兒子過來請安，一家人團團圓圓用過早飯，又移步到梢間。曹老夫人和曹清儒兩人隔著羅漢床上的小几，在主位上一左一右地坐好，俞筱晚便上前向著外祖母深深一福。

曹老夫人立即眉開眼笑地將她拉起來，把早就準備好的紅封放到她手中，「我的晚兒一定會年年有今日。」

俞筱晚又福了一禮謝恩，才走到舅父的面前。曹清儒受了她一拜之後，說了些勉勵的話，也送上了紅封。俞筱晚謝了賞，再依次給張氏、武氏見禮，同樣得了紅封。曹中敏、曹中睿和幾位表姊妹也準備了禮物，等禮物都收完了，男人們便告辭出門，上朝的上朝，上學的上學。

曹老夫人問張氏中午的席面準備得如何了？聽完張氏的稟報後，又特意叮囑了一聲：「今次惟芳長公主會來，萬不可大意。」

曹老夫人陪見過惟芳長公主幾次，發覺她並非是旁人傳言中的那種不講道理之人，只不過是被寵得過了些，有些自我，兼之身分高貴，說話沒有顧忌。好比你做錯了一件事，或者說錯了一句話，只有你的親人或者最親近的朋友，才會直言不諱地指出你的不是。一般的朋友則必繞著圈子提醒，而不相熟的人，多半就是抱著多一事不如少一事的態度，理也不理。可惟芳長公主就會直言不諱，心思多的少女，便會覺得她在仗勢欺人。

身為一名皇家的公主，這種性子沒有什麼不妥，況且惟芳長公主待相交的朋友十分坦誠，也沒有架子，因而曹老夫人希望晚兒能多多與惟芳長公主交好，日後縱使沒有娘家，也有個強援可以為其出頭。

張氏又如何不知婆婆的打算，忙笑咪咪地道：「媳婦早便準備妥當了，還多準備了些菜色，若是長公主再多邀幾位小姐過來玩耍，也不會怠慢了去，母親您就放心吧。」

曹老夫人點了點頭，俞筱晚也向張氏道了謝，便被曹老夫人打發回屋準備待客。

張氏目送她窈窕的身影消失於水晶珠子的垂簾之後，眸中閃過一絲得意和幾許狠厲。

昨日上午大管家到宮門處去遞請柬，剛出府門，張氏就得了信，立即使人去攝政王府通知了張君瑤，張君瑤便立即尋了個藉口，到楚王府拜訪了一番。張君瑤伶牙俐齒的，只幾句話就讓原來不大待見側妃的楚王妃露出了真心的微笑，然後又點了她幾句，透露晚兒表妹的生辰邀上了惟芳長公主，曹家的意思，大有攀上惟芳長公主，借勢求個指婚。末了張君瑤微笑著說道：「我這個表妹是個有福氣的，若能真求到太后指婚，那便是嫁入王公府第，也有了幾分硬氣了。」

楚王妃當時聽了眸光便閃了閃，卻只是抿唇一笑，並未接話，待張君瑤走後，才立即使人去宮內打聽，果然聽說曹家遞了請柬給長公主，她立即讓人將請柬壓一壓，待今日上午再送到長公主的面前，自己則挑了時辰，著接近於品級大服的正裝，上曹府來做客了。

府中來了位這麼尊貴的客人，曹老夫人有些摸不著頭腦，又隱隱有些明白，當下不敢怠慢，親自迎了出去。請了上座，又用最好的茶水、果品來款待。張氏和武氏、及何語芳、曹家三姊妹都被留下陪楚王妃，張氏盡可能不著痕跡地小意奉承著楚王妃，說不上幾句，便將話題往女兒身上繞。曹中雅也表現得十分出彩，將嚴嬤嬤教導的禮儀全數用上，讓楚王妃也挑不出什麼錯來，客套地讚美了幾句，只是那欣賞的笑並未到達眼底。

此時俞筱晚尚不知家中來了這麼一位貴客，正在衣鏡前換裝。

「是不是太薄了？」俞筱晚扭了扭腰肢，左右看了看道。

這身月牙白齊胸瑞錦襦裙，整幅裙的面料是織暗瑞雲紋的，用銀線滾了邊，裙襬和袖口處繡了幾朵淡黃的芙蓉花，粉粉的正襯她的年紀，又不會顯得太過豔麗。只是鏡中人顯得這般窈窕，讓她心裡總覺得哪裡不對勁——沒有夾棉，可能是這點，才顯得她纖腰一握，比身邊的人都要纖細些。如今才初春，春寒料峭，她實際是比較怕冷的，習慣多穿一件。

趙嬤嬤和初雲、初雪都覺得好看，笑道：「不薄。像這樣的宴會，您又是主人家，穿多了如何待客？宴席擺在昭月閣，曹老夫人一早兒吩咐燒地龍，很是暖和。小姐在園子裡披件狐毛皮裡子的披風，到昭月閣再脫下便是。」

說著，趙嬤嬤便讓小丫頭去取了披風過來，給她繫上。俞筱晚覺得暖了些，又瞄了一眼鏡子，就這樣裹著披風，眼瞅著沙漏，待客人們上門。

先上門的竟是嚴嬤嬤，俞筱晚忙迎她坐到短炕上，初雪奉上了手爐。嚴嬤嬤擺了擺手，笑道：「屋裡有火盆就夠了，我沒那麼怕冷。」說著將手中的小包袱遞給俞筱晚，示意她打開，裡面有一件薄棉銀藍色宮緞五福紋比甲、一對內外翻毛的袖筒，「比甲是妳師傅做給妳的，袖筒是我做的，手藝自然比不得妳師傅，好在皮毛尚可，切莫嫌棄就好。」

沒有一絲雜色的白狐毛皮只能算尚可，那好皮毛可就真的不多了。

俞筱晚感動不已，忙起身恭敬地福了福，聲音裡透著顫音，「晚兒十分喜歡，多謝嚴嬤嬤，還請嬤嬤代為向師傅轉達謝意。晚兒……實是不知說什麼好，只盼有朝一日兩位嬤嬤想頤養天年之時，能讓晚兒略盡心意。」

她不是不知好歹的人，金大娘的手工有多金貴，自不必說，作為宮中尚衣局的女官，金大娘私人的時間並不多，這比甲必是其挑燈熬夜所成；嚴嬤嬤亦是如此，白天晚上地教導著曹中雅，好不容易得閒，卻費神為她製衣。

說起來，至今金大娘和嚴嬤嬤給了她不少幫助，她卻還沒回報過一二。她的綢緞鋪子打上金大娘的招牌開始賣成衣之後，生意變得十分火紅，而且金大娘還多次去她鋪子裡指導繡娘們的手藝，現在鋪子裡所售的成衣，不單是款式新穎靚麗，繡功也十分精細，配色和花紋十分出眾又與眾不同，這些都是金大娘的功勞。

俞筱晚原想按每月二成利給金大娘，可是金大娘卻堅持不受；而嚴嬤嬤現在雖然已不是她的教養嬤嬤，卻仍是時常指點她的禮儀應對，若在人情往來上有何遲疑，只需相詢，嚴嬤嬤必定知無不言，言無不盡，讓俞筱晚時常感嘆無以為報，因而才會在這時提出要為兩位嬤嬤養老。

嚴嬤嬤似是知曉她的心思，含著笑道：「姑娘的意思我明白，若真能閒下來，我們姊妹倆就老著臉皮賴上姑娘了。說句沒分寸的話，我和我那老姊姊，是拿姑娘當自家的晚輩看待的。」

換成別人，嚴嬤嬤當然不會說這種逾越的話，可是俞筱晚不會在意，反而柔笑道：「能讓兩位嬤嬤拿晚兒當晚輩看待，是晚兒的福氣。」

兩人又說了會子閒話，嚴嬤嬤便告辭走了。

陸之章　夜探佳人把心訴

趙嬤嬤看了眼自鳴鐘，忍不住嘀咕了一句，「三位表小姐怎麼還沒來？」

俞筱晚也蹙了蹙眉，心頭有了些不好的預感。雖是俞筱晚的生辰，但曹家的姊妹也算是主人，而且今天請來的客人身分尊貴，曹老夫人一早還提醒她們要好生接待，一來莫讓人看了笑話，二來擴展社交圈。

凡是貴族女子，最重要的本事是什麼？不是賢良淑德，不是針線女紅，而是交際圈。貴族女子所嫁之人也必為貴族，會交際，才會有廣泛的人脈，婚前可以幫助娘家，婚後亦能輔助夫君。若是一點人脈都沒有，從某方面來說，便是廢物！

俞筱晚剛打發初雪去延年堂問一問，憐香縣主就先到了。

說起憐香縣主，自那回歸杏樓的事隱隱傳出之後，就被姊姊攝政王妃召到王府，狠狠地敲打了一番。她自知理虧，平素是傲了些，卻也不是靜雯郡主那般陰狠的性子，幫靜雯郡主為的是朋友間的義氣，心底裡還是覺得羞恥。猶豫再三，她便帶了禮品上曹府來給俞筱晚賠禮道歉。俞筱晚一開始並不認同憐香縣主此人，雖表面上允諾原諒了，實則不然，堅持不願收她帶來的禮品。

憐香縣主也不是個傻的，自然知道人家沒原諒她，小姑娘家的臉皮也薄，不好意思再來碰軟釘子，便三天兩頭地差人送些個稀奇玩意兒來，雖然那時俞筱晚不在京城，但東西卻都堆在了墨玉居的小倉庫裡。上回去攝政王府給吳庶妃賀喜之時，攝政王妃隱晦地幫著妹妹說和，俞筱晚不能不給王妃面子，便在昨日給憐香縣主下了帖子。

「啊，妳的書房真是整潔！」俞筱晚將憐香縣主迎入屋內後，憐香縣主一時不知要說些什麼，左右環顧，見房子裡四處都是書，便隨口說道。心中卻奇怪俞筱晚怎麼會在書房裡待客。

俞筱晚抿唇笑道：「這是梢間，一會兒等人來齊了，我帶妳們去園子裡玩。」

梢間裡都有這麼多的書？憐香縣主不由得悄悄瞧了俞筱晚一眼。兩人互讓著坐下，椅墊子還沒坐熱，曹老夫人就差了杜鵑來尋俞筱晚，說是楚王妃來了，要見她。

只愣了那麼一瞬，俞筱晚就歉意地向憐香縣主告罪，憐香縣主卻道：「我跟妳一起去吧，給王妃請個安。」

說起來，憐香縣主跟楚王妃是拐了彎的親戚，明知楚王妃來了，卻不去見面，的確是不妥。延年堂裡，客人發了話，曹老夫人不便拒絕，讓人去請俞筱晚，嘴裡卻探話道：「這孩子去叨擾過王妃嗎？竟勞累王妃親自來看她。」

楚王妃卻凝著臉不答話，神情肅然，自然而然地帶著一股皇家的威嚴，曹老夫人不由得微皺起眉頭，莫非是為了……

不過一盞茶的功夫，俞筱晚便來到了延年堂，恭恭敬敬給楚王妃行了大禮。楚王妃挑高了眉梢，挑剔地打量俞筱晚，生得一副極好的皮囊，卻怎麼看都覺得有股子媚態！這才多大的年紀，就這樣煙視媚行！

待憐香縣主見了禮，楚王妃收斂了心中的不屑，端出客套疏遠的笑容，向曹老夫人隨意讚了一句：「妳這外孫女生得真是俊。」隨即又問了俞筱晚幾句讀了什麼書、女紅如何之類的問題。

俞筱晚恭謹地應著話，不多說別的。她實在也不知該說什麼，明明前世之時，她跟楚王妃是完全沒有交集的，怎麼這一世，王妃竟主動在她生辰這一天跑來看她？忽然想到君逸之幾次三番地幫她，再想到去年春的賽馬會上，惟芳長公主說起楚王妃說她還在孝期什麼的，心中就是一沉。

聊完了場面上的話，楚王妃就將話題一轉，含笑看向曹老夫人，「老太太是個有福分的，外孫女兒這麼漂亮，可不能委屈她嫁個低門小戶的，這樣的樣貌，就是當個郡王側妃都是可以的。將來若是想請個好保山，只管來請我便是，有我出面，便是那正妻，也不敢小瞧了妳去。」

這話明著是誇獎，其實還是暗指了俞筱晚沒有家世，只能靠美貌撈個側室的名頭，而且由她出面當保山，自然是說到別的郡王府去，也是隱晦地告知俞筱晚，休想嫁到我楚王府來。

俞筱晚不由得捏了捏手中的帕子，只是說到婚事，她不好答話。憐香縣主低著頭，眼睛卻骨碌碌地轉。

曹老夫人含著笑道：「多謝王妃一片美意，只不過，婚姻一事，如人飲水，冷暖自知，也並非要大富大貴才是嫁得好。我倒不想讓晚兒去求富攀貴，像晚兒這般父母雙亡的孤女，只要挑個門當戶對的人家，家裡人口簡單，公婆和善，小姑好處，這男人呢，要忠厚，要對我們晚兒好，能一心一意地待她才好。」

一心一意？楚王妃瞇了瞇眼睛，不由得想到十幾年前的事兒，曹老夫人急忙忙地將女兒嫁到外地，還真個是一心一意待人的男子，說不羨慕，那是不可能的……看來這家子並沒有攀附楚王府的意思，不過是婆婆剃頭擔子一頭熱罷了。

尋思好了，楚王妃的笑容真誠了幾分，「老太太真個疼人，當妳的外孫女兒很有福氣的。」

她說著從袖口抽了條手帕出來，在額頭處輕輕壓了壓，身後的嬤嬤便關心的問：「王妃可是覺得頭暈了？奴婢扶您回府請張太醫來請個脈吧。」又向曹老夫人道：「我家王妃身子本有些不適……」

曹老夫人聞聲知意，忙恭敬地起身送客。張氏坐在一旁瞧熱鬧，剛敲了開場鑼鼓，被曹老夫人幾句話說得便沒了聲音，心中自是不願，可是王妃身子不適，她不能強留客人，便也跟著站起身，趨前扶了楚王妃，殷勤地笑道：「王妃走好，還請代我曹家上下向老太妃道謝，勞她老人家惦記著，昨日還特意送了賀儀給晚兒。」說罷又朝俞筱晚招手，「晚兒，再給王妃行個禮。」

這個要求不過分，俞筱晚恭敬地又福了一福，只是心底裡覺得張氏說這番話必定有深意。果然，聽了張氏的話後，楚王妃的眸光微微一閃，便含笑道：「不勞動老太太和曹夫人了，我瞧著晚兒如花似玉的，讓人越看越愛，讓她送我出去便成了。」

雖是不夠禮儀，但是是楚王妃自己提出來的，旁人不好拂了她的意。曹老夫人眼底閃過絲愕然和戒心，深深地看了晚兒一眼，叮囑她小心扶著王妃。一行人送到延年堂的大門口，楚王妃上了小轎，俞筱晚提裙跟在轎邊，漸行漸遠。

看不見人影了，曹老夫人才道：「回吧。」

張氏轉身之前盯了小徑盡頭一眼，臉上是舒心的笑容。曹老夫人眸光一沉，回到中廳，坐在羅漢床上，沉默不語。

張氏等了一歇，不見曹老夫人說話，便欠身道：「婆婆，媳婦到廚房去看看菜色吧。」

曹老夫人重重哼了一聲，「張氏！」這是曹老夫人第一次這樣稱呼張氏，讓張氏心中打了個突，「楚王妃怎麼會來？」

張氏心中一顫，忙悄悄看了曹老夫人一眼，被她混濁的眼睛盯著，居然產生了一種被其看穿的感覺，忙壓下心慌，裝作尋思了一番道：「許是……因為昨日老太妃送了賀儀來，才想著來見見晚兒？」

真當別人都是傻子呢！曹老夫人不屑地瞟了張氏一眼，這個媳婦入門二十餘年，她也算是瞭解的，若真與她無關，聽到這樣意有所指的問話，不先呼冤才怪，而且剛才回話之前還頓了頓，雖不過一瞬之間，但有這一瞬，已經能證明很多事了。

曹老夫人將手中茶杯重重往茶几上一放，輕哼一聲道：「妳倒是會猜！有這心思，多花在爵爺身上，莫想些歪門邪道！」

到底沒有證據，曹老夫人也只能點到為止。張氏心中鬆了口氣，隨即想到之後的步驟，心中更是放鬆了些，也沒反駁什麼，恭敬地應承下來，便回了雅年堂。

俞筱晚將楚王妃送到二門，一路上沒說話的楚王妃在扶著她的手下轎的時候，忽然說了一句：「我家老太妃十分喜歡妳，還時常在我面前誇妳，說起來，今日雖是第一次正式見面，不過我也聽說妳許久了。」

俞筱晚低頭輕聲道：「太妃厚愛。」

見她不順著話往下說，楚王妃不滿地瞇起眼睛，「太妃可曾與妳許下什麼話？」

俞筱晚微擰了下眉，明瞭楚王妃所問的是何事，便淡淡地表明心跡，回話的語氣仍是恭敬，「回王妃的話，太妃沒有許下什麼。蒙太妃厚愛，晚兒不勝榮幸，但太妃不是晚兒的嫡親長輩，實在無須許下什麼話來，晚兒也不會厚顏相求。」

楚王妃站在自家的豪華馬車邊，側了頭，仔細打量少女瑩潤嫩白的小臉，良久，才一字一句地道：「這人啊，能享多大的福，都是命中註定的。我看妳就是個寡命，剋死了雙親，福氣薄得很，所以一定要有自知之明，嫁個門戶差不多的，命硬的夫君，安安生生過一輩子，才是正理。若是我家太妃日後真要許妳什麼話，妳也得掂量掂量自己有沒有那個福氣享受，別以為高枝是那麼好攀的！」

若說之前在延年堂，楚王妃的話還帶著一點哄騙，這話可就是赤裸裸地侮辱人了。俞筱晚猛然抬起頭來，直視著楚王妃的眼睛，小臉上掛著客套恭敬的笑容，一字一頓地回應道：「王妃過慮了。晚兒沒有攀高枝的想法，也沒有那般厚顏，旁人許諾什麼，就一定要求兌現……」

話未說完，就被楚王妃打斷道：「那好，妳在此發個誓，絕不嫁入我楚王府！哼，別說妳不知道太妃她老人家是什麼意思！」

俞筱晚瞬間就被激怒了。別說她與君逸之之間一直是君逸之主動上前來相助，找準時機來纏著她，就算是完全陌生的男子，他的母親忽然要求她發這樣的誓言，就好像她在癡纏著男子一樣，無異於一巴掌打在她的臉上。

是可忍，孰不可忍？況且她與君逸之之間還有些說不清道不明的感覺，換作以前的她，看著對方的母親這般不喜自己，或許她就會退縮了，但重活一世，她只想活得瀟灑些、快活些，旁人的感覺，她能顧及得到的就顧及，顧及不到的，也只別想她委屈了自己。

俞筱晚收斂起臉上禮儀性的笑容，疏遠地道：「我沒有必要發誓。」

楚王妃聞言大怒，「妳不發誓？妳果然是想攀高枝的！」原來嫁個一心一意男子之類的話，是曹老夫人一廂情願，這個少女根本就存了齷齪的心思，幸虧自己臨時起意讓她跟來，否則就會被曹老夫人給矇騙了去！

楚王妃冷哼一聲，「果然是個不知禮數、不知羞恥的！我告訴妳，妳想得再多也無用，婚姻大事，父母之命，媒妁之言，沒有妳置喙的餘地！」

俞筱晚眸光清亮地盯著楚王妃，輕笑道：「原來王妃還知道婚姻大事是父母之命，媒妁之言，那麼請問您要我發誓不嫁入楚王府又是什麼意思？這是一位知禮數的貴夫人應當說的話嗎？若我真的發了這個誓，婚事定下之前，我都不會知道對方是誰，若對方偏偏是楚王府的人，日後老太太要我嫁，我卻不嫁，豈非不孝？王妃今日上曹府來，就是特意說些教人不孝的話嗎？」

「妳——」楚王妃氣得渾身直抖，可父母之命，媒妁之言，這話是她自己說的，被俞筱晚拿來反駁了她，還故意曲解成教導她不孝順長輩，只把個楚王妃的銀牙都咬碎了，也沒尋到反駁的話來，只得恨恨地給她下定論，「妳這個寡命之人，剋了自己的父母不算，還要剋旁人嗎？嫁給誰誰倒楣，妳若有半點善心，就別禍害別人！」

楚王妃幾次三番說到她寡命剋父母，句句戳得她心疼，俞筱晚擰起了眉，冷聲道：「幾回抽籤，寺中大師都讚我福壽雙全，況且人生在世誰無死，剋不剋之說，若不是在廟中潛心修練的得道高僧，誰能看準？王妃是在家廟中潛心修練過，還是隨口一說呢？」

在家廟中修練？若是沒有犯錯，哪個王妃會去家廟清修？若是隨口一說，有道是君子戒言，小人多語，這不是在暗指我是小人嗎？

楚王妃深吸了一口氣，只覺得胸口鈍痛，半晌才回過勁兒來，恨恨地瞪著俞筱晚，「妳……好妳個伶牙俐齒的俞丫頭！」甩袖，登上自家的馬車，厲聲道：「啟！」

逼走了楚王妃，俞筱晚一點歡喜之情都沒有，正要回墨玉居，杜鵑便迎面趕了上來，福了福道：「表小姐，老太太請您過去一趟。」

俞筱晚忙去到延年堂，曹老夫人手捧了一杯茶，闔著眼，歪在引枕上，不知是睡了，還是在想事兒。俞筱晚輕輕走過去，挨著羅漢床的邊兒坐下，曹老夫人便睜開了眼睛，瞧見是她，便揮了揮手，將丫頭們都打發了出去，這才拉著她的手道：「楚王妃跟妳說了些什麼？」

俞筱晚一五一十地學給曹老夫人聽，曹老夫人聽得心中一顫，仔細地看著俞筱晚的臉色，沉聲問道：「晚兒，妳實話告訴我，妳對君二公子……是什麼感覺？」

不怪曹老夫人多慮，實在是因為君逸之生得太好，就是個勾人的，晚兒又沒見過幾個男人，難免心動。

俞筱晚不知如何回答才好，說喜歡，似乎還沒到那一步，說沒感覺，卻又完全不是，她遲疑了片刻，才細聲道：「要看事才能識人，晚兒沒見過君二公子幾次，實在是說不上來。」

原還以為曹老夫人會半信半疑，會繼續追問，哪知曹老夫人卻換了話題，「貞兒快十六了，燕兒也快十五了，都沒訂婚，我已經讓妳舅母這個當嫡母的得著緊一些。妳的婚事倒是不急，待妳孝期過後再議不遲。」

俞筱晚垂了頭，恭順地應了，不知曹老夫人怎麼忽然跟自己說這個。其實曹老夫人是看出張氏覺得晚兒想搶君逸之，才特地對晚兒和張氏分別說這番話。
這個君逸之生得實在太好看了，做什麼都沒法讓人產生厭惡的情緒，所以曹老夫人並不討厭他，可他的傳聞不斷，她覺得他並非良配。曹老夫人的意識也沒有超前到一定要孫女婿對自家的孫女一心一意，畢竟這世間，男人三妻四妾是律法允許的，她只是要求她疼愛的孫女外孫女當正室。
若張氏是為了給睿兒的仕途鋪路，想為女兒尋一家王公之家的姻親，雅兒自己又願意，這種對曹家有利的婚事，她不會攔著。畢竟自古就是抬頭嫁女，低頭娶媳，以現在兒子曹清儒的官職和爵位，雅兒若要當個郡王正妃，也不是不可能的事，甚至可以說，比晚兒嫁入王府的可能性要大得多。既然如此，就先讓張氏母女選吧，免得以為晚兒想搶，時不時地下絆子。她一把年紀了，也不知自己還能活多久，只盼著能家和萬事興。
這番心事，曹老夫人也不便直說，只拉著俞筱晚的手，教她好生與韓五小姐和惟芳長公主交往，這兩人性情都不錯，日後對她只有好處，又要她日後少出門，儘量待在府中，待孝期過後再說，反正也只有八個月了。俞筱晚恭順地聽了，才回到墨玉居。
何語芳和曹家三姊妹早就到了，正陪著憐香縣主說話，五個人見到俞筱晚進來，面色都有些古怪，俞筱晚只當沒看見，笑盈盈地道：「若是覺得悶，就去昭月閣玩吧，等長公主和韓五小姐來了，咱們就可以鬥雙陸或是打馬吊。」
眾人都笑道：「自然是看小壽星的意思。」
不多時，惟芳長公主和韓甜雅也來了，曹中雅忙迎上去見禮，又對俞筱晚道：「晚兒表姊，妳快吩咐丫頭們沏茶，可別怠慢了幾位貴客。」
俞筱晚沒在意她的語氣，倒是惟芳長公主聽不得她頤指氣使的語氣，淡淡地道：「我以為今日晚兒是壽星，這些跑腿的活，應當是曹三小姐的事。」

曹中雅面色一僵，她本是想獻個殷勤，沒想到卻被人給挑了刺。韓甜雅性子好，睜圓了漂亮的星目，含笑道：「一家人自是不分彼此的。」

曹中雅心中一寬，覺得韓甜雅定是喜歡自己的，看她也就順眼得多了。

眾人坐下後，她就拉著韓甜雅問道：「韓五小姐是怎麼認識我表姊的？」

韓甜雅便笑道：「就是那天在曆王府中，我主動跟俞小姐說話的。我哥哥時常讚俞小姐的琴藝極佳，他在琴藝上，可沒佩服過幾個人，所以我就對俞小姐十分好奇。」正是因為她見到俞筱晚的第一句話就是這個，一下子拉近了兩人的距離。

曹中雅不由得抽了抽嘴角，她的琴技在張氏另挑了明師，苦練了一年多後，也是大有長進，方才在延年堂的時候，張氏幾次想讓她撫琴給楚王妃聽，楚王妃都不接碴，害她沒有表現的機會，這會子聽了韓甜雅的話，便笑道：「我表姊的琴藝的確是不錯，不過她今日是壽星，怎麼也不能讓她撫琴娛賓，不如就由小妹來代勞吧。」說罷，也不管旁人願不願意聽，就提著裙襬，款款走到琴桌邊，端莊地坐下，抬起纖纖玉臂，開始撫琴。

還別說，她的琴藝的確是大有長進，算得上是悅耳了。不過對於惟芳長公主這種整天聽宮樂人來說，還是差了火候，宮中的樂師可都是從全國各地選出來的，隨便拎出一個，也比曹中雅的琴藝高明。她便傾過身子，小聲地對俞筱晚道：「我不喜歡妳這個表妹，怎麼總覺得自己是朵花，別人都是草呢？」

這個形容的確貼切！俞筱晚掩了唇，彎眼無聲地笑。

韓甜雅聽了一陣子，覺得沒有達到她希冀的高度，便專心研究起這昭月閣的擺設。何語芳見她四處看，便順著她的目光，介紹起這些擺設的小故事。

憐香縣主本就是個坐不住的，喜歡騎馬打獵的武將之女，哪裡願意聽這個？見惟芳長公主和俞筱晚兩人湊在一起說話，忙也把頭湊過去，小聲道：「一會兒玩什麼？馬吊吧，我愛玩這個。」竟是不想再聽琴的意思。

曹中貞也想著籠絡著這些上流的貴女，見她們三人湊在一起說話，便小意地問道：「長公主、縣主、韓五小姐，妳們可是要添茶？」

正好惟芳長公主面前的杯子空了，便伸手一推。曹中貞得了這個獻殷勤的機會，忙不迭地起身，親自提了茶壺添茶。曹中燕則在回味今日一早老太太對她的誇讚，心中跟抹了蜜似的甜。

曹中雅這廂彈得萬分投入，可是聽眾卻是各幹各的，漸漸地她發覺到了，深感羞恥，草草將曲子終了。這《梅花三疊》，還有一疊沒彈出來，可是竟無一人發覺，反倒讓她鬆了一口氣。

「不錯不錯。」曹中雅坐在琴旁不起身，憐香縣主怕她還要再彈，忙搶先道：「咱們玩馬吊吧。」

謙虛的話未及出口，就化為了一口氣，憋悶在胸口，生生漲得疼痛。曹中雅委屈地紅了紅眼眶，卻也知道有個刁蠻任性的長公主在，不是她能拿喬的時候，忙又堆出笑臉，「咱們正好可以打兩桌。」

打了馬吊，用過午飯，惟芳長公主就擠眉弄眼地要俞筱晚外出，想約她去寺廟裡抽籤，「生辰這天求的籤最是靈驗。」

俞筱晚心中一咯噔，想到惟芳長公主與君逸之的關係十分好，便聯想到定是那個傢伙的意思，她幾乎沒有遲疑，便笑道：「不去了，外祖母最近身子不好，我要在小佛堂裡為外祖母抄經。」

雖然她堅決不向楚王妃發誓，可是並不代表她心中不存芥蒂。她知道楚太妃喜歡自己，或許君逸之對自己亦有情，可是這又能有多大的用處？得祖母喜歡而不得婆婆的喜歡會有什麼結果，看一看何語芳就知道了。每天在雅年堂立規矩立到下午酉時三刻，還要聽各種難聽的閒話……

惟芳長公主用盡辦法拉不動她，最後也只好獨自走了。

入了夜，俞筱晚卸了釵環，沐浴之後，初雪替她絞乾了頭髮，她便歪在短炕上看書。初雲幫她將宮燈調亮一點，又將火盆燒旺，放在炕邊，塞了個手爐在她懷裡，又放了一個火盆在她腳邊。

都安頓好了，俞筱晚便笑道：「我看會書自會睡，妳們下去歇著吧！今日也累了。」

初雲、初雪等人都知她看書時不喜打攪，便躬身退了出去。俞筱晚這才將枕下的醫書拿出來，仔細地翻閱，心裡琢磨著怎麼提高自己的醫術。平素買些滋補藥材，她都是親自去藥房，有心藉這揀藥的難得機會，和那經驗豐富的老藥師套套近乎，取取經，長點有關藥理的知識。這種方法的確有用，可以彌補她實踐經驗的不足，但還是欠缺了許多。

正尋思著，俞筱晚覺得書上的光影一暗，一陣幽幽的清香撲鼻而來，她不由倒抽了一口涼氣，這香氣她聞過幾次，可以肯定是君逸之身上的。

她緩緩抬起頭來，看著眼前隱約帶著幾許怒意的絕色少年，他精緻到極點的濃眉不悅地皺著，高貴的鳳目居高臨下地看著她，色澤光潤的唇緊緊抿著。

俞筱晚咬了咬唇，「這麼晚了，你來幹什麼？」

盯了她一瞬，君逸之才冷聲問道：「今日下午怎麼不願出府？」他不相信俞筱晚不知道惟芳是代自己約她。

俞筱晚垂下眼眸，淡淡地道：「就是不想出去。」

「妳——」這般直接的回答，君逸之倒是接不上話了，思前想後了一番，忽然道：「抱歉！」

俞筱晚一怔，「為何道歉？」

「不知道！」君逸之有些賭氣地應了一聲，隨即又緩和了語氣道：「幾天前在歷王府，咱們兩個還好好的，今天妳這是怎麼了？莫非是我做錯了什麼？反正先道個歉總沒錯，若我真是哪裡惹惱了妳，妳也要告訴我，我才能知道要如何彌補，如何改正。」

俞筱晚微微一怔，心中某個地方好像坍塌了下來，混亂得一塌糊塗，不知所措地道：「我們……」她直覺地就想反駁，她和他沒有什麼關係，可是看著他認真注視著自己的眼眸，到了嘴邊的話卻說不出口，不禁化為了一聲苦笑，「只是不想動，等過了孝期再出府。」

君逸之似懂非懂地點了點頭，見她並未排斥自己，心情轉好了些，從懷裡取出一個油紙包，放到她手上，努力做出隨意狀，「生辰禮。」說罷，伸手去取了小几上的茶杯，自己倒了一杯新茶，一飲而盡，藉此掩飾心中的忐忑。

俞筱晚打開油紙包，杏眼頓時睜圓了，「《百製方》？」這是一本介紹如何炮製藥材的孤本，世間難尋，上回在藥房買藥之時，俞筱晚還聽那大師傅念叨過，「你……你是怎麼買到的？」

見她真的喜歡，君逸之得意地挑眉，「山人自有妙計。」

俞筱晚難掩激動之情，當即翻閱起這本書來。君逸之也沒打擾她，就靜靜坐在一旁，看著她認真的側臉，癡癡地看著，任窗邊的星辰慢慢墜落。

直到院中響起了三更的梆聲，君逸之才不得不告辭，「我得走了。」語氣萬分留戀，可是時辰的確不早了，「妳也早些睡。」

俞筱晚這才從書本中抬起頭來，仔細看著他的俊顏，心中忽地一悲，輕聲道：「你母妃來過。」

君逸之一愣，他一整天沒在家，自然是不知的，可是一聽這話，就知道母妃必定說了些什麼。他忽地俯下身來，與俞筱晚平視，一字一字地道：「我不知母妃跟妳說了些什麼，我只知道，我心悅妳，任何人也不能阻擋！」

午時三刻，西唐巷子裡的伊人閣才有了些腳步聲，這些做夜間生意的花樓酒肆，不過午時，是絕對不會有人起床的。不過在花魁如煙大美人的房間裡，卻是另外一番景象——臨窗的長條几上，已然擺放了空置的茶盤、果盤、碗碟、酒杯等物，一盅清粥瓷盅裡，還裊裊地升著熱氣，顯然是已經有人用過了午飯。

有些甜暖的熏香從青銅獸紋鼎中升起，如煙一身粉荷色束腰馬面長裙，披著銀紅色薄紗披帛，端坐在瑤琴之前，看向窗邊慵懶地斜倚著，神思早不知飛到何處的絕色少年，滿是委屈地噘起小嘴，「您到底要不要聽如煙撫琴啊？如煙都已經為您準備好久了！」

天生帶著些顫音的嬌媚嗓音，如三月桃花般綻放的紅唇，再配上如煙如霧的一雙多情眼眸，不愧是整條花街評選出的花魁，如煙的確是有將男人迷得魂不守舍的本錢。這般委屈中又帶著些討好的楚楚可憐樣兒，換成旁的男人看見，不知該有多心疼，可惜少年完全無視她的「媚眼」和「嬌嗔」，不耐煩地皺起漂亮的眉頭，「愛彈不彈！」

如煙雖然被硬生生給堵了回來，卻半分不惱，眼中反而還湧起了濃濃的興味，狡黠地問道：「君二少，您到底是怎麼了？在我這屋裡坐了好幾天了，不見您正眼瞧我一下，這是有什麼心事嗎？有的話不如說給我聽聽，或許我能幫您開解一二呀！」

這樣的話這四天來不知說過多少次了，君逸之從來沒有理過她，不過今天卻沒像前幾日那般直接堵回去，而是低頭拿扇柄輕敲著自己的掌心，似乎在思索什麼，而後，含糊又遲疑地問：「嗯……那個……妳知不知道，女子……是不是……是不是……喜歡……喜歡……」

「喜歡什麼？想問什麼您直接問啊！」連等了幾個喜歡之後，還沒待到下文的如煙開始著急了，有些興奮地問道。

君逸之卻彆扭地將頭轉向窗外，不給她看自己微紅的俊臉，「有男子喜歡她，她會不會喜歡？」

如煙本來就很大的眼球睜得跟銅鈴一樣了，興奮得口齒不清，「喜、喜歡……你喜歡誰？你是不是向她表白了？」

君逸之氣悶，他怎麼好意思說？那晚他向俞筱晚表白，雖非信口開河，可也是怕母妃說了什麼，讓她對他心生隔閡，才倉促說出口，一說完他自己都覺得糟了。再瞧俞筱晚愣神又蹙眉的小臉，當下就做了逃兵，飛快地溜走了，生恐從俞筱晚的嘴裡聽到他不想聽的話。

不過，他臨走之前，還是丟下了一句話：「吳庶妃悶得慌，妳要多去探一探才好。」

這也算是變相的邀約，他輕功不錯，出入曹府不怕有人發覺，可到底於女子的閨譽有損，若是能換一處地方，光明正大地見面，就不怕旁人發覺後有什麼不妥。他與攝政王和王妃關係都十分親近，出入攝政王府的後花園十分自由。雖說明裡王妃才是他正兒八經的皇嬸子，像張側妃、吳庶妃這樣的，大可不認，不過他若要認，旁人也挑不出什麼錯來。

因而在俞筱晚的生辰那日之後，他就差了人日夜守在曹府幾處側門處，只等俞筱晚出了府，他就尋個藉口去攝政王府，再藉探望之機，去吳庶妃那兒「巧遇」晚兒。

可惜連等了四天，俞筱晚都窩在曹府中，他不相信她沒聽懂他的意思，明明知道卻這樣避著他，難道是……有個結果，讓君逸之的心情很不好，也不願往這處想，可又禁不住自己的思緒，總往這處想，加之這幾天他仔細回憶了兩人幾次見面時相處的情形，怎麼都找不出她對他有所不同的地方來，這就更讓他感到不安，所以他才想問一問如煙，女人喜歡不喜歡男人表白。

不過，他瞬間又後悔了，想起如煙這傢伙的本質有多惡劣，跟韓世昭的關係有多親密，沒繼續說下去，不然，以後肯定多個把柄在韓世昭那小子手上。

如煙卻已經被他勾起了興趣，腰肢一扭，傍到君逸之身邊坐下，嘿嘿笑著，緊緊盯著他追問道：「到底喜歡誰嘛？是不是上回世昭說的那個小姑娘啊？聽說很漂亮，還彈得一手好琴！說來給人家聽聽看嘛，或許我能幫你想出哄佳人的辦法呢！」

「滾！」君逸之懶得跟如煙廢話，一手將她推遠一點，「真臭！」

「臭？這可是一百兩銀子一盒的安南檀香，我熏了四五日才熏到這衣上的！」如煙氣得刷的站起來，連連跺腳，砰一聲摔門而去。當然，她並不是真的生氣，是想辦法找韓世昭，跟他商量怎麼從君逸之的嘴裡套話去了。

君逸之打了一個寒顫，被如煙的嬌嗔給噁心的，忙扭頭去看窗外的景色，餘光卻總是留意著巷子口，希望能看到來報信的楚王府僕從，心思不停轉動，是不是……不應該這般坐等？

曹府的墨玉居內，俞筱晚手捧著一冊書，走了一圈神，終於恍了回來，抬眼瞧見几案上的杯子是空的，便伸出纖長的食指輕輕點了几案兩下。本該有人立即上前來添茶，可是等她將書翻了一頁，茶杯還是空的，她就不由得抬起了小腦袋，長嘆一聲，這裡有個比她還會走神的。

嘆息聲大了點兒，終於將芍藥的魂兒給喚了回來，結結巴巴地道：「小姐，您怎麼了？」眼角的餘光看到几案上的空杯，忙提了一旁的茶壺，用手試了試壺壁上的溫度，覺得涼了，不好意思地笑道：「奴婢去換新的來。」

待芍藥換了新茶過來，俞筱晚捧著茶杯輕啜了幾口，尋思了一番，才問道：「芍藥姊姊這幾日總是魂不守舍的，可是有什麼煩心事？若有，便同我說，我能幫妳的，自然會幫妳。」

芍藥遲疑了許久，想到自己幾次三番的碰壁，真不如求表小姐說個情……她撲通一聲跪下，先磕了三個頭，才紅著一張俏臉道：「奴婢……奴婢有事想求小姐成全。」

「妳說。」俞筱晚低頭喝著茶，透過升騰的水氣，打量芍藥的表情。

芍藥支吾了半晌，才將話兒給說圓了，「奴婢想去……想去順年堂服侍，求表小姐成全。」

俞筱晚嗤笑道：「府中人手的安置，似乎輪不到我這個表小姐來置喙，更別說妳了。」

芍藥小臉一白，她何嘗不知去哪服侍由得不她來定，可是總想著表小姐得老太太的歡心，若是願意扶她一把，應當沒有問題，可聽表小姐這話的意思，就是不願意了，她忙表忠心，「表小姐若能幫芍藥完成心願，芍藥一定不會忘了表小姐的恩德，日後必當報答。」

俞筱晚淡淡地看著芍藥，「心願？去順年堂服侍就是妳的心願？妳連話都不願直說，要我如何幫妳？」

芍藥這一下是真的驚慌了，悄悄看了兩眼表小姐的臉色，又左右瞟了瞟，確定梢間裡只有她和表小姐二人，才咬了咬牙，心一橫，直言道：「芍藥……的確是生了不該的心思，可是芍藥真心一片，求表小姐成全。」

俞筱晚盯著心慌得幾乎要哭出來的芍藥，忍不住輕輕嘆息了一聲，「妳可知這段時間，為何去順年堂的差事我都讓妳去？」

芍藥一驚，隨即心跳加快，心中升起一股難言的期盼，隨即聽到俞筱晚說道：「其實我知道妳心裡想什麼，妳想去順年堂，是為了服侍武夫人，服侍好了武夫人，或許哪天，她會把妳指給妳想侍奉的男子對不對？」

雖然沒有直接說出曹中敏的名字，可也差不多了。芍藥小臉一白，原來她的心事早就被人發覺了。在這府裡，想侍奉兩位少爺，甚至是爵爺的丫頭，不知有多少個，可是沒人敢放在明面上來說。主子看中妳是福氣，可妳想那樣侍奉主子，就是妄想。

俞筱晚搖了搖頭，「妳放心，我沒告訴別人。原本我也有心成全妳，所以才會差妳去順年堂辦事，我想妳每次也用盡方法多留一會兒了，可是今日會求到我的頭上，應該是大表哥拒絕過妳了吧！」

她用的不是疑問的語氣，而是肯定的口氣。

芍藥臉色更白，用力咬了咬唇，抬起俏麗的小臉哀求道：「奴婢只想侍奉在敏少爺身邊，沒別的心思。敏少爺不喜歡奴婢也沒關係，只要奴婢能日日見到敏少爺就行。」

「若是，他不願見到妳呢？」俞筱晚蹙了蹙眉，說出這句狠心話，讓芍藥的小臉立時白得毫無血色，見她一臉的不相信，俞筱晚又淡淡地道：「月底了，敏表哥一會兒下了衙，會到我這來交帳，我幫妳問一問。妳該幹什麼就幹什麼去，再這般魂不守舍的，我就只能將妳退回給外祖母了。」

芍藥驚喜莫名，忙連連應聲，退了下去。

剛過晌午，曹中敏就帶著這個月的帳冊過來，向俞筱晚交帳，臉上的笑容十分舒展，「這個月又比上月翻了一番，七家店鋪一共營利二萬七千兩。」

他說著將幾本帳冊打開，翻到結算的那頁，一一指給俞筱晚看。帳房是文伯主管的，俞筱晚沒什麼不放心的，只看了一眼這個數字，就笑盈盈地道：「多謝表哥了。我看，以後每年一次的分紅，可以改為每季一次了。」

曹中敏今年初又升了一級，可以每月初一、十五上朝旁聽了，若想再升，就是一個坎。低階官員晉級到中階官員有一個坎，很難邁過去，這其中有個人能力和努力的因素，也有人脈的因素。武氏雖是商戶出身，但家中兄弟眾多，嫁妝雖不少，但都是真金白銀，沒有能生錢的店鋪，在這一擲千金的京城裡，那點銀子是不夠使的，因而俞筱晚才提出每季分成，免得曹中敏開口商借。

曹中敏眸光閃了閃，含笑打趣道：「妳的店鋪自是妳說了算，我只管盡心盡力幫東家辦事便成了。」這便是領了俞筱晚的情。

跟聰明人說話就是不必太直接，俞筱晚沉吟了一下，便含笑問道：「聽說武夫人房裡的巧如要配出去了，順年堂的人手會不會不足？我這兒反正多出一個人來，芍藥姊姊原先是在外祖母屋裡服侍的，武夫人若是喜歡，我便讓芍藥姊姊去服侍。」

曹中敏臉上的笑容不變，端起茶杯喝了幾口，才緩緩地道：「我房裡還有兩個大丫頭，可以調一個去服侍母親，倒不見得人手會少。芍藥是祖母給妳的人，母親怎敢搶？況且，她今年似乎也快二十了，應該要配出去了。」

俞筱晚微微一怔，「說來表哥也是要成親的人了，房裡不用人服侍嗎？」

一般的貴族子弟在成親之前，都會收幾個暖床的丫頭，免得新婚之夜手忙腳亂鬧笑話，不過這些通房丫頭以後的命運，卻都是捏在正妻的手裡。

說到這個，曹中敏今年已經有二十了，轉眼就滿二十一，可是婚事卻沒著落。一開始張氏不上心，後來怕他搶曹中睿的爵位，絞盡腦汁給他挑了一門低門戶的小家碧玉，年紀也不大，要等到及笄才好成婚，可惜在去年京城的一場時疫裡死了，婚事便不了了之。兼之現在曹中敏已經有了嫡子的身分，這親事上，張氏就更加「上心」了，不是不給他挑，而挑了幾戶，曹老夫人和爵爺都不滿意，就這麼給耽擱下來。

曹中敏沉吟了一下道：「不瞞妳說，若不是因為丫頭比小廝心細些，小廝們又不方便進內院來服侍，我房裡真是一個丫頭都不想要。」他頓了頓，怕自己說得不夠清楚，又強調道：「以後我房裡服侍的，只會是我妻子的人，我不想身邊有那麼些亂七八糟的人。」

俞筱晚露出明瞭的笑容，「大表嫂可是個有福氣的。」

曹中敏笑著搖了搖頭，「妳大表嫂還不知在何方，倒是妳年底就要出孝期了，聽母親說，祖母已經開始……呵呵。」

兩人在這廂相互打趣，屏風一陣動靜，俞筱晚蹙了蹙眉，低斥道：「誰在那裡？沒規矩！」被她罵了一句，屏風後傳出「噗」的一笑，就見一身火紅彤衫的惟芳長公主從屏風後轉出來，笑嘻嘻地道：「原來晚兒要選親了嗎？」

跟在她身後的，竟是羞答答的韓甜雅。

曹中敏一驚，忙起身撩袍要拜，「見過長公主。」

「好了，男兒膝下有黃金，你不知道嗎？」惟芳長公主不滿地看著這個中規中矩的男人一眼，阻止了他下拜。

俞筱晚忙上前深福一禮，「見過長公主。」又笑著跟韓甜雅行禮，「韓妹妹好。」來了女子，曹中敏就不便留下了，給韓甜雅見了一禮，俞筱晚略微引薦了一下之後，便拿著帳冊告辭離開。

俞筱晚將二人讓到炕上坐下。惟芳長公主摸了摸溫暖的炕席，不由得訝道：「這天兒妳還燒火炕？」

俞筱晚有些不好意思，「我小時身子不好，體寒怕冷。」又看向韓甜雅，她不知在想什麼，立在屏風邊，絕色的小臉兒有些微的紅暈，俞筱晚招呼道：「甜雅，快坐啊！」

韓甜雅忙在炕邊坐下，笑道：「其實我屋裡也燒了火盆，這還沒進三月，就是到了四月倒春寒的時候，也很冷的。」

惟芳長公主哈哈地笑著拍了拍韓甜雅，「不用妳圓話，我跟晚兒的交情可好了。」

韓甜雅小臉微微透出些粉色，掩唇輕笑道：「是我多心了。」

她雖然性子文靜，卻也爽朗，有錯認錯，雖只見過兩面，沒聊多久，俞筱晚卻挺喜歡她。韓甜雅又不好意思地問：「妳的大表哥找妳有事吧？我們忽然造訪，可是打擾你們談事了？」

俞筱晚笑道：「沒事，正好談完了。」

韓甜雅紅著小臉，指著惟芳長公主道：「其實我們早來了，長公主她……她非不讓通傳……抱歉。」

惟芳長公主咯咯地笑道：「又沒聽到什麼要緊的事，不就是妳表哥不願收妳推薦的通房丫頭嘛！多大的事，不過呢……他這樣倒是讓我了順眼幾分！」

韓甜雅卻認真地道：「再不要緊，偷聽也是不該的。況且，像曹公子這樣的正人君子，長公主您為何要瞧不順眼呢？」

惟芳長公主沒興趣地道：「那傢伙一板一眼的，跟個木頭人一樣，無趣得很。」

韓甜雅卻辯道：「我倒覺得曹公子知書識禮，方才行禮的時候，眼睛都沒亂瞟，可見身正心正，並非是一板一眼。」

惟芳長公主懶得跟她辯，「妳覺得是識禮就是識禮吧，妳對他印象好，我可不。」

韓甜雅的小臉上，粉色更甚，有化為血色的趨勢。

俞筱晚好奇地瞟了韓甜雅一眼，心中一動，不會是因為大表哥表白說不願收通房，所以打動了小姑娘的芳心吧？她又仔細看了看韓甜雅的臉色，被韓甜雅察覺，慌忙捧起一只茶杯，垂下頭仔細打量，研究茶杯上的花色。俞筱晚心中更為肯定了一分，就算不是喜愛，也確實是印象十分好！她怕韓甜雅覺得彆扭，忙轉了話題，問這兩位貴客：「今日怎麼想著上門來玩？」

惟芳長公主大翻一個白眼，「下帖子請妳，妳就找盡藉口推脫，我們兩個只好上門來拿人了。妳快換身衣裳，陪我和甜雅去攝政王府賞花去。」

俞筱晚小臉不知怎麼的就紅了，努力鎮定地找藉口，「我今日……」

惟芳長公主根本就不給她拒絕的機會，「別想找藉口，我一早問了妳的丫頭，妳這幾天都沒事。」

遲疑了片刻，俞筱晚便妥協道：「好吧，正好我也想去看看吳姊姊。」就不知那個人會不會去……

待俞筱晚換了裝，三人便乘車直接到了攝政王府。攝政王妃不在府中，俞筱晚等人便直接去了吳庶妃的水風景，惟芳長公主是個坐不住的，兼之吳庶妃的身分無法與其相比，便沒心思多坐，幾次使眼色給俞筱晚，要她陪自己去花園。

花園裡只怕有人等著吧？俞筱晚當即便拒絕道：「我陪吳姊姊說幾句話，妳們先去玩吧。」

她不知自己的心裡到底是如何想的，那晚隨口說出一句話，竟引了君逸之的表白，一開始她很震驚，震驚得腦中一片空白，還沒醒過神來，他就一溜煙跑了，讓她到今日還在迷糊，到底那晚君逸之來沒來過她的榻前，有沒有說出那句震動她心的話……還算有本《百製方》，否則她真會以為自己在做夢。

可是知道自己不是在做夢，並不表示她能坦然面對君逸之，不然這些天惟芳長公主幾次三番地遞帖子約她，她早就赴約了，不必等到今日。其實到現在她也不知該如何時好，若是……若是一會兒見到君逸之，他追問她的想法，她該怎麼說？

他說「我心悅妳，任何人也不能阻擋」，她不是不感動，可是……想到楚王妃的態度，她多少有些卻步。說她完全不在意，那是不可能的。婆婆的刁難，會讓新媳婦力不從心，全身疲憊，他若站在她的身邊，必定會引起楚王妃更大的反感。若她受了委屈，是可以向他傾訴，可能一開始他會盡力安撫，可那是他的母親，他除了安撫她，也沒別的辦法吧？若是長年累月地這般下去，他的耐心也會慢慢告罄的吧？

「晚兒，晚兒，在想什麼呢？」吳麗絹喚了幾聲，總算得到回應，不由得笑道：「頭一回見妳這般心神不寧的樣子，小女孩到底是長大了。」

吳麗絹明媚的清眸仔細看著俞筱晚兩頰升起的紅雲，更是確定了心中所測，知小女孩的臉皮薄，便沒繼續問她，而是說起了三月末攝政王府的春宴，「到那時百花盛放，花園會很漂亮，不比歷王府的差，妳可一定要來，就算是陪我解解悶也成。」

俞筱晚含糊地應承了一聲。這時一位宮女捧了托盤進來，輕輕向吳麗絹屈了屈膝，「庶妃請用。」

俞筱晚十分靈敏地聞到了藥香味兒，不由得關心地問道：「吳姊姊身子不適嗎？」

牛嬤嬤在一旁代為答道：「是有些胎弱，當初奶奶懷庶妃的時候，也是這般，所以王妃特意請了太醫來扶脈，開了安胎的方子，每日服用。」

俞筱晚忙道：「讓我聞一聞。我也算是久病成醫了，多少還是知曉一些藥理的。」

捧托盤的宮女似有些不滿，淡淡地提醒：「太醫說過，這藥要趁熱喝。」

吳麗絹輕笑道：「瞧一瞧不妨事。」示意牛嬤嬤將藥碗端給俞筱晚，含笑道：「方子是宮裡的，幾代的皇妃們都是服用這個，藥材也是王妃指了特定的人揀藥、驗藥，就是熬藥，都是這位墨珏姑娘親手熬的，也是由她親自送來。墨珏姑娘是王妃的陪嫁丫頭，再沒比她更信得過的人了。」

這番話讓墨珏的臉色好了些，可是瞧見俞筱晚仍是端了藥碗仔細嗅聞，還用小拇指指甲挑了些放在嘴裡品嘗，臉色又沉了下去，「王妃一心盼著庶妃能再為王爺添位公子，竟是比庶妃自己還操心一些。」

這藥沒問題！

俞筱晚抬眼一笑，將藥碗放入托盤，「王妃謙和寬容，世人都知曉的。」

吳麗絹安心服了藥，墨珏福了福告退，待暖閣裡都是自己人了，她才衝俞筱晚輕輕一笑，小聲道：「妳放心，我很小心的，而且王妃也的確是希望我生個兒子出來。」她輕輕摸著已經顯懷的腹部，聲音輕柔得彷彿鵝毛落地，「她說，想抱著我的兒子。」

俞筱晚不由得輕輕一震，王妃要抱著吳庶妃的兒子，這就意味著吳庶妃再不能同自己的孩子親近，不過……也有益處，甚至對於吳麗絹來說，利大於弊。吳麗絹不待她嘆息，便笑著道：「這是寶寶的福氣，將來入了玉牒，就是正經的嫡子了。」

她特意少說了一個字，其實應當是嫡長子才對。

俞筱晚見她想得開，便笑道：「是啊，況且您總是他的生母，王妃大度，定不會苛待您。」說著還是有些不放心，便笑道：「讓我給您瞧瞧脈如何？」

吳庶妃邊笑邊伸出手，露出潔白的手腕，「妳還會扶脈不成？」

俞筱晚將指頭搭在脈處，邊聽脈邊應道：「會一點點。」聽著聽著蹙起了眉，「胎象不是很穩。」

牛嬤嬤忙道：「大概是隨了奶奶。」

小武氏也是胎象不穩，懷得艱難，所以只生了吳麗絹一個女兒。旁人都覺得女兒隨母親很正常，可是俞筱晚卻蹙眉道：「不是說吳先生身子骨不好嗎？」

她認為多半應當是吳父的原因，便道：「我回去仔細想想，有什麼好方子沒。」

其實太醫已經是最好的大夫了，吳麗絹卻不想駁了俞筱晚的好意，便含笑道：「那就多謝了。啊，對了，前幾日外邦送來一批貢果，頂稀罕的，妳帶些回去嘗嘗吧。」

俞筱晚沒推辭，牛嬤嬤便去提了一食盒過來，揭開給俞筱晚看，俞筱晚立即便皺起了眉頭，「這個果子妳吃過沒？」

見俞筱晚萬分嚴肅的小臉，吳麗絹不由得噗哧一聲笑了，心中卻是感動的，忙應道：「沒有吃。這紅丹果性燥熱，是活血之物，王妃特意叮囑過我，連淺嘗都萬萬不可。只是這紅丹果十分稀罕，特意放些在我這兒，可以待客，也可以給自家姊妹嘗個鮮。」她看了一眼牛嬤嬤和師嬤嬤，「平常不用之時，也是鎖在透風的食櫃裡，鑰匙只有兩位嬤嬤有。」

那牛嬤嬤不知是否精明，師嬤嬤是從宮中出來的，一些小伎倆必定識得，俞筱晚這才鬆了一口氣，柔聲道：「那晚兒就卻之不恭了。」想一想不放心，仍是暗示道：「懷胎十月不容易，吳姊姊還是要萬分當心才好。」

師嬤嬤忙代主子答道：「萬事都是小心翼翼的。庶妃平日裡走動也不會出院子，若是去花園裡散心，也會早早使人安排妥當，王妃也是每日親臨垂詢。」又說了些吳麗絹日常起居的例子，讓俞筱晚帶句安心話給小武氏。

俞筱晚微笑著迎合幾句，心裡卻還是不安定。前兩個月太醫來扶脈的時候，還說胎兒很穩，吳麗絹的身子也很健康，當時小武氏還高興得不得了，按說過了頭三個月，胎兒應當坐得更穩了才是，怎麼反倒有了不穩的脈象？

這兩年她潛心研究醫術，雖然是自學，但也時常向藥房裡有經驗的老師傅和坐堂大夫請教，兼之她請俞文飆弄來的都是十分珍貴的醫學孤本，裡面記載的都是名醫名家的心血結晶，她又聰穎過人，在醫術上已不是泛泛之輩，可是剛剛替吳麗絹扶了脈，的確是胎兒不穩的脈象，卻沒有中毒之兆……

說話間，早有宮女在一旁將紅丹果用鏤空透氣的食盒裝了盤，交給外間俞筱晚帶來的丫頭初雲。

吳麗絹見她坐著不動，便問道：「長公主不是在園子裡等著妳嗎？怎麼不去尋她玩？難得連晴了幾日，園子裡的花草都開得極好呢！」

俞筱晚正在糾結去不去花園的問題，被吳麗絹這麼一說，倒不好再留下，孕婦易倦，總不能讓她長時間陪著自己，她只得欠了欠身，正要說話，就聽得垂簾外傳來一個動聽的男聲，「我來給小嬸子請安了。」

是君逸之！

俞筱晚頓時感覺渾身不自在，刷的一下便站了起來，動靜實在是大了些，好在舉止還算端莊，吳麗絹只是微微一怔，便聽得俞筱晚道：「吳姊姊，我迴避一下。」

不等吳麗絹發話，她就提了裙子準備往屏風後避去，可她行動再快，也沒那個渾不拿禮數當回事的人快，不等丫頭通稟，君逸之就自己挑了簾子進來。

俞筱晚一驚，下意識地就回頭望去。琉璃珠簾在那人身後叮噹作響，在從房門漏進來的春光照耀下，閃爍著五顏六色的璀璨光彩，交織成一片絢麗的彩色光網，襯在那人身後，點點光芒跳躍著湧入他濃密的睫毛之下，幾許濃窒得令人耳熱心燙的情感，從那雙極其高貴嫵媚的鳳目中流淌而出……

俞筱晚心慌得只想垂首避開這灼燒她雙目的視線，可是脖子卻僵硬得動也動不了分毫。

君逸之的目光在她瑩潤的小臉上轉了一圈，便灑脫地走到吳麗絹榻前，噙起一抹風流不羈的笑，揖了一禮，「見過小嬸子。」

他叫得這般親暱，倒叫俞筱晚暗吃了一驚，再看吳麗絹的神色，並無意外，想是已經叫慣了的。原本庶妃也是上了皇家玉牒的，只要在攝政王面前有寵的，旁人自然是多奉承些，旁的皇侄叫聲小嬸子不算什麼，難為這個傳聞中格外桀驁不馴的君二公子肯叫她一聲小嬸子。吳麗絹一開始也是受寵若驚，可是今日……她看了看君逸之，又睇了一眼小臉看不出情緒的俞筱晚，心裡有了幾分底，於是含笑道：「快坐，都是親戚，不必這般見外！」

俞筱晚只得暗吐一口氣，向君逸之福了福，「君二公子安好。」

君逸之也客套地向她拱了拱手，「俞小姐安好。」

兩人一左一右在客座上坐下，三人便各懷心思，漫無邊際地聊起天來。

君逸之的目光總是若有若無地從俞筱晚的俏臉上飄過，害她跟椅子上鑲了釘板似的，坐立不安。其實也沒聊多久，在花園子裡等著不耐煩的惟芳長公主就拉著韓甜雅衝了進來，「唉，你們都坐在這裡幹什麼呀？花園裡的花開得那麼好，去花園玩吧！逸之，你跟我們一起去！」

君逸之含笑道：「好啊！」

這姑侄倆都是大咧咧的人，把俞筱晚和韓甜雅給窘得抬不起頭來，哪有讓外男陪著一起玩的？吳麗絹也不知說什麼好，這是長公主提議的，難道她還能指責人家不懂禮數不成？

韓甜雅紅著臉跟君逸之見了禮，君逸之隨意地笑了笑，眉梢一挑，帶了三分風流七分輕佻，「似乎沒見過韓五小姐。」

換了攝政王妃在這兒，定然是要斥他沒規矩的，可是吳麗絹卻不敢，只得圓場道：「韓五小姐的確是極少來王府的……」

話未說完，便聽韓甜雅清亮的嗓音道：「家母告誡小女，出府不宜長久，小女先行告退了。」吳麗絹有誥命在身，韓甜雅不便以「我」自稱，不過以她丞相嫡女的身分，在吳麗絹面前是不必自稱小女的，可是有外男在，不能以閨名相稱，只好不得已自謙一下，也是暗暗排擠了君逸之，他太過失禮。

君逸之卻似完全聽不懂，笑咪咪地使了個眼色給惟芳長公主，惟芳長公主立時會意，忙草草向吳麗絹淺淺一禮，強拉著俞筱晚出了水風景，不給她跟著韓甜雅告辭的機會。

攝政王府的後花園自非一般府第的花園可比，迎春花鋪了滿牆，粉紅的桃花、雪白的李花、淨白淺紫的四季蘭，還有成片或火紅或嬌粉或嫩黃的名種茶花……俞筱晚被惟芳長公主拉著走在前面，君逸之不緊不慢地跟在她二人身後，視線不離前方那道窈窕秀麗的背影，連日來的鬱悶一掃而空，對接下來的聚會隱隱期待。

三人尋了座小涼亭坐下，王府的僕婦們忙往東面掛了簾子。今日吹的是東風，雖然能夜放花千束，不過在這早春三月，拂在人身上還是寒冷了些，故而將風面擋住，又有丫頭端來四個火盆，放在涼亭四角。

君逸之用扇柄指了指桌下，「把這盆放在這兒。」

丫頭不敢怠慢，忙將他身後的那個火盆放在桌下，靠在他腳邊。待丫頭退出涼亭，君逸之就不動聲色地將火盆用腳移到俞筱晚那邊，不多會兒，俞筱晚的身上便有了些暖意，縮在袖籠中的手伸了出來，瑩潤白皙，竟跟素色的襦裙呈現一色，若不是那銀絲滾的雲紋邊兒，君逸之都分不清哪一截是她的手臂。不過細看之下還是能分出來，少女的肌膚帶著青春的光澤，比上好的絲綢還要柔滑細嫩，若能執子之手，必將與子偕老……

君逸之這廂胡思亂想著，惟芳長公主早將他的神情看在眼底，忍不住竊笑道：「逸之，你總盯著桌下看什麼？跟我們說說話吧。」

君逸之千年難得一回地紅了耳根，清咳兩聲掩飾尷尬，隨即又恢復了風流倜儻的樣子，笑嘻嘻地問：「若要我說話，可得聊我喜歡的話題，什麼衣裳首飾的，我可不聊。」

惟芳長公主瞪他一眼，「你何時見我跟你聊過衣裳首飾？」

惟芳長公主的話音才落，就聽亭外傳來一個渾厚的男聲，「他喜歡聊花樓的清倌兒和姑娘們，小姑姑，妳也陪他聊嗎？」

三人一怔，轉頭看去，只見君之勉背負雙手，慢慢踱來，濃而直的長眉微微挑起，一邊唇角勾著，一副取笑人的表情。他不扮裝不唱戲的時候，通常都是冷冰著一張俊臉，眸光也十分懾人，難得露出這副調侃的樣子來。惟芳長公主也跟看稀奇似的，嘿嘿笑了笑。她原也想這樣打趣逸之，可是知道逸之心思的她，萬不敢在俞筱晚的面前觸逸之的霉頭，這會子有人挑了頭，她只管看戲好了……誰讓宮中的生活這般無聊呢？

君逸之見到君之勉就沒好氣，更何況他在自己心上人面前揭短，就更加令他不滿。不過，他可不是個喜歡吃虧的人，當下只是挑眉一笑，「咦，南城指揮使大人，這個時辰你就辦完差了？還是唱完曲了？」

五城兵馬司指揮主管京城治安，品級不高只有六品，卻非皇帝心腹不能任，非是權貴之後不能掌。君之勉是皇室血親，兩年前就在武舉中拿了個武探花，才得以擔任南城指揮使一職，可是這傢伙上個差卻是三天打魚，兩天曬網，跑梨園比跑指揮衙門要勤得多，說起來也是個不務正業的，他跟他，不過是五十步笑百步罷了。

君之勉扯了扯嘴角，不以為然地笑了笑，不待人相邀，便一撩衣襬，在最後一張石凳上坐下。他不拘禮，俞筱晚卻是不能，只得站起身來要行禮。君之勉道：「罷了，今日是來賞花的，不必拘這些虛禮。我跟皇叔是一家人，俞小姐遠來是客，以茶當酒，先敬一杯。」

這話君逸之可不愛聽，不等俞筱晚應對，便輕笑一聲道：「我倒不知堂兄你也這般喜歡在內闈廝混了，明見著有客人在，還要厚顏坐下來。再者說，若論親疏遠近，你還能比小姑姑與皇叔更親近些？用得著你喧賓奪主嗎？」

君之勉橫了他一眼，卻是無法應對。他跟君逸之比，差就差在臉皮的厚度上，比如說君逸之就敢承認他愛在內闈混，君之勉卻礙於名聲不能直認下來。

惟芳長公主看看這個，又看看那個，漸漸嚼出了些不對味，可是她這個之勉皇侄，卻是個從頭到腳冷冰冰的傢伙，似乎也沒見過晚兒幾面吧？說起來，晚兒這小模樣是招人疼，大概讓某人過目不忘了……

君之勉沒說話，君逸之便沒再乘勝追擊，三個人又閒聊了起來。多餘的俞筱晚只管看著手中的茶盅，她已經幾次表示要離去，可是惟芳長公主卻怎麼也不允，她只能裝聾子啞巴，儘量少說話。

今日難得下朝早，攝政王在皇宮中處理完緊急奏摺，便乘轎回了王府。他每日辦完差，回到後院之中，總是先去王妃那兒坐上一坐，不過喝上幾口茶，若王妃告訴他沒什麼特別之事，他便會去秋海堂逗逗兒子，再去水風景看望懷胎六月的吳麗絹，之後，打算在哪宿夜，就在哪裡擺膳，日日如此。

今日王妃歸家省親，不在府中，攝政王在秋海堂坐了一刻多鐘，便去到水風景。吳麗絹在俞筱晚等人走了後，又覺得乏了，小憩了一會兒，才剛剛梳妝好，就聽門外唱駕「王爺駕到」，忙起身迎出去。

攝政王含笑拉住吳麗絹的手，不讓她福下身子，「不必虛禮，今日覺得如何？」

第一句話就是關懷，吳麗絹心中甜蜜，小意地答道：「尚好。王妃每日都送了安胎藥來，已經連服了十幾日了。」

攝政王點了點頭，「那藥方是我向太后討來的，宮中的祕方，應是不錯。」

雖然早從王妃的口中得知藥方是王爺特意為她討來的，但親耳聽到王爺承認，感覺還是不同，更加甜蜜且更加感動，吳麗絹緋色染頰，輕聲地道：「妾身謝過王爺。」

攝政王微微一笑，如春風撲面，拉著吳麗絹坐到自己身邊，柔聲道：「絹兒懷胎辛苦，本王要多謝絹兒才是。」

攝政王有意放下身段，吳麗絹又刻意討好，兩人親親熱熱說了會子話，攝政王便道：「讓廚房送膳食到水風景來吧。」竟是要留宿在水風景。

吳麗絹心中一喜，隨即又憂，她如今身懷六甲，如何能服侍王爺，可是要她將這麼好的機會往外推，她也不願意，遲疑了一歇，抬眼看到師嬤嬤暗示的眼神，便下定了決心，柔聲道：「王爺在此歇息，是妾身的福氣，只是妾身如今多有不便，不能服侍王爺，不如今晚讓妾身的陪嫁丫頭喜兒來服侍王爺如何？」

喜兒聽得小臉一白，忙垂下頭看著腳尖。

攝政王微微一怔，隨即便失笑道：「妳多慮了。本王只是想陪妳用晚膳，一會兒還要去書房。」

吳麗絹和喜兒都暗鬆了一口氣，吳麗絹忽然想到惟芳長公主等人，忙向王爺說明，府中來了客人。聽說是這幾人後，攝政王便笑道：「那就讓她們一同用膳吧。」

於是在花園子裡看著天色不早，正欣喜著可以告辭的俞筱晚，又被人請到了水風景來。水風景的偏廳裡只有一張大圓桌，這回不但要與君逸之和君之勉同桌，還多了一位俊朗出塵的攝政王，別提有多彆扭了。

廚房才將膳食送來，張側妃便帶著兒子趕來，嘛著小嘴嬌嗔地道：「府中來了客人，王爺也不告知妾身一下，晚兒也是妾身的表妹呢。」

攝政王便笑道：「正要差人去喚妳。」

張君瑤立即笑開了顏，與長公主和二位君公子見了禮，依次在圓桌上坐下。攝政王坐在主位，左手邊是惟芳長公主、君之勉、君逸之，右手邊是張君瑤、吳麗絹、俞筱晚，雖然中間還隔著一個座位，可是也等於是君逸之與俞筱晚同坐了。

君逸之對這樣的坐次安排無比滿意，嘴裡就跟抹了蜜似的，待攝政王開了箸，便舉杯向王爺和吳庶妃道：「皇叔，小侄祝你和小嬸子再得麟兒。」

攝政王聽著高興，端起酒杯一飲。吳麗絹不能飲酒，便用茶杯回敬。

張君瑤聽得眼角抽了抽，嬌嗔地瞪了君逸之一眼，「君二公子好沒道理，你既然稱吳妹妹為小嬸子，為何從未聽你叫我一聲小嬸子？」

話說小嬸子這樣的稱呼，並非正式的稱謂，是君逸之愛叫便叫，不愛叫誰也不能強迫他。若是別的人，的確是不好厚此薄彼，叫了吳庶妃，就會叫張側妃，可惜君逸之不是別的人，他可不會在意旁人怎麼想，只是痞笑道：「張側妃可別這樣看著我，我怕皇叔吃醋呢！」

張君瑤立時一驚，急頭白臉地向王爺道：「王爺，妾身……」

攝政王擺了擺手，示意她不必解釋，又笑斥了君逸之一句：「沒個正經，本王的內眷也敢笑話，快吃你的！」

君逸之嬉皮笑臉地伸筷子夾了一樣菜，放在惟芳長公主的碗裡，笑道：「這道糖醋排骨十分爽口，小姑姑嘗嘗。」

惟芳長公主笑著品嘗了，點了點頭讚好。張君瑤在一旁看得暗掐衣袖，好你個君逸之，居然敢不把我放在眼裡！

君逸之又挨個兒給幾位女眷夾了菜，從他嘴裡都能說出個名堂來，最後輪到俞筱晚。俞筱晚心裡一驚，大庭廣眾的，這般可不妥，忙垂著頭瞪了他一眼，你敢夾給我試試看。

君逸之收到警告，卻不在意，笑嘻嘻地道：「原本跟俞小姐不是親戚，為妳夾菜是為不妥，不過漏了妳去，皇叔也會說我不待客不周。」一邊說邊夾了一筷鹿血悶栗子，帶著點討好地道：「鹿血最是補氣血，吃了手足不寒。」

俞筱晚只得低著頭小聲道謝。剛把那幾粒栗子吃下，碗中又多了一道雲霧燒鴨，就聽得君之勉道：「雲霧滋陰，女子吃了好。」

君逸之不能管君之勉的事，俞筱晚又可能是他的未婚妻，他連幫著拒絕的立場都沒有，便淡淡地瞥了一眼。那目光涼颼颼的，俞筱晚幾乎要將頭埋進碗裡去了，蚊子哼哼似的道了謝，火速解決了這團雲霧。

惟芳長公主嘿嘿地笑，「看不出之勉也你會幫人夾菜啊！」

君之勉也沒漏了旁人，學著君逸之的樣子，為每位女眷都布了菜，才淡淡地道：「一枝獨秀不是春，總不能老讓逸之搶了你們的日光。」

攝政王只是淡淡地瞟了二君一眼，便將目光放在吳庶妃的身上，雖沒有親自夾菜，卻也時常指點侍宴的宮女，將某某菜給吳麗絹。張君瑤便撒嬌也要，攝政王寵溺地笑笑，同樣也讓人布菜給她。

晚膳在一團和氣中落幕，眾人又坐到梢間裡用茶。

張君瑤記恨君逸之不叫她小嬸子一事，待眾人坐下後，便讓宮女捧了兩個托盤，送到君逸之和君之勉面前，托盤裡放著兩塊赤金鑲上品翡翠的腰扣，款式不同，不過翡翠的大小卻是差不多。

「不知道皇侄們喜歡什麼，只好送些俗氣的阿堵物，皇侄們留著玩吧！」張君瑤說得輕描淡寫，又扭頭看向攝政王，「王爺，您上回賜的腰扣，妾身這就轉送了出去，您不會怪妾身吧？」

這腰扣原是要賞給張君瑤的兩位嫡親兄弟的。

攝政王只是淡淡一笑，「隨妳喜歡。」

他這般說了，並沒指出張君瑤稱二君為皇侄有何不妥，二君便不好推辭，皆收入懷中，向張君瑤拱了拱手表示謝意。張君瑤滿心得意，朝著吳麗絹微微抬了抬下巴，矜持地笑著點了下頭。吳麗絹只作沒看見，親手給王爺奉茶，張君瑤也沒多作糾纏，卻讓奶娘將麒兒抱給王爺，分了王爺的心神。

女人之間的過招，往往在不經意間開始，又在一瞬間結束。

俞筱晚已經不想再留下，坐在一旁遠距離看了會子小寶寶之後，便趁王爺心情好，告罪回府。

攝政王也沒多留，若有所思地看了她一眼，漫聲道：「絹兒時常覺得悶，妳有空多過來陪陪她吧。」

俞筱晚連忙應下，君逸之也趁機長揖道：「小侄與小姑姑也打算告辭了，正好一同送了俞小姐回府。」

攝政王點了點頭，三人便結伴往外退出。君之勉也起身要告辭，攝政王卻留了他下來，「一會兒我要問問你南城的事，你且留下。」

君之勉只好又坐回去，君逸之心中得意，回頭挑釁地瞟了君之勉一眼。他正走到屏風處，要拐彎繞過屏風。這一回頭，眼睛自然看不到前方，屏風前方正立著一對及胸高的大瓶，還插著幾支新春的桃花，若不注意，怕絆倒了瓷瓶。

俞筱晚走在另一邊，雖然看到了他的險情，卻來不及阻止。惟芳長公主手快地攔了他一下，君逸之卻忽覺眼前閃過一物，下意識地往旁一閃，反倒還正撞了上去。瓷瓶猛地一斜，還好君逸之和惟芳長公主眼疾手快，兩人合手扶住，不然這瓷瓶滑不留手，很難由一人扶住。

俞筱晚也輕「呀」一聲，幾步走過去幫忙，待瓷瓶扶正，她耳尖地聽到了一點某物滑動的聲音，便好奇地問上前來請罪的宮女道：「這瓶裡裝了什麼？」

宮女搖了搖頭，「就只是插了花，若是無花的季節，只呈著瓶兒的。」

這樣高大的裝飾用瓷瓶，釉色絢麗，花紋精美，的確是不需要插什麼花兒，裡面就更不用放什麼東西了。俞筱晚明明聽到了聲兒，又一直覺得吳麗絹的胎象有問題，自是不會停，在惟芳長公主和君逸之不解的目光之下，她踮著腳伸頭往瓶內看。

她如今身量還不是很高，君逸之見她看得艱難，便好意將瓷瓶扶倒，「這樣能看見嗎？」

俞筱晚就著燈光，仔細看了看瓶底，裡面竟有兩三顆黑色的小丸……她目光一厲，「裡面有東西。」

君逸之順著她的手指，也發覺了，便著人將小丸取出來。

小丸只有綠豆大小，也像綠豆那般堅硬，在瓶底滾動時，才會發出輕微的聲音，若不是站得近，還真難聽見。

俞筱晚將小丸放在鼻下聞了聞，目光微變，又用指甲摳下一點，放在舌尖輕嘗，頓時變了臉色，立時提裙回到梢間，向攝政王福了福道：「王爺，屏風處的花瓶裡有些催產的藥丸。」說著雙手呈上小丸。

難怪沒有發覺吳麗絹中毒，卻胎象不穩定，原來是被催產了。

裡面的人早就聽到了屏風處的動靜，攝政王眸光連閃，從她掌心裡捏起來看了看，沉聲道：「傳侍衛，將水風景的下人全數看押，再傳太醫來驗藥。」

這樣一來，俞筱晚等人便不好走了，退到一旁。她偷偷看了張君瑤一眼，張君瑤的臉皮有些發緊，倒也沒露出多少怯意，只是回頭跟蘭嬤嬤道：「嬤嬤跟奶娘帶公子先回屋吧。」

蘭嬤嬤忙福了福道：「側妃請寬心，奴婢一定照顧好公子。」

忽然說句「請寬心」，俞筱晚直覺這兩人是在打商量，便輕柔地道：「還請嬤嬤留步，也請側妃靜心，待審問過後，再送小公子回屋吧。」

張君瑤冷著臉道：「晚兒，我倒不知這攝政王府，妳也可以多嘴了。」

君逸之懶洋洋地笑道：「張側妃莫生氣，我想俞小姐是一番好意。這小丸既是俞小姐發覺的，她自然還要幫著皇叔查一查誰人身上還有，妳這麼急著送人走，日後若是落個嫌疑，豈非不美？」

張君瑤臉色僵了僵，卻是找不到話來反駁，再悄看攝政王的臉色，只見他垂眼看著手中的小丸，不言不笑，她便不敢開口了。

執有王爺的腰牌，不過半盞茶的功夫，王府長史許如林就帶著六名頭等護衛、一隊親兵直入內院，請王爺示下。

攝政王簡單地將事情交代了一下，護衛們便帶著親兵在水風景中搜索，另派了一隊親兵將王府內闈中的各院看管起來，沒有王爺的口令，任何人不得出入。

水風景中的所有人都被集中起來，丫頭、婆子們站在院中，由親兵看管著。攝政王和吳麗絹、張君瑤坐在長榻上，蘭嬤嬤和奶娘抱著小公子站在張君瑤的身後。惟芳長公主和二君、俞筱晚等幾人，則沒再謹守男女大防，坐在一處，等待親兵們搜查的結果。

君逸之終於逮到機會可以跟俞筱晚說話，悄悄地偏了頭，小聲道：「莫怕，說妳知道的就成了。」

俞筱晚點了點頭，卻沒出聲。

君之勉也偏了頭，上上下下地打量了俞筱晚好幾眼，有些意外地道：「想不到妳懂藥材。」

俞筱晚輕聲回話：「小時候身子不好，會吃飯就會吃藥，久病成醫，自然就懂了。」

君之勉挑高了眉，「連催產藥也要吃嗎？」

俞筱晚極鎮定地答曰：「您就當我是為了吳姊姊特意學的好了。」

碰了一個半硬不軟的釘子，君之勉眸中的興味彷彿更濃了些，又問道：「那這藥到底有何害處？」

俞筱晚想也不想地輕輕搖頭，「不清楚。」

君之勉卻盯著不放，「不清楚是否有害，妳就敢報與王爺？」

「有何不敢？」

原本因俞筱晚不同自己說話而同君之勉說話而鬱悶的君逸之，在發覺俞筱晚連給君之勉吃了幾口硬釘子之後，心情大悅，笑嘻嘻地跟著說了一句：「就是啊，有何不敢？便無害，也可以無則加勉嘛！」

君之勉淡淡地看了君逸之一眼，「打斷別人說話是無禮之舉。」

君逸之滿不在乎地道：「我從來沒說過我是守禮之人啊！何況人家想不想跟你說話，你也看看眼色好不好？」

俞筱晚忍不住掩唇輕笑了一下，她一開始就發覺君之勉似乎是有意刺探自己，所以心情有絲不悅，現在倒是完全不在意了。

三人在這廂鬥著嘴，很快，親兵們又在梢間多寶格上的一支景泰藍的美人聳肩瓶裡發現了三顆藥丸，別的地方倒是再無發現。

「俞小姐，妳怎麼看？」攝政王面無表情地將六顆小藥丸放在掌心滾了幾滾，竟問向俞筱晚道。

被點了名的俞筱晚不驚不忙地站起來，欠身福了一禮，方回話道：「以小女子看，首先要弄明白這些藥丸的藥效對孕婦有何不妥之處才好。小女子只知此乃催產藥，對藥效等卻是無知。」

張君瑤嗤笑了一聲，漫聲道：「晚兒啊晚兒，要我說妳什麼才好？妳什麼都不知道，就敢拿這藥丸給王爺，若是萬一弄錯了，卻害得王爺調動了長史和護衛入內闈，妳待如何收場？這驚擾之罪，妳擔當得起嗎？」

俞筱晚神色不變，福了一福，正要回話，吳麗絹卻搶在前面說道：「張姊姊何必嚇唬晚兒呢？

晚兒說她認得這味藥，只是不知藥效如何罷了。她並非習醫之人，這也是常事。況且她這般著緊，也是為了妹妹我和我腹中的胎兒，亦是為了王爺的血脈，縱使輕率了些，也算不得驚擾之罪。縱使要論罪，也應該是由王爺來定奪。姊姊不是時常說您與表姊妹們都相處得十分和睦嗎？怎麼今日晚兒妹妹一心為了王爺好，姊姊您反倒咄咄逼人？」

張君瑤平日裡為了顯得自己溫婉賢慧，一有機會就會念叨自己如何孝順父母、尊敬兄長、友愛庶妹，如何親厚表姊妹們，此時被吳麗絹拿著來戳她，噎得她一時不敢再盯著俞筱晚窮追猛打，反倒要向王爺解釋一番，「吳妹妹，妳誤會了，我是愛之深責之切，唯恐她給王爺留下不好的印象。」

也虧得她臉皮厚，還能半道上這樣強扭過來。

攝政王似乎對兩位妃子的口水戰沒有任何興趣，只反覆看著掌中的小藥丸，以及垂頭恭立的俞筱晚。半晌後，他淡淡地道：「既然要先明瞭藥效，妳就坐下吧，待太醫來了再說。」

俞筱晚謝了座，又輕聲道：「王爺，這味藥是靠散發氣味起效的，最好不要離庶妃太近。」

攝政王劍眉一擰，手掌收緊，身後的太監總管申公公十分有眼色，立即使人去取了一只有蓋的小盅。攝政王將藥丸放在盅裡，申公公將蓋兒蓋好，放在寬榻對面的靠牆長條几上，離得遠，又在王爺的視線範圍之內。

屋內眾人都沒說話，一等護衛們已經開始在院中審問水風景的奴僕，聲音隱隱約約地傳進來，讓梢間內留下服侍的幾名丫頭有些顫抖。

沒等多久，太醫院的醫正孟達海，帶著三位經驗豐富的太醫趕到攝政王府。聽王爺簡要地說明原委之後，孟達海便立即帶人驗了藥，四人交換了意見之後，孟醫正臉色沉得有如子夜的深海，向攝政王揖了一禮，回話道：「啟稟王爺，這的確是催產藥，而且是留子去母的霸道藥。」

孟醫正隨後又仔細介紹了此藥的效用，「是塞劑，靠氣味散發起效，可致宮胎劇烈收縮，胎兒早產或快產，然產後必定大出血，母體難以存活。」

攝政王沉聲靜氣，慢慢地問道：「若是不到產期便使用，會如何？」

孟醫正遲疑了一下，才答道：「不到產期，孩子生下來自然是不可能存活的。」

攝政王不緊不慢地又問：「若是放在器物之中，並未塞入體內，又會如何？」

似乎沒有人這樣用地，孟醫正性子謹慎，先與三位太醫商議了一下，才回話道：「論說，此藥藥性霸道，還是會產生一些催產之兆，比如胎兒浮動、脈象不穩，若是長久聞得此藥的氣味，必定會早產，至於產婦是否會大出血，當看藥效的積累程度。若是積累得多，就有可能大出血而亡，若是量少，則還有救。」

攝政王眸光微閃，最後問道：「多久會起效？」

孟醫正沉吟了一下，方道：「依微臣推測，放在鼻下聞之，七日可起效，若是放得遠些，可能月餘才會起效。」

催產藥在這世上也是時常要用到的，比如過了產期還未發作的孕婦，或是初產的孕婦，宮口開得不暢，若是不用藥，怕會悶壞了小孩子。可是這種留子去母的霸道藥，卻是上不得檯面的東西，是些密醫和拿錢辦事的穩婆才會使用的藥物。一般是那些沒有嫡子，只能借腹生子的主母，卻又不想留下妾室日後分薄了兒子的孝心，才會私下使用，這其實等於是變相的謀殺，但女人生孩子本來就是鬼門關前轉三圈，在產床上大出血死了，也不可能查出什麼原因來。

待攝政王一問完，孟達海便一撩衣襬，撲通一聲跪到地上，聲音沉痛，「微臣請求王爺，再次搜索別苑，務必……務必……」說到後來，竟是哽咽著泣不成聲。

俞筱晚微微詫異地看著這一幕，君逸之立即湊過頭來答疑解惑，「孟醫正就是故去的孟孺人的父親。」

俞筱晚恍然大悟，想是因為這幾枚藥丸，讓孟醫正想起了女兒在產床上難產而亡，恐怕也認為女兒死得冤屈。她悄然扭頭看向張君瑤，見其一副鎮定自若的模樣，不由得在心中暗嘆，已經一個月了，這種藥隨著藥效的散發會越來越小，直到消散成空，而且方才這幾丸藥都是在花瓶中找到的，花瓶要插花，裡面多少會裝盛些清水，這樣藥效散發得更快，藥丸也就消失得更快。以她的估計，這幾丸藥若是沒有被發現，最多七天就會消失失蹤。也難怪張君瑤會這般鎮定，況且，她雖然認為張君瑤的嫌疑很大，但是也難排除其他人的可能，畢竟還有一位出身高貴的孺人，至今未能懷孕呢。

面對孟醫正的請求，攝政王沉吟著未說話，兩位妃子自然也不敢多說什麼，屋內的氣氛沉默得有些壓抑。

正當此時，門外傳來唱駕聲：「王妃駕到。」

不多時，攝政王妃扶著許嬤嬤的手慢慢走了進來，向攝政王納了個萬福，「見過王爺。」兩位妃子也忙給王妃行禮。王妃將手一抬，「免了。」

吳麗絹便要將自己的位置讓出來，攝政王妃卻笑道：「妹妹妳坐好，妳身子重，還是坐軟榻才好。」

這般一說，張君瑤就不得不站起身來，讓到一旁的八仙椅上，將王爺左側的位置讓給王妃。

「今日省親歸遲了，還請王爺恕罪。」王妃道了歉，掃了一眼屋內眾人，又關心地問：「這是出了什麼事？」

攝政王將事情交代了一番，卻沒問她意見，而是看向俞筱晚道：「俞小姐，現在已知藥丸效用，妳且說說看，妳如何看待此事？」

對於王爺還會來問俞筱晚的意見，似乎連君逸之都吃了一驚。今日之事，往大了說是破壞皇家血脈，往小了說，就是家醜。有道是家醜不可外揚，就是宮中查出了什麼妃子相互陷害之事，也多半是掩飾下來，找別的藉口處置掉，哪有這樣找旁人問意見的？這種事，沾上了可不是什麼好事。

君逸之隨即輕笑道：「皇叔好生有趣，俞小姐又不是衙門裡的師爺，您問她，可不是難為她嗎？」

王妃的眸中劃過一絲訝然，瞟了王爺一眼，又瞟了一眼輕鬆中帶著一絲緊張的君逸之，隨即含笑向凝眉思索的俞筱晚道：「俞小姐莫怕，想到什麼就說什麼，王爺和我自然會分辨，斷不會混賴在妳的頭上。」語氣十分輕快，有些玩笑的意味，卻也是向俞筱晚變相保證，若有什麼事，不會找她的麻煩。

俞筱晚心中一鬆，福了福道：「臣女仔細思索了一番，覺得此事應當是這水風景之外的人所為。」

攝政王略挑了挑眉，「哦？為何如此說？」

俞筱晚仔細分析，「吳庶妃上月之前的脈象還十分平穩，這兩個月卻漸漸顯出胎兒不穩之象，敢問諸位太醫，可是如此？」

得到孟醫正的肯定回答之後，俞筱晚繼續道：「方才孟醫正也說了，此藥丸的藥效十分霸道，若是放得近些，只需要七日就能催動胎兒早產，可是吳庶妃只是胎兒不穩，離胎動尚早，可見有兩個原因。一是藥丸出現得不久，二是放得較遠，沒有近身。可是吳庶妃的胎象不穩已經有兩個月了，就不當是時日不久之故，應當是放置得較遠之故。若是水風景的僕從，完全可以藏在引枕或是床榻之下，離得近，又不易被發覺，因而臣女才推測是水風景之外的人所為。另則，搜出藥丸的兩處，一是屏風外的大瓶，一是多寶格處的中瓶，這兩處都是客人們可以接觸到的地方。」

攝政王寒星般的眸子定定地看著俞筱晚，良久不語。王妃便含笑打破沉默，「俞小姐所言十分有理。」說罷，揚聲吩咐：「傳令，讓外面的侍衛問一問近兩個月來，哪些人進出過水風景，都去了什麼地方。供出最多的，有賞。」

吩咐完了，也不見攝政王有任何異議，顯然是贊成王妃的作法。只是自吳庶妃懷有身孕的喜報張出去之後，上門來討好的貴夫人數不數勝，應事處裡有記錄的就不下百人，像惟芳長公主進出不用通傳，卻又帶了人進來的客人，還不知有多少。

王妃笑盈盈地道：「屏風處，只要是客人就會經過，隨手扔幾顆小丸進去，也沒人能發覺得了。倒是這多寶格一處……只有到了梢間，還要在此方便的客人才會經過，師嬤嬤、牛嬤嬤，妳們倆也要好好想一想，有些什麼人在此如廁過。」

被王妃這麼一說，範圍就縮小了許多。客人們一般在中廳接待，在梢間接待的多是親戚或故交，便是有些內急，也會特意避到外間，再找丫頭問茅房在哪裡，沒哪個會這般沒眼色，一定要用吳庶妃的恭桶出恭。

師嬤嬤和牛嬤嬤計較一番之後，心裡有了些底，便向王妃稟報道：「回稟王妃，在梢間淨房方便過的客人，一是吏部右侍郎張氏及武氏；二是吳庶妃的母親武氏；三是晉王妃；四是……」說了幾位王妃的名頭之後，師嬤嬤看向張君瑤的方向，目光卻只敢看著張君瑤的裙襬，輕聲道：「還有小公子。張側妃幾次帶小公子過來玩耍，小公子都黃了尿片，就由蘭嬤嬤和奶娘帶到淨房去拾掇。」

張君瑤便刷的一下站了起來，指著師嬤嬤怒道：「死奴才，妳這話是什麼意思，難道是我要害吳妹妹不成？別說我已經有了一位公子傍身，便是膝下無子，我也幹不出這等陰毒齷齪之事來！」說著又看向攝政王，顫聲撒嬌，「王爺，您要為妾身作主啊！」

王妃不在意地端起茶杯來喝茶，眸光在吳麗絹的臉上轉了一轉，吳麗絹立即會意，捧著肚子站起來，向攝政王福了福，柔聲道：「王爺，妾身覺得張姊姊也不似這般陰毒之人，為母者，愛屋及烏，張姊姊便是不為自己著想，也得為小公子積陰德的啊！」

張君瑤臉色不變，心中卻打了個突，世間的人還是很相信鬼神的，自己做壞事的時候不覺得，可是一聽人說起自己的兒子，難免心裡會發虛。

吳庶妃又向王爺道：「只是妾身身受迫害，還求王爺為妾身作主，找出陷害之人，嚴懲不怠。」

攝政王一直嚴肅的俊臉，這才柔和了些，含笑將她拉起來，親自扶著她坐下，才安慰道：「愛妃放心，本王一定會找出這居心叵測之人，還妳一個公道。」說著又看向張君瑤，溫言道：「坐下吧，又沒人說妳。」

張君瑤臉色一喜，迅速地擠出一抹端莊的笑，「謝王爺信任妾身。」

王妃含笑道：「王爺是相信證據。張妹妹放心，沒有如山鐵證，王爺不會冤枉任何一個人，當然，也不會放過任何一個別有用心之人。」說完看也不看張君瑤僵硬的臉色，直接吩咐長史許如林，「現在帶人去搜其他院子。許嬤嬤，妳去將何、李、王、夏四位嬤嬤召過來，另外通知東方浩，帶幾位太監過來。」說完看向惟芳長公主等人，含笑道：「你們幾位貴客，我只能先道聲歉，少不得要搜查一下，只當是證明你們是清白的，張妹妹也要搜。」

最後補充的那句話讓張君瑤臉色大變，這樣的搜身，必定是要脫得光光的，那可是會讓她顏面掃地。她正要說話，就聽惟芳長公主爽快地道：「皇嫂何須如此客套，便是妳不說，我自己也要請求妳帶人來搜上一搜，免了這番嫌疑才好。」

金枝玉葉的長公主都願意了，而且還是個未出閣的姑娘家呢，張君瑤就再說不出什麼反抗的話來，委屈地看向攝政王。可是王爺卻只手捧茶杯，手指緩緩撫著杯上突出的掐絲琺瑯紋，闔眼沉默著，心裡不知在想些什麼。她扁了扁嘴，瞟了一眼蘭嬤嬤，只見蘭嬤嬤一臉鎮定，心裡也踏實了下來。

柒之章　情思難遣意彷徨

幾人都被引到東西廂房，搜了身，沒有任何可疑。原說應當是能告辭了，可惟芳長公主從君逸之那裡得了暗示，便向王妃道：「這樣吧，一時半會兒的你們搜查不出來，我們就叨擾一晚，等明日徹底查清了，我們再走好了。」

這樣正合王妃之意，到底是外人幹的，這幾個也是客人，不得不防。比如說君之勉，他是晉王妃之孫，晉王妃是太后的親姊姊。若是王爺無子，對皇上的威脅就降到了最小，因而，今日之事有可能是府中的女人幹的，也有可能是旁的人幹的，她不願放過任何一種可能性。當然，她自是相信俞筱晚，可是將惟芳長公主等人留下來了，卻讓俞筱晚回府，卻是說不過去。

可這話若由她來說，說得再委婉，也會傷感情。由惟芳長公主主動提起，是最好不過的。於是，王妃也沒客套地推諉，只含笑道：「那就要委屈你們幾位貴客了。」說著吩咐內務總管，讓他去宮中、晉王府、楚王府和曹府報個訊兒，又吩咐嬤嬤和太監，在內院和外院收拾四套廂房出來，安排給客人們居住。

旁人都沒有拒絕，俞筱晚自是不好說什麼，倒是吳庶妃提議道：「晚兒妹妹難得留在王府，不如就住在妾身的水風景吧，不必麻煩王妃安置了。」

王妃便笑道：「那好，我就將俞小姐交給妳，妳可要好生招待著，莫怠慢了，讓客人覺得咱們王府待客不周。」

吳麗絹連聲應了，俞筱晚也鬆了口氣，她可真不想睡到什麼客房裡，而且她注意到，自從王妃回府後，王爺就再沒吩咐過半句話，全權交給王妃處置，完全是一副男主外女主內的模樣，是全然的信任。俞筱晚悄悄瞟了一眼跟望夫石一樣看著王爺的張君瑤，心中暗道：這恐怕是張君瑤根本就沒發覺的，她從來就只能看到自己的長處，只覺得自己生了個兒子就是大功臣，卻不想想，兒子多的是人願意替攝政王生，可是這正妃之位，卻是要攝政王願意給才行。

看不到旁人的長處的人，真是可憐！

君逸之倒是挺高興，打定了主意，明日一早就到水風景來蹭早飯，多與晚兒相處相處，還有，得問問她，她對他……到底是個什麼意思？

君之勉卻似無所謂一般，只是告訴安排服侍他的太監，自己喜歡什麼刷牙子、什麼香型的青鹽，竟比惟芳長公主和俞筱晚這兩個姑娘家還要挑剔！

因是連夜搜索，主子沒讓停，侍衛們就會一直搜下去。安排好住宿後，眾人並未離去，便是留在水風景的梢間裡等著。快至半夜之時，王妃才輕聲稟道：「王爺，您明日還要早朝，吳妹妹也不能晚睡，小公子都已經睡下了，不如咱們先散了，讓許長史有事向我稟報便是。」

攝政王這才張開闔著的雙眼，淡淡地點頭道：「有事隨時稟報。」說罷便背負雙手大步離去。

張君瑤急忙跟上，小聲道：「妾身扶王爺吧。」

攝政王頓了頓，看也不回頭看一眼，又繼續往前走，張君瑤卻是知道這是允了，忙笑盈盈地向王妃福了福，追著王爺走了。

剛出了水風景的大門，張君瑤就追上了王爺的腳步，扶著他的手臂道：「王爺，您慢點，妾身走不了這麼快。」

攝政王雖然沒說話，卻慢下了腳步。張君瑤心中一喜，王爺雖然平日淡漠了些，可是只要她提要求，無不滿足的，心下有了計較，便小意地奉承了他幾句，哄得王爺笑了，隨即話峰一轉，「王妃姊姊這幾日賞了不少紅丹果給妾身，汁多肉甜，妾身十分喜愛呢。」

攝政王淡淡一笑，「妳喜歡，我讓她多給妳些。」

「謝王爺賞。」張君瑤邊走邊屈了屈膝，小嘴裡繼續道：「只是方才在吳妹妹那兒，似乎也有半碟子紅丹果的核呢，莫非姊姊給吳妹妹也送了些嗎？那果子，聽說吃了對胎兒不好呢，姊姊是不知道，還是……」

攝政王停下腳步，寒星般的眼眸就著燈火直視著她，半晌不語，看得張君瑤心中的不安越來越大，慢慢大得如同這漆黑的夜，將她團團包裹住，他才緩緩地沉聲道：「為何方才在水風景時不說？妳是希望王妃出錯呢？還是希望絹兒滑胎？」

張君瑤只覺得胸腔裡的空氣都被駭得消散一空，胸口虛得慌，片刻後才找回了自己的聲音，「王、王爺恕罪……妾身……是看到……已經是……核了，怕……怕姊姊……自責，才……才沒說……」

「哦？」攝政王淡淡地收回目光，看向廊上的宮燈，「那為何不等明日同王妃說，卻要來說與本王聽？」

她是不是弄巧成拙了？張君瑤聽到後如同五雷轟頂，真沒想到王爺不但不懷疑王妃，反而懷疑起她來了。她忙一福到地，顫著聲音，可憐兮兮地道：「王爺明鑑，王爺您是妾身的天，妾身有任何事，首先想的就是告訴王爺您，並非特意要說姊姊的不是。妾身以後記得了，有事會向姊姊稟明……」

「妳記得最好！」攝政王高高地俯視她，「她是王妃，是本王的正妻，是這王府後院的掌權人，後院中的事，便是本王，也不會隨意插手。妳日後有事，只管向她稟報便是。另則，絹兒腹中的胎兒，本王和王妃都寄予厚望，盼著是個麟兒，好讓王妃抱養膝下。」

若說之前的正妻之言還只是一般的打擊，那麼最後這句，就是直接滅了張君瑤的晉升夢了。王妃若有了嫡子，哪還會有她的機會？

攝政王說完話，便頭也不回地走了，張君瑤卻蹲福在地上，沒叫起，不敢起，也不願起。

不知過了多久，三更的梆子敲到了二刻，蘭嬤嬤勸了幾回，張君瑤才扶著她的手慢慢站起來，雙腿似乎沒了知覺，一時不能行走，就這麼斜倚在蘭嬤嬤的肩上，兩行淚水劃過她白皙美豔的臉龐。

她不甘心，真不甘心啊！她覺得自己委屈，真的委屈啊！想她在家中亦是嬌養著長大的，從來就沒讓過誰，都是兄弟和庶姊妹們讓著她，頭一次受委屈，就是在抬入王府的當晚。蒙著水紅色蓋頭的她，嬌羞地等夫君將蓋頭挑起，以為會一承雨露的時候，卻被夫君告知，今夜不宿在秋海堂。誰知道她看著王爺遠去的儀仗，哭了整整一晚？頭一次伏低做小，就是在次日敬茶的時候，她被王妃敲打，一旁的王爺居然連話都沒說一句，她也只能咬著牙忍了。

好不容易如願以償，頭一個懷孕，一舉得男，生下了庶長子，原以為要盼到頭了。王爺沒開口要求將兒子過繼到王妃名下，她並不如蘭嬤嬤和母親那般心急心慌。她安心地做著美夢，認為這是王爺有心讓她上位的徵兆，為了測試自己的想法是否真切，她暗暗與王妃較過幾次勁，王爺都是向著她的，對她略嫌逾矩的舉動也是一笑置之。有了王爺的支持，就連王妃也拿她莫可奈何，可是今晚王爺卻說出了那樣的話，不但不打算將她扶正，還寧可抬舉吳麗絹生的兒子，也不抬舉她的兒子。

難道，之前的一切寵愛，真的只是她的夢境？

看著主子不斷線的淚水，蘭嬤嬤暗自搖頭。蘭嬤嬤雖不是張君瑤的奶嬤嬤，可也是自小就服侍她的。張君瑤自幼容貌便出奇的美麗，相士也說她命格極貴，張家人都盼著她能成為皇妃，光宗耀祖，所以待她五歲之時，就特意從到了年齡而遣出宮的嬤嬤中挑選了蘭嬤嬤來調教她。蘭嬤嬤原先也是服侍宮中貴人的，將張君瑤教養得貴氣十足，對一些個內宅中的彎彎繞繞亦十分熟悉，謀劃得也精細周全。

原本看到張君瑤這個樣子，蘭嬤嬤是心疼得不行，可是該說的話，她還是要說的，只是不能在此處說，於是便道：「咱們回吧！」

張君瑤遲鈍地點了點頭，讓蘭嬤嬤扶著，有氣無力地往秋海堂而去。才剛走到岔路口，就被留守的侍衛攔住。那侍衛低著頭，目光不敢打量張君瑤，語氣也十分恭敬，卻是不讓她回院子，說是王妃的安排，所有人等，今日全都住到客院去。這是要連夜搜索府中各處，不讓嫌疑人轉移了物品，又不能讓妃子妾室們被侍衛驚擾到而做出的安排。

原本是很正常的安排，若不是今日受了打擊，張君瑤自己都要主動提出來，她要求服侍王爺，也是為了躲過去客院住，可是這會兒心理飽受創傷的張側妃，聽了侍衛的話後，不但沒隨著蘭嬤嬤的指引轉身，反而在眨巴了幾下大眼睛之後，忽然歇斯底里地發作起來，「憑什麼不讓我回秋海堂？我是犯人嗎？居然要將我看管起來？這是哪裡來的道理？誰下的命令？王妃嗎？她憑什麼給外院護衛和侍衛下指令？憑什麼讓外男守在內院裡，這是哪裡來的規矩？我要去找王妃理論！」

蘭嬤嬤給她駭得手足發軟，讓親兵侍衛們進內院可是王爺下的令，非常時期非常法，從來沒有什麼規矩是方正得一點不能變通的。側妃剛剛才在王爺那裡吃了掛落兒，這會兒再去得罪了王妃，日後可就只有冷宮一途了。

當下蘭嬤嬤也顧不得什麼規矩，強行摟住張君瑤的纖腰，半扶半拖地拽著她向客院走，嘴裡還吩咐身後的宮女們掌燈。

張君瑤死不答應想要哭鬧，被蘭嬤嬤眼疾手快地捂住了嘴，一個眼色，張家陪嫁來的兩個大丫頭立即上前，一同擁著張君瑤去了客院，在安排好的房間內安置下。

這一番動作，自然有人稟報了許嬤嬤，許嬤嬤悄悄打起簾子進了梢間，附在攝政王妃的耳邊小聲嘀咕了幾句。王妃輕輕揚唇一笑，「由得她鬧，明日鬧到王爺跟前去才好。」

許嬤嬤也露出了會心的笑容，奉承道：「還是王妃的手段高明，老奴佩服得五體投地。」

只有她這個跟在王妃身邊的心腹，才知道王妃是如何捧殺張側妃的。剛生下兒子的張側妃心中雖然得意，卻也沒敢如何囂張，是王妃連連天價地送珍貴補品、名貴擺設、稀罕的玩意兒，顯出要倒求著張側妃一般的低姿態，哄得張側妃飄飄然腳不著地，又故意幾次三番地暗下絆子，卻又在張側妃一狀告到王爺面前時，自矮三分，讓張側妃越發地自以為是得找不著北，下巴抬得都能指天了。

也不想想自己是個什麼身分，一個側妃而已，縱使是因為生了王爺期盼已久的長子，多得了王爺一些青眼，但到底只是個側室，皇家最重規矩，也最重嫡庶之別，行事作派這般囂張，便是生了長子又如何？總會引得王爺厭棄！況且現在吳庶妃也懷了身孕，看腹部也像是男胎，只要再有了兒子，張側妃生的那個不再是唯一，她在王爺心中的分量更會大大減輕，她還這般挑事任性，冷宮就在前方等著呢！

之前張側妃剛剛生下長子的時候，許嬤嬤不知有多替王妃擔心，到底是個兒子呀！又是出身官宦之家的側妃，王爺也從沒提及將小公子交給王妃抱養的事，那麼將王妃擠走將張側妃扶正，也是常有的事。可是王妃只不過是幾樣玉器擺設、幾滴忍氣吞聲的淚水，就將這個心腹大患給擠去了一邊。

若是張側妃只是囂張一點，沒做什麼虧心事，那麼下場也不過就是日後在王妃面前抬不起頭來，若是她敢……

「那依您看，吳庶妃那兒的事，是否為張側妃所為？」許嬤嬤按下滿心對主子的佩服，小心翼翼地看著主子問。

王妃沉吟了一下便道：「我原本還有些遲疑，現在倒是能拿個八九不離十了。」

她一開始最懷疑的就是張君瑤，只是在別苑怎麼也查不出什麼疑點，便將這份懷疑，也慢慢地移去了太后及王爺的政敵那邊。畢竟以她瞭解的張君瑤，可沒那份心計將事情做得周密得一點不透，可是今日在吳庶妃那兒搜出了催產藥，卻又另當別論了。

畢竟那種藥藥效霸道，只要有人將藥投放在花瓶底就能害人，不需要任何人打下手。這些花瓶十分珍貴，丫頭們打掃屋內，也只是將花瓶的外面擦得光可鑑人，瓶內卻不可能每日清洗，有時事忙，甚至可能換季的時候才記得清洗一次。

而且，最重要的是，張君瑤今日暴露了她的心虛！

張君瑤同王爺的那番對話，也早有人原原本本一字不漏地傳到了王妃的耳朵裡。挑撥離間的話，這王府裡的妾室誰都會說，可沒人會挑在這個節骨眼上。在目前有人要暗害吳庶妃、侍衛們還在內院搜查，沒有找到嫌疑人的情況下，真正清白的人，肯定會隨時關注著動向，鎮定地等待結果出來，為了避嫌，還會儘量遠著這事一點，可是張君瑤卻挑這個時候向王爺進言，想將矛頭轉到她的身上，這不是心虛是什麼？

思及此，王妃微微縮了縮瞳孔，身為攝政王妃，她從來沒有想過獨占丈夫，因為這是根本不可能的事！她可以讓妾室們分王爺的寵愛，可以讓妾室們為王爺開枝散葉，可是誰來生、什麼時候生，卻得由她說了算，她更是絕對不允許有人持寵爬到她的頭上去。原只是要打壓一下張君瑤的氣焰，因為最不安分就是張君瑤，免得她以為生了個兒子就能得道升天，可若是想由此破壞了王爺的血脈……張君瑤啊張君瑤，妳可千萬要行事謹慎一點，別讓我抓到任何把柄！

客院很大，就連攝政王妃都為了避嫌而住在客院的正房裡，張君瑤住著最寬敞的西廂房，就與王妃打對面。她躺在炕上半晌闔不了眼，心裡反覆迴響的就是王爺說的那幾句話，那幾句一下子把她打入塵埃裡的話。

她的神情木木的，與平時裡的鮮活和明豔完全是兩個人。蘭嬤嬤看著心疼得要命，便不顧規矩，輕聲問道：「這幾日倒春寒，側妃要老奴給您暖暖床嗎？」

其實天兒一變，炕下就燒了火，這麼問不過是有話要說。張君瑤心裡正空虛著，便往炕裡挪了挪，啞著嗓子道：「嬤嬤上來吧。」

蘭嬤嬤暗嘆了一聲，主子就是這樣，心氣兒太高，受不得一點委屈，忍不得一點氣，其實說起來也算是有手段能忍氣的了，只是偏偏命不好，遇上個更有手段，更能忍的正妃，若是再這樣下去，真會……

「側妃還當老奴是嬤嬤，那老奴就說幾句逾矩的話。」蘭嬤嬤將嘴貼在張君瑤的耳邊，聲音輕得不尖起耳朵，都以為是窗外的風聲，「您今日太心急了。」

說到這個，張君瑤的淚水又在眼睛裡打轉，「我是擔心……」

「老奴不是已經告訴了您，請您寬心嗎？」

「可是他們要搜院子。」

「那又如何？」就知道主子是擔心這個，蘭嬤嬤長嘆一聲，「您怎麼就不想想，若有事，已然晚矣；若無事，您去找王爺說那些個，不是心虛是什麼？」

張君瑤這會兒才有些後悔，是啊，若真的從她的院子裡搜出了小丸藥，頂多是她跟王妃一同受罰，若是搜不出……應當相信嬤嬤的啊！嬤嬤辦事從來謹慎，她說沒事，就不會有事。

張君瑤支吾了一下，弱弱地道：「也……也無妨吧，反正我跟王妃爭……也不是一天兩天了。」

蘭嬤嬤直嘆氣，「那紅丹果賞下來也不是一天兩天了。」若要挑事，早就挑了，今日才挑事，就是心虛！

「那……那怎麼辦？」張君瑤這會兒真是開始後悔了，一開始她只覺得自己委屈，這會後悔了，才想到王爺若是疑了她，以王妃的手段，她可真是沒活路了。

蘭嬤嬤輕笑了出來，「您放心，您是小公子的生母，沒有任何證據，就是王爺也不能拿您如何，更別說王妃了。」竟是分外篤定不會有事，「只不過，經此一事，您以後要避著王妃一點，別再跟她爭了。王爺信任她，除非有什麼事，讓王爺與她離了心，您才能動。」

張君瑤躺在炕上重重點頭，她記得今日的教訓了。

再說俞筱晚留在吳麗絹的院子裡，吳麗絹硬拉著她跟自己同榻而眠，問及她怎麼懂藥材，俞筱晚隨口說了理由，便勸著吳麗絹早早歇息，自己也一睡到天明。

才剛起身梳洗完畢，門外就有丫頭稟道：「稟庶妃，君二公子過來問安。」

吳麗絹含笑看了俞筱晚一眼，輕笑道：「快請。」又拉住俞筱晚的手，輕聲道：「別避了，總要見到的。」

也是，那個傢伙是不達目的不甘休的，難道還要避他一世不成？俞筱晚便安靜地在一旁坐下。

難得君逸之守著禮數，待丫頭們打起了珠簾，才步入梢間，一抬眼就看到側坐在吳麗絹身邊，表情有些不自在的俞筱晚。一早兒就能見到心上人，君逸之心情大好，動作瀟灑地問了安，便在左側的黃梨木八仙椅上坐下，輕勾唇角笑看佳人。兩人之間有身分差別，俞筱晚萬般不願，也只得起身向他福了福，「君二公子早安。」

君逸之笑得風流，「俞小姐早安。」

吳麗絹差一點憋不住笑出聲來，怕失了禮，忙問喜兒：「早膳拿來了嗎？」

喜兒福了福道：「已經在偏廳擺膳了，奴婢現在扶您過去嗎？」

吳麗絹輕輕點了點頭，一手讓喜兒扶著，一手捧住大腹，邊說邊走：「太醫讓我偶爾走動走動，說這樣容易生。君二公子用了早膳沒？要不要一起？」

君逸之早就等著這句話呢，忙應道：「沒用呢，那就在此叨擾了。」說著慢下腳步，跟俞筱晚一起跟在吳麗絹的身後。

俞筱晚被他看得渾身彆扭，臉不自覺地發熱，便小聲地道：「吳姊姊。」提醒吳麗絹，以君逸之的身分，應當走在最前才是。

可是吳麗絹只當沒聽見，君逸之更不會在乎這幾步的差別，只拿那雙漾得出水來的鳳目看著俞筱晚清麗的小臉，聲音輕緩得彷彿羽毛刷在俞筱晚的心上，癢癢的、熱熱的，「一會兒用過早膳，我陪妳去客院問問，看看昨晚都搜出了些什麼，若是早日得了結果，咱們也好早日回府。」

嘴裡這麼說，其實心裡巴不得最好十天半個月的也別搜出什麼來，好讓他們幾個以嫌疑之身留在王府裡。

這才剛說完，就有攝政王妃身邊的嬤嬤過來傳話，王妃請俞小姐過去陪她用膳。君逸之指著自己的鼻尖問道：「皇嬸子差了誰去請我？」

那嬤嬤陪笑道：「請公子爺恕罪，這個奴婢不知。」

君逸之不在意地道：「沒事，我一同過去便是了。」也不管人家請沒請他，就自動自覺地跟俞筱晚一同往外走。

這一回來自在一些，身邊沒有吳麗絹那個礙眼的，君逸之十分自然地指使道：「你們退開些。」

王府的奴婢哪個不知這位風華絕世的君二公子說一不二的性子，忙都退開十來步，保證聽到不君逸之要說的話。

君逸之十分滿意，這才將臉轉向俞筱晚，心中又忽地忐忑了起來。躲了俞筱晚幾天之後，他又十分想知道她心中到底是作何想，這才急巴巴地讓惟芳長公主約了俞筱晚出來，可真當兩人面對面了，他又心慌了起來，真怕聽到什麼自己不想聽到的話……可是逃避不是他的性子，他躊躇了一下，還是強忍著心慌，開口道：「那天我說的話，是認真的！」

俞筱晚耳根一熱，羞得眼皮子都抬不起來，下意識地咬住了下唇。君逸之著迷地看著她雪白的貝齒輕輕地陷入花瓣一般的嫣唇中，不由得停下腳步，癡迷地伸出手去，想觸摸那兩片紅潤，想確定它們的手感，是不是如同鮮花花瓣一般細嫩光潔？

俞筱晚也鬼使神差地隨著他停下腳步，待發覺他的舉動不合時宜之時，他的手指已經離她的唇僅一寸之遙。

「你、你幹什麼！」俞筱晚怒斥的語氣，聽起來倒像是撒嬌，說完後反倒臉更紅了，只得退開一步，嬌瞪著君逸之，不許他放肆。

君逸之只是一時意亂情迷，自然也知道他倆現在的關係，這個動作有多麼不妥，何況晚兒還在孝期呢！為了她的名聲，也不能如此，只得提高聲音道：「一隻蒼蠅！」說完作勢在她臉邊揮了揮手，又偷眼打量了一下身後的隨從。

身後的丫頭婆子們垂頭看地，完全當自己是木樁子。俞筱晚跟君逸之都放下了心，俞筱晚還是不滿，瞪了他一眼，又退了一步，思量了一歇，才道：「說了你母妃……」

「別管這些。」君逸之不耐煩地打斷道：「這些妳不用考慮，我只問妳的心。」

俞筱晚咬著下唇糾結了，問她的心，她已經自問過了。她對君逸之有好感，可是也沒到海枯石爛的地步。或許是兩人的接觸還太少了，也許她現在心裡總是想著前世的恩仇，不能敞開心胸接納他，總之，沒有濃到可以為了他，頂著未來婆婆的壓力，不顧一切嫁給他的地步。

俞筱晚久久不說話，君逸之越等越心慌，他不願聽到拒絕的言辭，抬眼瞧見一旁的假山，不管不顧地一把拖起俞筱晚的手臂，幾步走到假山後面，扳著她的肩頭，俯下身子盯著她的眼睛，用有生以來最嚴肅的語氣，最認真的態度道：「晚兒，妳相信我，我不會讓妳受委屈。待我封了爵，我就請求開府，咱們可以去封地的，妳不必管我母妃如何想，只要……只要妳願意！」

大封皇室血脈，是開國太祖皇帝為了平穩皇權而制定的策略，只要皇子皇孫們老實聽話，嫡子就能永世享受榮華富貴，為了確保皇室的崇高地位，蔑視皇族，就是死罪，哪怕對方是朝中重臣。但也僅是榮華富貴，只有親王才有開府的資格，而想開府建牙，就連親王都得由當朝皇帝單獨授權才行。一般的郡王則沒有封地，只有極高的俸祿，也不能開府，必須依附著自己的兄長親王而居。不過像君逸之這樣受寵的，父親又是當權的朝臣，太后和攝政王為了安撫楚王，也會給他授封地，授了封地，就能到封地上開府，當個逍遙土皇帝。

這樣的建議其實是極動人心的，在封地，上無須侍奉公婆，下無須親善妯娌，整個後宅一人獨大，換成別的女子，怕是會高興壞了，俞筱晚卻搖了搖頭道：「不，我要留在京城！」她要留在京城，侍奉外祖母百年之後，她要讓曹家欠她的債，一筆一筆全數還清，所以她不能離開京城。

君逸之有些怔忡，他以為晚兒會高興能離開京城，可是他仔細看著她的眼睛，知道她說的是認真的，並非一時情急尋出來的藉口。他深深地吸了口氣，也認真地尋思了一番，一字一頓地承諾：「那好，留在京城！不過，要等上幾年，頭幾年我們得跟父母親住在一起，等我在朝中有了立足之地，一樣也能開府！老祖宗很喜歡妳，她老人家不會讓妳受委屈的，我也不會！」他看著她，小心翼翼地問：「這樣可以嗎？」

俞筱晚用力咬著唇，原本一個未出閣的姑娘，聽到這樣的表白，應當是十分害羞的，可她卻有些哭笑不得，怎麼他說得好像她跟他已經訂了親似的？

儘管沒有那般羞澀得磨不開臉，可俞筱晚也不大敢看他亮得耀眼的雙眸，垂下小巧的螓首，努力讓自己的語氣聽起來真誠，言辭聽起來不傷人，「我……我其實……我覺得你人還不錯，很仗義，只是我……」

「等等！」雖然俞筱晚沒說完，但君逸之也知道她想說什麼了，那些會讓他黯然神傷的話，他不想聽，直截了當地問：「妳有中意人嗎？除我之外！」

俞筱晚蹙了蹙眉頭，有些不滿地道：「你當我是什麼人？」

君逸之心中大舒，悄悄鎖上的眉頭緩緩鬆了，神情也跟著輕快起來，「妳是想說，妳現在只是覺得我很仗義是吧？沒關係，咱們多見幾次，日後妳就會發現我還有很多優點。比如說，我長得好，老祖宗都說了，她活了一輩子，見過的男子數不勝數，沒人比得過我的，日後妳若嫁給我，我保證妳的朋友都只有羨慕的份。」

原本還為了如何說服他而發愁的俞筱晚，實在有些繃不住想笑，小嘴憋得死緊，可是小身板卻不由自主地抖了起來。

君逸之見她笑了，心裡更是輕快，「還比如說，日後後院的事，我都交給妳管，妳想如何就如何。」

又是日後日後的，俞筱晚抬頭瞪了他一眼，卻被他漂亮的鳳目看得臉兒紅紅地垂下頭去，輕哼了一聲道：「我、我以前便想過，希望未來的夫君，是我父親那樣的男子。」

君逸之一開始沒明白什麼意思，拿扇柄搔了搔脖子，「武將嗎？那個要投軍啊……我想想……嗯，若是在軍隊裡混個閒職，妳滿意嗎？」他現在的身分，是不可能真的去投軍的，可是又不想晚兒才說出那麼點條件就拒絕掉，若是她同意，他就好生跟公子商量商量，去軍隊混個閒職，應當沒什麼，不妨礙大事。

裝傻是吧？就知道男人都是花心的！俞筱晚大翻了一個白眼，這回重重地哼了一聲，「說完了嗎？說完了快去客院，我餓了。」

這語氣可不大對，沒有之前的輕鬆，隱隱有了疏離之狀。俞筱晚還嫌他站得太近，拿手去推他。

君逸之急了，反手便將她的玉手握住，焦急地問：「怎麼了？之前不是還說得好好的嗎？」

見他真的急了，俞筱晚心中憋著的那口氣，不知怎的就慢慢地洩了，心軟了軟，儘量平和著情緒，徐徐地道：「你真知自己的心意嗎？就這般胡亂與我承諾！我並不清楚我的心意，所以什麼也不能答應你，何況，婚姻大事……」

君逸之不耐煩地揮了揮手，打斷她道：「別跟我說些婚姻大事父母作主，或是身分懸殊這類，只要妳願意，待妳出了孝期，我可以向太后求旨！妳不必擔心我母妃，或是妳外祖母、舅父、舅母不允，等賜了婚，就沒人敢拿妳的身分說事，這些妳都不必考慮！就算妳現在不願意應承我，但只要妳心中沒有旁人，我也願意承諾，只要妳不刻意拒絕我、防備我，我會盡全力讓妳明白，我會是妳的良人！」他看著她，用力地承諾：「只要妳願意給我機會！」

俞筱晚抿了抿唇，就事論事地道：「我們……不說感情，只說……你看，昨晚的事，就是因為攝政王爺後院的女人太多了，才會有爭鬥有陷害，所以我寧可嫁入寒門，只要能一生一世一雙人。」她說著，有絲黯然。她或許很難有母親的好運，尋得像父親那般重情義的男子。豪門大戶，哪容得一房專寵？就算只是為了拿捏住媳婦，當婆婆的都少不得要往兒子房裡送人，更別說，萬一她同母親一樣，只得一個女兒……

君逸之怔了怔，才知道原來俞筱晚所說「我父親那樣的男子」是這個意思，他倒是不在意什麼偏房妾室的，只不過母妃那裡肯定是難為的。老祖宗那裡不見得會同意，但也不見得不同意，只要他能想法子說服老祖宗，就能擺平母妃了。

他才在這廂轉著心思，俞筱晚的目光就黯淡了下去，就知道這是不可能的事。忍住一點點湧上心頭的酸澀，她安慰自己，還好，她也不怎麼喜歡他……

掙脫了君逸之的手，俞筱晚轉身往外走，語氣淡漠地道：「快走吧，別讓王妃和長公主等急了。」

君逸之敏感地發覺了她的疏離，心中一驚，急急地拉著她的手道：「別走，妳、妳是不是誤會了？我可以答應妳的！」

俞筱晚瞪他一眼，「休想先騙了我再說。」

君逸之急得不知怎麼剖白自己，他是真的不在意。自小起，他的身邊就有各色各樣的美女，有衝著他未來的郡王名頭來的，有衝著他無雙的俊顏來的，可是他從來都沒有興趣。這些女子，要麼虛偽得讓他噁心，要麼白癡得讓他煩躁，當然也有真正聰慧賢淑的淑女，可是一言一行都是禮數，一舉一動都是規矩，讓他覺得呆板得跟屋裡擺的花瓶沒有兩樣。又或許，她們對他有所求，不敢表現出真性情，又或許僅僅是氣場不和，總之在遇到俞筱晚之前，他覺得天下的女子就只有兩類——看著煩躁的，還有看著不煩躁的。

見到俞筱晚之後，才發覺還有第三類，是讓他時時想著再見一面，想著她今日會做什麼，會不會也想著見他……隨著相思入骨，他越來越後悔，當初與晚兒初次見面時，他應當給她留下最好的印象才是。後來的見面，他也不該捉弄她，更不該讓她覺得，他紅顏知己遍天下。

可惜世上沒有後悔藥，有些事也不能現在說明，君逸之哼哧了半晌，才硬擠出一個證據，「我不是想先騙著妳，真的……真的！我這人其實不好女色，我就沒發現有哪個女子比我生得美的，我怎麼『好』呀？」

俞筱晚又忍不住想笑，用力攥著拳頭，把笑意憋下去。她緊抿著雙唇，看在君逸之的眼裡，就是不相信，這都不相信，他實在是沒轍了。

看著他急頭白臉，連話都說不出的樣子，竟奇異地取悅了俞筱晚。她將眼光瞥向一邊，輕哼一聲，「你倒是自信得很，不如改天你換成女裝與我比一比！」

「啊？」君逸之傻了，「這、這肯定是……」

話說到一半他就閉了嘴，眸光一厲，回頭看去，就見君之勉一身簇新海靛藍圓立領的直裰，玉帶收腰，整個人丰神玉立，背負雙手緩緩從樹後顯出身形，瞥了他二人一眼，淡淡地道：「我說這園子裡怎麼還有人敢亂晃呢？原來是你們，這是要去見皇嬸嗎？」

君逸之哼了一聲，「不關你的事！」

俞筱晚卻道：「正是，不該讓王妃久等，臣女先行一步。」說完便轉身走了。

君之勉上前兩步，輕聲對君逸之道：「怕被人笑就不要扮好了，又沒人逼你討好她！我看她是個有主意的，你也莫想逼她！」

君逸之撇了撇嘴，恢復了不羈的神態，「俞小姐是姑娘家，自然是害羞些，至少她跟我說話很和氣。」暗指昨晚君之勉被俞筱晚嗆聲的事。

君之勉冷冷地瞥他一眼，「至少我不流連花樓，也沒有紅粉知己若干。」

話未說完，被君逸之打斷，「那是！你只愛嫖戲，捧戲子！」

本朝男風頗盛，私下養男寵的男子不少，捧戲子也是養男寵的方式之一，不過到底是上不得檯面的愛好，沒人會這樣拿到面子上說。君之勉被他氣得雙眸一厲，君逸之卻哼哼地笑了幾聲，追著俞筱晚去了——他還沒能從俞筱晚的嘴裡要到一句肯定的話呢！

可惜這處離客院已然不遠，加之君之勉也緊緊跟了上來，君逸之再沒尋到說話的時機，便把君之勉暗暗恨了個透。

攝政王妃和惟芳長公主等他們三人等得粥都涼了，好不容易人來齊了，先用過早膳，王妃才歉意地笑道：「已經在花園子裡尋到了藥瓶，此事必定與幾位無干了，我這廂給諸位賠個禮，一會兒就備車馬送你們回府。」

四人忙表示無妨。

在花園裡尋到藥瓶，就很難尋到主謀了，雖然知道許多事很可能找不到幕後者，可俞筱晚還是覺得心裡堵得慌。告辭的時候，她忽而想到，到底是何人所為，王妃心中必定也有主張，只是王妃可能會派人盯著張君瑤、盯著張府，卻極有可能漏了張氏這個人。至少在王爺和王妃的眼裡，曹府是吳麗絹的娘家，他們很難將張氏跟張君瑤聯繫在一起。

她便含笑向王妃福禮道：「多謝王妃款待，臣女感激不盡。臣女就此告別，來不及向張側妃道別了，還請王妃向側妃說明一下。待下回舅母『張氏』來看望側妃之時，臣女也會請舅母代為請罪的。」

王妃心中一動，面上卻不動聲色，只淡笑著應下。待幾人走後，她才挑眉問許嬤嬤，「去查一查，張氏每回來王府，多在哪裡坐著？」

而王府裡的警報解除後，各院的主子回了各院，張君瑤安靜了幾日，待覺得風聲沒那麼緊了，才尋了個時機，將屋裡的丫頭們都打發了出去，拉著蘭嬤嬤的手問道：「嬤嬤，怎麼辦？王爺幾日沒到我院裡來了，可是惱了我？他……他竟連小公子都不來看一眼了！我、我、我……若是吳麗絹再生個兒子出來，這王府裡哪裡還會有我的容身之地？」

蘭嬤嬤也覺得問題很嚴重，她原想著王爺肯定是惱了主子，可是心裡還是會有小公子的，就是不願意到秋海堂來看小公子，也會差了人來抱小公子到正屋去。而王妃又不願意抱養小公子，小公子不可能總住在正院，慢慢的，王爺總歸會再回到秋海堂來，可是這幾日王爺竟一次也沒提出過要看小公子。

景的下人……」

蘭嬤嬤仔細尋思了一番，眸中閃現幾絲陰險的光芒，悄聲道：「實在不行，就想辦法收買水風

張君瑤用力搖頭，「不行！這樣太露痕跡，之前咱們不就商議過？」她想了又想，下定決心般地捏了捏拳頭，「不是還有一味藥嗎？法子也想好了。」

蘭嬤嬤大吃一驚，「可……可是，風險太大了！」

張君瑤哼了一聲，「不是說，只要不吃下肚去就沒有關係嗎？這事我就交給妳，妳一定要辦妥當了，麒兒若是有個什麼，我不會放過妳！」

蘭嬤嬤打了個哆嗦，可是一想到舅夫人說的話，又覺得有道理，便狠下心道：「也是，富貴險中求！側妃只管放心，這事就包在老奴的身上，老奴定會護得小公子周全！」

蘭嬤嬤發了誓，張君瑤卻又有些不放心了，拿寶貝兒子做筏子到底值不值得？她抱著兒子逗了許久，看著兒子可愛的小臉，心一橫，那藥只要不吃下肚去就沒事！她是個有福的，麒兒也是個有福的，不會有事的！

這會子，攝政王妃正在跟攝政王談論吳庶妃的胎象，經過孟醫正親自扶脈開方，幾日調養之後，吳庶妃的胎象已經穩了很多。王妃輕聲道：「王爺請寬心，臣妾無論如何也會為王爺保全這條血脈。」

攝政王輕輕勾起一抹笑，拉過王妃的手包在自己的掌心，輕聲道：「聽絹兒說，那個俞小姐倒是懂些醫術的，這種密藥她都能知道，或許真有些本事也不一定。依本王看，不如請她到王府來，給妳扶個脈，看有沒有什麼方子能為妳調理一二，若是能有妳為本王誕下的孩兒，哪怕是個女兒，本王也會捧若至寶。」

這樣的話，讓王妃的心頭一暖，淚水就湧上了眼眶，掙扎了一會兒之後道：「太醫院都看遍

了，臣妾怕……」

攝政王卻攔著話道：「怕什麼？左不過是抱養一個，不可能更差了！」

只要妳不刻意拒絕我、防備我，我會盡全力讓妳明白，我會是妳的良人！

只要妳願意給我機會！

這樣的話，聽在俞筱晚的耳裡心裡，並非一絲也不感動。相反的，當時的她心跳得急速，砰砰的聲響鼓動耳膜，害她生恐會被君逸之聽見……可是，關於納妾、關於一生一世一雙人，他說「我可以答應妳」，真的能相信嗎？

她很想保持住理智，不要輕易相信，可是內心裡有一部分似乎已經不由她控制地相信了……

初雲到廚房打了中飯回來，在梢間裡布上桌，便去內室請小姐。才挑起門簾，就透過隱隱的水晶珠簾看到小姐坐在臨窗的炕前，忽而微笑，忽而蹙眉，忽而羞澀，忽而微惱。

守在門邊做針線的初雪聽到動靜，抬頭一看是初雲，便拿食指豎在唇前，噓了一下，示意她噤聲。

初雲忙壓低了聲音，悄悄問道：「小姐又是一上午坐著發呆？」

初雪面色古怪地點了點頭，伸出指頭比了個七的數字，已經七天了，「問小姐也不說，咱們不能幫著分憂，只盼著趙嬤嬤快些回來才好。」

趙嬤嬤的一位老姊妹得了主子的恩典，發還了身契，兒子又在京郊的南口鎮子上謀了個體面的掌櫃差事，一家子搬到了南口鎮。趙嬤嬤與其好些年沒見了，特意向小姐告了假，去南口鎮住上小半個月，大約還有個五六天才能回來。自打從攝政王府回來，小姐就有了心事，這心事當日跟著小姐去王府的初雲多少能猜著一點，可是沒得小姐的允許，她可不敢跟初雪說……有些心事，小姐不會跟她們兩個小丫頭說，卻是會跟趙嬤嬤說的，希望趙嬤嬤能開解開解小姐吧！

其實在初雲的心裡，君二公子是個非常非常不錯的夫婿人選，不單長相、身世是萬裡挑一的，就是對小姐的一片心也是十分真誠的。她一個小丫頭，不像小姐那般矜持著，偶爾冷眼旁觀，看見君二公子望著小姐的眼神，滿滿的都是醉人的溫柔，她在一旁瞧著，都會臉熱心跳。更何況那天君二公子將小姐拉到一旁說話，雖聽不清說了些什麼，不過初雲自認能猜出個七七八八來，也難怪小姐這幾日魂不守舍的。

初雲抿唇笑了笑，「等嬤嬤回來再說吧！我去使人打水，妳去請小姐出來用飯！」

一貫是初雪冷靜，初雲衝動的，這回倒是反過來了。初雪盯了初雲一眼，猜測她肯定曉得些什麼，只是不願告訴自己，也難得她能沉得住氣，不枉費小姐的一番精心調教，初雪就衝她輕笑了一下，打起簾子進去，請小姐用飯。

俞筱晚這才一驚，忙收斂了心神，恍若無事般扶著初雪的手到了梢間，初雲、初雪兩個幫忙挽起她的袖子，美景服侍著用香胰子淨了手，初雲、初雪忙用柔軟的棉巾為俞筱晚將水擦乾，又放下袖子，取了一旁侍立的小丫頭手中的空碗筷幫小姐布菜。

俞筱晚瞧了一眼嬒菌絲，初雪忙夾了些放在小姐眼前的空碟子裡，俞筱晚卻不用，妙目在梢間裡掃了一圈，淡聲問：「芍藥姊姊呢？」

初雪一直服侍著小姐，自是不知的。初雲臉色一僵，不知如何說起，倒是美景是個不管不顧的，當下就俯下身，做悄語狀，「芍藥姊姊似乎是去順年堂了。」

俞筱晚啪的將筷子一擱，一張粉面沉如潭水，一屋子丫頭婆子都嚇了一跳，除了初雲和初雪，都慌忙跪了下來。

「什麼時候的事？」

初雲知道小姐問的並不是芍藥今日什麼時辰跑去的順年堂，而是問芍藥自作主張往順年堂跑有多久了，這時見小姐生氣，便忙忙地道：「有九日了，便是從小姐去攝政王府的那日開始的。」

俞筱晚深吸了一口氣，若是這樣，那必定是她那天問敏表哥意思的時候，芍藥躲在什麼地方偷聽了。她這幾日心神不寧的，沒多注意，今天才發覺這情形不對，很不對！

「去，讓人將芍藥叫回來，若她不依，讓周嫂子帶幾個婆子，去順年堂將她捆回來！」

她惦記著前世芍藥待她的善意，對芍藥的心願多有成全之意。原本這世間的貴族男子，在成親之前多有通房，芍藥生得十分漂亮，她自己是心甘情願的，若是敏表哥也願意，她不介意當個紅娘。可是那天敏表哥已經表明了立場，說實話，她很佩服這樣的男子，無論哪個女子嫁了都是福氣，她自然不可能強求表哥納了芍藥，可是芍藥現在這般癡纏算是什麼？

府裡頭有心高夢的丫頭不在少數，可世家大族的丫頭也比尋常富貴人家的小姐講體面，講規矩些，沒哪個敢這樣死乞白賴送上門的。芍藥的這種作派，說小了是她自己不自重，說大了，就是在打曹老夫人的臉，打她的臉！沒規矩的人才會教出沒規矩的丫頭來——旁人定然會這樣說，尤其是張氏，若是知道原委，還不定會拿著怎樣做文章。她眼瞧著只有幾個月就要出孝期了，若是這事傳了出去，別說她的名聲會不好聽，就是九泉之下的父母的名聲，也會被抹黑了去。

何況就算她不考慮自己名聲的問題，有句老話說得好，強扭的瓜不甜，敏表哥已經拒絕過芍藥了，芍藥這樣子還有意思嗎？

豐兒得了令，立即去順年堂喚芍藥回來。俞筱晚安安靜靜地用了午飯，回到內室裡，才剛坐下，芍藥便被人領了回來。

俞筱晚看了一眼跪在自己跟前的丫頭，心中一嘆，這才幾天，一朵花似的芍藥就變成了枯草樣兒。中意的人不中意她……俞筱晚也很同情，可是再同情，也不能讓她幹傻事，壞了自己的名聲。

芍藥低垂著頭，只覺得頭頂被小姐的眼睛盯得都快冒煙了，她也知道自己做得過了，乾乾地嚥了口唾沫，澀聲道：「求小姐成全……」

「我沒法成全。」俞筱晚一開口就拒絕了她，揭開杯蓋兒，無意識地撇著茶沫，「既然妳偷聽了我和敏表哥的談話，就應該明白自己沒機會。」

芍藥苦得一張臉都能擰出汁來，哀怨地看著俞筱晚，可惜俞筱晚根本不看她，芍藥眼中的期待漸漸成了失望，失望又漸漸轉為絕望，終於嚶嚶地哭了起來。

俞筱晚抬眸示意初雲和初雪，兩個丫頭機靈地退了出去，將門帶關上，一個守在門口，一個守在內室窗邊的廊下，免得被人聽到她們主僕的談話。

內室裡，俞筱晚慢慢品著茶，看也不看芍藥一眼，待芍藥自己哭得氣息急促，繼續不下去了，緩緩收了聲，她才冷靜地問道：「妳老實告訴我，妳是真心喜歡敏表哥呢？還是喜歡在曹家當姨娘？」

芍藥一怔，臉刷的一下就紅了，她自然是想說自己是真心喜歡敏少爺的，可是抬眼瞧著俞筱晚彷彿洞悉一切的明亮水眸，就心虛得張不開嘴……其實，她更喜歡的是曹家的富貴。只不過，張氏是個不容人的性子，曹爵爺雖然未顯老態，可畢竟是年紀大了，若是她不能生下個一兒半女，終身無依，不必等爵爺過身，她就會被張氏給拆腹入肚，而二少爺年紀又小了，她才會中意曹中敏。

見芍藥不說話，俞筱晚輕嘆了一口氣，「妳不說我也明白，妳有這樣的心思不算什麼錯，為自己打算算不得錯處，可是妳這般纏著敏表哥，卻是大錯特錯了！」她說著說著聲音越來越低，語氣卻越來越嚴厲，「哪有女子逼著男子要自己的？妳是從外祖母房裡出來的，這點規矩都不懂嗎？敏表哥是個和善性子，沒跟妳計較，若是告到外祖母那裡去，妳會如何，妳想過沒有！」

芍藥這才心頭一震，是啊，老太太是最重規矩的，也最看不得婢女勾引少爺們，若是老太太知道了，肯定會將她發賣了。她的心便慌了起來，結巴道：「婢子、婢子……再不去煩大少爺了，求小姐幫忙遮掩一二。」

俞筱晚輕哼了一聲，「妳要是認真改過了，我自是幫妳遮掩，妳不要臉面，我卻是要的。」說得芍藥羞愧地垂下頭去。

俞筱晚瞧了瞧跟霜打的茄子似的芍藥，淡淡地問：「真這麼想做姨娘？」

芍藥紅著臉道：「奴婢家裡，老子娘以前是做繡娘的，現在眼睛壞了，只能在家閒著，連家務都做不了，還有個天生癡傻的弟弟……所以，奴婢不能嫁給奴才，奴婢得……得……」

說到底，姨娘還是半個主子，只要不招正室的忌，到底要好過當奴才的。

俞筱晚淡淡地道：「大少爺不要通房，二少爺妳也別想了，為何不願意服侍爵爺？」

芍藥遲疑了片刻，才道：「石榴……啊不，石姨娘開臉快兩年了，都沒開懷。表小姐您年紀小，不知道這裡面的深淺，當姨娘的，說好聽些是半個主子，可是若沒個一男半女傍身，到了晚年，還不如一個管事婆子來得有體面。」

俞筱晚點了點頭，示意自己明白，「若讓妳嫁給我鋪子裡的管事呢？怎麼樣？」

芍藥一怔，她到了墨玉居好幾個月了，自然是知道俞筱晚的鋪子很賺錢，鋪子裡的管事能分一成的利，銀子也不是少數……

俞筱晚淡淡地笑了笑，「許茂原是外祖母的陪房，現在是我香料店的掌櫃，妳是知道的，他只有一個獨生兒子，今年二十了，原是娶過一個的，可惜生產的時候難產，一屍兩命，現在守孝一年期滿，他便求到我頭上，想請我指個兒媳婦給他。」

芍藥低頭想了想，許茂是老太太的陪房，以前來府裡回事的時候，她隔著簾子也見過，他家的情況她多少也知道，兩口子都是厚道人，獨生兒子也是個好的，當初的兒媳婦就是老太太給指的。

雖然是續弦，但到底元配沒有留下什麼子女，她若是嫁過去，跟元配也沒有什麼區別，而且除了公婆，家中再無別的姊妹妯娌，說起來人口是十分簡單的，於是她便用力磕了一個頭，「芍藥謝表小姐恩典。表小姐的恩德，芍藥沒齒難忘。」

這便是同意了。

俞筱晚輕嘆一聲，「芍藥啊，這是妳自己的福分，妳得要抓住才行。許茂家中現在不說萬貫家財，但比一般的小康之家還是要殷實得多。妳出嫁，我會給妳出整套的嫁妝，但是妳不能丟了我的臉。」

芍藥又忙表了幾句忠心。俞筱晚話峰一轉，「妳跟石榴很熟嗎？」

芍藥一怔，隨即明白表小姐要用到自己了，忙表示道：「自幼一塊兒長大的，前陣子石姨娘還喚了奴婢去她院子裡閒聊呢。爵爺對她不錯的，不是賞這個，就是賜那個……就是遺憾一直沒開懷。」

俞筱晚點了點頭，淡淡地道：「孩子要看福分的，若是妳們關係好，妳就多陪陪她，開解開解她，請她來墨玉居玩也是可以的。」

芍藥聽明白了，忙道：「謝表小姐。」

她是個聰明的，知道表小姐有事要問石榴，卻是一時半會兒不會開口，於是便回屋拾掇了一番，跑去石榴的院子裡尋她一塊兒做針線，先跟石榴混熟感情再說。她們倆本來就是一處長大的，以前的感情就好，雖然石榴當上姨娘之後，為了避嫌，跟老太太房裡的芍藥聯繫得少了，可是只要用點心，就能將感情再拾回來。

次日一早，俞筱晚到外祖母的延年堂請安，陪著外祖母聊了幾句閒天，張氏和武氏就各自帶著兒女過來了。一家子一團和氣地坐在一塊兒，聊起了剛剛得知的消息，明天開春要加恩科，賀太后的五十大壽。

加恩科的事，俞筱晚是知道的，明天的春闈，年僅十六歲的曹中睿就會高中狀元，身披紅綢騎馬誇官，可現在敏表哥能參加，又跟了吳舉真這位鴻儒，到明年誰能當狀元可就不一定了。

俞筱晚仔細地回憶了一下當時曹中睿中狀元之後的事，記得曹中睿曾告訴她，主考官錢益大人是如何如何地欣賞他的文章，這位錢大人也是位鴻儒，年紀輕輕就才名遠播，文風綺麗，所以曹中睿那種筆調華麗的文章才入得了他的眼。可是曹中敏卻是個沉穩圓滑的人，沒有曹中睿那樣的文采，他的長處是透析、理智，但這種風格的文章，必定不會多受錢大人的眼。

不過，考官們只是選出前六十名，前十名的文章只是由考官們評出個優劣，按次序放置考卷，交由皇帝審閱，最後經過一輪殿試定下名次。殿試之時，通常是按考題的內容和考生的文章來提問，只不過皇帝年幼，由攝政王代理，但聽曹中睿說，攝政王不會特意去更改考官們定下的名次。若要讓攝政王改動眾考官們定下的頭名狀元，除非敏表哥的文章有特別打動攝政王心思的地方。

考題都是一樣的，而且俞筱晚還知道考題是什麼，事先做出一份好文章來進入前十名不難，難的是解題的思路，若想讓攝政王心動，就必須知道王爺心中在想些什麼！

怎麼才能知道王爺的喜好和心中所想呢？那樣一個人，只怕不會讓朝臣們知曉自己心中在想什麼，就更別提連面都見不上的敏表哥了，隨意揣測的話，恐怕很難壓睿表哥一頭。

就在俞筱晚覺得是不是應當先去找君逸之詢問一下的時候，攝政王妃差了身邊的許嬤嬤來造訪，言道吳庶妃想請俞筱晚到王府小住幾日，陪著解解悶。

話雖說得客氣，又是商量的語氣，可是曹家人都知道無法拒絕，忙讓俞筱晚去收拾行囊。

「晚兒丫頭真是個有大福氣的人呢！不但是吳庶妃看得起，就連王妃都特意遣了身邊的許嬤嬤來請人！也幫襯一把妳雅兒表妹，這回就帶雅兒一同去吧！說起來，吳庶妃和張側妃都是雅兒的表姊呢！」

這麼酸的話，自然是張氏說的。

俞筱晚在攝政王府住了一夜，回到曹府，曹老夫人自然要問原因，待她說明之後，張氏差一點沒背過氣去。那種藥丸可是要五十兩銀子一顆的，她足足買了三十顆，就是一千五百兩，這還不是銀子的問題，問題是，壞了她和張家的大事！

本來這段時間她就看俞筱晚極不順眼，這會子王妃既然是來請俞筱晚去陪吳庶妃的，她硬要搭上雅兒，想俞筱晚也拒絕不了。按她的想法是，攝政王府肯定有許多公侯夫人、高官夫人造訪，讓雅兒混個臉熟也好。

俞筱晚只是想了一瞬，就含笑道：「這是自然，吳姊姊一定會喜歡我們都陪著她的。」她知道王妃肯定是有事找她，反正曹中雅不會跟吳麗絹親近，去了攝政王府，一定是去找張君瑤，張君瑤的心機還算是深的，心裡再驚慌，表面上還是看不大出來，若是曹中雅能發覺到什麼，或許就掩飾不住了。

俞筱晚告辭了外祖母，回到墨玉居的時候，初雲和初雪已經幫著將行李拾掇得差不多了，就問了幾句話的功夫，美景在她跟前就竄了三四趟，十分希望俞筱晚將她帶去攝政王府。

俞筱晚淡淡笑道：「美景，妳去廚房看一看，若是有現成的糕點就拿些過來，我一早沒吃好，放在路上吃。」

美景沒有辦法，只好提了食盒去廚房。

打發走了這個礙眼的人，俞筱晚便示意初雪和初雲在門外盯著，自己進了內室，從炕頭的暗格裡翻出一個一尺寬一尺半長四寸來高的鐵箱，從腰帶上取下鑰匙打開來。鐵箱裡面是數十個各色各樣的小瓷瓶，小瓷瓶裡裝的是蔣大娘留給她的幾味毒藥，以及她自己琢磨著配出來的毒藥或是解藥。

看著裡面的小瓷瓶，俞筱晚深深吸了一口氣，終於有機會了！

那天吳麗絹問她如何識得那種催產的密藥之時，她原本可以尋藉口遮掩過去，卻臨時換了主意，稱自己跟一位遊方高僧學過一段時間醫術。她猜想，這應當是攝政王想知道的。今日王妃以吳麗絹的藉口讓她去王府小住，她推測，應當是王妃想讓她幫忙請個脈了。

美麗高貴、端莊淑惠的攝政王妃，若說還有什麼缺點的話……就是沒有生出個一兒半女來。作為女人，她有遺憾；作為妻子，她不合格。縱使她能給攝政王再多的支持和幫助，按世俗的標準來評判，她都不合格。

病急亂投醫，王妃肯定已經看過無數的名醫、神醫了，可是仍然沒有身孕，俞筱晚知道她說出自己會些醫術的話，王妃或者王爺必定會找她來請脈。

俞筱晚挑了五六個小瓶，拴緊了瓶塞，用絲帕包好，再將鐵箱放入暗格之中。她撥弄了一下帕子中的小瓶，長長地吐出一口氣。其實，她沒有把握。她的醫術沒在任何一個人的身上施展過，可以說是紙上談兵，唯一的長處，就是文伯幫她收集到了許多名醫的孤本，裡面有不少失傳的祕方，一般來說，只要王妃沒有被人下過絕子湯，應當是沒問題的。

是的，應當沒問題！她攥緊了小拳頭，為自己打氣。她這樣廢寢忘食地研讀醫典，研究祕方，為的就是今日！她只是一介孤女，若沒有強而有力的支持，她要如何為前世的自己報仇？幫攝政王妃調養好身子，就是立了一個大功！王爺和王妃都得承她的情，日後，在她搜集齊了證據，或者是挖好了陷阱請曹家入甕的時候，才不會遇到過大的阻力。加上美麗多情的吳麗絹在一旁幫她說話，她一定能替自己討個公道，一定能的！

收拾好了心情，俞筱晚將那個小手帕包放在一件斗篷裡，打開房門，對初雪道：「斗篷也要帶。」

已經是三月了，用披風便行了，何須斗篷？初雪心中微訝，嘴裡還是應了一聲，忙去收拾，手剛拿起斗篷，就知道有異，忙將手帕包取出來，捧著裝入箱籠之中，暗暗記下藏放的位置。

待美景回來了，俞筱晚便道：「妳和芍藥姊姊留下看院子，我將所有家當都交付給妳們兩人了。」

說得這般鄭重，眸光中又滿是信任和期盼，美景儘管滿心不願，卻也只能應承下來。

到達攝政王府的時候已經快晌午了，許嬤嬤直接引了俞筱晚和曹中雅去攝政王妃的正院。王妃正端坐在正殿的紫檀木雕花大椅上，俞筱晚和曹中雅緊上前幾步，正要行大禮，卻被王妃一把扶住了。王妃親切地笑道：「時常見面的，不必行此大禮了。」

「謝王妃。」沒有磕頭，但俞筱晚還是堅持深福了一禮，才在王妃賜的椅子上坐下，把順著話就往椅子上去的曹中雅襯得十分無禮。曹中雅恨俞筱晚做作，害自己丟臉，卻也只得跟著福了一禮再坐下。

王妃彷彿沒注意到，和善地道：「這時候吳妹妹大約快要用飯了，一會兒還會要歇午，我怕妳們去了會打擾她的休息，還是在我這兒用完午膳，待吳妹妹歇息好了再去吧！」又吩咐許嬤嬤：「吳妹妹那裡還是不要過多打擾，不如將俞小姐和曹小姐安排在我這兒的西跨院裡，白日多陪陪吳妹妹，晚上就歇在我這兒吧！」

俞筱晚和曹中雅忙恭聲應是，在正院陪著王妃用了膳，歇了午，才到水風景看望吳麗絹。吳麗絹對她們的到來表示了熱烈歡迎，曹中雅假裝問候了一番，就尋了藉口去找張君瑤。吳麗絹和俞筱晚兩人閒聊了一個多時辰，到用晚膳的時候，因為攝政王要來水風景擺膳，俞筱晚便避去了正院。

曹中雅託了嬤嬤過來回話，她就留在張側妃處用膳了，王妃一個人也無聊，便仍是邀了俞筱晚一同用膳，只是在用膳的時候，幾次中途停下，撫了撫胸口，似乎氣息不暢的樣子。俞筱晚忙關心地問：「王妃莫不是身子不爽利？」

許嬤嬤滿臉都是憂色，代答道：「是啊，總有些胸悶，王妃卻又不願請太醫。」

俞筱晚就極自然地接話道：「臣女略通醫術，若是王妃信得過臣女，不如讓臣女幫您扶扶脈如何？」

王妃輕笑道：「有什麼信不信得過的，倒不是知俞小姐還有這個本事，那就麻煩了。」說出伸出皓白玉腕。

俞筱晚仔細地扶了脈，凝神靜聽，面色十分嚴肅，良久才鬆開手指，卻是道：「臣女還想探探另一脈。」

王妃一絲訝異也沒有，便伸出了另一隻手。俞筱晚仔細聽了脈，思忖了良久。王妃也沒逼她，靜靜地等著。待俞筱晚思慮完全，連治療的方子也琢磨透徹了之後，她才緩緩地說出，「王妃的脈象，似乎是天生宮弱。」

這個結論太醫早就說過了，王妃並沒有驚訝，只是問道：「俞小姐可有治療之法？」

俞筱晚微微蹙起了眉，「這種病案，教我醫術的遊方僧人曾經提過，教過臣女一個法子，卻不知是否一定能起效，畢竟，臣女並未醫治過同樣的病人。」

這種病案，她是在一本孤本上看到的，卻要假託是遊方僧人所授，免得王妃向她要孤本，這功勞就不是她的了。

王妃聽說有法子，眸光立即亮了，心跳加速，玉面上倒是不顯得急切，仍是一派大家風範，輕柔笑道：「不知俞小姐學得如何，可有信心一試？」

俞筱晚倒是有些佩服王妃了，這樣就敢嘗試，膽量十足，於是輕笑道：「王妃不怕臣女學了個半吊子，反倒誤了您嗎？」

王妃輕搖螓首，「反正已然如此了，還能更差嗎？」

俞筱晚收了笑容，鄭重地道：「若王妃願意一試，臣女必當盡力，只是，治療的這七七四十九日內，還請王妃與王爺分房而居。」

王妃只輕輕地嗯了一聲，「若需要什麼藥材，只管同許嬤嬤說，若要人手，也只管同許嬤嬤說。」她頓了頓，又笑道：「還有，此事咱們先不說出去，若是治不好，也不會壞了俞小姐的名聲。」

其實是怕有人會來妨害吧？說得好像是為我一般！我又不是什麼名醫，有什麼名聲好壞的？

俞筱晚恭聲應下，便真的按照那冊孤本上的法子開始治療，每天熬了大桶藥汁，要王妃泡浴，又親手製了藥丸，每日服用。

時間一晃就是兩個月，期間俞筱晚也曾回曹府道過平安，但每日都是歇息在攝政王府之中。每隔十天，俞筱晚給王妃扶一次脈，按孤本上的註解，調整藥物成分和比例，隨著脈象越來越好，她的信心也越來越足。過了七七四十九日，王妃的脈象比以往好了許多，可是卻也沒有完全康復之象。

俞筱晚據實稟報，王妃倒不是很在意，她已經請宮中的太醫替自己請過脈了，的確是有好轉之象，雖沒痊癒，卻已經有了孕育的可能，對她來說，就是天大的好消息了，這說明俞筱晚的治療還是有效的。她和善地笑道：「可能是我天生體質差了些，既然有用，就請俞小姐多替我治療些時日吧。」

因為俞筱晚不願將藥方公開，便只好多留了十幾日。兩個月後，覺得差不多痊癒了，又留下一張有利懷孕的方子，才回曹府。

曹中雅因在王府中見不到宴會，君瑤表姊又似乎失了寵，連著好些天，王爺都沒有踏足過秋海堂，心中早就失望了，強忍了一個月，便向王妃告辭，回曹府了。

五月二十日是張君瑤的生辰，十五日的晚上，攝政王兩個月來頭一回踏入了秋海堂的大門。張君瑤聽到唱駕聲的時候，還以為自己是在做夢呢，愣了好一會兒，才在蘭嬤嬤的催促下，急忙忙地跑入內室換了身鮮亮的衣裳。待她從內室出來，王爺都已經坐在中堂了。

「給王爺請安！」張君瑤的聲音帶著一絲顫抖。

「免了。」

「謝王爺。」張君瑤恭聲謝了恩，小心地站起身來，沒向以往那般挽住王爺的手臂撒嬌，而是老實地侍立一旁，小聲問：「王爺可是來看麒兒的？」

攝政王仰起頭來，仔細看了張君瑤一眼。

她一身銀紅貢緞金線祥雲紋對襟收腰半臂衫，裡衣是粉荷色滾了兩寸寬的金邊廣袖衫，淺黃的百褶撒金裙，腰紮玉帶，繫著長長的如意攢心結，富貴又豔麗。

攝政王的眸光亮了起來，聲音也柔了許多，「是啊，許久沒見，怪想的。」

張君瑤忙示意蘭嬤嬤，「去喚奶娘抱來。」

蘭嬤嬤福了福身，退出了中堂。

張君瑤沒訴什麼許久沒見王爺的相思之情，而是小聲地說著麒兒的近況，「……如今已經有九個月了，由人扶著，已經可以勉強站立起來，只是腿有些打顫，不過奶娘說已是難得的了。」

攝政王笑道：「哦？真的嗎？本王聽說，小孩子要周歲才能站立。」

張君瑤掩唇輕笑，彎起的大眼睛似含了一汪春水，「不能自己站，也要人扶著才成。」

攝政王卻笑道：「那也是極好的了，會叫人了嗎？」

談論孩子果然容易解開心結，張君瑤心中暗喜，越發賣力地說起麒兒的趣事來，哄得王爺心情極佳。

半盞茶後，蘭嬤嬤親自抱著小公子過來給王爺看看。九個來月的孩子，已經開始發出含糊的單音節，眼神又機靈，看見攝政王後，兩隻烏溜溜的大眼睛就骨碌碌地盯著，小嘴裡「啊啊」的，好像在跟王爺說話一般。

兩個多月前的麒兒還得由人抱著，坐都坐不穩，現在卻可以坐在攝政王的膝上，仰頭看著自己了，讓王爺的心軟成了一團，親手抱著逗了好一會兒，快用膳的時候，才依依不捨地放開。他今日答應了王妃陪她用膳的，還要去看看懷孕八個月的吳麗絹。

臨過之前，王爺溫柔地問：「過五日是妳的生辰，若想辦個壽宴，就讓內務府發帖子，備酒席便是了。」

張君瑤在蘭嬤嬤的教育下，已經知道自己以往太囂張，給王爺的印象並不好，今日好不容易換回了一些好感，可不想破壞，忙表示道：「妾身多謝王爺恩典，只是妾身只想請娘家和姑母家的親戚來坐坐，酒宴就不必了。」

攝政王笑了笑，似乎對她這番話十分滿意，丟下一句，「明日晚膳擺在這兒。」便揚長而去。

待攝政王走後，張君瑤忙問蘭嬤嬤：「怎麼樣？」

蘭嬤嬤搖了搖頭，「不急，反正那邊還要兩個月，先哄好了王爺再說。」又壓低了聲音道：「王妃院子裡時常大量供藥材……似乎是俞小姐在幫王妃治病！現在俞小姐走了，恐怕王妃的不育之症已經好了！」

張君瑤大驚，恨得直咬牙，「那個姓俞的是不是天生跟我八字不合！若是王妃自己有了身孕，那、那我的麒兒怎麼辦？」

蘭嬤嬤卻笑道：「奴婢倒覺得這是個好機會。」說著湊到張君瑤耳邊，用小得不能再小的聲音道：「若是王妃懷了身子，吳庶妃的卻沒了，妳說，王爺會認為是誰幹的？」

張君瑤眼睛一亮，也認可了嬤嬤的做法。

自那日之後，攝政王又像兩個月前那樣，下了朝先去王妃的正院小坐，然後去秋海堂逗逗兒子，再去看望吳麗絹，除偶爾宿在秋海堂和另一位孺人處外，攝政王一個月裡大半時間都是宿在正院。如此一個月後，正院裡便傳出了喜訊，攝政王妃在嫁給王爺八年後，終於有孕了。

原本是應當按著風俗，待懷上的第四個月胎兒坐穩之後再公布喜訊的，可是攝政王實在是打從心底裡高興，控制不住面部表情，上朝的時候便被官員們發現今日的王爺心情似乎特別好，於是眾官捧著哄著，王爺雖然沒說話，可是昨夜入府請脈的太醫，終是憋不住報了喜訊。

一時間，攝政王府的側門處車水馬龍，各家各府的賀儀流水似的往王府裡送。王妃剛剛懷孕，自然不能親自接待客人，好在許嬤嬤和手下的幾位管事嬤嬤都是精明能幹的，兼之張君瑤一副乖順賢慧的樣子幫著忙裡忙外，倒也沒什麼讓王妃可操心的。

夜晚終於寧靜了，王妃斜靠在湘妃竹的長榻上，許嬤嬤站在榻邊親自為王妃打著扇，嘴裡卻是嘀咕道：「報來的訊兒也說張側妃這段時間非常老實，莫非是知道娘娘您有了身孕，自個兒再沒指望，真心怕了？」

王妃輕哼了一聲：「有句老話叫狗改不了吃屎，她只怕是想先讓我放鬆下來，才好下手呢！妳讓人繼續盯著，一刻也不能放鬆！」

攝政王妃這般想著的確沒錯，看著老實的張君瑤，其實已經下了三次藥了，蘭嬤嬤正在得意地小聲道：「明後日再下兩次，那邊肯定也是早產加難產。」

現在才九個月，吳麗絹的孩子離出生還有一個月，若是早產，的確是容易出危險，雖然跟兩位孺人的情形有些類似，不過這一回卻有人背黑鍋。王妃剛剛懷孕，庶妃的孩子就保不住了，可不是有嫌疑嗎？

蘭嬤嬤輕笑道：「屆時還得讓小公子略微病一病，庶出的孩子都有事，才……」

張君瑤跟著蘭嬤嬤一起陰險地笑了。

第二日下晌，俞筱晚被王妃請過來扶脈，曹中雅在家閒得無聊，想著來安慰安慰君瑤表姊，便也搭了個便車。

剛到秋海堂，表姊妹兩個還沒能正經說上話，就聽得外面唱駕：「王爺駕到。」

張君瑤忙讓丫頭引著曹中雅避到後罩房去了。曹中雅在房裡閒坐了一刻鐘，茶都喝了兩杯，還沒人來請她，想著王爺肯定是在中堂裡的，不會到後罩房來，便無聊地晃了出去。

還沒走幾步，就見蘭嬤嬤急匆匆地進了後罩房中的最大的那間正房，那是小公子的房子，曹中雅想著那個可愛的小外甥，便笑盈盈地跟了進去。

房裡靜悄悄的，蘭嬤嬤從炕頭的暗格裡拿出一個不起眼的小瓷瓶，打開瓶塞，往手心裡倒了些粉，拍在小公子後腰的衣裳上。曹中雅不由得好奇地問：「妳在幹什麼？」

曹中雅的聲音雖然輕柔，可是對蘭嬤嬤來說卻是如同晴天霹靂一般，差點沒讓她的心給跳出喉嚨來。回頭一看是表小姐，這才強行擠出一抹笑道：「哦，撒些驅蟲粉，六月裡蚊蟲最多了，小孩子皮膚嫩，不禁咬。」

曹中雅聽說是驅蟲粉，便「哦」了一聲，十分自然地要求給她抹一點。她抬起手腕，露出幾粒小紅點，「這蟲子真是無孔不入。」

富貴人家的小姐屋裡，到了夏天就會熏香、灑藥水，可是照樣會被蚊蟲叮咬，曹中雅最討厭夏天，整天黏黏的不說，還一身紅疙瘩。

蘭嬤嬤可不會將這藥粉給她用，乾笑道：「表小姐，這可不是消痘的藥粉，是驅蟲的，而且特別金貴，是西洋那邊的貢品，王爺只得了這麼一小瓶兒，全都給了側妃，眼瞧著要熱到八月，小公子一個人用都不盡夠。」

拿了小外甥當擋箭牌，曹中雅再任性也不能跟個小孩子搶東西，只好嘟著嘴作罷。蘭嬤嬤乾笑著儘量顯得自然地將小瓶收進暗格裡，上了鎖，嘴裡還要解釋：「金貴東西，得收好。表小姐也別四處去說，如今王妃有了孕，側妃娘娘和小公子的地位尷尬，若是讓王妃知道王爺將這麼金貴的事物賞了側妃……」

「知道知道。」曹中雅不耐煩地轉身出了屋，卻在蘭嬤嬤抱著小外甥走後，又悄悄溜了進去。

原本怕被人知曉，所以每回王爺來的時候，蘭嬤嬤都使人將小公子的幾位奶娘給支開。這在大戶人家也是常事，大戶人家找下人也是要找平頭整臉的，奶娘通常都是生育過一兩個孩子的年輕婦人，正是成熟得誘人的時候，哪家的夫人都不願她們在丈夫面前晃蕩，所以這般作為沒有人覺得有何不對，只是卻便宜了曹中雅。

聽說那是西洋來的金貴藥粉，連王爺都只能弄到這麼一瓶，她怎麼也得試一試不是？

也是張君瑤和蘭嬤嬤倒楣，曹中雅此人有項天賦技能是旁人都不知道的，那就是開鎖。憑著這項技能，她沒少從祖母後罩房的箱子裡拿好東西。曹中雅瞧了一眼鎖孔，便從頭上拔下一支簪桿粗細差不多的簪子，對著鎖孔一捅一攪，鎖就開了。她得意洋洋地將簪子插好，拿出那個小瓶，毫不客氣地倒了一大團粉末出來，放在鼻下聞了聞。沒什麼味道，只有一點點草藥的氣味，也分辨不出是什麼藥。她不由得想，原來黃頭髮綠眼睛的西洋人也是用草藥的。

曹中雅注意到蘭嬤嬤是將藥粉抹在衣上的，便在兩袖、腰側的衣服上抹了不少，抹了一會兒，覺得藥粉在皮膚上沒什麼刺激的感覺，便又用手掌在手腕上抹了抹，覺得瓶裡的粉末已經不多了，才罷了手，又將小瓶原樣兒擺回暗格裡，鎖上鎖，誰也發覺不出這裡被人動過，這才笑咪咪地到後罩房裡等著。

蘭嬤嬤抱著小公子，小心地避開抹了藥粉的衣服，免得這金貴的藥粉都被自己給蹭走了。來到中堂，她抱著小公子向王爺屈膝福了福，王爺早伸出了手，蘭嬤嬤將小公子放在王爺的膝上，王爺十分熟練地一手扶著兒子的後腰，一手拿只精美的懷錶逗兒子玩，「麒兒喜歡不喜歡？」

小孩子沒有不喜歡亮晶晶的東西的，小麒兒立即睜大了烏溜溜的眼睛，小嘴裡「啊啊」地叫個不停，伸出兩隻胖乎乎的小手去抓，王爺卻不給他抓到，每當他的小手快到觸到懷錶的時候，就提開一些，小麒兒就撲騰得更歡了。如此逗了幾次，小麒兒不幹了，小嘴一扁，大大的眼睛裡就汪了一泡淚，「哇」一聲哭開了。

蘭嬤嬤看著王爺手碰觸的地方，心中微鬆，抬眸看了張君瑤一眼。張君瑤正等著蘭嬤嬤的暗示，知道這是成了，心中大樂，臉上的笑容就明媚了起來，欠了身湊到王爺和兒子身邊，哄著小麒兒道：「小麒兒莫哭，父王逗你玩的呢！」

王爺見兒子哭了，倒是開心地笑了起來，卻沒再逗他，將懷錶放到他的手上。張君瑤輕訝道：「王爺，這可是西洋進貢的，可別讓麒兒摔壞了。」

王爺不在意地道：「不過是個玩意兒。」

「可是，這是王爺您常戴的。」

「無妨，麒兒喜歡就給他玩兒吧。」這塊懷錶裡面的浮雕十分精美，的確是王爺的心愛之物，不過見兒子這麼喜歡，原只是想逗一逗的便也改了主意。

張君瑤聽著，心中就覺得王爺心裡定然是最疼愛麒兒的，這塊懷錶，自西洋使臣進貢之後，就

沒見王爺離過身呢。、

蘭嬤嬤的眼睛裡似乎進了什麼灰塵，忙眨了三下眼睛，拿帕子壓了壓眼角。張君瑤便道：「王爺，難得您今日回府這般早，也到吳妹妹的屋裡多坐一坐吧？她如今有九個月身孕了，快生了，心裡頭肯定慌呢！妾身當初要生之前，就是擔心這個擔心那個的！」

攝政王好奇地問：「哦？擔心什麼？怎麼以前沒聽愛妃提過？」

張君瑤不好意思地笑笑，「一時擔心孩子大了不好生，太疼；一時擔心孩子生下後會不好；一時擔心生的會是女兒，讓王爺失望……」

攝政王倒還真不知道原來生個孩子，女人不但是身體受苦，心裡也這般苦，心不由得軟了，伸手握住張君瑤的手道：「傻姑娘，便是個女兒，也是本王的孩子，本王何來失望？」

張君瑤羞澀地一笑，「妾身多謝王爺體諒，只不過，妾身已經誕下了麒兒，王爺這般安慰的話，可還要去寬寬吳妹妹的心才好。」

攝政王一聽，覺得有理。若在以前，他自然是盼著吳庶妃能生個兒子，好讓王妃抱養，可是王妃現在有了身孕，他自然希望嫡子還是從王妃自己的肚皮裡生出來，至於吳庶妃麼……生兒生女就無所謂了。確切地說，他更希望是個女兒，像吳庶妃一樣溫柔美麗，一圓他兒女雙全之夢。

想到這一層，攝政王便也不久留了，將麒兒交給蘭嬤嬤，便擺駕去了水風景。

攝政王一走，張側妃立即道：「我累了，先進去歇息一下。蘭嬤嬤，抱麒兒進來。」蘭嬤嬤應了一聲，抱著麒兒跟著張側妃進了內室，將丫頭們都打發了出去。

張君瑤立即到屏風後的淨房淨了手，還將外裳換了套新的，從衣櫃中翻出一套小兒衣裳，焦急地道：「快！」

蘭嬤嬤將麒兒身上的衣裳解開，張君瑤伸手將兒子架起來，蘭嬤嬤褪下衣裳，張君瑤便抱著赤裸裸的小麒兒放在竹榻上，親手給兒子更衣，蘭嬤嬤則拿著抹了藥粉的舊衣裳退了出去。

張君瑤幫兒子換好了衣裳，看著小麒兒活潑可愛地搖晃著懷錶玩兒，笑容漸漸漾了上來，心中得意地想著，我這般謹慎，麒兒自是不會有事！

正想著，便聽到門外傳來曹中雅的聲音：「表姊！」

張君瑤抱著兒子走出去，兩表姊妹在竹榻上坐下，小麒兒聞著曹中雅身上香香的味道，便撲騰著小手去抓曹中雅的手，小屁股一挪，便挪到了曹中雅的膝上。其實天氣這麼熱，曹中雅並不想抱著小麒兒，只是不便在表姊面前表現出來，反正他坐得穩，她就隨他自己坐著，將衣袖子給他玩，不讓他肉乎乎又熱乎乎的小手抓著自己的手腕。

見張君瑤盯著麒兒，曹中雅便裝成十分喜歡的樣子，伸出手指去刮小麒兒的小肉臉，「麒兒，叫聲表姨娘聽聽。」

張君瑤嗔了她一眼，「麒兒連娘都不會叫呢，怎麼會叫表姨娘？妳這麼喜歡小孩子，趕緊成了親，自己生吧！」

曹中雅哼了一聲，噘著小嘴道：「長幼有序，母親還沒給兩個庶姊訂親呢！怎麼能輪到我？」

聽到這話，張君瑤也蹙起了眉頭，「姑母也真是的，怎麼這麼磨蹭？庶女的婚事，只要表面上過得去就成了。」

這事張氏倒是跟曹中雅說過的，她便解釋道：「母親是想著，庶女總不成嫁入名門做嫡妻的，所以想等哥哥下了場之後，看分到哪個部門任職，再給她倆訂親。」

這就是要充分利用兩個庶女的美色來討好曹中睿的上司，張君瑤聽著點了點頭，「這也是個法子，若是當側室，年紀倒不是多大的問題。疼女孩兒的人家，將女兒留到十八再嫁人也是有的。」

「是啊，因此母親說不急。」曹中雅覺得袖子一扯，低頭一看，麒兒不知怎麼抓了她的衣袖放入了口中，她嫌口水髒，忙將袖子用力拔出來。

張君瑤家中的都是庶姊妹，自小跟這個嫡出的表妹是最親的，深知她愛潔的性子，便笑道：「小孩子的尿都是藥，可以入口的呢！」

曹中雅不好顯出嫌棄的樣子，笑了笑道：「我是怕我的袖子髒……」說著忽地想了自己在衣袖上抹了藥粉的，也不知道能不能入口，臉色一下子就慘白了起來。

張君瑤不知她怎麼了，便問道：「怎麼了？不舒服？」

曹中雅支吾著不知道要不要說明，說明了當然好，可是她又怕表姊怪自己偷用那麼金貴的藥粉，尤其是她偷偷開鎖，這是最招人忌的一點。她忙看向小麒兒，小麒兒也正抬著頭，烏溜溜的大眼睛看看娘親，又看看表姨娘，呵呵地笑了起來，一道晶瑩的口水嘩的流下來，又把曹中雅給噁心著了。

張君瑤咯咯直笑，喚了丫頭進來將小公子抱下去，交給奶娘餵奶，又問曹中雅：「要不要換身衣裳？我正好有幾件衣裳不穿了，我們身量差不多，就送給妳吧。」

曹中雅這人自私得可以，這會兒只覺得衣裳上沾了這麼多口水，髒得不行，已經不糾結告不告訴表姊藥粉的事了，又聽說表姊有衣裳相贈，當即眼睛一亮，「要啊要啊！」表姊的衣裳可全都是宮裡的貢緞製的，華美不說，款式還是極少見的，而且通常還有九成新，就不會再穿了，她穿出去完全不會丟臉，只會更動人。

不說這表姊妹倆如何挑選衣裳，只說蘭嬤嬤拿了小公子的衣裳退出正堂後，便快步回了西後院自己的房間，從床底下拿出一個銅盆，將衣裳丟進去，點了火燒了，又打了水來，反覆用香胰子洗了幾遍手，只呼出一口氣。頭一回忘了洗手，可能不小心吃了點藥粉入肚，腹中絞痛了一整夜，這藥粉發作的時間晚，可藥效卻霸道得很。

不過王爺那廂是不用擔心的，王爺的手上雖然沾了藥粉，但一會兒到了吳庶妃那兒，肯定會握著吳庶妃的手，基本上都會沾到吳庶妃的手上去。這種藥粉，在皮膚上沾得久了，也會慢慢滲一點到皮膚裡。她們要的，就是這滲入皮膚中的一點，想讓吳麗絹不淨手就用膳那是不可能的，而且那樣發作得太快，也容易查到這邊來，可是這樣慢慢滲入皮膚裡的，就會慢慢作用到腹中的胎盤裡去，連續用五次之後，就能在胎盤中累積起來，宮胎就會發作的。

今日已經是第五天了，應當今晚就會發作。

蘭嬤嬤看著銅盆中的灰燼，陰險地笑了。

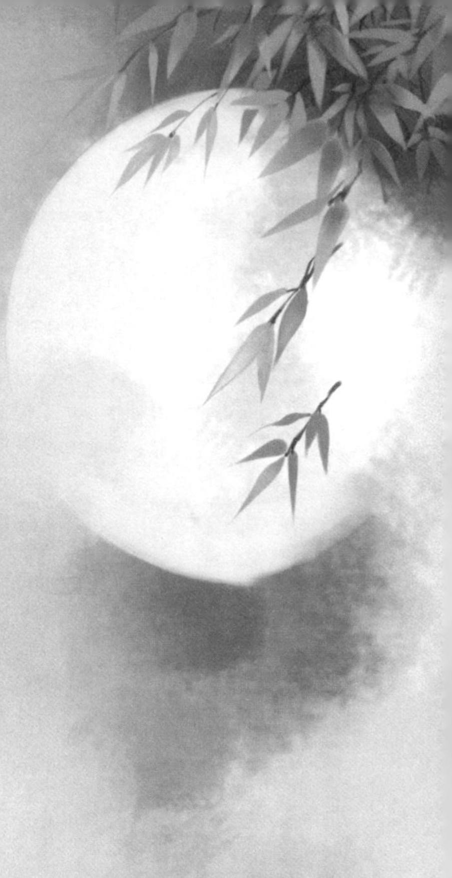

捌之章　冷眼觀火圖報復

正院裡，俞筱晚給攝政王妃請完脈，秀麗的眉頭蹙在了一起，「王妃的脈象不穩啊！臣女早勸過您，還是多養養再懷才好！」

當初覺得治得差不多了，能懷孕了，可是王妃是天生的宮弱，離健康女子的宮體還是有些距離的，她希望王妃能多養養再談懷孕的事，可是王妃已經無孕了八年，有了一線希望，怎麼還會耐得住，當時就說：「邊懷邊養便是了，便是正常的女子，也多是成親幾個月後才能懷上的。」所以就不顧俞筱晚的勸阻，跟王爺同房了。

俞筱晚沒有辦法，只得留了個利懷孕的方子，可是沒想到王妃居然頭一個月就懷上了。結果現在胎象又弱，王妃這才請了俞筱晚過來，彷彿認定她能幫到自己似的。

俞筱晚嘆了口氣，她可不是婦科大夫，治王妃的方子也是從一冊孤本上看到的，如何安胎，她只知道一些常用的方子，真不敢肯定自己有這個本事能幫王妃保住這一胎。

見俞筱晚為難的樣子，王妃也就沒繼續說下去，只是笑道：「反正孟醫正帶了幾位擅婦科的太醫，每日為本妃請脈，孟醫正說雖是不怎麼穩，卻也不見得就會滑胎。」

俞筱晚順著這話道：「王妃是有福之人，懷的又是世子爺，自是不會有事的。王妃頭三個月還是臥床休息比較好，等日後胎兒穩了，再慢慢走動。飲食也不宜過多，少食多餐，葷素搭配，合理就好，免得日後胎兒過大，不宜生養。」

王妃笑道：「太醫也是這般囑咐的，看來俞小姐的醫術真是不錯。」她與俞筱晚又閒聊了幾句，便聽得門外唱駕道「王爺駕到」，忙道：「許嬤嬤，妳帶俞小姐去看看吳庶妃吧！」

許嬤嬤欠身應諾，帶著俞筱晚從側門避了出去。俞筱晚到了水風景，吳庶妃正側臥在竹榻上，兩名宮女為她打著扇。俞筱晚深福一禮，「給吳庶妃見禮。」

吳麗絹聽到聲兒，這才睜開眼睛，一見是俞筱晚，便撐著身子坐起來，含笑道：「快過來坐。」

俞筱晚謝了坐，才在竹榻上搭著邊兒側坐下，仔細看了看吳麗絹的臉色，便笑道：「庶妃氣色不錯。」

吳麗絹摸了摸自己的臉，輕笑道：「氣色是不錯，就是胖多了，不知生了孩子之後能不能減下來，不然可太難看了。」

俞筱晚輕笑道：「您也太操心了，哪個孕婦不是胖乎乎的？生了孩子之後自然會清減的。不知是哥兒還是姐兒。」

吳麗絹撫著腹部道：「我希望是姐兒，王爺說若是姐兒，就封為郡主。」

俞筱晚的問話，多少有些試探的意思，吳麗絹的回答卻讓她十分寬心，這說明吳麗絹十分清楚自己的位置，沒有爭搶的心思。先生個姐兒，待王妃生了嫡子之後再生庶子，就不會招人眼，這庶長女自然會得到王爺和王妃的疼愛，封了郡主，也是極大的體面，日後的女婿就不會差，就算沒有兒子傍身，吳麗絹也會終身有靠了。

兩人又聊了會子閒話，吳麗絹留她用地晚膳再回府，「反正現在天色黑得晚，我一人在這也是無聊。」

俞筱晚便含笑道：「那我就打擾了，王府的菜色精美，我也十分喜愛呢。」

吳麗絹便讓人拿出她以前用的一支簪，赤金瞿鳥鑲紅藍綠寶的，瞿嘴裡入銜的紅寶玉有小拇指那麼大，光彩奪目，垂下的雞血石串也是色澤均勻，顆顆大如黃豆，「這是我入府的時候，老太太給我的嫁妝，讓我撐體面的。前些日子王爺送了一支相似的，我就用不著了，送給妹妹玩吧。妹妹轉眼就要出孝期了，又近及笄，是該好好打扮打扮了。」

俞筱晚知道這是吳麗絹給她的謝禮，沒過多推辭，謝了賞便收下。

此時宮女們已經將晚膳擺在外間了，吳麗絹就攙了俞筱晚的手，一同到桌邊坐下。吳麗絹現在身子重，自不可以走到淨房去淨手，而是坐在桌邊淨，王府裡的規矩大，小丫頭雙膝跪下，頭頂銅盆，幾個宮女在一旁服侍。

俞筱晚入鄉隨俗，也讓宮女們服侍，剛接過宮女遞上來的香帕，就聽得身旁之人「哎呀」一聲，俞筱晚忙回過頭，聽見吳麗絹面色蒼白，背躬著，肩膀縮成一團，她駭了一跳，忙問道：「怎麼了？」

吳麗絹此時又恢復了正常，吐了口氣，蹙眉笑道：「寶寶踢我吧。」

俞筱晚不放心地問：「踢得這麼疼嗎？」

吳麗絹蹙眉想了想，「以前不這麼疼的。」

「那我幫妳診診脈吧。」

俞筱晚也不顧是在餐桌上了，拉過吳麗絹的手腕，便凝神聽脈。吳麗絹也覺得今日的胎動格外不同尋常，便焦急地看著她，問道：「怎麼樣？前日宋太醫才來請了脈，還說好呢，可是這兩日，我夜間有些躁……大概是天兒太熱的緣故，又不敢用冰。」

俞筱晚的臉色十分難看，小臉板得跟門似的，示意吳麗絹將人打發下去，抬眼盯著師嬤嬤道：「去搜搜房間裡所有的抽屜、櫃門、花瓶裡是不是還有那藥丸？這是早產的脈象！親自去搜，別打草驚蛇！」

在為王妃治療的時候，俞筱晚也時常幫吳麗絹扶脈，有太醫的精心調理，吳麗絹腹中的胎兒已經很穩了，現在又不到發作的時候，這脈象不正常！

師嬤嬤大吃一驚，忙跟牛嬤嬤和喜兒去搜屋子，吳麗絹則解釋道：「自從上回的事後，每日裡打掃屋子，嬤嬤都要求宮女們將每一個花瓶都拿出去清洗，牛嬤嬤和師嬤嬤還親自檢查了的，按說應當不會有藥丸了才對。我如今身子重了，就算是走動，也不出院子，怎麼會……怎麼會呢？」

俞筱晚示意吳麗絹將另一隻手拿給她診，然後要了筆墨，寫了張藥方，讓師嬤嬤立即揀藥熬藥，又從腰間的荷包裡，拿出一只瓶子，倒了顆藥丸出來，讓吳麗絹服下，「這藥是保胎的。一會兒拿藥汁水泡澡，我給妳施針……」說著遲疑了一下，「我是第一次施針，妳若是擔心，就立即傳信得過的太醫來……」

吳麗絹握著俞筱晚的手道：「我相信妳。妳連王妃的病都能治好呢！」害她的人心不死，她不能讓人知道她已經發覺了，必須裝成中了計的樣子，免得她們出其他的招術來。

俞筱晚點了點頭，示意她多用些飯，一會兒施針耗力氣。吳麗絹尋了個藉口留俞筱晚晚上在王府留宿。

師嬤嬤行動俐落地親自煎了藥來。泡過了澡，俞筱晚挽起了袖子，拿出隨身帶的金針，深吸一口氣，將自己背得爛熟的施針要領在心中回憶了一遍，才開始施針。

待最後一針取下，吳麗絹和俞筱晚都是汗濕重衣。

此時，天色已經泛了白，一夜就這麼過去了，俞筱晚為吳麗絹扶了脈，確認無礙了，才讓師嬤嬤扶吳麗絹去休息。她自己也覺得疲憊不堪，正要到廂房歇下，就見一名宮女急匆匆地跑進來，向師嬤嬤稟報道：「張側妃在正院大鬧呢，似乎是小公子不好了。」

俞筱晚聽到這話怔了怔，小麒兒不好了嗎？昨日在王妃的正院裡，明明還聽得下人稟報說什麼吃得好、玩得好什麼的，這不過一天，就算是著涼，也沒多大的事吧？

若是昨夜休息好了，她可能還有心情問一問到底是怎麼回事，可是昨夜一宿沒睡，還施了一夜針，真的是累得手指頭都抬不起來。她微微側了側小臉，看著那名宮女隨牛嬤嬤走遠，便讓宮女們服侍著，到廂房休息。

師嬤嬤是個懂規矩的，親自帶著人到了正院，要向王妃稟報昨夜俞筱晚診治吳庶妃的事。可是張君瑤正帶著人在正院的堂屋裡哭鬧，師嬤嬤只能侍立在一旁，垂眼看地當木樁子，聽了一會兒便將事情弄明白了。

攝政王妃昨夜服了安胎藥，睡得極香，凌晨小公子發病的時候，是許嬤嬤代為應下，差人領了太醫去秋海堂。因王妃懷孕，攝政王特請了太醫院每日安排太醫在王府值夜，可是昨夜值夜的鄭太醫並不擅兒科，診了一個來時辰，藥也服下去兩劑，仍是不見好，可憐這麼點兒大的孩子，話都不會說，不能告訴太醫他是哪裡痛、哪裡不舒服，只知道哭。小麒兒哭得只有進氣沒有出氣了，唇色都有些發青，張君瑤立時哭到了攝政王面前。

一大早兒的，攝政王還得上朝，斷沒因兒子生病就將朝政荒廢了的道理，張君瑤苦求了許久，也只能讓王爺匆匆到秋海堂看了兒子一眼，讓侍衛立即拿了他的名帖去請孟醫正。攝政王府雖然離皇宮不遠，可是也得一段時間，孟醫正才能趕過來。王爺又讓大管家東方浩先帶人將秋海棠保護起來，等王妃醒來後處理——這是讓張君瑤最不滿的一點。

因為張君瑤認為這事就是王妃幹的！她跟蘭嬤嬤兩人的確是打算給兒子下點不礙大事的藥的，可還沒尋思好下什麼藥，而且還得想法子將禍水引到王妃的身上，這事並不那麼好辦，因而八字還沒一撇。誰知兒子突然就犯病了，半夜裡忽然哇哇大哭，一開始還以為是驚夜，哪知小麒兒越哭越厲害，到了後面，上吐下瀉，最後還拉出了血水……

她斷定這是中毒，向王爺哭訴，可是王爺卻不信是王妃所為，餵麒兒吃了一顆皇家祕製的解毒丸，麒兒就明顯好多了，這不是中毒是什麼？

張君瑤決定等孟醫正到來後，讓他將中毒的結論給診出來，別像昨夜那個庸醫一般，硬說不是中毒，是暑熱！於是她便到王妃的正院裡來尋事，一來，是真的心疼兒子，氣不過；二來，她知道王妃的胎兒懷得不穩，想著用言語衝撞一下，最好讓王妃禁不住氣，滑了胎才好！

她一會兒說兒子怎麼怎麼可憐，一會兒暗指是有人在暗害她的兒子，要求王妃徹查。只不過，還沒開始查呢，張君瑤話裡的意思，這個幕後指使人怎麼聽都像是王妃。

可惜，張君瑤哭鬧了這麼久，都被許嬤嬤等人攔在堂屋裡，不讓進梢間打擾到王妃休息。王爺也說了同樣的話，她再怎麼不忿，也不敢直闖進去。慢慢的，嗓子沙啞了，她也漸漸熄了聲。

師嬤嬤真是想用手指頭掏掏耳朵，心中不屑地想：這還是大戶人家的嫡女呢，跟個街坊上的潑婦一個德性！無憑無據的，憑什麼暗指是王妃幹的？

堂屋裡不過安靜了小半盞茶的功夫，劉嬤嬤便從側門進到堂屋，向著張君瑤福了福道：「側妃，王妃起身了，傳您進去問話。」

張君瑤一聽這話，火氣就冒了出來，傳我進去問話！她姓姜的還真是拿自己當個人物了！等孟醫正找到妳給我兒下藥的證據，我一定要讓妳身敗名裂，讓出這王妃的寶座！

張君瑤坐在椅子上，忍了忍，才將氣息給調勻了，儀態萬千地扶著蘭嬤嬤的手，從梢間進了內室。

站在堂屋裡，自然是聽不到內室裡的對話的，師嬤嬤只覺得自己等了一刻鐘左右，張君瑤才從內室出來，一張俏臉沉得有如深潭，可見心中是極惱怒的，腳步也極重，似乎要將正院堂屋的地面給踏出幾個坑洞來，心情才能舒緩一點似的。

張君瑤一走，師嬤嬤就被傳了進去，王妃已經起身，正歪在竹榻上用早點，自己不必動手，幾位嬤嬤輪流幫忙餵食。師嬤嬤一福到地，靜候片刻，王妃似乎才發現她，抬起了眼眸，「起吧，一大早的，什麼事？」

師嬤嬤謝了恩，站起身來，垂視地面，小心地答道：「吳庶妃昨夜有些不妥當，俞小姐幫著照顧了一夜，累到剛剛才睡下，今日一早不能過來請安了，庶妃著奴婢過來向王妃告罪。」

聽說吳庶妃不妥當，王妃微蹙了眉，「怎麼個不妥當的？」

師嬤嬤的目光向左右看了看，王妃便一揮手，幾名宮女退了出去，幾名嬤嬤卻都留了下來，「說吧，這些都是我得用的人。」

師嬤嬤這才將她們幾人昨夜商量好的話說出來。雖然要壓著不放出消息，可是不可能連王妃也不告訴，吳庶妃沒有什麼勢力，一切都指著王妃給出頭呢。

王妃聽得秀眉蹙成一團，先關心了一下吳麗絹的身子，聽說無礙了，這才道：「的確是要查，暗查！正好藉著查麒兒的事，將這事一併查了！妳們做得對，不能打草驚蛇！」她尋思了一刻後道：「俞小姐若是醒了，不拘什麼時辰，讓她到我這兒來。」

師嬤嬤應承後，謝了王妃的賞退下。

俞筱晚的確是累了，直睡到快到晚膳時分才醒來，師嬤嬤立即將王妃的話兒傳達了，又將麒兒的事情說了。

這事已經查了一整天，攝政王仍在宮中處理朝政，可也幾次差了人回府問訊兒。孟醫正給出的診斷結果仍舊是暑熱，還多了一項腹絞。原是有些性命之憂，現在卻好了些，只是還沒脫離危險，要繼續小心醫治。但不管是多少種病，總之是病不是毒。張君瑤為了孟醫正的診斷大吵大鬧過，直言是被人收買了，直到王爺親自派了人來阻止，她才不甘不願地住了口。

俞筱晚默不作聲地聽了，先用了晚膳，再給吳庶妃聽了脈，確認沒有大礙了，又開了一張方子，讓師嬤嬤給吳庶妃連續服用三天，這才到正院給攝政王妃請安。

俞筱晚被許嬤嬤直接引到內室，在王妃榻前三步站定，正要施禮，王妃就含笑伸出手，虛扶了一下，「快免禮！許嬤嬤給俞小姐搬張座！」

許嬤嬤立即吩咐宮女搬來了錦凳，俞筱晚謝了座，才側著身子搭著邊兒坐下。王妃揮退了所有的侍人，待內室裡只有她與俞筱晚兩個人時，卻沒問吳庶妃的身子，也沒說麒兒的事，只幽幽嘆了一聲。

俞筱晚忙關心道：「王妃可是身子不適？是否需要臣女請脈？」

王妃在用膳前才讓孟醫正請了脈走的，知道自己這還是宮弱的毛病，說白了，她的子宮比一般的女子要小也要脆弱，俞筱晚的方子將脆弱的這一部分給診好了，可是大小的問題卻是藥石無法作用的，所以這孩子懷上了，現在是不穩，日後待胎兒大了，還有得她受的。她已經不想去想這事了，剛知道自己無法生育的時候，她連死都想過，可是王爺卻安慰她說天下名醫密醫何其多，或許有診好的一天，現在也算是如願了，只要能做一回母親，她就覺得滿足了。

因而王妃只是笑了笑，「不必了，孟醫正剛剛請過脈，開了方子。」

宮中的養胎方子自是最好的，俞筱晚便沒去強出頭，等著王妃的下文。王妃卻說起了當王妃的苦，「……表面上風光無兩，可是內裡的辛苦有誰知道？每件事、每句話，我都得掰開了碾碎了，一字一句地放在嘴裡嚼，嚼完了往肚子裡嚥，嚥完了還要反覆地去想，直到把每一個字都品出其中的味兒來了，這才能開口說話，說出來的話，也才能安人心、安我自己的心。」

俞筱晚無法接話，垂首聆聽著。

王妃又幽幽地嘆了一口氣，「我自問是個能容人的，就算是為了王爺，也要容了她們。王爺每日忙政務要忙到半夜，這後宅裡更是要一團和氣，才能讓王爺安心在國事上，可是為什麼就總是有人想興風作浪呢？妳瞧瞧，這個時辰了，王爺還未回府，或許忙到半夜才回，或許一會兒就回了。可就算是馬上能回府，難道我還要拿後宅子裡的這點齷齪事去麻煩王爺嗎？」

俞筱晚這算是聽出來，一定是張君瑤不服孟醫正的診斷，想要王爺替她出頭，可是王妃說這個給自己聽是個什麼意思？難道要我去查嗎？明明有了個大方向，卻因為是王爺親選，又生了庶長子的側妃，便不好拿來開刀了，於是要讓我當這柄刀嗎？雖然除了張側妃，對我也有好處，可是好處更大的，應當是王妃您吧？您自己出面不是更好嗎？這王府裡的渾水，我卻是不想蹚了！

於是俞筱晚只當沒聽懂，接著話道：「何必麻煩王爺，這後院本就是王妃您掌管的，您如今身子不適，手下的嬤嬤們卻是得力的，何況王爺還安排了東方大管家來幫襯，必能處置好。」

王妃定定地看了她一眼，也沒逼她什麼，只笑著道：「算起來張側妃也是妳的表姊，她今日哭得嗓子都啞了，妳且去安慰安慰她吧。」然後讓她退下了。

俞筱晚應了聲「喏」，便在許嬤嬤的帶領下去了秋海堂。張君瑤本是十分不待見她的，可是一想到王妃那整個太醫院的太醫都治不好的不育症都讓俞筱晚給治好了，心中便又生出了些許希望，一面過度熱情地接著俞筱晚的手往內室走，一面說著兒子的病，「……竟是忽然病成這樣，聽說俞妹妹會點醫術，少不得請妹妹幫忙扶個脈。」

俞筱晚本是要推拒的，可是一見到小麒兒可憐兮兮的小臉，心又軟了，將兩指搭在小肉腕上，聽了聽，眉心慢慢蹙起，問道：「太醫開的方子……」

蘭嬤嬤忙將藥方拿過來，俞筱晚仔細看了，琢磨了一番，點頭道：「極好的方子，果然是醫正，醫術已臻化境。」便不開方了。

張君瑤盯著她問：「是病嗎？」

若是昨夜沒有給吳庶妃扶過脈，俞筱晚也會覺得是病，可是昨夜累了一夜，中途扶過幾次脈，她知道吳庶妃還是被人下了催產的藥。只是這種藥，的確是霸道又隱祕，若不仔細分辨，就與腹痛產生腹絞，又因腹絞而導致宮縮，最終導致早產的症狀一樣。只是人分男女、脈分陰陽，麒兒再小，也是純陽之體，所以脈象裡不會有早產之兆，可是這腹中腸胃絞痛之狀卻是一樣的……哪有同一天夜裡痛得一樣的事？

「孟醫正說是，應當便是了。」

俞筱晚卻不說實話，又虛言安慰了幾句，說道麒哥兒是福大的，必定不會有事，這便告辭了。

俞筱晚乘了馬車回曹府，跟著來服侍的初雲見她似乎有心事，小聲問道：「小姐，吳庶妃的情形不好嗎？」

「不是，我只是在想，這是誰幹的？」俞筱晚搖了搖頭，她在想著這事到底是怎麼一回事，原還懷疑是張君瑤，再讓自己兒子吃點虧，摘清嫌疑，也不是沒有的，可是方才看了麒兒的情形，那不可能是張君瑤幹的，腹絞痛就是大人都忍不住，都會生生痛暈了去，這麼小的孩子，真的是九死一生啊！

東方浩能當王府的大管事，必不是什麼簡單的人，可是查了一整天，什麼東西都沒查出來。張側妃那院子裡，這幾天連隻可疑的蒼蠅都沒飛進去過，而且她也問了吳麗絹，自上回催產藥一事後，水風景的人就特別緊張。這幾個月來，吳麗絹除了有兩回陪王爺去花園子裡散心，就再沒出過院子，平時丫頭們也被拘著，不許離開院子一步，去廚房領飯食，也是師嬤嬤、牛嬤嬤或者喜兒親自帶了人去。接待過的客人們，除了小武氏，就是俞筱晚了。整個王府裡，到過水風景的，也就是王爺和王妃了，張君瑤的人根本不往吳麗絹跟前湊，王爺和王妃的僕從也多在院子裡候著，只有心腹的幾個能跟進梢間和內室裡去。

都防得這麼密不透風的，怎麼就讓孩子和庶妃都中了藥呢？

這番尋思著，馬車已經回了曹府。俞筱晚依舊先去延年堂給外祖母請安，雖然天色已然不早，外祖母或許已經歇下了，只是禮不可廢，她的心意必須到。

哪知到了延年堂，延年堂裡竟亮得如同白晝一般。俞筱晚心中一驚，也顧不得讓人通稟了，自已挑了簾子疾步入內，看到外祖母好端端地坐著，這才鬆了口氣，向外祖母恭恭敬敬地福禮道：「給外祖母請安，不孝外孫女晚兒回來了。」

「晚兒啊，快過來坐。」曹老夫人聽到聲音醒過神兒，忙拉著俞筱晚在自己身邊坐下，先問了一串昨日休息得好不好，吃得好不好之類，又問一串吳庶妃的身子好不好，胎兒好不好之類，最後沉吟著道：「妳雖是自幼吃藥，久病成醫，可到底不是大夫，沒把握的事千萬別做。」

曹老夫人還不知道王妃的病是晚兒給治好的，以為晚兒是姊妹情深，昨夜才留下來照顧吳庶妃。

俞筱晚知道外祖母這是在疼自己，心中感動，便挽著外祖母的胳膊，將頭枕在她肩上，小聲道：「晚兒知道，晚兒不會強出頭的。」遂又關心道：「方才見外祖母一臉憂色，可是有何煩心事？晚兒縱使不能幫上什麼忙，也願聽外祖母倒倒苦水，讓您心裡暢快暢快。」

曹老夫人含笑拍了拍她的手，「知道我的晚兒最孝順了。」說著又是一嘆，「是妳雅兒表妹，昨日半夜發作起來，腹中絞痛，慘叫了一天，請了保和堂的主診大夫，開了方子，緩是緩了些，卻仍沒能痊癒。如今攝政王妃有了身子，太醫院的太醫們都忙著王妃的身孕，請不過來……」

俞筱晚心中一咯噔，怎麼又一個腹痛的？

她忙表示出姊妹親善，「不知雅兒妹妹睡下了沒有，若是沒有，晚兒想去看探一下。」

曹老夫人對晚兒的親善十分滿意，忙道：「應當還沒有睡，妳若要去，便早些去吧。」

她也是希望雅兒與晚兒的關係好一點，讓張氏對晚兒能和善一點。

俞筱晚便向外祖母告辭，出了延年堂，便令初雲去墨玉居，讓豐兒、初雪等人去打聽翡翠居的事，自己則到翡翠居來看望曹中雅。

曹中雅腹中痛得在床上翻滾了一整天，張氏就在一旁陪著哭了一整天。到了這個時辰，曹中雅連服了幾劑藥，腹痛終於緩了些，張氏這才有功夫問她：「到底是怎麼了？昨日還好好的，是不是亂吃了什麼？」
曹中雅痛得直嚎，這會子聲音沙啞得厲害，她一開始不知道自己怎麼會這麼痛，給張氏一問，倒是想起一件事來，便委委屈屈地道：「大、大概是……」
張氏瞪了她一眼，心中又驚又疑，在攝政王府也能吃到致腹痛的東西嗎？
「吃了什麼？快告訴母親。」
曹中雅心裡覺得委屈，「不是吃，是擦，可能不小心吃了些……」到底是抹在袖子上的，「是表姊那兒，給小外甥擦的驅蟲粉，聽說是西洋進貢的金貴物兒，我就偷偷抹了些在衣袖上。」
張氏氣得拿手指直戳她，「妳這個眼皮子淺的，什麼東西都要貪一點！妳倒是說說看，家裡難道沒有驅蟲粉嗎？什麼驅蟲粉不是撒在地上的，卻要妳抹在衣袖上？」
曹中雅嘟著嘴道：「可是蘭嬤嬤就是給麒兒抹在衣襬上的呀，我看得清清楚楚。麒兒這麼小都沒事，我怎麼就這麼倒楣呢？」
張氏聽著心裡一驚，忽覺得有些不對勁了，「妳……妳說的什麼驅蟲粉？妳、妳說仔細些。」
「就是西洋進貢的嘛，景泰藍的小瓶兒裝的。蘭嬤嬤抱麒兒去給王爺見面的時候，給麒兒抹了些，我趁屋裡沒人，就自己偷拿著抹了。」
「妳──妳居然……」張氏回過頭，發現一屋子的丫頭，捧著藥碗、手巾、水盆的，她忙厲聲道：「小姐生病，是吃了不乾淨的東西，哪個敢亂嚼舌根，我就把她一家子都發賣了出去！」
嚇得一眾丫頭僕婦都慌忙跪下，她才揮手讓人退下去，尋思著不能讓雅兒知道，便壓低了聲音道：「偷拿東西對閨譽可不好，妳千萬別再提了！」
曹中雅點頭表示明白，正說著的同時，俞筱晚就來了。有丫頭向內通報，張氏便讓俞筱晚進來。俞筱晚表達了一下自己的關心，假裝試曹中雅的體溫，悄悄給她扶了脈，果然同吳庶妃的同出一轍，只是她沒有身孕，只是宮腔絞痛而已。

俞筱晚沒留多久便回去了。待她走後，張氏又將方才屋子裡的丫頭給喚進來，狠狠敲打了一番，又想著要慢慢尋了藉口將這些丫頭遠遠地弄到外地的莊子上去，好絕了這個口，卻不知冰山一角已經悄悄揭開了。

俞筱晚回到墨玉居時，已經是二更天了，趙嬤嬤忙帶著初雪和一眾小丫頭上前來服侍，俞筱晚沐浴之後，讓初雪幫著絞乾頭髮，趙嬤嬤則在一旁稟報三小姐昨個半夜發作的情形，聽說那慘叫聲，整個曹府都能聽見，「……豐兒中午時就去打聽過了，三小姐一直痛得慘叫，倒是還沒問出來，到底食了什麼髒東西。」

「明天再繼續打聽，越詳細越好，舅母不可能不問雅兒原由的。」

王府裡哪會有什麼髒東西？俞筱晚蹙著眉想，得使個人去王府給吳麗絹報個信兒，問一問王府裡的廚房，昨日張側妃和吳庶妃那兒送的吃食都是什麼？有哪些同樣的？菜色一般是張側妃和吳庶妃自己點的，孕婦和一般人的吃食肯定不一樣，那麼能出問題的就是點心了。或許是張側妃要安排了人「特意」做給吳庶妃吃的點心，被曹中雅給吃了些，然後曹中雅又餵了些給小麒兒？

俞筱晚思量了一圈，只覺得自己還有什麼沒思量到的，決定不想了，將曹中雅也得了同樣的病的訊兒透露給吳麗絹，吳麗絹自然知道要如何告訴王妃，王妃便能自去查了。俞筱晚不想親自摻和到王府的事裡面，是不想太出風頭，讓旁人對她起了戒心。未出閣的少女過於精明，可不是什麼好事，況且自家後宅裡的腌臢事被外人知道，攝政王心裡肯定會有疙瘩，事後還不定會怎麼發作她呢，鳥盡弓藏的事自古可有不少。她還要仰仗攝政王的權勢，可不能讓他疑了自己，厭了自己。

可若是不能幫吳庶妃將張側妃給除了，待到下回她們動手，怕是不知哪年哪月了，畢竟機會是稍縱即逝的。至於張氏這邊，若是給攝政王知道張氏也參與了，不知道會怎麼處罰？現在她還在孝期，沒有訂親，沒有女性長輩教養的女兒會讓人覺得少了禮數。武氏出身不高，外祖母年事已高，她暫時還需要張氏這棵大樹，可卻必須要讓外祖母和舅父知道張氏幹了什麼。舅父或許會讓張氏幫他找他需要的東西，但絕對不會允許張氏去攝政王府的後院搗亂！

初雪將頭髮絞乾後，又用梳子小心地梳順，俞筱晚便讓她們自去歇息，她睡到傍晚才起，現在不大想睡，不如趁夜深無人看看醫書，再琢磨幾種有用的藥來。

趙嬤嬤等人恭敬地退下，俞筱晚便靠在引枕上看書，時辰不知不覺過去，窗外響起了三更天的打更聲，她才放下書，熄了燈，上床休息。

一夜無話。第二日一早，俞筱晚特意早起了些，到延年堂的時候，曹老夫人才起身。俞筱晚親自上前服侍外祖母梳洗了，扶著外祖母坐到外間的黃梨木大椅上。

曹老夫人拍著她的手笑問道：「是不是天兒太躁了？居然起得這麼早。」

俞筱晚柔順地笑道：「這幾日瞧著外祖母似乎總是用素菜，想是現在天兒熱，您沒胃口用油膩的菜色，可是您年紀大了，飲食上宜葷素搭配，晚兒便自作主張，讓廚房熬了盅珍珠雪蛤粥，趁著清晨涼爽，好多用一些。」

曹老夫人聽得眉眼都彎了起來，「我的晚兒就是孝順，只是這都是妳自己掏的銀子吧？」每天用什麼菜色都是有成例的，雪蛤這麼金貴的東西，可當兩天的菜錢了。

俞筱晚輕笑道：「一點銀子值當什麼？那天去翡翠居時，見雅兒表妹在用芙蓉雪蛤湯，我便有了這個主意，可這幾天總跑攝政王府，便給耽誤了。」說著親自挽了袖子，給曹老夫人盛粥，「外祖母先用一點吧，涼了就腥了。」

曹老夫人的眸光沉了沉，卻沒說話，含笑從俞筱晚的手中接過青花瓷碗，品了品，極高興地道：「好味道，晚兒，坐下陪外祖母用一碗。」

俞筱晚就乖順地坐下，陪外祖母用粥。

還沒用完，張氏和武氏就帶著兒子女兒過來請安了。張氏瞧見這粥裡的東西，就誇張地笑道：「雪蛤？真是好東西！」

俞筱晚趕緊站起來請張氏和武氏坐下，問她們要不要嘗一嘗，還含著笑解釋：「是雅兒妹妹說她每日都會吃一碗雪蛤湯，滋陰潤顏，我才想著也給外祖母掏弄一點。」

張氏原本還要掐些酸話說的，聽了這話就開不了口了，神色訕訕的。她是為了女兒的皮膚好、身材好，才這樣下血本，單獨拿銀子出來讓廚房熬製，可是只關心女兒不孝敬婆婆，卻是屬於不孝了。當下也不再搶粥喝，堅決推拒了。

俞筱晚又關心地問起雅兒妹妹的情況，張氏垂淚道：「比昨日是好了一點了，可還跟個布偶人似的，一點力氣也沒有，時不時地絞痛一下。」

曹老夫人放下心中的不滿，關心這個嫡出的孫女，「可查清是怎麼回事了？」

張氏忙恭聲稟報：「問了雅兒，大約是在王府的時候，在院子裡摘了花，沒淨手就拿了點心吃，這才吃壞了肚子。」

「這孩子怎麼這麼不仔細！」曹老夫人生氣了，「這王府的下人也是，怎麼也不顧著一點？」

張氏直抹淚，「可不是嗎？進了王府，都是王府裡的丫頭宮女們隨身伺候著，雅兒和晚兒帶的丫頭都不能近身，也怪雅兒貪吃貪玩……」

曹老夫人嘆息一聲，「罷了，吃一塹長一智，好叫她自己日後也警醒些，自己的身子自己都不顧惜。妳待她身子好利索了再好好說說，現在就別讓她心煩了。說起來，也是妳太寵著了，這馬上要訂親的人，還這麼懵懵懂懂的，以後妳得多上點心教教她規矩了。」

張氏忙肅立聽訓，「母親教訓得是，媳婦日後一定會對雅兒嚴加管束。」

俞筱晚也隨著一嘆，「可能是被小公子傳染的吧，前天夜裡，攝政王爺的小公子也是半夜裡發了腹痛，到如今都沒能脫離危險。」

這世上小孩子都太容易夭折了，所以一般小孩子生了病是不會四處宣揚的，只怕曹清儒都還不知道這麼回事，忽然聽到俞筱晚這樣說，屋裡的人都是一驚。張氏的臉色變得格外古怪起來，小心翼翼地試探：「哎呀，若真是小公子傳染的，王妃和吳庶妃可別給染上了，她們兩個都是有身子的人呀！」

俞筱晚也不藏著，含笑道：「我幼時身子差，剛好會些治腹絞的方子，前天夜裡留在王府，就是幫著吳庶妃治療呢！外祖母您放心，吳庶妃如今已經完全無恙了！」

得了俞筱晚的這句話，曹老夫人念了一句阿彌陀佛，張氏看向她的目光卻是忽然陰鷙密布，再一眨眼，就又是一副欣喜狀，「庶妃沒事？那真是太好了！」表情變化之快，害俞筱晚還以為自己是眼花了。

用早點的時候，照例是張氏和武氏站在曹老夫人身後立規矩，俞筱晚坐陪著，難得的是，曹中燕也被留了下來。自上回俞筱晚搭線讓曹中燕在曹老夫人面前露了臉後，曹老夫人漸漸對這個乖順聽話的庶孫女上心了起來，為了多讓曹中燕在自己面前親近親近，還允了兩個庶孫女每日來請安。只不過，一般留下陪曹老夫人用早點的，就只有曹中燕而已。

用過早飯，曹老夫人抹了抹嘴道：「張氏啊，我看著最近園子裡的花草似乎又換了一撥……」

張氏忙解釋，上回換的盆栽什麼的，花匠沒有照顧好，死了不少，不得不再換置。曹老夫人點了點頭，沒再問這個，反而說起了四個閨閣少女的嫁妝，「閒著無聊，妳把府中倉庫的大小帳拿來，我讓人開了倉庫，挑些好東西分給四個丫頭，讓她們留著當嫁妝。」

聽到這話，俞筱晚便放心了。俞筱晚一直都派了人跟蹤張氏和曲嬤嬤，可是張氏手下有不少陪房，也不是每一個都認識，所以跟蹤到現在，都沒發覺張氏是如何參與到攝政王府的事情之中的。她左思右想，決定讓外祖母和舅父來查張氏的事，查出來了，她就能知道，舅父肯定會想辦法幫其掩飾，至少暫時不會動到張氏的頭上，可是張氏在曹府中卻會絕對的失勢。不過要引著外祖母來查張氏，就只有從銀錢上著手。張氏的嫁妝不豐，這雪蛤跟燕窩差不多的價兒，用量還比燕窩要大，曹中雅那麼個吃法，外祖母果然疑心了。

張氏心中就是一緊，嘴裡強笑道：「一個都還沒訂親呢，這嫁妝的事，母親您就上心了？」

曹老夫人不容她反駁，淡聲道：「我現在就讓杜鵑跟妳一起去取帳本和鑰匙。」說著端起茶杯，便是送客的意思。

張氏等人只得起身告退，杜鵑便跟了張氏到雅年堂。張氏想了好一會兒，才尋到個藉口，讓杜鵑在堂屋等著，她進屋拿帳冊。

「母親肯定是疑心什麼了！」張氏心中又是擔憂又是害怕，查出她拿了公中的錢還是小事，就怕查出……

曲嬤嬤沉了沉，小聲道：「夫人是說，您送君瑤小姐赤金翟頭鑲紅寶釵的事讓老夫人知道了，故意發作您？應當不可能的呀，是您親自送去張府的，除非老夫人在張府也有人。」

張氏對婆婆更加忿恨，「我這麼巴著君瑤為的是誰？還不是她曹家的孫子、她曹家的富貴嗎？」

張君瑤自幼美貌，相士也說她命格極貴，張家人都盼著她能成為皇妃，光宗耀祖。張氏也想日後求著張君瑤幫襯曹中睿，所以逢年過節或者張君瑤生辰的時候，必定要送重禮。

只是曹清儒還有兩個弟弟，都在外地當個小縣令，也都生了女兒，論起來曹家的侄女可比張家的侄女要親，總不能厚此薄彼，所以她送張君瑤通常都是送兩份，明面上一份差不多的，暗地裡一份貴重的。

送禮的銀子從哪裡出？張氏雖有嫁妝，卻也捨不得用，自然是從府中的開銷中截流下來的。這回幫張君瑤買密藥，都是看不出毒來的密藥，價格自然昂貴，花了幾千兩銀子，日常開支哪有這麼多可以用的？自然要從倉庫裡掏出去當了……林林總總算下來，她從庫中已經拿了兩三萬兩銀子的古董玉器了，這倉庫是絕對不能開的，拿婆家的銀子去貼娘家，這可是當家主母的大忌諱。

張氏沉吟了片刻，低聲吩咐曲嬤嬤：「多寶格裡的小帳本妳先帶回妳家去保管，記得用油紙包好，別讓人瞧了去。另外，讓貞兒去陪陪母親，就這麼說……」

曹老夫人做事，最講究一碗水端平，卻也不是什麼事都要端平的，不想端平的時候，當事人自個兒就得琢磨琢磨。

到底是為什麼祖母不待見我呢？曹中貞現在就在思索著這個問題。她的生月小，去年年底滿的十六，今年應當叫十七的人了，十七歲出嫁不算太晚，可是十七歲還沒議親，就真是太晚了。要知道，女孩兒家的嫁妝可以從出生就開始準備，可是嫁衣卻必須是訂親之後再開始繡，一身花紋繁複的華麗嫁衣，至少要繡上一年。若想趕在十八歲之前嫁出去，她只能減少嫁衣上的花紋或者從成衣店購置，這兩種選擇，都會讓她這個新娘子在夫家失了臉面。

玉姨娘幫著女兒想了一周，沒想到什麼錯處啊！規規矩矩的，本本分分的。正巧曲嬤嬤來傳話，她立即讓女兒照辦，自己則跟到雅年堂去立規矩，順道兒給女兒求求情，「求夫人心疼心疼貞兒，挑家過得去的，能過一輩子就成。」

張氏和善地笑道：「妳別急，貞丫頭我當是自己生的一般，一直在為她找婆家，只是爵爺現在的地位，嫁低了讓人笑話，往高了嫁……貞兒這出身，又難了些個，總要尋到好時機才成。」

玉姨娘還想奉承張氏幾句，張氏卻打發了她走，「今日倦得慌，妳回去吧，我歇息一下。」

玉姨娘忙道：「定是因為夫人昨日照顧三小姐沒休息好，那奴婢就不打擾太太休息了。」說罷，小心地退了出去。

張氏示意曲嬤嬤跟進內室，恨恨地道：「我想了又想，雅兒的事不能告訴瑤兒，可是……妳親自去趟王府，就說幫我請安的，打聽一下事到底如何了？既然已經用上藥粉了，就應當有個決斷了才對。」

曲嬤嬤領了命忙退下。

俞筱晚卻在墨玉居的內室裡聽初雲和豐兒打探回來的消息。

驅蟲藥粉？那就不是摻在點心裡的了。俞筱晚低頭深思，想了一會兒，也沒想到是怎麼個情形，因為張君瑤和她的人都沒出入過水風景，而現在王妃防得那般嚴，應當沒有收買的可能性。

她決定不想了，吩咐趙嬤嬤道：「嬤嬤代我去王府向吳庶妃問個安吧。告訴她近日秋躁，可別夜間貪涼，萬一像小公子和雅兒妹妹那樣傷了腸胃，腹中絞痛可就不好了。」

趙嬤嬤用心記下，又複述了一遍，俞筱晚確認無誤，她才沉聲道：「小姐何必賣人情給吳庶妃呢？她能幫您的有限，您不想插手王府後宅裡的事，可是賣個人情給王妃顯然更好吧？您發覺事有古怪，跟知道事的底細是兩回事呢！」

俞筱晚一尋思，的確是這麼個理，「是我多想了，就有勞嬤嬤，幫我給王妃請個安吧。嗯……等等，妳還是要告訴吳姊姊一聲，若是王爺和王妃查不出什麼，就讓吳姊姊去探探小公子的病。」

看今早張氏的表情，張氏應當是知道了什麼，若是能知道，那麼藥就應當是張氏買的，雖然不知道藥粉是怎麼會跑到吳麗絹的身上去的，但多半是曹中雅從中壞了事。張氏肯定不會告訴張君瑤，那就只有她來辛苦一趟，讓她們幾個狗咬狗了。

於是趙嬤嬤立即乘馬車到了王府，遞了帖子，在角門處候見。曲嬤嬤那邊因為幫張氏傳話什麼的，比趙嬤嬤晚一腳到王府，遠遠看到曹府的馬車，便讓車夫停在路邊的樹蔭裡，不敢靠過去。

攝政王妃見是俞筱晚的奶娘求見，這才宣召了。趙嬤嬤恭恭敬敬地行了大禮，磕了三個頭，才吐字清晰地將小姐的關心帶到。王妃聽了只是眸光微閃，關心地問：「曹三小姐也病了嗎？」

「回王妃的話，三小姐的確是從王府回去之後，半夜裡發了病，與小公子的脈象十分相似，所以小姐才特意差奴婢來，還請王妃萬萬要保重玉體。」

「嗯，妳家小姐的孝心我知道了！許嬤嬤，賞！」

王妃打發走了趙嬤嬤，許嬤嬤便將人揮退出去，小聲兒地問王妃：「您怎麼看？是不是太巧了？」

王妃眸光一厲，哼了一聲，「的確是太巧了！」說罷吩咐許嬤嬤去查，昨日廚房裡給水風景和秋海堂送的都是些什麼菜色，看有沒有重樣的。她頭一個想到的下藥方法，自然也是點心菜肴。

許嬤嬤迅速地退了出去，大約兩刻鐘後便回來了，遲疑地搖頭道：「除了青菜，沒有重樣的菜，而且吳庶妃飲食不定，青菜是先炒了送去的。張側妃的那一盤是後來炒的，曹三小姐也並沒有吃青菜。」

分開炒的，就不可能是一時放錯了藥。

王妃不由得疑惑，「查清楚了？」

「老奴查清楚了，還確認了。」

王妃修長的手指輕輕敲了敲桌面，這中間肯定是有關聯的，可是自己防得這麼嚴，別說水風景，就是廚房張君瑤也不可能插得進手，這藥是怎麼害到吳庶妃的？

攝政王回府之後，王妃便向他說明了此事，王爺一聽說這事可能跟張君瑤有關係，當即便不相信，「虎毒尚不傷子，麒兒是她安身立命的護身符，她怎麼可能加害？」

王妃暗暗白了王爺一眼，語氣倒還是恭順，「張妹妹的確是不可能害麒兒，可若是曹三小姐不小心害的呢？今日張氏遣了婆子來看麒兒。」

王爺皺了皺眉，「查到什麼痕跡沒有？」

「沒有！」

攝政王在屋裡來回走了幾趟，忽然停下來道：「我讓侍衛盯著她，妳安心養胎吧。」

王妃這才微微勾起唇角，輕聲道：「臣妾遵命。」

查是查不出了，可是若有王爺的侍衛盯著，雖然不能近身，可日子久了，張君瑤總會露出一點痕跡來吧？

而此時的曹府後宅裡，正在颳起一場大風暴！曹老夫人堅決開了倉庫，挑了八樣玉器、八樣瓷器，準備給四個姑娘均分了，可是一讓人開箱，竟發覺少了一半！

看著眼前空空如也的箱子，曹老夫人氣得指尖都是抖的，指著張氏向曹清儒道：「你這個媳婦可真會管家啊，我說她怎麼總是不願放出倉庫的權呢？原來是這麼個管法的！我是懶得問了，你自己問問她，東西都去了哪裡吧！」

曹清儒臉色也沉得跟黑炭一樣，厲聲喝問：「說！東西都哪去了？」

張氏拿帕子抹了下眼角，「妾身怎麼會知道？妾身素日裡只管著帳冊，母親要的這些都是壓箱的東西，又不會時時翻出來看的。」

曹清儒氣得就是一腳心窩，「還敢狡辯！妳若是不將東西還上來，休怪我無情！滾！」

得了爵爺這個「滾」字，曲嬤嬤忙上前將張氏扶起來，攙著她一瘸一拐的上了轎，回了雅年堂。

「夫人，您看怎麼辦？」曲嬤嬤急得直垂淚。

張氏搖了搖頭，「不可自亂陣腳！這些天咱們安分點，要銀子沒有，要命一條，隨她們怎麼樣，只別讓爵爺和母親查出咱們的當票就成！」

曲嬤嬤連忙保證，「奴婢都藏好了。」

張氏便放心了，我咬牙不認，你們又待如何？難道還告到衙門裡？曹家的臉面不要了？她這廂得意著，曹老夫人和曹清儒還真是拿她沒有辦法了，除非能拿到一些證據，否則她是不會吐出來的。

曹清儒上了心，自然安排了人四處打探調查。那一腳踹得張氏臥床三日，恢復了便又去看女兒。曹中雅痛得滾了幾日，終於好些了，張氏請了人來最後診斷。老大夫扶了脈後，一臉為難之色，看著張氏欲言又止。

張氏的心頭升起了一股不安，「您……有話請直說！」

老大夫嘆了口氣，「好是好了，就是……傷到了宮本……日後恐怕……」

傷到了宮本，張氏再不懂醫術也知道是什麼意思了，她的寶貝女兒竟不能當母親了嗎？她不顧男女大防，一把抓住老大夫問道：「能不能治好？能不能？」

老大夫老臉通紅，用力掙脫了張氏的手，連連道：「恕老夫無能！」說完怕張氏再糾纏，忙抱著醫箱跑了。

今天恰巧是中元節，久離京城的君逸之終於又回京了，到品墨齋交了差事，只回府轉了一圈，正好楚王妃不在府中，他便給楚太妃請了安，又跑了出去，求惟芳長公主約了俞筱晚出來，到寺廟裡上香。

但凡是惟芳長公主的邀約，或多或少都跟君逸之有關，俞筱晚咬著唇扭捏了半晌，才決定去赴約。

進了香後，惟芳長公主又強拉著俞筱晚到自己在京郊的別苑去玩。別苑是惟芳長公主的封地，有小橋流水，有柳樹成蔭，還有絕世美男小意地鞍前馬後獻殷勤，這趟出遊倒是件十分爽心之旅。

君逸之雖然不在京城，但是攝政王府的事卻也有所耳聞，趁著惟芳長公主找藉口溜去一邊，讓他跟俞筱晚好好說話的當兒，便關心起她的事來，「聽說妳幫王妃治好了病？」

俞筱晚的眸光閃了閃，這事是暗中進行的，當然，同在一個王府，張君瑤可能猜出了些，但君逸之卻能知道……就好像，她看醫書也是暗中進行的，他卻也能知道，還為她尋來了一冊孤本。

君逸之自然知道她在想什麼，忙表白道：「妳放心，我不會亂說話，只是……這事最後牽扯會很深，妳瞧，這幾日不就總是要煩到妳？」

小公子到底年幼，總不見好，攝政王妃差人來請過她幾次，的確是牽扯得很深了。不過每次俞筱晚都只是扶了脈，太醫的方子很有效，其實並不一定要她出診的，只不過是王妃和王爺不放心罷了。

說起這個，俞筱晚自然想到了吳麗絹的身子，張君瑤和張氏都沉得住氣，吳麗絹差人來說，王妃和她都故意去張君瑤面前挑了事，言道曹中雅也得了同樣的病，可是張君瑤都沒有一點動靜，表現出來的也是對表妹的正常關心。可是吳麗絹眼瞧著就要生了，害了她幾次的人卻仍是沒能抓住，怎不讓俞筱晚擔心？

君逸之最看不得俞筱晚這樣煩惱的樣子，忙問道：「妳有什麼煩心事，只管告訴我，我也許能幫妳出出主意呀！」

看著他關心的眼眸，俞筱晚不由得小臉一紅，將頭扭到一旁，想了想，還是委婉地告訴他原委，「……總覺得是有牽連的，卻找不出證據來……」

君逸之立即一針見血地指出，「妳可不能插手這件事，這種陰私之事，若是事後皇叔覺得落了臉面，還不定會怎麼樣呢！唔，如果妳是擔心吳庶妃的話，我倒是有個主意！」

俞筱晚忙問他：「什麼主意？」

君逸之呵呵一笑，「告訴妳自然是可以的，不過這法子若是有效的話，八月十六楚王府的賞月宴，妳要來。」

俞筱晚用力白了他一眼，「到時再說。」

我答應妳的事，就不能到時再說，妳答應我的事，為什麼就要到時再說？

君逸之心中嘀咕，面上倒是不敢顯出來，卻藉故神祕兮兮地湊到她耳邊，小聲地說了幾句。

乾淨清爽的少女幽香絲絲地鑽入鼻端，繞進心裡，害他差點把持不住，想張口咬住眼前玉蘭片一般的白嫩耳垂。

俞筱晚的眼睛一亮，「這個主意好！」隨即又暗了下去，「我、我舅母……」

輕柔甜美的嗓音解開了魔咒，君逸之為之前的意亂情迷心愧，清了清嗓子，不好意思地別過臉去，努力鎮定道：「妳放心，皇叔不會將事鬧開，太沒臉了，妳舅母肯定是交給妳舅父處置，那……我們現在就去看望皇叔和小堂弟吧，別的事，我會安排。」

俞筱晚想了一想，便同意了他的法子。

同惟芳長公主說明之後，三人又一同乘車去了攝政王府，跟王妃請了安，聊了幾句之後，君逸之便道：「好些日子沒看到小堂弟了，還真是怪想了，我們去看一看吧。」

王妃啐道：「一入夏就跑去避暑，還好意思說。」卻是吩咐了嬤嬤帶他們三人過去。

俞筱晚已經來給麒兒把過幾次脈了，今日又替他把一次脈，張君瑤也沒放在心上，可是俞筱晚的臉色卻十分難看，張君瑤不由得生出幾分心慌來，「怎麼了？有什麼不妥嗎？」

俞筱晚遲疑地道：「小公子似乎……唉，還是請太醫來診診吧。」

張君瑤最擔心的便是這個兒子，當即去求王妃請太醫。太醫來後，診了脈象，也遲疑了起來，吞吞吐吐地道：「似、似乎是……」

張君瑤追問半天，從太醫口中得出兒子日後無法生育的結論後，當即就傻了。惟芳長公主等人眼見情形不對，忙向王妃告辭，不沾上一點腥味兒。

君逸之笑著向俞筱晚道：「一會兒妳回府想法子讓妳舅母和表妹來一趟王府，這事就辦成了。」

俞筱晚笑著點點頭，回了府一問才知道，張氏早就去了攝政王府。

秋海堂裡，張氏和張君瑤關起門來大吵一架，都說是對方害了自己的孩子，吵到最後，除了兩人各自吞下苦果，還能如何？張氏恨恨地道：「沒見過妳這般狠心的母親，竟然拿兒子做筏子害人，活該妳兒子當不成男人！」

張君瑤尖叫道：「若不是雅兒那個蠢貨動我的藥粉，怎麼會害到麒兒？我本來安排得好好的，就連王爺都沒能查出一星半點來！」

話音剛落，便聽到攝政王爺渾厚的聲音道：「哦？原來妳這麼聰明，本王倒是小看了妳！」

張君瑤和張氏皆是一驚，待看清楚推開房門走進來的的確是攝政王本人之後，兩人都是渾身一軟，癱坐在地。

攝政王走到張君瑤的面前，居高臨下地道：「現在，本王還需要查嗎？」

「王、王爺……」張君瑤嘴唇哆嗦著，已經說不出一句完整的話了，「求、求您原諒妾身……妾身……再也不、不敢了，妾身日後……一定安心侍奉王、王妃……教養……麒兒……」

攝政王的俊臉沉如黑夜，聲音卻輕柔得有如輕風拂過薔薇，「妳不會有日後了。」

這句話像天雷一般幾乎將張君瑤的耳朵轟聾了，她呆呆地看著攝政王，完全不知如何應對。

倒是蘭嬷嬷見機得快，撲通一聲跪了下來，用力磕了三個頭，哆嗦著嘴唇道：「請王爺息怒。王爺您錯怪側妃了，這一切都是奴婢的主意。是奴婢怕吳庶妃也生個公子，搶了側妃的寵，奴婢才自作主張買了催產之藥，待側妃發覺之時，奴婢已經下了藥了。奴婢是側妃的教養嬷嬷，側妃待奴婢親厚，怕王爺您處死奴婢，才隱瞞了下來，請王爺明鑑。」說完又用力地砰砰砰磕起頭來，不一會兒，額頭就青紫滲血了。

蘭嬷嬷方才一直在一旁勸架，就是擔心會被外人聽了去，好在張氏和張君瑤只是相互對罵，這個罵那個蠢貨、那個罵這個無恥，雖然聽得出跟她們脫不開關係，但關於是誰買來的藥粉、如何下藥這些，卻不是十分清楚。不過知道下藥之事與張君瑤有關，對攝政王來說也就足夠了。

張君瑤是通過甄選，下了御旨，錄入了皇族玉牒的側妃，若有違法，必須收入宗人府，調查取證後再行處置，就是攝政王也不能私下處置她，更別提休棄了。若是攝政王想休了張君瑤，必須列舉出足夠的證據，否則張家就可以告攝政王一個惡意休棄，這是律法中規定的，可是律法也有管不到的地方。比如說，張君瑤若真是犯了事，尤其是這種陰私狠毒之事，張家的人肯定是希望王爺私下裡處置了她，得個暴病什麼的，而不是交到宗人府去，弄得人盡皆知，那樣的話，王爺面上無光，張家也會名聲掃地，別說御史會參他們教女無方，就是沒有參他們，他們也無臉再在朝中立足。

因而只要抓住了張君瑤下藥這一條，攝政王就能自己處置了張君瑤，張家的人也不會多說什麼，但若不是張君瑤下藥，王爺就不能私下處置她。張君瑤若是完了，蘭嬷嬷也就完了，不可能全身而退，與其當個陪葬的，不如為了保住主子，犧牲自己，這樣的話日後張君瑤也會看在她一片忠心的分上，厚待她的家人，因而蘭嬷嬷才將所有的過錯攬到自己身上。她相信主子聽了這話之後，必定會順著話來說，反正剛才吵架的時候只說下了藥，至於是怎麼下藥？誰吩咐的？誰動手的？可沒去掰扯過。如果主子死活不認，除非王爺用私刑，將主子打得受不住自己招了，否則別想賴到主子的頭上去。可是王爺擔不了用私刑的責任，蘭嬤嬤雖然是個奴才，也是在宮裡待了十幾年出來的，對朝中的局勢還是有一定的瞭解，知道朝中上下不知多少雙眼睛在看著攝政王府，正巴不得王爺有什麼過錯，好讓御史參上一本呢！

果然，攝政王聽了蘭嬤嬤的「供詞」之後，星眸立即瞇了起來，他猛然發覺兒子竟是被寵妃所害，心中大恨，竟一時不察，讓這個刁奴鑽了空子。他手一抬，指著蘭嬤嬤道：「拖下去！」

兩名侍衛從王爺的身後閃了出來，手腳麻利地往蘭嬤嬤的嘴裡塞上一顆胡桃，拖著她走了出去。

攝政王這才看向張君瑤。

張君瑤開始傻愣愣的，半晌之後才想著要求饒，卻被蘭嬤嬤給打斷了，聽了蘭嬤嬤的話，已經回過勁兒來了，忙跪爬幾步，一把抱住攝政王的大腿，開始痛哭流涕，「王爺，妾身真的不曾想過要害誰，妾身都已經生下長公子了，還有什麼不滿足的？只是、只是蘭嬤嬤已經做下了，我可憐她服侍我一直謹慎妥當，不想她被王爺責罰，這才鬼迷了心竅，幫著隱瞞！」

攝政王聽得心中大怒，到了這個時候還在狡辯！若說這事是蘭嬤嬤提議的，他是相信的，可是張君瑤卻說是事情已經做下之後，她才知曉，這樣的說辭，哄傻子、傻子都不一定會相信！難道他在她的心裡就是這樣一個傻子嗎？

攝政王一腳抖開張君瑤，冷聲問：「我且問妳，到底是如何下藥的？」

張君瑤遲疑了片刻，才小聲地將下藥的過程說了出來，末了還要反覆強調：「妾身也是雅兒表妹中了藥，生了病，還以為是廚房裡送的吃食不乾淨，想要處置廚房裡的人，蘭嬤嬤才吞吞吐吐地告訴妾身實情……妾身當時恨不能將蘭嬤嬤生吞了去呀！王爺，您一定要相信妾身啊！妾身再狠毒，又如何會拿麒兒的性命來賭啊！」說著又嗚嗚地哭了起來。

拿他的兒子當筏子，借他的手來害他的兒女，好歹毒的心思啊！王妃一直說與張君瑤脫不了關係，他之前不是說完全不疑，但張君瑤生得豔麗妖嬈，又十分會奉承討好，在他的面前表現出的也是女性最完美的一面，最重要的是，為他生了長子。就是普通百姓家的二十四歲男子，也會有兩三個孩子了，更別說妻妾如雲的貴族子弟，可是他卻是到了二十四歲之時才有了第一個孩子，還是那麼漂亮可愛的兒子，所以對兒子的生母，他怎麼會沒有一點感激之情？

女子不可能不妒，他不是不清楚，可是在他的內心深處，更希望張君瑤是無辜的，所以才會堅持要看證據，鐵一般的證據。若是沒有，他都願意相信張君瑤是無辜的，是清白的，不為別的，就算只是為了給兒子一個好名聲的生母。只要張君瑤做得不太過分，只要沒有造成什麼實質性的傷害，他都有可能睜一隻眼閉一隻眼，敲打警告一番作罷。更何況他也知道，女子若想一生平順，第一要靠的不是丈夫，而是兒子。

可是，他真是沒有想到，張君瑤竟然會拿麒兒和他來做筏子，只是為了除去於她不利的人！這樣的女子，哪裡配當他兒子的母親？哪裡配留在王府？

張君瑤哭得萬般委屈、傷心，攝政王卻沒理她，而是看向了一旁的侍衛，冷聲吩咐道：「去，審問一下蘭嬤嬤，若是有一個字對不上的，立即來稟報本王！」

哪知這蘭嬤嬤跟張君瑤時間久了，自然知曉張君瑤的性情，猜得出她會怎麼說，依樣說了一遍，竟與張君瑤說的一般無二，而且此時再攀扯張氏也沒有什麼意義了，連買藥這事，蘭嬤嬤都認了下來。她知道，張氏經過此事若是不死，也得脫層皮，只能與主子更加親近，對主子來說只有好處，沒有弊處。

侍衛回來稟報之後，攝政王倒是不好再說什麼了。

只是，人的心就是這樣，當你覺得她好的時候，她什麼都是美好的，做錯了事也是情有可原的，可是一旦覺得她不好了，她就是朝著你笑，你都會覺得她是別有用心，何況是現在王爺已經動了殺心呢？

攝政王身為一人之下的朝中重臣，怎麼可能沒有心機城府？許多事，旁人都沒有反應的時候，他都能想得到，以前不疑，不過是因為他不想疑而已，現在已經認定了張君瑤是個心腸歹毒的女人，所有的思路都清晰了，怎麼會相信這所謂的「供詞」？

只不過，若是張君瑤不認，他卻真是不能拿她如何，不能動私刑，一定要查個水落石出，就必須交到宗人府，他丟不起這個人，可是他不能留張君瑤，絕不能讓麒兒知道他有一個這樣無恥下作的母親。

攝政王幾乎沒有片刻遲疑，便吩咐侍衛道：「去，宣張長蔚及夫人。」看了癱跪在地的張氏一眼，「還有曹伯爵入府晉見。」

半個時辰後，曹清儒和張長蔚、張夫人三人滿頭大汗地來到攝政王府，卻是被侍衛直接領進了內宅，三人頓時大慌了起來。曹清儒在猜測到底是發生了什麼事？張氏可沒膽子告訴丈夫自己在拆吳麗絹的台。張長蔚卻是知道夫人都幹了些什麼的，心更是跳得幾乎要蹦出喉嚨了，張夫人一個女子就更別提了。

三人被領到秋海堂的堂屋裡，攝政王端坐在酸枝木的雕花大椅上，慢條斯理地喝著茶，聽到腳步聲，才冷冷抬眼看著三人，而張君瑤和張氏則跪在地上發抖。曹張三人被這數九寒天般的場景駭得撲通一聲跪到了地上，頭頂著地面道：「臣（臣婦）叩見王爺千歲千歲、千千歲！」

「知道本王是為何事召你三人嗎？」

攝政王不叫平身，三人是不敢起來的，連頭都不敢抬，顫聲道：「請王爺恕罪，臣不知。」

「砰！」攝政王直接將手中茶杯摔到三人跟前，碎裂的瓷片四處迸開，擦著曹張三人的臉頰劃過，帶出幾絲血線，生疼生疼的，可是沒有人敢用手去擋。

「張長蔚，你的好女兒，用本王的麒兒下藥，來謀害本王的吳庶妃，你說，本王該如何處置才好？」

張君瑤忙抬頭呼冤：「王爺，妾身……」

「閉嘴！本王沒讓妳說話！」

攝政王平素溫和的星眸冷得如同千年寒冰，張君瑤一抬頭直撞進去，當即凍得心尖兒一顫，再不敢開口求饒。

攝政王令侍衛將事情複述一遍，卻掐去了什麼蘭嬤嬤為主謀，只說了如何下藥這一段，張長蔚聽得渾身直抖，他不知攝政王審到了哪一步，可是光看女兒和妹妹都跪在這兒，便以為事情已經被揭穿了，他第一個想的就是摘清自己，「臣萬死！臣竟不知臣女竟敢做出這等有違天理倫常之事，是臣管教不嚴，臣妻教養不力，才至臣女失德無狀，臣請王爺隨意處置，臣萬不敢有任何怨言！」

張夫人聽了大急，她是女人，她更關心自己的孩子，立時便想到，為何方才王爺不許瑤兒開口說話，是不是想詐出些什麼來？可是王爺沒問她，她一個婦道人家哪裡敢插嘴，只能低伏著頭，拚命朝丈夫打眼色，可惜張長蔚一門心思都在如何摘清自己，哪裡看得著？

就知道張長蔚會這樣說，攝政王淡淡地反問：「哦？你不知？張夫人前些日子時常出入王府呢！」

張夫人趁機抬頭，「王爺，臣婦是……」

不用王爺開口，一旁的太監總管便喝道：「大膽！王爺問妳話了嗎？」

張夫人心肝一顫，不敢再說了，只能哀求地看向丈夫。

張長蔚卻忙著做驚訝狀，一臉不敢置信地看著張夫人，「妳——妳到王府來幹什麼？」爾後又向王爺哭訴，「難道臣妻也參與其中了嗎？真是罪該萬死！臣還以為臣妻是喜愛外孫之故，才時常來王府的……若是臣妻也有份兒，臣立即將其綁了，由王爺您處置！」

「父親！」張君瑤想不到父親這個時候不幫著自己，還為了摘清他自己，將自己和母親當成一枚棄子，她恨得直咬牙，「是蘭嬤嬤做的，與女兒無干啊！蘭嬤嬤做下錯事……」

攝政王這回連閉嘴都懶得說了，看了身邊的親衛一眼，又看了張君瑤一眼，那名親衛立即會意，上前就照著張君瑤豔麗的小臉「啪」的一巴掌，打得張君瑤頭一偏，口腔裡一陣子麻木之後，便泛起了濃濃的血腥味。

她不敢置信地抬眼看著面無表情的親衛，王爺、王爺居然讓親衛打她？

「誰做的不要緊，要緊的是，『我本來安排得好好的，就連王爺都沒能查出一星半點來』，這句話是妳說的！」攝政王還覺得沒有說夠似的，威嚴地問：「孟孺人和孫孺人早產，是不是也是妳幹的？」

張君瑤的臉這時已經麻木過了，開始熱烘烘的疼痛起來，滿嘴的血腥氣令她不敢開口，只用力地搖了搖頭。

攝政王的瞳孔縮了縮，隨即淡聲道：「也罷了，過去的事本王也懶得再查，光憑謀害皇嗣這一條就足夠了。」

張君瑤心中一寒，聯想到王爺說的「妳不會有日後了」，頓時驚慌莫名，想朝王爺撲去，可是侍衛們已經發現王爺十分厭惡她了，怎麼會再讓她沾上王爺的半片衣角，立即將她按在地上。

「王爺、王爺，真的不是妾身做的啊！求王爺您饒了妾身了！您若想要妾身死，也得讓妾身死得明明白白、心服口服啊！」

攝政王根本懶怠理她，只是問張長蔚：「張愛卿可是明明白白、心服口服？」說完，用壓力巨大的眼神，一瞬不瞬地盯著張長蔚。

張長蔚急得滿頭大汗，女兒說了是蘭嬤嬤幹的，他當然知道是蘭嬤嬤將事情都扛上身了，若是他強硬一點，一定要王爺拿出女兒謀害麒兒的證據，只怕王爺也拿不出來，可是、可是他強硬不起來……現在他強硬了，讓王爺憋了一口氣，可是女兒還是得留在王府，只要留在王府，隨便弄點藥讓女兒吃了，慢慢病死，他也查不出半分來。女兒早晚要死，為了晚死一會兒得罪王爺，有好處嗎？若是死得讓王爺開心了，也許王爺就會免了他的過錯……

「王爺聖明，朝中大事都能果決評斷，何況是內宅小事，臣心服口服！」

攝政王等的就是張長蔚這句話，這句話一說出來，張君瑤就癱了，渾身一點力氣也沒有，她知道，她已經被張家拋棄了……

「來人！」攝政王揚了揚聲，立即有侍衛站出一步，躬身拱手，等待王爺的命令。

可是在這個時候，門外卻傳來通稟聲：「王妃駕到！」

攝政王眉頭一皺，立即起身。王妃扶著許嬤嬤的手慢慢走了進來，攝政王忙上前扶住她，輕責道：「怎麼不好生歇著？」

王妃輕笑道：「臣妾是來觀禮的……人可真齊！」其實這裡的事，早已有人稟報給她了，她是特意趕來「救」張君瑤一命的，「王爺打算如何處置張氏呢？」

連側妃的封號都不稱了。

攝政王眉毛都不抖一根地道：「看在她生麒兒有功的分上，賜她全屍。」

王妃淡淡一笑，「王爺，臣妾還懷著身子呢，為了腹中胎兒，還請王爺暫不要造殺孽。」

一聽這話，攝政王便遲疑了。世人篤信鬼神，對禮佛、積陰德之事十分熱衷，本來王妃這胎懷得就不穩，若因殺孽而衝撞了什麼，倒是得不償失了。

張君瑤聽了王妃這話，心頭點亮了一線希望，忙朝著王妃用力磕頭，「謝王妃不殺之恩，妾身一定每日誦經為王妃祈福……」

「先別謝，妳祈的福我可不敢要！我雖說免妳死罪，可是活罪難逃，妳想誦經怕是不成了，一個啞巴怎麼誦經呢？」王妃淡淡地笑道：「啊，還有，為免妳日後狐媚惹禍，有些藥妳得吃下去！」

「什麼藥？」

王妃淡淡地道：「晦容丸、絕子丸，還有啞藥！當然，妳的那個教養嬤嬤，我也會多留她幾天，至於麒兒，我想記到孫孺人名下，想來張氏妳是不會介意的，待日後麒兒大一些，會喊孫孺人做娘親了，我會讓孫孺人帶麒兒去看妳一眼！」

攝政王聽了後，只說了一句：「也好，後宅的事本就當是王妃來管。」

張長蔚和張夫人、曹清儒聽得滿頭大汗，心裡卻如同浸在冰水之中，這個王妃……好狠啊！處死了張君瑤，張長蔚便算是抹去了一個汙點，留著張君瑤，張長蔚就一直有把柄在王爺的手中。張長蔚雖愛鑽營，人品不怎麼樣，但的確有些本事，不然也不可能升到一品大員的位置。原本是個三不靠的不倒翁，聽說幾個庶女還想分別嫁入韓丞相一派的幾位大員府中，總想著左右逢源，可是王爺拿捏了這個把柄，他便只能聽命於王爺了。

至於張君瑤，毀了容、不能說話，對於一個絕色佳人來說，可謂是致命的打擊了。自己生的兒子由別人養著，叫別的女人做娘，還有什麼是比這個更能打擊一個女人的？這只會比殺了張君瑤更讓她痛苦！而且更為痛苦的是，並不只是聽到兒子叫孫孺人為娘的那一瞬間痛苦，而是在漫長的幾年之中，在等待這一刻到來的時光裡，都會因幻想這一刻的情形而痛苦萬分。

攝政王覺得王妃的提議十分好，淡淡地補充道：「張側妃因時疫而亡，麒兒過繼到孫孺人名下，總要辦個儀式，讓世人都知曉才好。」

王妃輕笑頷首，「全憑王爺吩咐，不知兩位卿家意下如何？」

曹清儒和張長蔚哪裡敢反對，忙點頭道：「臣等聽憑王爺、王妃吩咐。」張長蔚還諂媚地補充道：「麒兒的生母亡故之後，還能得養母撫育成人，真是有福氣啊！」

這便是在向王爺和王妃保證，他們絕不會洩漏一個字出去了。

張君瑤和張夫人兩人承受不住，兩眼一黑，暈了過去。

許嬤嬤卻不管張君瑤暈沒暈，拎起她來，強行灌了三顆藥丸讓她服下。王妃淡聲道：「張側妃病了，還不扶張側妃入內休息，請太醫。」

張君瑤便如同死狗一樣被人拖進了內室。不多時，孟醫正被請了過來，把了脈後，搖頭嘆息，「熱傷寒，只得準備後事了，還請王爺節哀。」

攝政王淡淡地點了點頭，太監總管便去安排白事一應禮儀，幾日後會有一具空棺葬入皇家專門為側妃準備的陵園，但是真正的張君瑤卻會在幾年後，扔到亂葬崗去任野狗啃食。

處置完了張家的事，攝政王也沒忘了曹清儒，淡淡地道：「說起來，此事還要多謝張氏，若不是她來與張君瑤爭吵，本王還會被蒙在鼓裡。既然張君瑤和蘭嬤嬤都力證此事與張氏無干，曹愛卿就帶夫人回去好生休息吧。本王看張氏似乎有魘症之兆，別嚇著旁人了。」

這話裡分明有話，是不相信張氏與此事無關，可是再查下去也沒有必要了，攝政王總不能管到曹府的內宅裡去。曹清儒心中一凜，忙道：「是啊是啊，臣也覺得臣妻有魘症之兆，這就將她好生將養起來！」說罷，忙跪了恩，拖著渾身無力的張氏回了曹府。

自曹清儒被攝政王府的傳旨太監宣走之後，曹家人就聚在延年堂裡等著他回來。那時已近黃昏，按自古流傳下來的說法，中元節的夜晚，鬼門大開，天色擦黑兒，就不會再有人在外面閒逛，免得被孤魂野鬼給奪了肉身去，因而縱使有再緊急的事務，也不會在那時宣人離府。何況曹清儒只是吏部侍郎，又不是兵部侍郎，再緊急的事也能放到第二日再說……更何況，張氏也不在府中，聽說也是去了王府。

想到俞筱晚也去了王府，曹老夫人不止一次問她在王府聽說了什麼事沒？俞筱晚自然不會承認，只說陪惟芳長公主去給王妃請了安，看了看小公子，走的時候並未遇上舅母，沒聽說有什麼重大之事。

於是一大家子人只能在府中乾等，直到快二更天時，面色僵硬的曹清儒終於帶著面色更僵硬的張氏回來了。對著一屋子老老小小，曹清儒道：「張側妃病了，王爺傳我們去看一看，沒什麼大事。時辰不早了，都散了吧。」

武氏等人到嘴邊的關懷話語只得放下，皆施禮告退。

待人都走了，曹清儒將滿屋子的下人都打發到院子後的後罩房裡不許過來，這才開始發落張氏，一腳將其踹在地上，惡狠狠地指著她，手指幾乎要戳到張氏的眼窩子裡去，「說，妳幹了什麼好事？若有半點隱瞞，我立即休了妳！」

曹老夫人頓時大驚，忙拉著兒子坐到自己身邊，小聲地問：「到底是怎麼回事？」

曹清儒羞愧地將在攝政王府發生的事說了，張氏可能參與其中。曹老夫人看向張氏的眼光恨不能將她吞下去，「真是個敗家精！」可是她還有一絲理智，既然王爺不欲外人知曉王府的家醜，那曹家就暫時不能休了張氏。

張家那邊為了給王爺一個交代，一定會讓張夫人「生病」。張側妃病了，母親擔憂得也跟著病了，倒是說得過去，可是張氏也跟著「病了」，心眼多的人就一定會聯想到什麼……

「王爺真說要以魘症拘了她？」

張氏在回府的馬車上，也已經想到了這一層，這會子心裡已經安定下來，知道這算是自己最後的機會了，忙進言道：「母親、爵爺請息怒，媳婦真沒參與其事啊……」

「閉嘴！王爺還會冤了妳不成？」

張氏立即捂著嘴嗚嗚地哭了出來，「王爺是聽媳婦跟瑤兒爭吵，才誤會媳婦也參與其中的，其實媳婦是因為雅兒病了才知道的，您想想，這麼機密的事情，瑤兒會讓這麼多人知道嗎？」又告訴曹老夫人和爵爺，曹中雅看到蘭嬤嬤用藥粉，以為是驅蟲粉，自己也用了些，這一場病害得她日後也不能生育了。

這一通話說完，倒是給她找到了非常合理的知情藉口，曹老夫人和曹清儒都信了幾分，又聽說雅兒失了生育能力，更是悲痛欲絕。曹清儒濃眉深鎖，曹老夫人哭得直抽氣兒，張氏忙跪行幾步上前為婆婆擦淚，被婆婆一把推開，「滾！回雅年堂老老實實地待著，沒事不許出現在我眼前！還有庫房中的物件，快些找來賠了，否則就當了妳的嫁妝莊子！」

雖說是信了張氏幾分，卻也不是全信，張氏跟娘家走得這麼近，是事前知道還是事後知道，都會給曹家帶來滅頂之災，這個媳婦，曹老夫人是怎麼看怎麼厭。

可是有些事情又離不得張氏，別說武氏的商人出身不怎麼招上流貴婦的待見，就是待見，在議親的當口，張氏這個正室夫人也不能有什麼缺陷。

待打發走了張氏，曹老夫人便跟曹清儒道：「這個媳婦要拘起來，可也不是現在。得儘快將幾個孩子的婚事給訂下來，否則有個得魘症的母親，孩子們的婚事就不好說了。」

親事訂下，就沒什麼關係了，退親是件大事，關乎兩家的臉面，沒人敢隨意提，而且有了時間，他們可以將得魘症的原因做得好看一點，就能將影響降到最低，說到這個曹老夫人又有氣，「早就要她尋親家，這個主母當得……」

曹清儒很遲疑，「就怕王爺不允。」

曹老夫人倒是十分篤定，「王爺最怕的還是家醜外揚，你明日同王爺解釋一下，不是不拘著，是遲些拘著，王爺必定會允。」

曹氏母子商議著對策，張氏回到雅年堂也在跟曲嬤嬤商議，「我手中的現銀還有多少？」她最大的靠山倒了，再賴著公中的銀子不還，肯定是不行的。

曲嬤嬤管著張氏的帳，自然是一清二楚，「現銀有七千四百兩。」

張氏想了想，令曲嬤嬤將自己的首飾盒子拿來，將一些陳年的首飾挑出來，交給曲嬤嬤，狠了心道：「除了這些首飾，還有我往常收的生辰禮，能當的東西都拿去當了，先把府裡的東西贖回來再說。」

張氏交代得這般慎重，令曲嬤嬤有一種大廈將傾的錯覺，不知所措地應下，抱著首飾盒子退了出去。

張氏一人倒在竹榻上直揉胸，這麼多年的積蓄都交代了，送給張君瑤的重禮也成了肉包子打狗有去無回的，自己很可能被禁足，雅兒還那樣了……我怎麼這麼命苦？

她想著想著，淚水就流了出來。

張氏拿出去當的首飾和玉器擺件等，至少也值個一萬多兩銀子，可是當鋪是什麼地方？十兩銀子的東西，就算是死當，能給你三兩就不錯了，因而第二日一早曲嬤嬤出了府後，不多時又折了回來，不敢拿這個主意。

被「免了」晨昏請安的張氏，正在屋裡頭團團轉，聽了曲嬤嬤的話後，氣得猛拍桌子，「這些個狼心狗肺的東西！」

曲嬤嬤亦同氣地咒罵，「當初夫人拿好東西當給他們的時候，可不是這麼說的，現在知道咱們要贖了，立即便換臉色。」

說到這個，張氏又深深地後悔，真該在張君瑤生下小公子的時候，就將這些帳慢慢透給爵爺知曉的。那時候誰不想巴結著張君瑤，就算是爵爺心疼那些銀子，知道是為了曹家的前程，也會原諒她，斷不至於到現在弄得……不賣嫁妝都不成。

她恨恨地盯著曲嬤嬤道：「怎麼不早提醒我透話給爵爺？」

曲嬤嬤不敢反駁，心道：奴婢說過不知多少次，您總怕爵爺生出也給吳麗絹添一份的心思，硬拗著不說，這能怪奴婢嗎？

主僕兩個正在議事，門外的碧兒通稟道：「二奶奶、大小姐來給夫人請安了。」

這兩個都不是張氏想見的人，正要打發了，曲嬤嬤卻一把擋住，小聲兒地道：「二奶奶的陪嫁倒是十分豐厚的。」

（全文待續）

漾小說 77

君心向晚❷

國家圖書館出版品預行編目資料

君心向晚/ 菡笑著. -- 初版. -- 臺北市：
麥田, 城邦文化出版：家庭傳媒城邦分公司發行,
2013.01
　冊；　公分. --（漾小說；77）
ISBN 978-986-173-860-4（第2冊：平裝）

857.7　　　　101026576

作者	菡笑
封面繪圖	若若秋
責任編輯	施雅棠
副總編輯	林秀梅
編輯總監	劉麗真
總經理	陳逸瑛
發行人	凃玉雲
出版	麥田出版 城邦文化事業股份有限公司 104台北市中山區民生東路二段141號5樓 電話：（886）2-25007696　傳真：（886）2-25001966
發行	英屬蓋曼群島商家庭傳媒股份有限公司城邦分公司 104台北市中山區民生東路二段141號2樓 客服服務專線：（886）2-25007718；25007719 24小時傳真專線：（886）2-25001990；25001991 服務時間：週一至週五上午09:00~12:00；下午13:00~17:00 劃撥帳號：19863813；戶名：書虫股份有限公司 讀者服務信箱：service@readingclub.com.tw
麥田部落格	http://blog.pixnet.net/ryefield
香港發行所	城邦（香港）出版集團有限公司 香港灣仔駱克道193號東超商業中心1樓 電話：852-25086231　傳真：852-25789337 E-mail：hkcite@biznetvigator.com
馬新發行所	城邦（馬新）出版集團【Cite (M) Sdn Bhd】 41, Jalan Radin Anum, Bandar Baru Sri Petaling, 57000 Kuala Lumpur, Malaysia. 電話：(603) 90578822　傳真：(603) 90576622 Email：cite@cite.com.my
美術設計	洸譜創意設計股份有限公司
印刷	鴻霖印刷傳媒股份有限公司
初版一刷	2013年1月3日
定價	250元
ISBN	978-986-173-860-4